Keep out the times

守婚时代

果子◎著

贵州人民出版社

图书在版编目（CIP）数据

守婚时代 / 果子著 . — 贵阳 : 贵州人民出版社，2011.6

ISBN 978 - 7 - 221 - 09583 - 1

Ⅰ . ①守… Ⅱ . ①邓… Ⅲ . ①长篇小说 - 中国 - 当代
Ⅳ . ① I247.5

中国版本图书馆 CIP 数据核字（2011）第 108924 号

书　　名　守婚时代
著　　者　果　子

责任编辑　程　立
策划编辑　一　航
文字编辑　张　燕　大　满
文案编辑　黄豆豆
装帧设计　谢　滨
出　　版　贵州人民出版社
社址邮编　贵阳市中华北路 289 号　550001
经　　销　新华文轩
印　　刷　湖南凌华印务有限责任公司
规　　格　710 × 1000 毫米　1/16
字　　数　220 千字
印　　张　16
版　　次　2011 年 9 月第一版
印　　次　2011 年 9 月第一次印刷
书　　号　ISBN 978 - 7 - 221 - 09583 - 1
定　　价　24.80 元

目录 Contents

Keep out the times

Chapter 01 第一章

正是春寒料峭的时节，空气里潮乎乎地氤氲着春天的气息，尤其是下雨的时候，空气里的水分似乎随手一紧都能拧出水来。可温度却像坐电梯似的忽上忽下，似乎在考验着人们的承受能力。这个南方城市特有的湿冷天气总是让许多外地人大呼不适应。即便像尚晴这样在这里土生土长的人，有时候也会感觉有点消受不起。不过尚晴还是很喜欢这个城市，毕竟这是她生活了三十一年的地方。虽然冷的时候寒气彻骨，热的时候酷暑难当，可尚晴喜欢它的四季分明。有哪一个城市能像它一样有着鲜明的四季交替呢，再北一点的城市，尚晴会嫌它冬天过于漫长，再南一点的城市又会嫌它不下雪，冷得不过瘾。何况，这个城市的春天和秋天还有许多令人玩味的风景，尤其是那条从城市中心蜿蜒穿过的江，把城区分为河东河西两部分，更给小城平添了几分灵秀，用依山傍水来形容它实不为过。

这个城市收藏着尚晴所有的记忆，欢乐的，悲伤的，刻骨铭心的，琐碎平淡的，常常怀念的，想要遗忘的……通通都发生在这座小城。偶尔不经意路过的一个地方，都会勾起尚晴的回忆，有才发生不久的，也有若干年前的，似乎随便一处地方都曾留下过她的足迹。毕竟，小城只有这么大，而尚晴，从小到现在一直生活在这里，实在是熟悉得不能再熟悉了。

在尚晴心里，小城和自己无波无澜的生活一样，是宁静、恬淡的风和日丽。可是今夜，在一个即将平静入睡的时刻，尚晴觉得她的世界瞬间被颠覆了。这罪魁祸首就是老公顾军手机上的一条短信。本来这应该是个愉快的周末，白天两人带着孩子一起去动物园看大象，可爱的孩子加上般配的父母，真的是人见人羡的幸福标本。顾军在国税局上班，去年刚提了科长，工作忙是一说，更多的是哪些数不清的应酬。好不容易有个无人打扰的周末，在尚晴和乐乐的强烈要求下，一家人一起去了动物园。

在外面玩了一整天，乐乐也累了，吃完晚饭就睡意重重的，尚晴赶紧给他洗澡安顿上床，不几分钟，乐乐就睡着了。尚晴出去玩没有出汗，反倒是在屋子里进进出出一忙活，结结实实出了一背的汗。不过，为了孩子，尚晴觉得再苦再累都是值得的，潜意识里甚至还带着些许自虐觉得自己越辛苦，为孩子付出得也就越多似的。

夜色慢慢沉淀，四周也越来越安静。尚晴脑子里却还一直是闹哄哄的，满是孩子的笑闹声。顾军明天要出差，整理好行李后也洗澡去了。尚晴今天真是有点累了，她钻进被子，棉被柔和得如同温暖的潮水，睡意一下子涌了上来。

就在尚晴将睡欲睡的时刻，一声清脆的“叮咚”像一滴冷雨弹在她的脸上。原来是顾军手机发出的信息提示音。这铃声并不起眼，若在白天，很容易就被别的声音盖了过去，可是在连呼吸声都清晰可辨的夜里，寂静把所有细微的声音都放大了若干倍。尚晴有大半身体仿佛已经睡着，被这滴“冷雨”一激，顿时像着了凉似的冷醒过来，整个人一下子变得清醒无比。

这么晚了，谁会发信息给他呢？尚晴是从来不看顾军手机的。她向来觉得，凡事都要靠自觉，若一个人真想有点什么，婚姻的约束又算得了什么，对方的监督又能起什么作用，道高一尺，魔高一丈，他总能想到应付的法子。尚晴想继续睡，可心里又有点鬼使神差的蠢蠢欲动，她探出半个身子，看见手机就放在另一边的床头柜上，触手可及。转而又想，还是不要看了，万一刚好被顾军撞见也挺没面子的，自己可不像那些疑神疑鬼的怨妇，一天到晚防老公跟防贼似的。尚晴朝卫生间的方向瞟了一眼，里面水声正酣，可以想像出花洒里的水正在欢快地泼洒着，尚晴重新缩了回去。可是人的好奇心一旦被激活，就像一只讨厌的蚊子在耳边飞来绕去的，总也不走。就在这时，那个讨厌的“叮咚”声又响了一次，尚晴索性翻身坐了起来。卫生间的水声还在执着地持续着，尚晴迟疑了一下，终究没能敌过自己的好奇心，伸出手一把抓过手机，颤抖着翻开。这是一个陌生的号码，因为没有被存入通讯录，所以只看到一串数字。“你在干吗呢？明天能见你吗？”凭着女人特有的直觉，尚晴肯定这绝对不是一个男人发来的信息。卫生间里的水声不知什么时候已经静了下来，尚晴飞快地合上手机，按原样放好，然后缩进被子里，一动不动装成已经睡着的样子。一颗心却如同坠入谷底，隐隐不安中，更有一层细密的恐惧像网慢慢向她张开。那网子的中央，有她害怕的东西，模糊而又真实。

不一会儿，顾军从卫生间出来了。他轻声喊了两声“老婆”，见尚晴没有反应，想必她已经睡着，便也躺下睡了。黑暗中的尚晴经过刚才这一折腾，早已睡意全无。她屏气凝神，全身紧绷着，一刻也无法放松。她后悔刚才太紧张太仓促，没有把电话号码给记下来。

玻璃把窗外的寒气挡在外面，开着电热毯的床显得格外温暖舒适。身边的人也早已呼吸平稳，沉沉入睡。尚晴确信顾军已经熟睡，这才长舒了一口气，放松下来，一直努力保持着一个姿势的身体此刻竟微微有些酸痛了。尚晴起身装作上洗手间，一边悄悄拿过顾军的手机，蹑手蹑脚地蹩进卫生间。刚关好门，便迫不及待地打开手机，手忙脚乱翻到信息收件箱。她说不清是害怕还是希望，但她实在是想看看收件箱里有没有更多可以让她得到答案的东西。收件箱里还有一些尚未删除的信息，有些是广告，有些是搞笑的段子，尚晴逐条翻阅，终于看见了一些类似于刚才那条信息的内容，而且都是同一个陌生号码。其中一条信息虽然简短得只有两个字，但带给尚晴的杀伤力却不容小看。信息上只写着“想你”，显然，这绝对不是普通朋友发的。

卫生间本来就比卧室要冷，朝北的窗户还敞开着。一阵寒风吹过，尚晴浑身不由自主抖了起来。刚才走得急，只穿着单衣，再等看完这条信息，整个人就像被扔进冰水里，直打冷战。她已经无法控制自己，只任单薄的身体像一片寒风中的枯叶，瑟瑟发抖。

尚晴的大脑一片空白，自己都不知道自己是怎么又爬回床上去的。她以为自己会哭，可是没有一滴眼泪。她的泪腺似乎还没有反应过来就已经被冻得麻木了。她想把顾军叫醒来问个明白，可是，怎么开口？说自己不光彩地偷看了他的手机，发现了来历不明的可疑信息？就算问明白了，又能怎样？

尚晴的身体蜷缩成一团，她从来没有想到过这种事情竟然也会发生在自己身上。她觉得阵阵发冷，好像胆小的逃兵被强烈的恐惧追逐着，只剩下仓皇的逃离。她甚至都没有勇气跟顾军捅破这件事。她恨自己的懦弱，更恨丈夫的背

叛。她想要自欺欺人，哄骗自己有些事情如果不说破就会自生自灭地消亡。她甚至宁愿自己没有看过那些短信，一个被欺骗的人，若永远蒙在鼓里，那也未免不是一种幸福。

夜更深了，窗外的寒意也更重了。尚晴明白，今夜是无论如何都睡不着了。她心里乱糟糟的，回想起孩子出生这三年多来，生活的重心确实都放在了孩子身上。尚晴是个有着强烈母性的女人，从孩子出生的那一天起，她的所作所为都是围着孩子在转。孩子就是她的整个世界，自己的生活，全部被孩子填得满满的，连工作，也在她心里变得可有可无。她反省自己是不是在某些方面存在对他的忽略，可他对她，又何曾给予过一个丈夫该有的关心与体贴呢？那些数不清的应酬，可去可不去的饭局与牌局，占去他业余时间的大半，留给尚晴和孩子的实在不多。退一万步，她的疏忽，就能成为他外遇的理由吗？一瞬间，压抑已久的委屈像一块亘在心底的坚冰，在这个春夜，突如其来地融化了，一点一滴，潺潺而下。就在这无声的呜咽之中，天渐渐亮了起来。当窗外的天色由珠灰淡成了浅白，尚晴竟然睡着了，脸上犹带着尚未干透的道道泪痕，看起来就像个睡前受了委屈的小女生。

尚晴第二天醒来才发现已经睡过了头，幸亏她的生物钟顽强地忠于职守叫醒了她，但还是快八点了。侧脸一看，顾军已经走了，尚晴本想再睡一会儿，可一想到今天是周一，领导会像医院大夫按惯例清晨查房一样来布置任务，咬咬牙又坐了起来。工作再不重要，也不能不重要到给领导留下坏印象的地步，她还没这个资本和条件。尚晴陷入一阵手忙脚乱之中，冲锋陷阵似的带着乐乐冲出了家门。不过，再忙，她也没忘记在乐乐上校车前在他的小脸蛋上狠狠地亲几口。总算运气还好，她赶在领导来通知他们开例会之前到达了。

尚晴大学毕业后在社科院资料室工作。她所在的部门主要负责资料信息的搜集、整理、加工，所谓的搜集加工无非就是帮那些科研人员查寻资料，工作量倒不是很大。有些时候，甚至一天也不见个人影。部门里除她之外还有苏扬和朱玉珍。朱玉珍五十出头，虽然只是中师毕业，可凭着她和她丈夫的资历，也混了个部门主任。她人倒不坏，就是有点小小的官瘾，可惜手下只管着两个人，可想而知，这两个人的日子自然好过不到哪里去。她倒也有自知之明，知道自己在业务上没她指手画脚的份，就把全部精力集中在考勤问题上，害得尚晴和苏扬得掐着点上下班，比别的部门都来得自觉。两人私底下常常发牢骚说是“一所两制，暗无天日”，倒也不是怕她，只是不想迟到早退的时候看见她那张挂满秋霜的苦瓜脸，看了心里添堵，什么好心情都没了。再说了，估摸着人家更年期到了，都是女同志，宽让点不去较真也是应该的。朱玉珍的丈夫是社科院历史研究所副所长，专攻楚史与楚文化研究，是个两耳不闻窗外事的老学究。每次看见这个笑容和善没脾气的老头，尚晴总要感叹，只怕只有这样随和不计较的人才能和朱玉珍一起生活这么久。

苏扬要比尚晴小两岁，年纪相仿，脾气性格也合得来，只不过苏扬比她多几分泼辣，少几分柔弱。说是泼辣，也是相对而言，就是有时候朱玉珍横眉冷对的时候，苏扬会不示弱地我行我素以示抗议，该晚来的时候还是照样晚来。而这时候，尚晴多半是埋头工作，伺机说些不咸不淡的闲话，缓和一下气氛。有时候，她自己心情不好的时候，也懒得管那么多，三个人就这么僵着，各做各的事，只有朱玉珍翻报纸发出的“哗哗”声，孤单地划破沉寂。

开完例会，别的科室都假借内部学习之名干私活的干私活，甚至关起门来打牌的也有。领导为没有能力给大家多发钞票体恤民情感到愧疚，再不让大家适当偷懒也不足以平民愤了。反正这清水衙门事情也不多，领导也就睁只眼闭只眼的，只要不捅出什么篓子让他丢了乌纱帽就行。尚晴和苏扬她们办公室自然什么活动也开展不起来，两人看了一眼一本正经坐在办公桌前的朱玉珍，觉得她今天有点更年期症状，什么都没招惹她就板着个脸，两人无奈地对视了一下，分头坐在桌前做起自己的事来。

尚晴心情不好，很想找个人说说话，可又碍着朱玉珍在场，只得默默坐着。平时也这样，只要朱玉珍在，她们就不怎么聊天。一来三个人很难聊到一块，再者，若撇开朱玉珍那只会加剧办公室的敌对气氛，作为维和部队的尚晴一般尽量避免出现这种情况。尚晴从案头抽出一本自己喜欢的书，可根本看不进去，她的脑海已经被那几条信息塞得满满的，膨胀得几乎要把她的头都撑破了。尚晴发现这种事情还真不好怎么跟别人说，她虽不是那种处处要强的人，但这点面子还是要的，把自己说得跟弃妇似的，情何以堪？

好容易熬到下班，两人一起去食堂吃午饭，才总算有了开口的机会。尚晴看看苏扬，觉得她今天好像也有什么心事似的，一上午都闷着头看书不说话，半天不见点动静。尚晴知道苏扬的老公易波下岗一年多了，像个家庭主妇似的赋闲在家，苏扬一直为这个发愁，估计又在为着找工作的事烦心了。

“怎么了？看起来闷闷不乐啊。”尚晴边吃边问。

“嗯，昨天易波跟我商量，想要开个麻将馆。”苏扬说道。

“麻将馆？能赚钱吗？”其实尚晴是想问以易波的性格，能做得起来吗？虽然接触不多，但多多少少也了解一些易波的脾性。易波性格内向，下岗后一直也没出去找事做，苏扬脾气好，也由着他。这事搁谁身上，都难免没几句怨言和牢骚，就是换了尚晴，估计都有点受不了。可苏扬倒好，半句重话都没说过。谁要她爱他呢，尚晴自嘲自己是皇帝不急太监急。

“应该可以，小区已经有一家了，生意挺好的。”苏扬放下手中的勺子。

“地方选好了？”

“嗯，就在我们家楼下的杂屋间。如果顺利的话，还想把隔壁家的杂屋一起租过来，反正杂屋的租金也不会贵到哪里去。”

“准备开几桌呀？”

“我自己的杂屋间可以放三张桌子，隔壁的小一点，可以放两张。”

“你们真的想好了？”尚晴对开店这种事也不在行，但她总觉得以易波的性格，好像不是那么适合这种事情。

“嗯，易波在家都一年多了，总得想点办法呀。你知道，我一个人的工资刚够糊口呢，贝贝的奶粉钱还是她爷爷奶奶赞助的。唉，其实也不指望着能赚多少钱，只是他老闷在家里也不是个事儿。”

“都准备好了吗？”尚晴听她这么一说，也觉得苏扬有她的道理。

“我们盘算了一下，还差点钱。”苏扬的语气变得有些犹豫起来，“主要是麻将桌有点贵。”

“多少钱？”

“自动的要两三千呢。”

“这么贵？”尚晴不打麻将，全然不知现在的人是越来越会玩了，连麻将桌都有自动的。“那要多久才回本呀？”

“我看了一下别家麻将馆，普通桌子每个人收五块钱茶水费，自动的要收二十呢。虽然一次性的投资大，可是回来得也快呀。再说了，现在不是自动的人家也不爱来，嫌摸牌手累。”

“这样啊？那不是要一两万？”尚晴略带吃惊地问道。

“哪能都买自动的呀，只打算买两台。别的先用普通桌子，等本钱赚回来再鸟枪换炮。”苏扬停顿了一下，看着尚晴，“你能不能借点钱给我？”

“多少？”

“我从家里借了些，你再借我三千行不行？”

尚晴心想，三千元实在不是个大数目，可见苏扬真的到了捉襟见肘的地步。尚晴没有存私房钱的习惯，她想到自己工资折子上好像还有些没有取出来的钱，应该也差不多够了，就点了点头。

苏扬见尚晴答应了，顿时有点如释重负的感觉，表情轻松了许多，话语也明显地活泼了些。尚晴本想和苏扬聊聊外遇这个话题，有几次话都到了嘴边，可还是在舌尖打了个转又咽回去了。这种事情，若不是发生在自己身上，谈论起来总是无关痛痒的。尚晴想起以前所里一个四十出头的女同事，明明知道老公有了外遇，可还是没有离婚，一心等着老公回头。当时尚晴苏扬谈论起来都说若换了自己，一定要休了这种老公。朱玉珍却说，等你们到了那个年纪，有了孩子，也许就不会这么说了，很多时候，做女人的都只能忍一忍。何况这种事，有时候忍一忍就过去了。那时候尚晴多年轻啊，才刚刚结婚不久，正是爱得如火如荼的时候，哪里会想到有一天这种事情也会降临到自己头上。尚晴在心里感叹着，对自己的好奇心，突然滋生起一股强烈的恨意。但她还是想找个人说说，否则，那些东西会把她的身体撑爆的。

尚晴想到自己最要好的女友梁可可，她应该是最合适的人选了。梁可可和她是发小，同班同学了十一年才分开，要好得比亲姐妹还亲。况且，梁可可不比她整天关在院子里什么人都不接触，她所在的那家颇具规模的广告公司，每天迎来送往着五湖四海的客户，虽然她并不直接和客户打交道，但总比她见得多多了。想到这里，尚晴拿起了电话。

“可可，晚上有时间出来坐坐吗？”“今天是吹什么风呀，你主动打电话约我？”“我就不能约你呀？”“可倒是可以，总觉得有点奇怪。”“这有什么好奇怪的？”“平时叫你你都不出来，今天怎么抽出时间赐见我的？”梁可可边笑边调侃。

“不过我出来也得等孩子睡着以后啊，九点行不行？会不会太晚？”

梁可可在电话那头兀自笑个不停，半天才忍住笑说：“我就知道你要等乐乐睡着以后才出来，还有，九点不晚，九点钟，人家的夜生活才开始呢，土老冒。”尚晴想起平时梁可可老取笑她生活在都市里的村庄，不由也难得地笑了起来。也确实，她的生活太过单一，每天就是单位和家两点一线，再加上自己的生活习惯是日出而作，日落而息，倒也真和农民有几分相似。

每次顾军一出差，尚晴妈妈就会住过来陪她。妈妈总是心疼女儿的，生怕累着她。名义上是陪她，实际是帮尚晴带乐乐。尚晴下班回到家，乍一看见乐乐和妈妈，一天都浮在半空的心才像有了着落。可看着乐乐，却又不禁悲从中来，这样可爱的孩子，说不定哪天就要成为一个没有爸爸的孩子了，尚晴紧紧抱着乐乐，一种相依为命的感觉油然而生。

晚饭吃得没滋没味的，妈妈还以为尚晴身体不舒服。尚晴随口搪塞了几句，告诉妈妈晚上和梁可可有约。妈妈以为她要和梁可可去玩，还要她和梁可可多玩会，说她在家带乐乐，要尚晴放心去玩。

尚晴匆匆来到约好的地点，梁可可已经坐在靠窗户的位置上等她了。尚晴一路上想着要把这件事掰碎了说个仔细，可当她看见梁可可那张幸福洋溢的脸，和自己的一脸憔悴形成了鲜明对比，她的诉说欲望就像一滴落在海绵上的水，瞬间不见了。她那么幸福，是体会不到自己痛苦的，在她的灿烂笑容面前，尚晴甚至丧失了谈论这个难堪话题的勇气。

梁可可确实很幸福，至少在大多数旁人看来，她的幸福是不折不扣的。她是同学中结婚最早的一个，可并不见得就比那些深思熟虑后晚婚晚育的人不幸福，只要选对了人，结婚时间早晚影响不了幸福的程度。老公田伟平比梁可可大八岁，简直就是把梁可可当孩子一样在宠溺，含在口里怕化了，捧在手里怕凉了，百依百顺对她好不说，还会赚钱。这些年有色金属行情看涨，田伟平的乌金矿进出口生意也做得红红火火，越来越有规模。想当初他们刚认识的时候，田伟平还是一穷二白，又因为出身农村，那一身土得掉渣的装扮时常是女伴们取笑的话题。所以后来大家都说还是梁可可有眼光，选了只黑马股。梁可可自己倒不这么觉得，她当时还真没想那么多。虽然以她当时的条件，绝对可以找个家境比田伟平好几倍的人，梁可可觉得这个男人虽然外表不起眼，但认真踏实，还能吃苦，最关键是把她看得很重，这对从小缺乏父爱缺乏安全感的梁可可来说，是最能打动她的一点。梁可可的父母都从事地质工作，常年把她寄养在乡下亲戚家，这让小时候的她常常感觉自己是个没人要的孩子。虽然长大后她也知道父母是爱她的，也能理解父母的工作性质决定了她当时的处境，可是，寄人篱下的那段经历，让她一直非常缺乏安全感。她心里深爱着自己的父母，可和父母从小积累下来的疏远，也让他们不善表露彼此之间的感情，哪怕有时候想要流露一点过分的亲昵，都令双方感觉难堪。她觉得自己的内心深处，是一块干涸太久的枯田，需要很多很多的爱来滋润。而当她遇见田伟平，他给她的爱就像永不枯竭的清泉。最关键的是，她时常能在田伟平身上找到父亲的影子，田伟平的某些特质和父亲几近神似。她没有否认自己的恋父情结在她的婚姻抉择上起着举足轻重的作用，只是苦了当初那些追求者，一直都没弄明白这个又穷又土的田伟平是施了什么魔法才把梁可可追到手的。也许，在梁可可潜意识里，她想要寻找、弥补回那段缺失的父爱。

连尚晴也常常说梁可可是身在福中不知福。别人结婚后就被孩子家务给拖累着动弹不得，梁可可倒好，仍旧是自己想干什么就干什么，轻松地有大把大把的时间可以挥霍。她经常喊尚晴出来逛街什么的，不过十次有九次都被尚晴拒绝了，理由不外乎是要带孩子做家务。所以，今天尚晴主动约梁可可，她不觉得奇怪才怪。

尚晴刚一坐下，梁可可就发问了，“今天怎么了？突然想起约我出来了？”

“没什么，就是想你了。”尚晴决定不说以后倒也坦然了，笑了起来。

梁可可上下打量了一番，“少来了，我还不知道你。”

“真没有。”尚晴偏头一笑。

“感情出问题了？让我猜猜，有外遇了？”

“瞎说。”

“那反正是有什么事，你就招了吧。”梁可可不依不饶。

“真没有，就是觉得日子过得没有意思。”尚晴低头看着茶杯里和思绪一样上下翻腾的茶叶。

“老闷在家里，当然没意思，你要学会自我调剂，多出来散散心。”梁可可猜到尚晴肯定有心事，不过她也知道，如果尚晴不想说，怎么问也没用，她想说的时候自然会说。

尚晴点头，“哪有时间啊，孩子又小，我一天到晚上班都见不着他，回家再不陪陪他，等你长大了你想陪他他还不一定让你陪呢！对了，你什么时候计划造人啊？想生就早点生，再不生都成高龄产妇了。”

“唉——”梁可可叹了口气，语气里似乎有着难言之隐，“等他忙完这段时间再说吧。”

“不过要我看，不生也有不生的好处。”尚晴安慰着梁可可，“我一同事就总爱说自己生出的不是一个孩子而是一堆烦恼。你看看我就知道了，现在什么自由都没有了，就像是被判了无期徒刑的囚犯，乐乐啊，就是那个监狱长。”

听尚晴这么一说，梁可可笑了，“你呀，就是太爱操心，一天到晚围着家打转，把自己弄得像个老妈子。一点都不会享受生活。看看你现在这样子，人家保姆都比你洋气。”

尚晴听了也不恼，只是笑笑。“谁有你命好啊。”

“命好不好只有天知道，我只要知道自己幸不幸福就好了。”

“怎么了？话里有话呢。”

“唉，田伟平一天到晚都不在家，连个说话的人都没有，没意思。他现在只知道赚钱，赚钱，似乎这就是他生活的唯一。我有时候都觉得，他是不是想赚钱都想疯了啊？”

这下倒好，话题一转，变成尚晴安慰发牢骚的梁可可了。真的是家家有本难念的经啊。虽然尚晴最终也没有谈起那件事，但和梁可可说说话，心里也好受多了。和梁可可分手后，她决定走路回家。她不想那么快就回到家里，回到那个勾起她伤心的地方。虽然有将近五站路的行程，可是她想一个人吹吹风，一个人走走，没有人来打扰。

街上行人很少，尚晴很享受这份难得的清静，一个人静静走着。路灯把她的影子拉长又缩短，缩短又拉长。她看起来一副若有所思的样子，其实什么也没有想。就这样慢慢走回家，也不觉得很累。洗漱完毕后，尚晴还没有睡意，又拿起拖把把地拖了一遍，把客厅收拾得干干净净，只到身体的极度疲倦击倒了她，她终于感觉睡意即将降临这才上床。就在快要进入梦乡的那一刹那，她在迷迷糊糊中体味到沉入睡乡的幸福感，天啦，睡觉真的是一件幸福的事情。

和尚晴分手后梁可可也回家了。家里照例又是一个人，田伟平还没有回来。梁可可坐在沙发上，看看表，已经十一点半了。偌大的房间空荡荡的，梁可可随手打开了电视，胡乱地摁着遥控器。把所有的节目都浏览了一遍后，发现除了广告就是那些以煽情见长的肥皂剧，一把鼻涕一把泪的，看得人心烦意乱。她“啪”地一声关掉电视，房间重新陷入寂静，显得比刚才还要安静。记不清有多少个这样的夜晚了，家里只有梁可可孤孤单单一个人。尤其是搬进了这套复式楼，房间显得更加空旷，夜晚显得更加冷清。很多时候，梁可可只听见自己的脚步声，啪嗒啪嗒，从这间房走到那间房，再从那间房走到这间房。

田伟平平时有大半时间在出差,剩下的一小半时间也基本都是在处理公务、陪客户，没完没了的工作几乎霸占了他所有的时间，剩下的寥寥无几。梁可可虽然能理解他也是为了这个家，可是，怨意在被忽略的寂寞里，还是慢慢滋生着，她一度觉得田伟平眼里只有他的生意和客户，甚至怀疑起自己在田伟平心里的位置是不是到了可有可无的地步。

梁可可突然想起白天和一个客户吃饭时，那个客户身边坐着一个显然不是他老婆的年轻女子。那女的只怕要比客户小上十几岁，她想，现在的女孩子真的是越来越开放了，当情人都当到明处了，这是什么世道啊。同事周姐说，现在的有钱人不带个情人出来别人还瞧不起你了。她听了心里真不是个滋味，她想起田伟平，他该不会也近墨者黑吧。虽然田伟平的应酬以打麻将居多，但也避免不了要陪客户去去娱乐场所。以前说，常在河边走，哪能不湿鞋。现在倒好，都说既然湿了鞋，不如洗洗脚，既已湿了脚，不如洗个澡。

他们还没有孩子，虽然名义上是赶时髦做起了前卫的丁克夫妻，但实际上也有几分不得已。他们曾经做好了当父母的准备，但后来一直没有怀上，这才考虑到是哪一方有什么问题。为此他们专门去了医院，医生检查后说因为田伟平的精子成活率太低。田伟平吃过一阵药，可是收效甚微，况且这病也没有什么特效药吃。虽然田伟平心里很想要孩子，但问题的症结出在自己身上，加上梁可可并没有迫切想当母亲的意思，就这么搁下来了。梁可可并不觉得自己的童年有多么美好，所以，她对制造出一个前途未卜的孩子没有多大兴趣。她沉睡的母性还没有被激发出来，她觉得如果自己没有足够的把握给孩子幸福，还是不要让他出生的好。只是，她的空闲时间因为田伟平的忙碌变得富足起来。和自己年龄相仿的要好的女友大都成家生子，想约她们出来聚聚，不是这个要伺候老公，就是那个要给孩子喂奶，有几次强行喊人家出来，看别人心不在焉的样子，她也没了什么兴致。特别是尚晴，出来一会儿的功夫得打好几个电话回去。有次逛街，尚晴电话响了，还没说话就听到里面传来孩子撕心裂肺的哭声，尚晴听得眼泪都要下来了，转身就跑回去救火了，把梁可可一个人扔在商场里，半天都没有回过神来。再加上梁可可骨子里是爱美的，看着昔日女友们一个个生孩子生得膀大腰圆，带孩子带得蓬头垢面，更打消了要孩子的念头。

时间多得难以打发的时候，她试着去学打麻将，可是玩了几次，总是提不起太多的兴趣。又尝试去健身、做美容，变着法子杀时间。起先还觉得新鲜，可来来去去总是一个人，那些兴致也被渐渐消磨殆尽。她觉得自己快要被闷坏了，像今天晚上和老同学喝喝茶、聊聊天，还真的很开心。

梁可可总想要田伟平多留点时间来陪自己，听得多了，田伟平觉得这种要求成了他的负担，只好央求梁可可也多出去玩玩，这样，没有一个人在家等他，他的压力和内疚会少很多。田伟平是苦出身，知道虽然不是有钱就能摆平一切，但没有钱很多事情都摆不平。要想不受钱的束缚，还得先有足够的钱才行。他总是安慰梁可可等自己忙完这一段再说，但梁可可心里明白，这些忙是一段紧接着一段没有尽头的，忙完了这一段又会有下一段，连个空隙都不会腾出来。

梁可可陷在沙发里不想起身，她在心里感叹，没钱的时候有烦恼，有了钱，还是有烦恼。

苏扬也知道，有钱并不代表就没有烦恼，有钱也会有有钱的烦恼，但是和没钱的烦恼比较起来，她还是愿意选择前者。

麻将机送来的时候已经是临近中午了。接到送麻将机的电话，苏扬忙放下手中的拖把，喊上易波到小区门口去等。为了麻将馆的事，她今天还特地把贝贝送到孩子的爷爷奶奶家。

两台自动麻将机不一会就安装好了。安装师傅一边调试机子一边带着自豪的表情说：“我们的机器噪声小，毛病少，你就放心用吧。”送走安装师傅，苏扬带着爱抚的表情在桌子边坐了下来。在苏扬眼里，这两台崭新的麻将机看起来那么可爱，要让那么多的人去用它，她还真有几分舍不得。她摸摸桌面，绒布的手感柔和温润，再摁动开关，洗牌的声音悦耳动听如潺潺流水。她边看边笑，仿佛这是两棵摇钱树，会在她的精心培育下，茁壮成长，开花结果。“老公，以后这两个宝贝可就交给你了。”易波在一旁也显得跃跃欲试，一副踌躇满志的样子。他们把拆下的包装纸扫到垃圾袋里，又把房间整理一遍。“走吧，该上楼吃饭了。”易波拉了拉她。“不，你先去吃，我不饿。”“走啦，老看什么，有什么好看的。”“真不饿，你先去吧，我等会就来。”易波拗不过，撇下一脸兴奋的苏扬上楼去了。

苏扬看着新装的吸顶灯，自己重新粉过的墙壁，打扫得一尘不染的地面，还有摆放得规规矩矩的麻将桌椅，仿佛严阵以待的士兵，只等她一声令下就冲锋陷阵。苏扬重又坐了下来，想起自从易波下岗后，这一年多的日子基本都是靠自己一个人的工资维持生活。每个月的工资扣除水电费和七七八八的杂费后，剩下的只有一千出头。易波买断时发的那笔钱，刚好把房子的欠款还清了。贝贝以后的开销只会越来越大，而易波还一直没有找到合适的工作，这是她头疼已久的问题。从国营单位出来的大都有这毛病，那就是被大锅饭惯得眼高手低。易波本身又没有过硬的文凭，好的职位看不上他，那些辛苦一点技术含量低的工作他又看不上，高不成低不就，折腾了几回，易波找工作的心也淡了。整天就猫在朋友开的网吧里玩游戏，沉浸在虚拟的世界里麻醉自己。苏扬忍无可忍也跟公婆说起过，可易波也是这么大的人了，父母的话讲了也就只是听听而已，既不反驳也不应承，谁也不知道他听进去没有，反正实际行动一个没有。苏扬倒不是嫌弃他没钱，而是恼他太不上进，再怎么着，他也应该负起做父亲的责任吧。他可以不管老婆，可总该管管女儿啊。唉，贝贝摊上这样一个爸爸，真不能说是她的幸运。想到这，苏扬又担心起易波性格内向的问题来，真不知道他能不能把这个麻将馆搞好。按理说，开麻将馆应该是件比较没有技术含量的事，只要照应着添添茶水什么的就好，这总归比成天闷在网吧里玩游戏要强。苏扬也好久没看见易波这个样子了，除了去网吧玩游戏，还真没见他对什么事有这么上心过。苏扬在心里祈祷，“老天保佑，麻将机啊麻将机，希望能给我们带来好运啊。不，你一定要给我们带来好运啊！”

顾军出差已经一个星期了，白天打电话说今天晚上回来。尚晴都不知道这几天是怎么过来的，她只有把自己弄得尽量忙碌一点，这样她就不会有那么多空闲时间。她怕那些空闲时间，总会让它想到那些心烦的事情。她一直没有想好怎么跟顾军切入这个话题，主要因为自己不想暴露曾经偷看过他的短信。那样偷偷摸摸的行径，怎么也有点理不直气不壮，就像一场球赛，得到了自己想要的结果，可赢得比较小人就不那么光彩，胜利的喜悦也要大打折扣。

尚晴回家看着顾军一脸什么事都没发生过的样子，心里几乎想冲过去撕下他的画皮，有好几次话都到了嘴边又强忍着咽了下去。当着孩子的面，尚晴保持了良好的涵养，她除了看起来有点不易察觉的情绪低落以外，跟平时没什么两样。等安顿孩子睡了以后，两个人独处时，尚晴支撑了好半天的笑脸瞬间垮了下来。尚晴的脸色变得太快了，连顾军也看出来有点不对劲。顾军有点纳闷，想问但最终没有说出口。他脱下衣服准备睡觉，见尚晴没有动静，便随口说道、“还不睡啊？明天还要上班呢。”尚晴坐在床边叠衣服，见他没有半点要解释的意思，越发气不打一处来，一张脸也沉得像乌云密布、暴雨将至的天空。顾军见再不问也说不过去了，便小心翼翼地问道：“怎么了，不高兴啊？”

“没有啊。挺好的。”尚晴低头叠着衣服，漫不经心地回答。可是连傻子也能听出这是反话。

“怎么了，谁惹你了？”顾军靠近尚晴身边。

“问你自己。”尚晴嫌恶似的离顾军远了一步，坐到了床头。

“我？我怎么了？”顾军一脸茫然。

“人家电话都打到家里来了。”尚晴想了好久才想出这样一个办法。只能先诈他一下，看他怎么说。

“谁啊？”

“你自己清楚。”尚晴语调沉静，仿佛她是已经掌握了一切的审判官，现在看的就是犯人的态度。

“我清楚什么？”顾军回道，可语气比刚才少了几分强硬。

“哼，别以为人家都是傻子。”尚晴虚晃一招。

“不懂你说什么。”顾军无心恋战，低声嘟囔着走到床的另一边。

“她把什么都告诉我了。”她料定顾军自己也吃不准是否确有其事，擅自夸大了事情的严重性。

顾军那边没有回应。

尚晴心里一沉，凭着对顾军这么多年的了解，她明白自己已经击中了他的软肋。否则，他早就大呼小叫地喊冤了。尚晴仿佛一脚踏空跌进深渊，忍着痛，一字一句地：“你把事情给我说清楚。”

顾军还是没有做声。

“告诉我，她到底是谁？你们什么关系？人家凭什么打电话到家里来？”

“你不是都知道了，还问我干什么？”

“我——”尚晴气结，一时语塞，“哼，我要看你的认罪态度好不好！”

顾军确实也吃不准尚晴对这件事到底知道多少，但如果真没有接到电话，她怎么会说起这些？自己走之前不是还好好的吗？她的语气和表情也不像是在无中生有。“是同事小李的朋友，一起吃过几次饭而已。”顾军想尽量轻描淡写地一笔带过，语气越发低落。

“只吃饭而已？恐怕没那么简单吧。”尚晴嘴角浮起一丝冷笑。

“她和朋友开了个店，想请我帮忙照应下，所以联系过几次，仅此而已。你别想太多了，睡吧。”顾军想收兵。

“她打电话说要我把你让给她。”尚晴已经做了最坏的预想，越编越严重。

顾军听了心里也一沉，自从上次在饭局上认识张莉莉后，确实走得比较近。再加上张莉莉主动大胆，顾军也就趁着酒意和她开过一次房间。事后他也不是没有悔意的，觉得对不起尚晴。他清楚张莉莉对他有所图，他对她也只是逢场作戏而已。但有一点他没估计到，就是他满以为张莉莉那样的女孩也是玩玩就算了的，可后来事态不以他意志为转移了，偷情的刺激被张莉莉带来的烦恼冲洗得一干二净。张莉莉的要求越来越多，她并不像她外表看起来那样拿得起放得下，而是越缠越紧。顾军也不知道是不是因为自己对她还有利用价值，他所能做的是尽量在权力范围内给她便利，却不想让这些影响到自己的家庭。可眼下她都把电话打到自己家来了，索性跟尚晴挑明了，夫妻俩站在同一阵营里，也好让张莉莉死了这条心。

说顾军单纯，有时候脑子确实也简单了点，或者是说他在这种事情的处理上还缺乏经验，他把妻子当成母亲了，以为尚晴会像母亲原谅儿子一样宽宏大量地接纳他，就把事情一五一十都托盘而出，该讲的不该讲的全部交代了。

尚晴强压愤怒听着，顾军的话让她彻底崩溃。本来她还满怀希望，希望顾军的不承认还能给她维持婚姻的信心，可没想到，他竟然没几个会合就投降了。第一次面对胜利的果实却无法享受，这苦涩的果子，让她心如刀割。尚晴真想把它抛到九霄云外，她甚至希望时间倒流到审讯前，那一刻的心里，还是存着一线希望的，幻想那也许只是些暧昧的文字游戏。可眼下，丈夫的坦白将她打入万丈深渊，她的心不停得往下沉，往下沉。

顾军见尚晴的背影一动不动，好半天也没有说话，意识到光陈述事实不够，总得表态吧，于是低声说：“老婆，我错了，你就原谅我吧。”好一会过去了，房间里还是一片寂静，令人窒息的沉默如没顶的乌云，不安地预示着即将到来的滚滚雷声。

顾军走过去刚想把手搭在尚晴肩膀上，只见尚晴顺手拿起枕头朝顾军狠狠甩过去，“你给我滚！”顾军还是第一次见尚晴发这么大的脾气，本来恬静柔和的五官都被怒气冲得变了形，那眼神凛冽得简直能杀人于无形之中。

顾军被吓住了，一时也愣在一边不敢再动，没想到尚晴会发这么大的脾气。顾军后悔自己不该抱着坦白从宽的侥幸心理，原来这种事情，不坦白是死，坦白了会死得更惨。

房间重又安静下来。尚晴见顾军站在那里，连句便宜话都不会说，更加来气，“你还有脸站在这里？”

“我知道我错了，老婆，你就原谅我吧，我以后再也不会这样了。”

“相信你还不如相信一头猪。”尚晴气起来也口不择言了。

“那你要我怎么样才原谅我？”

“我要你滚！”

顾军知道以尚晴的性格，再争下去也无益，也知道她这时候正在气头上，就是王母娘娘来说情估计也说不动她。眼下也只有先顺着她的意思，等她消气以后再说。他拎起还没来得及收进柜子里的行李袋，走了出去。

门锁咔嗒扣上的那一瞬间，尚晴的眼泪像决堤的河水汹涌而至。她没有战胜自己的好奇心，得到了她并不想要的答案。可是，她却宁愿做一个永远不知道答案的傻瓜。真相总是这样，残酷的内里，却裹着迷惑人的糖衣。很多人往往不满足外表的糖衣，非要探寻个究竟，结果自然是被伤得鲜血淋漓。她恨顾军，她更恨顾军对她的坦白。她想，她是不会原谅他的。绝不。

尚晴躺在床上，任泪水默默流淌。就像孩子面对被别人打碎的心爱玩具，只剩下无能为力的委屈。她哭着睡，睡着哭，觉得自己快要崩溃了。

第二天早上起来，尚晴发现自己的眼睛肿得像个桃子，镜子中那张脸仿佛写着弃妇两个大字，尚晴心底一阵厌恶，她“啪”地反转镜子，把浸满冷水的毛巾覆在整个脸上。

可日子还得过，尚晴到乐乐房间喊他起床，看着还在睡梦中的乐乐，眼底不由又浮起了一层泪水。但是尚晴马上意识到自己现在是一个母亲，她不想有什么影响到孩子。她擦去泪水，告诉自己不再为不值得流泪的人伤心。她在心里做好了最坏的打算，就算离婚了一个人带着孩子，她也要把孩子养育成人。

苏扬的麻将馆正式开张后，生意还不错，虽不至于门庭若市，每天倒都有进账。尤其是那两台自动麻将机，更是从来没休息过。有些人还专门预约着要用自动麻将机。苏扬每天等客人散了后总把卫生搞得干干净净的，对那两台自动麻将机，更是宝贝得不得了，光靠它们每天的收入都能抵上自己一天的工资了，你叫苏扬怎么不宝贝它们。她倒也没有多大的奢求，只求能多攒下些钱给贝贝，让大部分孩子能享受的东西她都能享受到，让她和别的孩子一样多学些该学的东西。现在的孩子可不比以前，大家都在学，你不学就落后了。就这么一个孩子，苏扬可不想让她从小就输在起跑线上。虽然她有一份稳定的收入，可是一个人养三个人还真有点青黄不接的紧迫感，尤其碰到点什么额外的支出时，更恨不能一分钱掰成两半用。尽管自己父母有时候也会变相支援她一点，可父母本身也不宽裕，她觉得自己欠父母的还没有还清呢，怎么好意思再要。只能尽量想办法开源节流，可开源节流光节流也不是个办法，钱从来就不是省出来的。好在现在终于有了活水，苏扬顿时觉得身上的担子没那么重了。虽然这可能也不是什么上好的长久之计，但现在也只能走一步看一步了。

回想易波下岗这一年多的日子，苏扬心里五味杂陈。有时候回家看见一个大男人躺在床上无所事事，苏扬会觉得自己运气怎么这么差，当初怎么会嫁给这样一个男人？都怪自己当初年幼无知，随随便便就把自己嫁掉了。人年轻的时候，物质的分量远没有感情重要。当时只觉得易波人老实，又不爱多说话，还下得一手好围棋。业余时间在家里看看球赛，打打棋谱，挺仙风道骨的。现在才发现，没有物质的感情也就是一没根没基的空中楼阁，不说狂风暴雨，稍微大点的风就能吹得它摇摇欲坠。这个家一直都是自己在苦苦支撑，按理说，一个女人成了家里的顶梁柱，不光是一个男人的耻辱，更是一个女人的悲哀。可易波却似乎从来没意识到这些，他对物质没要求，以为别人对物质也没要求。他最大的优点就是从不反驳，任苏扬怎么说他他也只是沉默。苏扬说多了自己也没劲了，反正说和没说都一样。改变不了对方，她几乎绝望得只有改变自己了。而易波为了避开这个家带给他的无形压力，甚至连吃饭也不回来，总等到苏扬和孩子都睡了以后才回家。苏扬起先还以为他出去办事给他留饭，可次数多了，也明白怎么回事了，便不再刻意留饭。苏扬都不知道他在哪里解决的吃饭问题，后来有次偶然遇见易波开网吧的朋友才知道，易波在他那里帮忙做网管，网吧不大，事情并不多，而且只在朋友外出时帮着照应一下，所以，没有

工资，只是留着易波一起搭伙吃饭。苏扬听了竟泛起一丝心酸来。

现在开了麻将馆，有了事情做，易波的情绪也明显好了许多。又是为自己打工，自然格外有劲，回到家话也多了些。这个家一扫以前的沉闷，有时候，在苏扬的带动下，竟然还有了笑声。每当这时候，苏扬就会觉得即使下岗了也不是天就塌了，天无绝人之路呢。他们的日子会一天天好起来的，她常常沉浸在这样的憧憬之中不能自拔。

苏扬的心情一转好，愉悦感可以从早上出门一直延续到下班回家。人心情好的时候，很多事情就变得不那么计较了。连朱玉珍有时候要她做些额外的工作她也乐呵呵地接受了，一边做还一副心甘情愿的样子。

尚晴也明显感觉到苏扬的变化，不像以前总是一副眉头紧锁的样子，动不动还唉声叹气。现在反倒轮到尚晴一副心事重重的模样了，好在她本来就不是那种把喜怒哀乐挂在脸上的人，加上平素话也不多，所以别人倒也没有察觉。就连走得最近的苏扬，因为心里满满都是新鲜出炉热气腾腾的希望和喜悦，自然也就忽略了尚晴并不显眼的沉默。

以前尚晴在苏扬面前会觉得自己还是应该知足的，正所谓比上不足，比下有余。现在倒好，自己的家眼看就要散了，别人的家再怎么也还是一个完整的家。尚晴倒不怕离婚，大不了就是一个人过，她只是不想让孩子这么小就失去父爱。尚晴在单亲家庭里长大，从小失去父爱的经历一直是她心头的隐痛。有好几次，她都想和苏扬谈谈，就是随便聊聊也好。尚晴觉得，苏扬比梁可可更适合谈论这类问题。可是，犹豫来犹豫去，最终还是没有开口。她习惯了一个人面对问题、解决问题，即使在这问题面前束手无策，她也不打算找人分担。自己的事情只能靠自己解决，这是她从小就深刻领悟到的道理。

可今天，看着苏扬乐癫癫的样子，尚晴也受了感染，一时冲动，忍不住谈起了这个不愿意深入的敏感话题。“问你，要是你老公有外遇你会怎么办？”

“不可能，谁跟他外遇？要什么没什么。谁要拿去好了，我正求之不得。”

“打个比方嘛。”尚晴想继续深入探讨。

“嗯，”在电脑前查资料的苏扬正准备回答，忽然又转头看向尚晴，“咦？你怎么问这么奇怪的问题？”

“没有啊，就是想问问。”尚晴盯着电脑屏幕，心虚得不敢看苏扬。

“以我的情况，他有外遇倒好了，要我抛弃他我做不出来，如果他自己主动出局可能是最好的离开方式。”

“要换我的情况呢？”

“你？那就不知道了。这得具体情况具体分析，关键是看你爱他有多深了，深到可以重新接纳的地步就不存在什么问题，若是不够深的话……我也说不好了。”苏扬放开键盘，玩转着手中的签字笔，“书上说过，即便是再美满的婚姻也会有过 100 次离婚的念头，更何况像我这样的情况。可我觉得有了孩子以后，离婚不是那么容易的一件事了。孩子跟我过，我不能保证给她找个好爸爸，跟她爸爸过，更不可能，世界上能有几个好后妈？再怎么说，亲生父亲总是好一点吧，所以，为了孩子，不走到万不得已那一步，我想我是不会离婚的。”

“嗯。”尚晴点了点头，觉得苏扬说得有道理。可道理这东西，谁心里又不明白呢？每个人心里有困惑的时候，最终的决定还是自己来做的，别人的看法也就是听听而已，有些事情若不是当事人，是不能体会到那种心情的。尚晴现在倒有些能体会当初那个四十多岁的女同事明知老公有外遇也不离婚的心情了，那里面，有对自己婚姻的捍卫和坚守，更多的，恐怕还是无奈吧。

“你爱易波吗？”

苏扬显然没想到尚晴问这个问题，笑出声来，“你怎么比我还幼稚啊？还问这种问题？”

“你回答嘛。”尚晴也被苏扬笑得有点不好意思了，“快回答！”

“以前爱。”苏扬想了想说。

“那现在呢？”

“不是不想爱他，只是现在的他真的叫我爱不起来。他太不像一个父亲一个丈夫了，也可以说，太不像一个男人了。他太缺乏责任心，永远生活在他自己的世界里，不敢面对现实，只知道一味逃避。连最起码的义务和责任都要推卸，这哪里还像个男人？说实话，这点还真让我看不起。如果心里一旦不再尊重这个人，那根本无从谈爱。我想，爱也是要建立在相互尊重的基础上吧。我不是嫌弃他没钱，可我瞧不起他的懦弱与逃避。”

“嗯。那确实。”尚晴不得不认同苏扬的说法。其实当初苏扬选择易波的时候，她就不太赞成。她用她自认世俗的眼光来看，总觉得易波身上有着与主流社会格格不入的东西。说得好听是个性，说得不好就是不适应社会。人也有点面，做什么事都蔫了吧唧的。不过，热恋中的人自然是听不进一些善意的提醒与忠告的。再者，旁人毕竟也只是看到表面。况且他们的接触也不多，怎么着也只能说些皮毛。实践证明，那时候的她们都太幼稚，社会经验严重匮乏，在怎样辨别一个男人是否会成为一个好丈夫的问题上，都太缺乏眼光。

“其实到了这个阶段，爱不爱的都消耗尽了，剩下的还不都是责任。”

“正因为维系感情的不再单单是爱，才更要尽到自己的责任。”尚晴始终觉得，一个男人在家庭里，责任感是第一位的。

“顾军至少在你们家还算是个顶梁柱吧，再不济也是个半边天，我们家可就不同了，我现在是一手遮天呢，想想我，你就知足吧。”这个话题无疑触及了苏扬的隐痛，她长叹了一口气，“贫贱夫妻百事哀，这你知道吧？”

“那我还知道，平平淡淡才是真呢。”或许尚晴在经济上一直还算过得去，从未感受到物质匮乏的严峻性，所以对苏扬的焦虑无法感同身受。

“平平淡淡才是真没错，可也要建立在物质基础上的平淡，连吃饭都成问题，还能真到哪里去？”

“也是，饿着肚子谈什么都比不上一碗白米饭来得真实。”尚晴也笑了。

“有情饮水饱只是自欺欺人罢了，可惜，当年的我太幼稚，深受其害。”苏扬摇摇头，仿佛在追悔当年的年幼无知。

“其实易波人还是蛮聪明的，只是暂时没找到合适的位置。”尚晴宽慰道。

“我也但愿这只是暂时的，可是，这个暂时好像太久了一点，而且，还远远看不到结束的时候。”

“改变不了别人，就先改变自己吧。”

“怎么改变？”

“我也不知道，但是，我不想再过这样的生活。”尚晴脸上露出迷惘的神情。

日子就像被一个茧牢牢缚住，沉闷得令人窒息，在黑暗中也找不到正确的出口。只是夜深人静时，尚晴分明能听见来自自己内心深处隐隐约约的某种呼唤。像沉睡湖底的精灵，偶尔一个翻身，搅动了水面，能感觉到，却看不分明。

尚晴已经一个多星期没见到顾军了。她看见柜子里的衣物有翻动过的痕迹，估计是顾军在自己上班时回家拿过换洗物品。刚开始那几天，顾军还打过电话发过短信，当然，尚晴一律置之不理。再后来两天，电话没有了，连短信也没有一个。尚晴起初还在想，若是顾军回来求她原谅，该如何应对。尚晴耳根软，她一直担心自己会经不住顾军的苦苦哀求，随随便便就原谅了他。可现在，一个多星期过去了，一点动静也没有，顾军连这个让她原谅自己的机会都没给她。尚晴的心也慢慢冷了，不回来就不回来，难道还要她打电话去求他回家不成，那尚晴宁可让人杀了自己。

周五晚上，尚晴正带着乐乐在沙发上做游戏，婆婆打电话说顾军舅舅一家来了，都好几年没见了，要他们明天回来一起全家聚一聚。尚晴答应的时候就有点犹豫，但她毕竟不想在公婆面前流露什么。公婆年纪大，身体也不好，尤其是公公，严重的高血压一直在靠药物维持着。尚晴不想拿这些事刺激他们，让他们操心，再说，也给顾军留点面子。可她又不可能放下自己的面子去主动联系顾军，心里左思右想，反复折腾，只磨蹭到临睡前才拿起手机给顾军发了一条信息。“你舅舅一家来了，爸爸说明天中午回去吃中饭。”信息刚发出去，顾军的电话就来了，尚晴没接。过一会顾军的信息来了，大概打电话受挫，只写了简简单单的一行字，“我明天上午来接你们。”尚晴看后轻轻哼了一声。

第二天一大早顾军就回家了。乐乐见了爸爸很开心，一下子爬到爸爸身上说要骑马。顾军跟尚晴打招呼，尚晴装作没听见，整个就不看顾军，自己忙自己的，把顾军当空气。顾军在一边讪讪的，只得和乐乐东扯一句西扯一句。尚晴感觉顾军好像消瘦了些，气色也不大好似的，反正一看就是没休息好的样子，心想他在家里舒服惯了，在外面肯定不习惯。真是活该！尚晴有点幸灾乐祸，只嫌顾军憔悴得不够彻底。顾军也发觉尚晴好像缩水似的小了一号，看起来竟然更苗条了。好看是好看些，但他还是挺心疼的，想着这些日子里她一定也没睡个安稳觉，自责与内疚油然而生。他想和尚晴和好，可是苦于找不到正确的路径，也害怕尚晴再劈头盖脸痛斥他一顿，只能强撑着，打点擦边球。

在车上，顾军一边逗着孩子，间或跟孩子说："你没有惹妈妈生气吧？""你妈妈做饭的时候，你要听话啊。"尚晴听着顾军左一个"你妈妈"，右一个"你妈妈"，权当没听见，只把脸撇向窗外看风景。去公婆家的路不算近，可一路上，将近四十分钟的车程，两人一句话也没说成。

直到进了公婆家的门，尚晴才调整好心情，装成什么也没发生过似的和大家打招呼，跟平素没什么两样。好在满满一屋子人，也不会有人关心得太细。顾军和亲戚说话，乐乐和小孩子玩在一起，尚晴就跑到厨房帮忙去了。吃过午饭，因为顾军另外约了人，他们决定先告辞回家。出门换鞋子的时候，因为尚晴刚好还抱着乐乐，顾军忙把尚晴的鞋子从鞋柜里拿出来放在尚晴脚边，再拿起右边那只想给尚晴换，尚晴才不想领这个情呢，她自顾自先穿起了左边那只。

和一大家子人道别时，顾军还趁机把手搭在尚晴肩膀上，一家子看起来亲热和美。等门刚一关上，尚晴立刻耸动肩膀抖掉了顾军的手。顾军垂着手站在一旁，显得很无辜的样子。尚晴径直往前走着，顾军忙赶过来接过乐乐抱着，紧紧跟在后面。

乐乐本来已经玩困了，在车上一摇晃，没几分钟就睡着了。顾军明白，要想争取今晚能回家睡，只有利用在车上的这段时间了。

"老婆，我错了。"顾军小心翼翼地看着后视镜里的尚晴。

尚晴看着窗外的脸一动不动。

"老婆，你就原谅我吧。"

尚晴没有说话。

"老婆，我保证以后不会再这样了。你给我一次机会好不好？"

尚晴还是没有说话，她可不想那么轻易地就妥协了。

一小段沉默后，顾军说道，“我知道自己错了，你就最后相信我一次吧……这几天，我想了很多，我爱这个家，我不能没有你和乐乐……当然，你可以没有我，但乐乐总不能没有爸爸吧。”

不说这个还好，说起这个，尚晴的气又上来了。“乐乐？你管过几天乐乐？每天人影都看不见，乐乐能认识爸爸就不错了。我看他没爸爸一样过得很好。”

“我也是为了儿子为了这个家呀，你以为我喜欢在外面忙？”

“哼，”尚晴冷笑，“为了家？是为了她吧？”

顾军不想争吵下去，哀声低低说道：“老婆，你要怎样才能原谅我？”

这个问题尚晴还真没想过，她满脑子想的都是怎么坚定地不原谅，怎么在他乞求原谅时狠狠打击他。“我不会原谅你，你要对自己犯的错付出代价。”

“那我等你，直到你不再生气那一天。”

“那你就等吧。”尚晴冷冷的语气像抹了一层霜。

到了家门口，尚晴抱起已经睡着的孩子先下车，对紧跟在后面的顾军甩下一句“别跟着我”。顾军听了也不敢再跟过去，只得停下脚步，眼睁睁地看着尚晴抱着孩子进了单元楼梯。

顾军心里确实也是懊悔的，这些天住在外面的日子还真不好受。以前在家里都是饭来张口、衣来伸手，什么事都有人替他操心，现在再也没人管他了。这些都不算什么，主要是心里没着没落的，老是悬在半空中。他知道尚晴是看了他的信息后，更后悔自己不小心，没有及时删除那些该死的信息。要是当初预防措施做得好点，那局面也不至于弄得像现在这样不可收拾。

早知如此，何必当初。顾军还真有点一筹莫展，也不好开口去搬救兵，怎么说错也在他。有时想想，这种事情好像也有些人在江湖身不由己的味道，大家都这样，你不这样就不合群了。就像一滩浑水，大家都趟趟就不觉得浑了，那个站在岸边的反而不正常。而且，顾军觉得自己在心里还是把家摆在第一位的，他从来没有想过要放弃这个家庭，他也清楚张莉莉接近他的目的，他把这看成一桩一个愿打一个愿挨的买卖，从来没有真正投入自己的感情。身体的出轨应该是可以原谅的吧，唉，都是酒精惹的祸。

顾军感到遗憾的是，怎么别人都能做到家里红旗不到，外面彩旗飘飘呢？自己刚举了一面彩旗就被发现了，可真够倒霉的。看看身边的几个哥们，哪个不是左搂右抱的？他自认各方面条件都不比人家差，对他眉目传情的人也不是没有，能一直坚持到现在已经不错了。以后在外面，他会尽量控制好自己的，不影响家庭的和平稳定。这种流离失所的日子，自由是自由，滋味却不那么好受。顾军胡思乱想着，他显然没有真正意识到背叛给尚晴带来的伤害，这也许是男人的通病，事发后往往后悔纸没有包住火，而不是检讨自己当初为什么要玩火。

梁可可接到老班长程海青的电话时正在窗前发愁今晚该如何打发。原来是中学同窗谭静雯从国外回来探亲，晚上定在君悦酒楼给她接风。梁可可、尚晴和谭静雯原来都住在一个院子里，从小就很要好，进进出出都是三人行。后来谭静雯到外地念书，就很少回来了。只偶尔接到她从东南西北打来的电话，行踪不定如游侠。能见到老同学，梁可可自然很兴奋，她打算早点下班回家换套衣服再去赴约。她打电话给尚晴，一定要把她也拖去。

尚晴刚接完老班长的电话，梁可可的电话就来了。尚晴也知道静雯好不容易回来一次，自己不去也说不过去，虽然她实在没有什么心情去赴约，但还是答应先回家把孩子安顿好等梁可可来接她。

大家从菁菁校园里出来，也算是在一条起跑线上出发的，可随着年岁渐长，彼此的距离也在拉大。女生的压力可能还会小一点，自己若不如意，还可寄希望有体面的老公来撑门面，男生可就没办法，总不能去指望有个能给自己添光增彩的老婆吧，那种事概率本来就低，何况老婆的锋芒太甚，自己还有可能落个吃软饭的嫌疑。每次聚会，无形中大家也会比较。到后来，聚会慢慢变成了女同学吃饭、男同学喝酒，尚晴渐渐也觉得可去可不去了。不过今天是谭静雯回来，自然还得去，再说了，也没什么冠冕堂皇可以推托的理由。尚晴把乐乐送到妈妈家，一出街口，远远就看见梁可可的黄色POLO，尚晴不由加快了脚步。

梁可可已经精心装扮过了，乍一看，简直就是个粉雕玉琢的瓷娃娃。白色的短大衣衬得她的肤色越发剔透，怎么看都看不到岁月在她脸上留下的痕迹。尚晴感叹造物主还是偏心的，有些人怎么就能被老天呵护得那么好呢？再看看自己，黑色的大衣裹着看不出曲线的身躯，以前唯一自傲的清冽眼神现在已是暗淡无光，清汤挂面似的长发出门前还梳理得整整齐齐的，被风一吹，乱糟糟地显得凌乱不堪，显然是长期没有打理过了，无款又无型。尚晴顿时感觉自己就像是珠宝店里专门用来衬托珠宝的那块黑绒布，存在的全部意义就是衬托出珠宝的璀璨夺目。

好几年没见，谭静雯变得让大家都有点认不出了。晒得黝黑的皮肤让她看起来像当地土著，那亮晶晶的眼神饱吸着澳洲的灿烂阳光，灵动而跳跃。尚晴觉得她两个女伴各有各的美，谭静雯就像一株在野外肆意生长的植物，健康又饱满，妖娆而丰盛，有一种未经雕琢的美，美得大气。梁可可则像袖珍盆栽，小巧精致，但是没有经历过风雨的洗礼，总美得有点苍白，叫人看着有点小心翼翼。自己呢，应该是最普通的草，放在哪里都是不起眼的绿。

谭静雯给了她们最热烈的拥抱。她们彼此打量着，心里充满温暖的情意。大家在记忆里搜寻着和彼此有关的片断，变化是都有的，尤其是刚做妈妈不久的一位女同学，还真让谭静雯惊讶得有点不敢相认。席间相谈甚欢，有人打趣谭静雯怎么还不带个人一起回来，个性豪爽的谭静雯掷地有声，“没遇到我的真命天子，我宁愿单身一辈子！”倒叫大家一下子不知如何接下文才好。幸好有个机灵鬼转移了话题，说要是生个混血儿就好了，混血儿又聪明又漂亮，看来只有谭静雯将来有这个可能了。又有正被家庭问题所困的人感叹还是一个人好，无牵无挂无烦恼，潇洒自在。尚晴觉得谭静雯的率性而为一点都没变，她应该是完全为自己而活的人吧，为自己的理想活着，一点都不会在乎别人的眼光和看法，这样真好。大家东拉西扯，只吃到晚上九点多才散席。

梁可可送谭静雯和尚晴回家。路上经过原来一起念书的学校，谭静雯忽然说道：“那时候我们还是小孩子呢，想不到现在尚晴都是小孩子的妈妈了。”三人一起笑了，却又半天无话。时光飞逝，改变着每个人。每个人的选择不一样，生活轨迹也不一样。尚晴说：“还是静雯好，在外面走了一遭，长了见识，也算是随心所欲了。不像我们这些被家庭早早困住的人，以前当孩子的时候，为父母活，自己当了母亲了，又为孩子活。”

“也没有啊，其实我也挺羡慕你们的，有可爱的孩子，美满的家庭，那也是一种幸福呢。不过——”谭静雯顿了顿，“尚晴，我觉得你变化挺大的。”

“老了是吧？”尚晴自我解嘲。

“你知道我不是说这个。”谭静雯微微一笑。

尚晴仿佛被说中了心事，不敢再接下去。正在开车的梁可可不干了，“你们两说什么呢？叽叽歪歪的。我们还去别的地方潇洒一下吧，难得见一面呢。”

“好啊，今晚听可可的，一切都由可可安排。”谭静雯响应到。

“尚晴今天没问题吧？要不要跟顾军请假？”梁可可问到。

“不用，今晚我也交给你了。”尚晴想难得出来轻松一次，干脆轻松到底。

她们决定去KTV狂欢。三个女人，仿佛又回到了学生时代。梁可可的幸福是写在脸上的，而尚晴的苦恼是肉眼看不出的，好在谭静雯能感觉出来，尚晴是有心事的，以前那个积极乐观向上的尚晴现在满身都写着疲惫，似乎理想还没放弃她，她已经开始放弃理想了。谭静雯不愿意看到这样的尚晴，她不希望好朋友活得像一株快要失去水分的标本。

“晴晴，”谭静雯亲热地喊着学生时代的称呼，“最近生活怎么样？”

“还不就是那样，呵呵。”

“工作呢？”

“没劲。”尚晴毫不掩饰自己对工作的厌倦。

“怎么不换呢？”

“换？哪有那么容易啊？现在找个固定工作好难呢。”

“既然不喜欢为什么不换？我从来没有过什么固定工作，不也挺好的？”

“我们不同，我不是一个人了，要养孩子呢。再说，现在年龄也大了，又没有一技之长，根本找不到好工作。”

“孩子不是还有爸爸吗？你为什么要把有限的生命浪费在自己不喜欢的事情上面啊？”

“道理我懂，可是……不是你想像的那么容易呢。”

“你想都没想，你就想着得过且过一直混到退休吧？”谭静雯直话直说，没给尚晴留什么情面。看到尚晴不说话，觉得自己的话也说得有点重了，语气又温和下来，“其实，我只是希望你能多为自己考虑一点，活得更自我一点，我知道这不是你想要的生活。人，至少应该有一部分是为梦想而活。”

“你怎么知道这不是我想要的生活？”

“这还不容易，看眼睛就知道啊，我在你眼里根本看不到对生活的热情。”

“呵呵，那你是没有看见我做饭的时候，我对做饭一直都是保持着高度热情的。”尚晴调侃着为自己解围，“你自己呢？”

“我啊？小时候的梦想实现了，现在又有了新的梦想，人在每个阶段都会有不同的梦想，其实啊，不断接近梦想的过程最美好。”谭静雯笑了。

梁可可点了一大堆过去唱过的老歌，于是，她们唱着以前的老歌，仿佛又回到了无忧无虑的学生时代。间或说着以前暗恋的男生现在已经为人夫为人父，说起谁谁谁和谁谁谁的消息。三个人聊得多，唱得少，酒酣人醉，梁可可喝得都没法开车了，最后只能各自打车回去。

尚晴本来有点困了，可一番洗漱，人又清醒了。她躺在床上，耳边回响着曲终人散时谭静雯对她说的话："亲爱的，你有追求梦想和实现自我的能力，我为你加油！"梦想这个词，尚晴感觉好生疏，似乎已经是一个离自己好遥远的词了。尚晴又何尝不想和谭静雯一样，想做什么就做什么，可是她不行，她为别人想得太多，太在乎别人的感受，太忽略自己的想法。她原来也是有过理想的，但和大多数人一样，当理想与现实的差距越来越大时，会选择放弃。

尚晴还记得谭静雯小时候的梦想就是做一个云游四方的大侠，梁可可的理想是当老师，自己则希望成为一名治病救人的医生。现在，只有谭静雯实现了自己的梦想。梁可可还好，有一个幸福的家庭，自己呢，家庭事业两耽误。想到这里，一种浓浓的挫败感顿时笼罩了她，在丈夫眼里，她是一个没有吸引力的女人，在单位里，她是一个可有可无的角色，只有对孩子和家人而言，她还算一个尽职的好妈妈和好女儿。可是，她生来就是为着扮演孩子的好妈妈、妈妈的好女儿吗？那她自己呢？她自己的位置在哪里？完完全全为别人活着，自己到哪里去了？说是为家庭牺牲得太多，其实也只是安慰自己的幌子而已。孩子小还说得过去，可现在孩子一天天大了，她确实也该有所规划了。她再也不想从上班就等着下班，在几张报纸和几本闲书中任时间白白流走。无论如何她都不愿意在稳妥的名义下，碌碌无为地度过一生。尚晴一下子在混沌中辟出一条明镜般清澈的道路来，好像突然间就做出了某种决定。而一旦做了决定，尚晴的心笃定起来，心一定，睡意才又重新降临。这一觉，她睡得很沉，那种久违了的心里很踏实的感觉让她觉得安心，很久没这样了，她很欢喜。

第二天上班的时候，刚好所里开欢送会一位老同事退休。老同事在古籍部工作了一辈子，光荣退休了。尚晴看着老同事灿若菊花的脸，仿佛看到了若干年后的自己。一阵莫名的寒意从背后袭来，尚晴禁不住打了个寒噤。一想到有一天自己也是如此的结局，她突然感到恐惧，就这样在这里消磨掉青春还不算，还要消磨掉大半生？这样一成不变的日子要像复印机一样一直印下去？尚晴简直不敢再往下想了。谭静雯说得对，当你三十岁的时候，你会觉得自己二十岁的时候是多么年轻啊，要是那时候努力就好了；同样，当你四十岁的时候，你会觉得自己三十岁是多么年轻啊，那时候努力改变，应该还是来得及的。所以，什么时候想改变都不算晚，只要你自己想改变。可是，她又能做些什么呢？不管能做什么，反正她是想改变了。

是的，她应该做自己喜欢的事。像谭静雯说的那样，有限的生命不应该浪费在自己不喜欢的事情上面。她想起读书时一直对六朝文学情有独钟，不知道为什么，她对那个朝代有着浓厚的兴趣和感受，也有很强的探求欲望，她决定把这个作为自己以后的研究方向，静下心来做一些自己喜欢的事。她一直很仰慕人称“六朝人物”的学界泰斗沈秉良，她想报考他的研究生，继续深造。这样的想法虽说保守但不失稳妥，改变不会太大，学习工作也两不耽误。万一考不上也权当提高自身素质，不会给生活带来什么影响。不能说谭静雯的话根本地改变了什么，但至少深深刺痛了尚晴倦怠已久的神经：“如果你心里一直对它念念不忘，那就勇敢地奔向它吧，即使失败，至少尝试过！”

尚晴看了一下日历，离下次招生考试只有不到一年的时间了，还要把丢了好久的外语捡起来，真还有点紧呢。今年估计只能是练兵了，主攻明年的那场考试。尚晴先把要考试的科目和所需要的复习书一一列出，该买的要着手去买了，然后大致分配了一下学习时间，决定先看专业书和外语，临考试前一个月再突击复习政治。考研工程浩大，尚晴给自己开具了一张周全明晰的进度表。每个阶段的学习任务，都划分、标记好。除了这张总表，尚晴还准备等书买回来后再把每项任务细分，每完成一项就划上一条颜色鲜明的删除线。

考研意味着什么？一个崭新的开始吗？尚晴也不知道前面是什么在等待着她，可是她如果连尝试的勇气都没有，她会鄙视自己。对她而言，选择考研，也就意味着选择了忙碌枯寂的奋斗过程。

尚晴准备把自己想要考研的想法告诉苏扬。因为在办公室复习的话，苏扬也可以掩护一下自己，再来她也想发动苏扬一起考，把时间利用起来，即使考不上，也算没有虚度光阴。尚晴一直认为，开卷有益，看书总不会有坏处的。她招手示意苏扬过来。

“苏扬，我准备考研。”

“你怎么突然想到考研？”苏扬一脸纳闷。

“没什么，就是觉得生活没有目标。”尚晴只是想找回自己，她不想把自己的考研动机说得太崇高。

“难道你迷路了吗？”

“嗯，确切地说是掉队了，我发现这些年别人都走到我前面去了，只有我还在原地踏步，再这样混下去我真的对不起我自己。”尚晴认真地说着：“假如我能活六十岁，那我还只活了一半时间，我不想这剩下一半时间一事无成。如果我努力过了，即使没有实现自己的梦想，我也不会后悔，可是，如果我连试都没试过，那我老了肯定会后悔的，可那时候再后悔什么用也没有。”

苏扬对这番话一时还有点消化不了，她不懂尚晴过得好好的怎么突然要这么折腾自己。

“苏扬，你的梦想是什么？”

“我的梦想？”苏扬一愣，“我的梦想很实际，就是指望老公能找个好工作，一家人衣食无忧。”

“嗯，这也算吧，可你对你自己呢？有没有什么期望和目标？”

“我自己？好像没有了，我还能做什么，我可不是读书的料。”

“也许你在别的方面还有天赋和潜力，只是现在还没被激发出来呢。要不你和我一起复习考研吧，我也好有个伴。”

“饶了我吧，我实在是不想再考试了，这样吧，我无条件在精神上支持你还不行吗？”苏扬摆手做出求饶的姿势。

尚晴把手贴在嘴唇上轻轻“嘘”了一声，“好吧，不勉强你了，不过这可是我们两个的秘密，一定要保守秘密啊！”一边说一边朝朱玉珍那个方向瞥了一眼。朱玉珍刚巧也在看着她们，心里正疑惑两人又在搞什么鬼，被尚晴这一瞥，赶紧又低头装作看报纸。苏扬和尚晴对着做了个鬼脸，相视一笑。

自从静下心准备考研以来，尚晴越来越喜欢上班了。因为有大把时间可以供自己支配，她心里竟第一次对这份枯燥无味的工作生出一股喜爱。很多时候，整个办公室都静悄悄的，要是评选所里最安静的办公室，真的非她们莫属。

尚晴打算先从古代文学史看起。这门课程的复习过程很顺利，不到半个月就拿下了。尚晴正沾沾自喜呢，可不久后冷不丁再拿起这本书一看，却怎么也想不起自己曾经看过。尚晴犹如当头一棒，再也不敢掉以轻心，一字一句把笔记做得井井有条，这才算真的把那些内容像刺绣一样一针针刺进脑海里。

尚晴按部就班地完成着自己的计划，学习在她脑海里占据的地盘越来越大。

她发现，当她一颗心完全沉浸在学习中时，可以暂时忘记许多不快。大概无论什么事情，只要你一旦沉浸其中，总是能体会到乐趣的，学习、做生意、甚至玩耍，都一样。

尚晴这天清早又收到一个邮包，迄今为止，复习书已经陆陆续续全部买齐了。她正等着给苏扬看她新买的辅导教材呢，可苏扬今天没来。朱玉珍说她请假了，该不会有什么事吧？本想打电话给苏扬，可刚好有人来咨询，忙碌了一上午，不知怎么也就把打电话的事给搁下来了。

下午苏扬来上班了。尚晴一眼看见苏扬垮着个脸磨进办公室，径直朝自己走来，一屁股坐在尚晴旁边的位置上，半天也不做声。

"怎么了？"尚晴猜想肯定发生了什么事，而且估计绝对不是什么好事。

"麻将馆被封了。"苏扬面无表情。

"啊？怎么搞的呀？"尚晴也没想到会这样。

"小区里整顿环境，创和谐社会和谐小区，一切商业活动都给取缔了。"

"这样啊，没别的办法了？"

"能想的都想了，不行。"苏扬一脸的无奈。

尚晴向来不会劝解别人，除了干着急，只能沉默着。

"你的钱我暂时还不了，你不急吧？"苏扬在麻将馆被封后想的头一件事就是欠尚晴的钱估计一下子还不了了，她虽然知道尚晴不等着钱用，但答应别人尽快还钱的事一旦食言，她还是很过意不去。

"没事呢，我反正不急着要用钱。你别急。"尚晴忙宽慰苏扬。

苏扬舒了一口气，转而愤愤不平地说到，"什么和谐小区，一点正常的娱乐都给剥夺了，还能和谐到哪里去！"

尚晴笑了，她就是喜欢苏扬这点，什么时候都乐观得好。再伤心的事她也不会在心里存很久，发几句牢骚什么的就把烦恼抛到九霄云外去了，她那里似乎没有过不去的坎儿，在她眼里，太阳永远是新的。不过这一次，尚晴低估了麻将馆被封给苏扬带来的打击，苏扬没有想像中那么轻松，上班下班都像霜打的茄子，好长一段时间都没缓过劲来。尚晴除了安慰她要想开点，也别无他法。有时候也会找些笑话来说，可这些慰藉就像冬日里的暖阳，只能给人心理上的温暖，不能解决实际问题。于是，办公室重新安静得只听见书页翻动的声音。三个人各怀心事，谁也没有心思搭理谁似的，只顾着自扫门前一片雪。

尚晴的复习进度一直保持着令自己满意的水平。但毕竟不是当学生的时候了，记性似乎也大不如从前。有时以为自己都记住了，可临到做卷子回答问题时，却模糊一片。可是，只有学习才能让她暂时忘记烦恼，学习也已经成了她生活里新的重心。再次，看书也是治疗失眠的最好方法，尚晴几乎每天都是看书看困了就睡。有几次，看着看着睡着了，早晨醒来才发现灯都没有关。看着那在晨曦里显得暗淡的灯光,尚晴的心里竟涌起一股和年龄不相称的伤感之情,感叹自己年纪一大把了还在寒窗苦读。这情绪刹那间极大地摧毁着她的学习热情，她克制自己不要这么伤感和软弱。她在心里告诫自己，不做情绪的奴隶，要坚强一点，这世界上没有救世主，自己的命运自己主宰。

天气已经往热里走了，身上的衣服日渐轻薄，心里也跟减轻了负担似的比以往轻松。万物萌生，病菌也趁火打劫。对抵抗力相对较弱的孩子和老人来说，这也是一个状况频发的季节。尚晴那天下班接乐乐回家时就觉得他不对劲，无精打采的。果真，幼儿园的老师告诉她说乐乐一天都这样，要尚晴回家注意，如果病了最好不要来幼儿园，怕传染给别的孩子。尚晴一路哄着乐乐回家，他都没有什么精神，眼睛里还总浮着薄薄一层眼泪。尚晴判断乐乐肯定是病了，赶紧量体温，还好，体温还算正常。尚晴又给乐乐喂了感冒药。乐乐懒洋洋地躺在尚晴怀里，没有吃晚饭就睡了，尚晴不时摸摸乐乐的额头，想着只要不发烧，应该不会有什么大事的。

忙完后尚晴照旧靠在床头看书，看着乐乐熟睡的脸，那么可爱，可爱得真让人忘了一切的烦恼。她只想尽自己可能给他最大的幸福。可是，一个幸福的家，一个幸福的童年，完整的父爱和母爱都是必不可少的。尚晴呆呆看着沉睡的乐乐，一时忘了看书。

尽管乐乐看起来睡得很香，可尚晴总睡得不踏实，不时伸手探着乐乐的额头。果然，半夜里乐乐突然发烧了，额头滚烫滚烫的，尚晴忙起身穿好衣服。四月的夜里还有点寒意，尚晴赶紧又翻出一条小线毯给孩子包上，手忙脚乱抱着孩子出了门。凌晨三点多钟的街道很少能看见出租车，尚晴住的地方又不是什么繁华主干道，等了好几分钟也没看见有一辆出租车经过。尚晴只好抱着孩子边走边四处张望有没有车过来。幸亏医院离家还不算太远，再加上尚晴心里急，几乎是一路小跑，平时二十多分钟的路程她竟然只用了不到十分钟。

挂急诊，例行检查，打针，直到确诊乐乐只是单纯的发烧以后尚晴才稍稍安心了一点。乐乐打完针又睡了，尚晴看着输液瓶里的水一滴一滴落下来，突然觉得后背一片冰凉。刚才走得急，身上都已经汗湿了。忙着也不觉得，这一停下来，汗透的衣服粘在后背上又湿又冷，感觉好难受。留观室还有别的病人，尚晴也不好意思怎么着，只能坐在那里任体温慢慢把衣服焐干。好在疲倦一波一波袭击着她，这点不适，也被冲淡到可以忽略不计了。

房间的灯渐渐变暗了，那是因为窗外的天色已经慢慢透亮了。外面的人声也渐渐喧闹起来，纷至沓来的脚步声把黑夜里的恐惧、担忧一一踩碎。一夜没睡的尚晴，头昏得像塞满了乱麻与糨糊的罐子，沉沉的提不起来。好在乐乐已经退烧了。尚晴拿出电话给单位请假，还好，朱玉珍今天不知道怎么心情很好，很爽快地准假了。尚晴松了一口气，她现在最大的心愿就是能躺下来好好睡一觉。虽然她的生物钟告诉她就算眼前有张最舒适的大床，也不会让她产生多么浓重的睡意，可她还是想美美的、像孩子一样无忧无虑的睡个好觉。

尚晴不忍心打电话给妈妈，虽然请假要扣工资不说，还要看领导的脸色，但尚晴还是不想累着妈妈。估计乐乐应该也没什么大问题，在家休养一天稳定下来就可以上幼儿园了。

回家后尚晴从冰箱里拿出速冻的汤圆煮给孩子吃。乐乐喜欢吃这种袖珍小汤圆，花生米大小的丸子又甜又糯，最适合孩子的口味。为了营养，尚晴又往锅里磕了一个鸡蛋。不一会儿，汤圆的香气就飘满了整个厨房。

乐乐烧一退便又活蹦乱跳了，一大早就缠着尚晴讲故事。尚晴讲了一会，索性带着孩子一起去超市购物，顺便还把下几餐的菜都买回来。吃过午饭，乐乐开始午睡。尚晴也累了，靠着乐乐躺了下来，本想先躺几分钟再去看书，一闭眼竟也沉沉睡着了。

等尚晴再睁开眼睛的时候，光线已经有些暗了。房间里很安静，耳畔只有乐乐略为粗重的呼吸声。尚晴看着窗外太阳光的影子在墙上一寸寸移动，觉得所谓的光阴流逝，应该就是这个样子吧。突然，尚晴敏感地听到大门的锁孔里有钥匙转动的声音。尚晴一时有点紧张，这个时候谁会来啊？这个念头还没理清，门已经开了。尚晴听到钥匙被抽取后放到衣袋的声音和打开鞋柜换鞋的声音，这动静让她明白，是顾军回来了。她扭头朝里闭上眼睛，假装睡着了。

顾军蹑手蹑脚地走进房间，直奔床头，用手探了探乐乐的额头，感觉烧退了，这才放下心来。他站在床边，看着母子俩睡在那里，脑海里浮现出昨天乐乐生病尚晴一个人带她去医院的情景，不禁涌起一阵内疚。

尚晴听见顾军折回厨房，竟然一个人在那里乒乒乓乓做起饭来。尚晴想了半天才想明白是自己忙得忘记给幼儿园请假了，估计幼儿园把电话打到顾军那里去了，要不他怎么会在这个时候回来，怎么会一到家就看乐乐还发烧没有。正想着，厨房里发出一声带回音的闷响，估计是顾军手忙脚乱把锅盖给掉地上了。乐乐本来也该醒了，听见这响声，立刻睁开了眼睛。“妈妈，什么声音啊？”“没有，估计是你爸爸把锅盖掉地上了。”“爸爸？爸爸回来了？”乐乐想爸爸了，他扯着嗓子叫到，“爸爸——爸爸——”厨房里的顾军听到叫声后连手都顾不上洗，一边答应一边飞快地跑了过来。“爸爸，你出差回来了？”“嗯，儿子啊，病好了吧？”“爸爸，你给我买玩具没有？”“爸爸明天带你去买啊。”乐乐从被窝里钻了出来要玩骑大马，尚晴没法再装睡了，赶紧扯着乐乐先穿好衣服。乐乐好久没看见爸爸了，显得格外欣喜，穿好衣服后非要顾军现在去带他买玩具。做父母的对待生病的孩子难免要比平时纵容一点，似乎这样可以弥补病痛带给孩子的折磨，而孩子也似乎很善于把握这种时机，明白生病可以给自己带来某种特权。顾军朝着尚晴的方向努了努嘴，乐乐立刻明白是要取得妈妈的同意，便抓着尚晴的衣摆摇来摇去，口里叫着：“妈妈，我今天表现好，昨天打针也没有哭，奖励我一个嘛。”尚晴想着他昨天在医院里确实很乖巧，便点头说：“那要早去早回啊。”“就在门口的超市里。”顾军讨好地说到，然后就抱着乐乐出门了。尚晴始终都没有正视顾军，就当他是透明的。她不想搭理他，也不是还在生他的气，只是觉得没意思。起初那几天，她还有一丝希望残留着，她琢磨着顾军会回来苦苦哀求她。她是受害者，理应是主宰整个家庭走向的救世主，但顾军没有给她这个施恩的机会。渐渐的，希望变成失落，到最后，那一点失落也淡了，变成了麻木。她转身去厨房里忙碌起来，直到孩子兴高采烈地拿着玩具冲进家门。

乐乐还小，他还不知道这世界上有冷战这个词，他也不懂得两个看似平和的大人之间的内心交战，只知道爸爸妈妈都在他身边就好。吃过晚饭，尚晴带着乐乐先睡了。乐乐睡着以后，尚晴拿起书来想复习。顾军进来拿换洗衣服，看见乐乐和尚晴睡在卧室大床上，也不好再挤进来睡觉，磨磨蹭蹭在柜子里翻找衣服，见尚晴没有挽留的意思，便又讪讪地走了出去。

不过，好歹有了乐乐生病这个台阶，顾军又名正言顺地回家来住了。过了两天，刚好顾军的姑妈来城里看读书的儿子要小住两天，当着客人的面，尚晴脸上有点挂不住，也不想让外人看热闹，这才总算搭上顾军的话了。晚上姑妈和乐乐睡在一间房，本来尚晴是要乐乐和顾军一起睡，自己和顾军姑妈睡，可顾军姑妈执意不肯，尚晴也就不好再坚持。收拾妥当后看时间还早，就准备先看会书。正认真地做着笔记，突然听见身后传来顾军的声音："在看什么书啊？"尚晴吓了一跳，刚才专心看书，根本不知道顾军什么时候进来的。尚晴没有做声。顾军拿起旁边的一本《考研历年真题解析与实战演练》，"你要考研？"尚晴还是没有做声。顾军自说自话上了床，"我先睡了啊。"

等尚晴起身准备洗漱睡觉时，发现自己的被子已经铺好了。估计顾军也料到尚晴不会跟他一床被子，所以自觉地在床上铺了两床被子。

就这样，日子像一条断了的线，又接上了，只是这个接头会时不时梗在心头，小小地刺眼地提醒着他们的过去。她内心不能原谅顾军，可是，不能原谅又能怎样呢？事情已经发生了，他们还能回到过去吗？一个被打碎的瓶子，再怎么修复也会留下痕迹。要想活得跟过去一样，就得对那些痕迹视而不见。可是，这可能吗？

想到将来，尚晴心里一片茫然。

复习进行到一定程度，尚晴的冲劲渐渐被卸掉了，取而代之的是学习进度的滞后。还没看到最后，前面的内容就已经忘记得七七八八，好像她的脑袋内存有限，新的东西要装进来，只有删除旧的东西才能腾出地方。这让尚晴一度怀疑起自己的学习能力来。

好在考研的事是个秘密，即使失败了，也不会引来冷嘲热讽，何况，尚晴给自己留了两年时间，两年就意味着有两次机会。只是学习的过程中难免有些烦躁的情绪，每到这时候，尚晴就会想到谭静雯说的那些话，用那些话给自己鼓劲。当然，学习也不是完全没有乐趣的，何况，人在专注某一件事情的时候，会比较容易忽略别的事情，尤其是不开心的事情。当尚晴沉浸其中，偶尔还是有那么一点点成就感的，好像那些失去的信心也在一点点的被找了回来。她在这自我肯定中得到阿 Q 式的快乐，一种旁人无法理解无法分享的快乐。

学习成了尚晴上班的主要内容，工作反而成了一种调剂，学累了就把手头上的工作捡起来，当做是放松和休息。她认真学习的时候，苏扬总是尽量不来打扰她，只要她合上书本，开始工作时，苏扬就会像一只小鸟一样飞过来在她耳边唧唧喳喳。两个人边工作边聊，把朱玉珍晾在一边。朱玉珍的报纸遮着脸，但耳朵一直竖起来听着这边的动静。可惜每每听到关键处，两人的声音就低了下来，听得朱玉珍失落不已，有种隔靴搔痒的郁闷。可又发作不得，只得在考勤上对她们严加苛刻。

两个人有时候也会聊到自己想要的生活，苏扬的当务之急是解决家里的温饱问题。她现在最大的心愿就是尽快把欠的债还清，然后易波能找个相对稳定的工作。尚晴则是一片茫然，她和顾军看似又回到原来的生活轨道，可是总有些疙疙瘩瘩的情绪，不时冒出来绊她一脚，让她防不胜防。她也想说服自己对顾军好一点，可不看见他还好，一看见他那张脸，就气不打一处来。要说还有什么希望，就是希望能真正回到过去那不曾被打碎的幸福里，也许那也只是种幸福的假象罢了。但是，在残忍的真相面前，人有时候更宁愿活在假象里。

她们现在想的都是要改变，只是尚晴想要改变的是自己，苏扬则一心想要改变易波。苏扬告诉尚晴，那些麻将机已经折价转让了，易波也好不容易在苏扬表哥任职的公司里找了个工作，活不累，工资自然也高不到哪里去，而且还要倒班上晚班。苏扬表哥还强调，像这种没有技术含量的工作能拿到这个价已经是不错了，而且，想得到这份工作的人大有人在，言下之意是要易波好好珍惜。苏扬对着尚晴叹了一口气，“你知道吗？那天我千恩万谢从表哥家出来，觉得自己都快成他妈了，真不知道他什么时候才能长大。”她虽然感激表哥，但表哥的话里不自觉流露出的一份优越感和对苏扬的同情，已经无形地嘲笑了易波的无能。回想起易波一脸浑然不觉的样子，苏扬忍不住悲从中来。

“我现在也不求什么了，只求贝贝能快点长大，不要像他爸爸这样窝囊才好。”苏扬发自内心地感叹。

“你可别把什么都寄托在孩子身上，她累你也累。你可以改变自己啊。”

“也是，连老公都靠不住，凡事还真的只能靠自己。只是，我怎么改变？我和易波都是吃了没读书的亏，将来，我们家贝贝就是砸锅卖铁也一定要读大学。”苏扬和易波都只读了大专，她对文凭这事始终耿耿于怀。

“孩子肯定要读书的，你也可以读啊。”尚晴想起一句公益广告，“知识改变命运。”

“我读不进书，也不想读书，我现在就是想怎么才能多赚钱。”苏扬毫不掩饰自己对钱的渴望。要现在的她去谈什么追求、理想，就好像要一个人饿着肚子去等待山珍海味，那实在是太遥远太奢侈的事情。“贝贝学这个学那个的都要钱呢，我都想去卖稀饭了。”

“稀饭？”尚晴一愣，疑惑地看着苏扬。

苏扬嘴一撇，“你不知道吧，哼，现在卖稀饭的都比我们赚得多呢，你读书有什么用，收入还比不上一个卖稀饭的。”原来前一阵苏扬去看父母，顺便也是想要父母给在大公司任要职的表哥说说，能不能给易波安排个工作。闲聊的时候，听他们说起隔壁下岗的老张卖稀饭一天都能赚好几十块钱，苏扬心想那不是比自己上班都强多了吗？起先她有些不信，连个摊子都没有，就推着单车在外面卖能卖多少钱啊？在反复求证得到肯定答案后，苏扬有些动心了。她当时就打算回家后也游说易波去卖绿豆稀饭，虽然卖稀饭说起来不那么神气，若碰见熟人也确实有些尴尬，但这总比在家闲着坐吃山空要好啊。再说，本钱小，资金回笼快，即使卖不出去也不会有什么大的风险。更重要的是，他们实在没有多余的钱再去尝试别的项目。可易波死活不愿意，嫌丢脸。虽然这已在苏扬意料之中，可她还是有几分懊恼，有几句重话都到了嘴边，忍忍还是咽了下去。她想不通，面子就那么重要吗？一个大男人，不出去工作，就在家里靠老婆养着，这样就很有面子吗？苏扬忍不住对尚晴大倒苦水。

“要你推个单车卖稀饭你会去吗？”尚晴想像着苏扬推车卖稀饭的情景，忍不住笑了。

“会啊，兔子急了还咬人呢。”苏扬给自己打气，“再说了，又不偷又不抢的，光明正大的事，有什么关系！”

“要是我们都下岗了就好了，一起卖稀饭去，你声音大，你吆喝，我管收钱交货。”两人一齐笑了起来，那边的朱玉珍一脸狐疑，不知道这两个人一会叹气一会笑地鬼鬼祟祟搞些什么。

田伟平又出差了，梁可可似乎总是接到他报告行踪的电话：可可，我在机场，准备走了；可可，我到站了，一切顺利；可可，我还要几天才回家。诸如此类报平安的电话让梁可可感觉田伟平就像一个游行侠。好不容易遇上田伟平在家的日子，也有没完没了推不掉的应酬等着他。田伟平表示歉意最常用的方式就是给梁可可钱，梁可可也默认了这种补偿方式，用这些钱买来大堆自己喜欢的东西，衣服、化妆品、首饰，把物质带来的满足感挪移到精神层面上去。直到她考了驾照，买了辆POLO，加入了时下流行的车友会，结交了许多新朋友，她的生活才开始变得丰富多彩起来。他们经常成群结队地去爬山、泡吧、郊游，因为年龄相仿、志趣相投，所以能疯到一起、闹到一起去。梁可可的业余时间渐渐充实了，她恢复了活力，看上去显得更年轻更有朝气了。

今天晚上是周末，梁可可和车友会的朋友约好了一起去泡吧。梁可可起初并不喜欢泡吧，她觉得音乐太吵，人太多，空气太不好。第一次去的时候，她都不太好意思像别人那样肆意狂扭。不过去了几次以后，就慢慢适应了，觉得也是一种宣泄，反正谁也不认识，也没谁注意你，你爱怎么样就怎么样。在强劲得几乎要穿透耳膜的乐曲声里，一阵乱扭，好像灵魂都要出窍了。跳出一身大汗后，反而觉得一身轻松，回家也睡得特别沉。

这天去的是新开张的一间酒吧。大家说说笑笑喝到一半的时候，车友会会长大头带着两个新人加入了。经常是这样，中途有人带新的朋友进来。梁可可和大家都举起手中的酒杯对他们的加入表示了欢迎。乐曲声震耳欲聋，旁边扔色子喝酒的人喝得兴起，热闹的气氛似乎要把房顶掀开。在这样的环境里，是容不得你去伤感怀旧的，大家都像深海的鱼群，在快乐地往海的深处沉迷，这坠落的过程因为成群结队，有一种结结实实不容作他想的专一。梁可可不多久就觉得对面总是有双眼睛在看她。她没有朝那个方向探视，但能感觉到那目光总是在注视着她。昏暗的酒吧里，那目光像一道追光，照得她纤毫毕现。她不禁微微有些脸红，好在昏暗的灯光掩饰了一切。

大家再次举杯相庆时，梁可可终于找到了那束追光的源头。是朋友带来的新面孔，刚才他自我介绍过，可一片喧嚣中，梁可可并没有在意。女友跳跳在一旁跳起了舞，边跳边发动大家一个接一个地跟着跳。桌边的人去了大半，跳跳见梁可可不肯和他们跳，加大了扭动的幅度，朝梁可可身上轻轻撞着。梁可可躲闪着，这更激得跳跳不断加大力度。终于，左躲右闪的梁可可重心不稳，“砰”的一下子碰到桌子，靠到旁边那个人身上。那人手里正端着一杯酒，猝不及防一碰，杯子里的酒全泼了出来。红色的酒洒在他白色T恤上，很显眼地湿了一大块。梁可可急忙说对不起对不起，那人只是笑笑，边摇头边说没事。跳跳趁机过来起哄：“要可可赔！要可可赔！”梁可可脸更红了，抽出几张餐巾纸递给那人，那人接过来在湿处按着吸水。“不要紧吧？”音响太大，梁可可不得不扯着嗓子问道。“没事，不要紧的，回家洗一下就好。”“那你回家先用盐洒在上面，然后再搓，这样就容易洗干净了。”“呵呵，要是这样还洗不干净呢？”那人笑着抬头说。梁可可一时语塞，不敢看那人的眼睛，低头说：“要是还洗不干净，我就赔你一件。”那人笑得更厉害了，朝梁可可说了一句什么。“你说什么？”梁可可没听清。那人凑近梁可可的耳朵，大声说：“开你玩笑呢，你还当真了！”听他这么一说，梁可可也笑了起来。

见大家兴致很高，会长又叫了一打罐装啤酒。梁可可酒量不大，她觉得自己再喝就要醉了。喝酒本是件开心的事，喝醉了可就是件不好受的事了。她曾喝醉过一次，那是在不知道自己酒量的情况下被同事灌醉的。醉了后只觉得头重脚轻，睡醒以后头痛得厉害，大半天都回不过神。大头不由分说递给她，“我陪你喝两厅，够意思吧？”梁可可正准备推辞，身旁那人先她接过啤酒塞到梁可可手里，一边还朝梁可可眨着眼睛。梁可可一时也没反应过来，但她不想扫大家的兴，还是接了过来。趁大家不注意的时候，那人在梁可可耳边说：“没关系，我帮你。”大家互相碰杯，那人趁没人注意，先将自己的啤酒罐放在梁可可面前，梁可可还没反应过来，他已经飞快地拿起梁可可的啤酒罐举了起来，“干杯！”“干杯！”梁可可感激地朝他举起了空空如也的啤酒罐。

梁可可的手机在牛仔裤口袋里有节奏地震动着，梁可可一看号码是田伟平的，忙走到外面接电话。田伟平钥匙落在办公室了，正在家门口等着她回家开门呢。梁可可挂了电话，用手指钩住手机链，一甩一甩地走了回来准备跟大家道别。大伙看时间也差不多了，就准备一起散伙算了，一行人走出了酒吧。

在一片道别声中，大家陆陆续续发动自己的车子，大头见梁可可站在那里没动，问她怎么了，梁可可说今天车子送去做保养了，大头热情地要送梁可可回家。梁可可知道大头和她一个城东一个城西，送她的话要走环线包一个大圈，想想还是自己打的算了。大头忽然想起什么似的对梁可可说：“你等等，我朋友刚好也住河西，要他送你吧，顺道！”边说边打着电话。梁可可不好再推脱，这时一辆车从停车场那边驶过来，车窗摇下来，正是那个被梁可可弄脏衣服的人。大头拉过梁可可，打开车门，叮嘱那人一定要把梁可可送到家。“放心吧。”那人边说边发动车子，梁可可和大头道别后也摇上了窗户。

车里放着不知名的曲子，轻快而跳跃的节奏配合着车速，显得和谐一致。

“你家住哪？”“高鑫新城。”“是吗？我每天都要经过那里呢。”“你住哪？”“你们家还要过去，桃花村。”那人又自我解嘲地加了一句，“可惜很少走桃花运。”梁可可忍不住笑了。

“你叫可可？”“你怎么知道？”“我听大头这么叫你。”“嗯，梁可可。你呢？”“罗铮。”交谈中，梁可可偶尔会偏头看看那人，但看清的也只是他的侧面，挺拔却不过分的鼻梁，不大却很有神的双眼，硬朗的面部线条中蕴藏着阳光浸透的痕迹，匀称的身材显得健康又结实。她看他握住方向盘的手，修长干净却不失力量感，正是她喜欢的类型。

“我很黑吧？”罗铮仿佛知道梁可可在看他。

“嘿嘿，天黑，看不出来。”梁可可没有正面作答。

“不用怕打击我，我有自知之明。我喜欢户外运动，常年在外，晒的。”罗铮看了一眼梁可可，“你喜欢户外运动吗？”

“不知道。因为不了解，没试过。”

“想去吗？想去的话，改天我们有活动叫上你一起去。”

“嗯。”梁可可礼貌性地答应着。

晚上车少，路况畅通，很快，梁可可的小区到了。梁可可谢过罗铮，看着罗铮的车慢慢驶出她的视线，突然有点小小的惆怅。因为他竟然没有问她要电话号码，这也许就意味着他们将不再联系，更重要的是这等于是对梁可可女性魅力的一次小小否定。

日子因为无休止的复习变得单调，最轻松的时候就是可以在复习间隙中和苏扬聊聊天，回家看见乐乐。除去必要的吃饭、睡觉、家务，尚晴所有的心思都放在学习上。这样的日子看起来很辛苦，实际上却也有着莫大的快乐。看着自己真实的付出，看着一道道题目被自己拿下，一个个英语单词被搞定，离复习任务完成的距离又近了一些，那种感觉乐在其中。

这段时间的主攻方向是她最头痛的政治和最生疏的英语，每天面对那些枯燥的政治理论、英语单词，时间长久了就像吃多了肥肉一样，有种恶心的感觉。那些厚厚的资料、数不清的题库，让她头晕脑涨、眼睛酸痛，似乎要超出自己的承受极限。有些东西记了又忘，忘了又记，屡记屡忘，遗忘速度快得要让她绝望。有时候她怀疑自己是不是做错了选择，何苦这样折磨自己？尤其是白天工作一天回到家，晚上难免感到疲惫，人一累，看书的效率也会降低。尚晴喜欢到阳台上的跑步机上跑一会或是做做仰卧起坐。有时候，做着做着都分不清眼角流淌的是泪水还是汗水。每当这时候，她会顺势躺下仰望星空。那些星星各自孤独地散发着柔弱的微光，那星光，总让尚晴从心底生出许多感动来。它们仿佛就是心里那希望，尽管距离遥远，光芒却永恒地明亮在自己心里。

夜不能寐的时候，耳边好像有千军万马，一想到明天的学习任务，尚晴又强迫自己匆匆睡去。之所以能坚持下来，完全是因为心中强烈而简单的信念，正是这信念给了尚晴不竭的动力，去追求心中的理想，去实现自己的梦想。

尚晴渐渐处于一种纯净的状态，整个人的注意力都放在了学习上，一切杂念和烦心事都自然而然退出她的世界，因为她也没有多余的精力去想它们了。

心中无比烦闷的苏扬在厨房里做着菜，为了保证孩子的营养，她不得不买些肉和蛋。这也只能保证孩子那一份了，苏扬没有能力买足三个人的量。捉襟见肘的苦恼常常困扰着苏扬，她已经把那些不必要的开销精简到零，可还是应付不过来。她应付那些日常开销，就像用有限的兵力去打一场旷日持久的苦仗。现在，她这个主帅已经疲于奔命，奄奄一息了。面对名目繁多的支出，就好像面对着一面不断破损的墙，刚堵好这个缺口，那里又出现了新的缺口，而她，还时刻冒着被坍塌断壁击中的可能。最关键的不是这个，还在于这面墙边站着的只有她一个人，是她一个人在孤军奋战，苦苦支撑。那本该为她遮风挡雨的人，却不知影踪。易波又失业了。中国人就是喜欢自欺欺人，失业这个词一度被不愿正视现实的人们委婉地说成下岗，可实际上都是一回事。易波受不了工作的枯燥与辛苦，自己炒了老板的鱿鱼卷铺盖回家了。

那天她回家看见易波坐在电脑前，这个时段本该是易波上班的时间，一种不祥的预感立刻袭了过来。果然，易波说他不干了。看着易波轻描淡写的样子，苏扬一时气结，连一句责备他的话也说不出口了。他难道不知道自己为了给他找到这个工作费了多少周折吗？而他竟然连招呼都不跟她打一个就自作主张辞掉了。苏扬从头到脚一下子变得冰凉，都不知道自己接下来该干吗了。

锅里升起一股焦味，陷入回忆的苏扬手忙脚乱地翻动着锅里的菜。这个月的工资早就山穷水尽，剩下的两百多块给贝贝交了打防疫针的钱就所剩无几，下个月的工资还没发就已经想好了要派些什么用场。眼看婆婆六十大寿在即，怎么着也得准备份大礼。苏扬发愁了，到月初发工资还有将近十天呢，这几天吃什么喝什么？

吃饭的时候，苏扬看着易波的脸。这张脸仍是她熟悉的，可其余的呢？她完全不知道他心里在想些什么，他们之间的交流少得可怜。易波没有交谈的兴致，他已经够失败了，不需要别人再一次提醒。苏扬难以遏制隐忍已久的艾怨，可她也明白，不对等的交流只会带来情绪的失控，最终什么问题也不能解决。

易波眼帘低垂，闷头往口里扒饭，很少夹菜。苏扬看见他这副模样，又陡然生起一丝怜悯。一个男人落魄的样子总是让人不忍细看，但这怜悯很快被怒其不争的洪流推远了。这难道不是他自找的吗？他是可以自己想怎么着就怎么着，但那是他一个人的时候，他现在是一个女人的丈夫、一个孩子的父亲，应该要为这两个身份负责，担起应尽的义务。吃完饭易波进屋去了，苏扬听见他打开电脑的声音，又是一阵冰凉。这些日子他一直这样，晚上在朋友的网吧里通宵不归，上午睡觉，下午在家上网，吃过晚饭又去朋友网吧。

“苏扬，家里的电脑不能上网了吗？”易波在里面问到。

听易波这么一问，苏扬心底的怨气只往脑门上冲。她强抑着，只冷冷回道，“我怎么知道？”

“打个电话问问看。”易波自言自语。

“不用问了，去年交的费用到期了。”

听苏扬这么一说，里屋没了动静。

不一会，易波出来了，走到门口换鞋准备出去。苏扬叫住了他，她知道他是准备出门到朋友网吧去。“易波，下个月你妈妈六十岁生日。”易波没有回答。苏扬一时也不知道他听到了没有，本想再说几句，但话到嘴边，只剩了句“你自己看着办吧”。易波闷头“嗯”了一声，开门转身走了。苏扬顺手操起沙发上一本杂志朝大门狠狠掷了过去。

这日子真的没法过了！再这样过下去，非把人活活憋死不可。离婚！这个念头第一次像道滚雷在苏扬心头炸响，一直乌云堆积的天空也在瞬间被照得透亮。结婚这么久以来，苏扬第一次在心头闪过离婚的念头。苏扬不像有些女人，喜欢动不动就把这两个字作为赌气的筹码，她不会轻易说出这两个字。不过，一旦她说出来，那就意味着再难有转圜的余地。

第二天上班，苏扬趁着朱玉珍不在的时候，忍不住跟尚晴聊起这个话题。在尚晴面前，苏扬也用不着曲里拐弯说些伏笔，何况这又不是借钱。她开门见山地劈头一句：“尚晴，我想离婚。”尚晴倒没有苏扬想象中的出乎意料，她哪里知道，这个念头早就在尚晴心里反复掂量过好多次了。“离婚？想好了吗？孩子怎么办？”孩子问题始终让尚晴下不了决心，所以她甚至连原因都没问就提到这一点。“孩子肯定归我，他哪有能力抚养呀！”“嗯，你孩子还小，暂时不需要明白这些事情。”尚晴对于易波的事情略有所知，同样难以理解一个大男人为什么老是呆在家里不出去赚钱养家糊口。尽管她没有苏扬的这种经历，但还是能体会到经济拮据带给苏扬的压力与烦恼。在这点上她还是很同情苏扬的，所以她会站在苏扬的立场上去想这段婚姻有无维持的必要。虽然一直为苏扬的处境打抱不平，但自己总归是一个外人，有些话也不能说得太过分。毕竟有句老话，宁拆十座庙，不毁一桩婚。想到这里，尚晴又有点犹豫了。“离婚未尝就是一件坏事，但也不是一件小事，你要多想想，三思而后行。毕竟你们没有什么实质性的冲突，你就是因为他太没有责任感吗？”“难道这还不够吗？”苏扬的回答让尚晴不知道该说些什么好了。一个男人担起养家糊口的责任是最基本的义务，若这点都做不到，还谈什么别的呢？也许说不定苏扬提出离婚会刺激到易波，他会意识到自己该做些什么。

从这个角度出发，尚晴还是赞成苏扬和易波好好谈一谈。“你们之间太缺乏沟通了，多交流交流，知道彼此的想法也好。先不要随便提出离婚，毕竟这还是一个伤感情的词吧。”“我对他真的没信心了。”“现在不是有句话吗，给别人一个机会，也就是给自己一个机会。婚姻中难免有许多不如意，有些困难，也许熬一熬就过去了。还有，你也站在对方的角度想想，自己有没有做得不够的地方？出现矛盾是双方的问题，大家都有责任。”说完尚晴叹了口气，都不知道是在劝苏扬还是劝自己。分析别人的事情能明明白白，为什么轮到自己就糊涂了呢，真的是当局者迷吗？

是啊，家家有本难念的经。也许，天底下根本就没有绝对完美的真空般的幸福婚姻。每段婚姻都是一场耗时耗力的战役，会面对无数次的冲击，来自外部和内部。经历过洗礼，少数人会变得勇敢激情，大多数人会变得麻木如鸵鸟，还有些人，中途会经受不住离心力被甩了出来。

苏扬也知道离婚不是一件那么容易的事，但是，一旦有了这个念头，就像一颗种子埋进了心田。这颗种子在寂寞的土壤里吸收着怨艾、焦虑，在种种折磨下发芽、破土、茁壮成长着，终于到了几乎撑破她的地步。趁着孩子前天被她小姨接出去旅游的机会，苏扬决定好好和易波谈谈。

他们之间确实太缺乏交流。易波本来就不善言辞，失业后更是三缄其口。苏扬偏偏又是那种遇强则强遇弱则弱的类型，遇见话多的她也能滔滔不绝，遇见话少的易波便也成了闷葫芦。两个闷葫芦，过起日子来就像演默片，就这样越漂越远，远得如同身处两个星球。也许易波只能用沉默来掩饰自己的失意，用距离来维护自己的自尊，但他可能没有料到，他的这些伪装，不仅拉开了他和这个家的距离，也深深伤害着身边最亲近的人。有些爱也许是经不起相处的，比那些突如其来的意外更考验爱情的，是日复一日琐碎的磨损，是柴米油盐的细水长流，是那些看似普通平凡却又与我们息息相关的日子。

苏扬提着菜回家，家里冷冷清清。平时还有孩子的吵闹声，可此刻，房子里显得空荡荡的，就像一座冰窟。家本该是一个让人感到安宁、温暖的港湾，如果这个港湾变成了一座冰窟，一座枯城，还有存在的必要么？

苏扬已经做好了饭，易波还是没有回来。她平时很少打电话给他，但今天想和他好好谈谈，只好拿起了电话。易波说等一下就回来。苏扬把饭菜摆好，边打开电视看新闻边等。

时钟一圈一圈转着。开始苏扬还能觉出饿意，等到后来，都已经饿过头了，已经感觉不到饿了。夜有点深了，大部分人都已经准备就寝休息了。苏扬知道易波今天是不会回来了。她起身看着桌子上原封不动的饭菜，眼眶里蓄满泪水。有一瞬间，苏扬觉得自己的婚姻已经没有任何维持的必要。就像眼前这些饭菜，冰冷得让人没有食欲，等待它们的是扔进垃圾桶的命运。苏扬到底还是没有让眼泪落下来，她不想为这种人落泪，哪怕是一滴泪。

易波在这个家常常是来无踪去无影，苏扬觉得看见他的次数是越来越少，经常是苏扬上班去了他才回来。她也不知道他在外面干什么，她对他的行踪一无所知。易波很少回家吃饭，在家也总是等她们吃完后胡乱塞几口剩饭剩菜。也许，他也害怕回家。他逃避社会，逃避责任，逃避这个家给他的无形压力。

苏扬这几天也不想回家，她害怕回到那冰冷的屋子，她宁愿一个人在街上逛到很晚，逛得筋疲力尽回家倒头就睡。她曾经多么迷恋自己的小家啊，在那里倾注了自己全部的热情。曾经只为找到合适的喜欢的窗帘，她可以从城南跑到城北，不放过每一个摊位细细寻看。在这个家，她从一个连煮饭都不会的少女，蜕变成一个吃喝拉撒样样要管的家庭主妇。这么多年，自己在成长，而对方，还一直在原地踏步。这样步调不一致的婚姻，想不出现问题都难吧。

苏扬心思本来就不在逛街上，再加上光逛街什么东西也不买，越发觉得乏味。这天她下班后早早收兵，回家却意外看见易波坐在沙发上看报纸。这曾经是这个家经常出现的一幕，只不过是很久很久以前。他们没有打招呼，易波甚至连看都没有看她一眼。苏扬没有去厨房做饭，她想好好谈谈。为了显得谈话是正式的，认真的，严肃的，她也在易波对面坐了下来。

"易波，你对这个家怎么看？"苏扬直视着易波。

"什么怎么看，挺好的啊。"易波仍旧头埋在报纸里。

"我跟你说话呢。"苏扬提高了声调。

"怎么了你？"易波放下报纸，也看着苏扬。

"你觉得我们的婚姻还有维持的必要吗？还能维持吗？"

"你什么意思啊？"

“没什么意思。你自己想想，我们这样正常吗？还像一个家吗？”

易波低下了头，也许是自知理屈，不再做声。他知道苏扬不是一个轻易发脾气的人，可真要动了气，那也是九头牛也拉不回来的。而自己，作为这个家庭里一个没有经济地位的人，确实也没有什么发言权。他除了沉默，别无选择。

“你能告诉我，你心里到底是怎么想的？”

易波仍旧习惯性地沉默着。

“你能告诉我吗？”这带有哀求滋味的追问，逼得易波有点喘不过气来。

“我会去做我该做的。”

“你知道什么是该做的就不会像现在这个样子了！”易波虚弱的承诺像一根针刺痛了苏扬，“你不为我想想，也要为贝贝想想，你是她爸爸你知道吗？她长这么大，你教过她管过她吗？你带她出去玩过一次吗？你给她讲过一个故事吗？你尽到一个做父亲的责任了吗？……”苏扬越说越激动，这些在心里压抑已久的话像火山爆发一般，滚烫的岩浆肆意奔突流淌，一发不可收拾。

但是，面对沉默不语的易波，就像重拳击打在棉花堆里，苏扬只觉得憋得更难受。说着说着自己也说累了，她停了下来，想听易波说些什么。她甚至希望两个人能痛痛快快吵上一架。吵架也是一种沟通，总胜过无声无息。但是，迎接她的还是沉默，她什么也听不到。

“难道你就没什么要跟我说吗？”苏扬已经放弃了，她真的是累了。

“你想怎么样？”易波的语气软弱而迟疑。

“我不想怎么样。我要和你分开过。”苏扬脱口而出。毕竟是夫妻，要她说出离婚这两个字很难。虽然心里已经反复酝酿过了，但对她来说仍是一件艰难的事。即使真到了说出口的那一刻，她还是犹豫了，改成了另外一种说法。

“你什么意思？离婚？”易波急了。

“这可是你自己说的啊。”不知为什么，苏扬潜意识里总希望是对方先说出这个词，仿佛这样，她的歉疚会减轻一些似的。

“离婚？！我不同意！”易波一下子情绪激动起来了。

“不同意，为什么？”苏扬倒要看看他有什么理由不同意离婚，或者说，看他用什么理由来挽留自己。

“离婚了我一个大男人去喝西北风？”易波一扬头。

苏扬压根没想到他会这么说，更来气了，“不离婚？不离婚一家人都会跟着你喝西北风！”这话戳中了易波的要害，他像只漏气的皮球，一下就蔫了。

苏扬丢下这一句，起身走进厨房。说了这么多，她饿了，想吃饭了。

就这样，双方一直小心翼翼回避的、敏感的话题被血淋淋地抛上了桌面，成为伤害对方的利器。也许，对于一个浑浑噩噩过日子的人来说，狠狠刺他一刀，是让他清醒的最好办法。虽然这过于残忍和暴力，但最有效的解决办法似乎也只能如此。只有迎头痛击，狠下心来让他直面问题，问题才有解决的可能。

苏扬真的希望易波能好好反省一下自己，对这个家，对她，对自己都有一个反省和交代。

婚姻有时候像个瓶子，装着许多回忆的瓶子。甜蜜的过往，烦恼的现在，茫然的未来。只是用的时间久了，难免磕磕碰碰留下破损的痕迹。有些可以修补，有些却难以复原。大多数人会选择将就着用下去。尚晴不想将就，可孩子是瓶子里的水，瓶子碎了，水怎么办？每次一想到乐乐尚晴就心如刀割。婚姻的解体给大人带来的也许是伤害，也可能是解脱，但给孩子带来的却绝对只有伤害。那件事毁灭了她对顾军的所有信任，也扫荡了她婚姻里所有的安全感。她一直以为承诺应该是一生一世，婚姻就该是天长地久。一想到曾经最珍视的东西竟然那么轻易就破碎了，她真不知道还有没有什么东西值得她去坚守。

让尚晴倍感苦闷的还是这些话找不到人可以诉说，只能自己消化。尚晴性格里有坚韧隐忍的一面，她不习惯示弱，不习惯诉苦，从来就习惯了是别人的依靠。也许，是不是太过坚强就会让人忘了心疼？还是他滥用她给的信任与自由？就在尚晴努力说服自己给顾军一个改错的机会时，她却感觉顾军还在辜负着她的信任。

虽然只是直觉，但尚晴相信自己的直觉不会错。尤其是有几次看见顾军在临睡前反常地去楼下倒垃圾，她坚信这绝不是倒垃圾那么简单。怎么说倒垃圾也不可能花上十几分钟或者更久，这明显只是个幌子罢了。她能感觉到顾军的心虚，她在心里冷笑，甚至想告诉他不必那么紧张地掩饰什么，她根本没兴趣知道事情的始末。知道真相只会让自己伤得更深，她告诉自己要爱惜自己，因为她不仅仅是她自己，她还是乐乐的妈妈，一个孩子的母亲。总有一天，她会离开这个家，这个让她伤痕累累的家。

尚晴下定决心后反而坦然了，人总是这样，一旦找到答案就会心安。尚晴越发投入地复习，把那些书本看成敌人，消灭它们才有赢取胜利的可能。她心里飘扬着愤怒的旗帜，给这场一个人的战役染上了几分悲壮的色彩。

尚晴一点点消耗着自己的能量，却也在一点点积蓄自己的力量。她的心单纯如水，只有一个念头，那就是一定要考上！在最后冲刺的那一个月，尚晴感觉就像马拉松运动员，在慢慢接近自己体能极限的过程里，做着最后一搏。她埋头复习，对顾军不闻不问，顾军也乐得做甩手掌柜，加上他新换了个科室，有了点小小实权，应酬比以前更多了。起先顾军还打电话跟尚晴请假，发觉尚晴懒得听他到底因公因私的态度后，渐渐地就解释得少了。尚晴也不在乎，他既然都不在她心里了，自然不想在他身上多花心思，再说，关心考试都关心不过来呢，哪里还有精力去分辨他的话哪句是真哪句是假？所以表面上，他们仍是相安无事的，有时候都客气得有点过分了。实际上，顾军确实是在忙于应付依旧纠缠不休的张莉莉，他以为尚晴什么都不知道，其实尚晴只是懒得揭穿他罢了。女人都是这样，如果对一个人彻底死心了，就会变得大度起来，只有当你在乎这份感情的时候才会患得患失、锱铢必较。

尚晴一直处于没日没夜的高效复习运转中，然而，随着精力的耗尽，压力也越来越大，长时间的枯燥复习，产生体能和脑力都入不敷出的错觉。越是临近考试的日子，心里的烦躁越是不可抑制。尚晴常常一天下来不说一句话，内心感到异常的孤独与焦躁。

到考试前夕，她的心倒平和下来，不去怀疑付出一定就会得到回报。她只有一个信念，那就是坚持下去，挑战自己。她也不再去想是否会成功，只做好冲刺阶段自己该做的事。看着书桌上一堆堆课本与笔记，就像训练一年的士兵，就要奔赴真正的沙场。再想到近一年来自己倾尽全力的付出，就要在明天的考试中得到证明，尚晴心里有点莫名的兴奋。她决定今晚不复习了，让紧绷的弦放松一下，下班后先把孩子送到妈妈那里去，然后再去妈妈家附近的大超市给乐乐买点奶粉，还有自己喜欢的零食，等考完后好好犒劳自己。

尚晴喜欢这个购物环境舒适的超市。好久没来了，似乎又添了许多新品种。尚晴对着一整货架的奶粉搜寻自己惯用的那个牌子，弯腰细心地把小推车里的奶粉码整齐。起身时不留神碰到旁边的人，她忙不迭地回头说着对不起，哪知四目相对，一时竟也愣住了。那个人本来说着没关系的，看见转过头的尚晴，竟也呆了。不过电光火石短短几秒钟，心里却像打翻了五味瓶，百感交集，却又说不出什么滋味。还是尚晴先开的口：“是你吗？”那人呆呆点点头，夹带着一丝丝慌乱。这样的沉默让尚晴感到有些尴尬，她没话找话：“你买奶粉呀？孩子多大了？”“才一岁多点呢。”“呵呵，比我的小多了呢，我的四岁了。”几句话下来，两人方才渐渐回过神来，她脸上孩子气的局促慢慢淡去，他也隐褪了与年龄不相称的小小慌张。大概他们都没有想到，分别数年后的重逢，竟是这样一副场景。曾经试想过无数次的重逢，可从来没有想过是这样一副景象。就这样，重逢，猝不及防地以一种从未设想过的方式来临了。

聊天中得知，许卓航一家刚从外地回来不久。新房还在装修，暂时住在他父母闲置的老房子里。“真没想到会在这里遇见你。这么多年，还好吧？”“嗯。”尚晴点点头，“你呢？”“还好。明天有时间吗？我约了孙刚他们，一起聚聚？”“明天不行呢，我刚好有事。”“什么事啊？”许卓航问完又觉得自己是不是问得太多了，脸上浮现一丝窘意。尚晴善解人意地笑了，“我明天要考试呢。”“什么考试？”这下轮到尚晴难为情了，但也不想瞒他，便低低说道：“考研。”“你真上进啊！”许卓航由衷的感叹让尚晴很不好意思。“考点很远吧？”“是啊，在雨花区那边去了。”“要不要我送你去？”“不要呢，周末了，你好好休息吧。”“没关系的，我反正不忙。”许卓航的语气诚恳得令人难以拒绝。尚晴正迟疑着准备推托，一个女人走到了许卓航身边。许卓航大方地介绍着：“这是我爱人陈娜，这是尚晴，我中学同学。”“哦，是尚晴哦。”这是她们初次见面，可听她的语气，尚晴以为许卓航跟她提起过自己，便点头微笑着。其实陈娜也是第一次听到这个名字，她只是习惯摆出这副什么都了然于心的姿态。陈娜乏善可陈的五官化着精致的妆，看起来虽然谈不上漂亮，但也还是能看出这是一个没少在打扮上花心思的女人。尚晴说不出来什么感觉，只是觉得她似乎有点难以让人靠近。她的笑怎么看也有种拒人千里的客套，仿佛有些空中小姐那冷冰冰的职业性微笑。陈娜边说边挽住了许卓航，敏感的尚晴自然知道她分明是做给自己看的，不免在心底微微有些嘲笑起她的小家子气。但是尚晴没有流露什么，依旧微笑着，从容淡定、落落大方。看得许卓航心里忍不住感慨，女人和女人怎么可以这样不同。尚晴不愿意看她带着几分得意地炫耀自己的幸福，便推说有事先告辞了。可这一路上，心里怎么也无法平静，眼前总是浮现着刚才那一幕，她知道，今天是不可能睡一个安稳觉了。

尚晴和许卓航小学、中学都是同班同学，直到高三文理科分班才分开。他们和所有青梅竹马一起成长的少男少女一样，彼此心里有着不自知的爱恋，却因为过于熟络而披上了友情的外衣。爱情的催化剂本来就是神秘感，因为陌生才会吸引着彼此探寻对方不为己知的世界。尚晴对许卓航的感情更像是兄妹之情。可许卓航对尚晴的感情里掺进了爱情、友情、亲情，他迟到的表白换来的是再次相见的尴尬。虽然后来那份尴尬渐渐淡了，但许卓航始终难以释怀。

和尚晴分开后的许卓航也一夜未眠。这么多年了，尚晴永远是他心里的女孩，永远是那青涩稚嫩的模样。即使她做了母亲，在他眼里，看起来也仍旧那么天真单纯，也仍然是个需要呵护的楚楚少女。她在他眼里始终是完美的，她的善良、温柔、聪慧，完全符合他对爱情的梦想。她一直是他心里的女神，不敢轻易亵渎的女神，这地位无人企及，即使是朝夕相伴的人，也无法超越。他固执地为尚晴坚守着这一份纯粹的爱，这份爱，在他心里最隐秘的地方，深深扎根。就连这次申请到老家接手这个项目，潜意识里也与尚晴有着密不可分的关系。不可否认，自己回老家第一个想看到的人还是尚晴。但理智又驱使他拼命否认着，躲避着。也许，之所以一直不敢正视自己对尚晴的感情，是害怕这易燃易爆的感情有了导火索会一发不可收拾。那样的话，许卓航真不知道自己还有没有控制局面的能力。

第二天，尚晴清早起床赶考。刚出小区大门，就听见路边一辆黑色的小车摁了一声喇叭。尚晴心想，谁啊，这么早停在路边乱按喇叭。尚晴继续往前走，那辆车竟跟着她开了过来。车窗摇下，车里的人叫着尚晴的名字。尚晴转头一看，竟然是许卓航。

“你怎么来了？”

“我刚好办事路过，顺带送你去考试。”

“你怎么知道我住这里？”

“打电话给狗仔队了。”许卓航开着玩笑。

尚晴扑哧一声也笑了，上了车。车里很暖和，尚晴心里也暖暖的。因为她知道今天许卓航肯定是特意来送自己去考试的，这么早，又是周末，他不可能去办什么事。许卓航递给尚晴一个袋子，尚晴接过来一看，有热豆浆和小笼包，都是她爱吃的。“快吃吧，看看凉了没有？”尚晴一下子仿佛又回到了从前。

和许卓航在一起，她总是无条件地享受着他的关怀，因为习惯了，当时总是不以为然。那时候总是期待惊天动地的爱情，要在很多年以后才明白，真正的爱是埋在一件又一件的琐事之中，没有智慧的人看不见它隐藏的脸。

“中午怎么办？”许卓航关心地问到。

“在附近随便吃点就行了，下午两点就开考，时间好紧张呢。”

“我中午约了孙刚，不能来接你吃饭了，下午来接你回家。”

“没关系，我自己可以坐车回去。”

“不行，这么远，太不方便了。”许卓航很坚决地说到。

不知道为什么，尚晴很享受许卓航这种不容置疑的语气，这种小小的霸道除了让她乖乖服从，还有一种甜甜的幸福感。好像已经很久没有人这么关心自己了，那种久违了的被宠爱的感觉，像春风拂过的麦地，绿色不可遏制地蔓延开来。

伴随着考场结束的铃声，尚晴长长地舒了一大口气，总算考完了。可尚晴心里一点都不踏实，觉得那些题目自己好像都回答出来了，但正确与否就难说了。选择题和判断题她还有底，对那些论述题可就没什么把握了。本来就是评分弹性大的题目，虽然写是写了一大通，可也不知道对不对评卷老师的胃口，入不入他老人家的法眼。有门专业课光论述题就占了六十分，更要命的是，完全与自己看过的近半米高的专业课书籍没有一点关系，而是要求考生对当前一个较冷僻的理论观点提出个人看法并论证自己的观点。当时尚晴一咬牙，心想拼了，静下心来整理好思绪，洋洋洒洒写了一大版。总的说来，尚晴觉得自己发挥还算正常。

尚晴带着几分恍惚随着人流慢慢走着，似乎一下子还不能接受已经考完这个事实。大半年的复习工作，竟然就这么结束了。一根紧绷的弦终于松了下来，又像卸掉了千斤的担子，一下子失重得心里空落落的。没有想象中的爆发与释放，平静，前所未有的平静，一切仿佛回到了考研前的波澜不惊。她有一种解脱的轻松，关于考试的结果她不再去想，她相信，老天会对她这一年的卧薪尝胆有一个补偿的。她现在实在太累了，就想赶快回家好好睡一觉。尚晴沉浸在自己的世界里，加上周围人声鼎沸，压根没有看到许卓航在路边边朝她边挥手边大声叫着她的名字。

许卓航看她迷迷蹬蹬的样子，自己这么使劲叫她也没反应，觉得又好气又好笑，只好下车跑过去追上她。“你手机打不通，急死我了。”“哦，忘开了。”尚晴从包里拿出手机，打开因为考试必须关机的手机。“晚上一起吃饭好吗？庆祝你大考成功。”“还不知道能考多少分呢。”尚晴有些不好意思。“管他呢，先好好放松一下！”“今天不行呢，已经说好去妈妈家接孩子。”看见尚晴有些为难的样子，许卓航点点头，“那好，下次吧。先送你回家。”

很久以后尚晴问他，为什么突然想起要送她去考试。许卓航只是微笑，“这还需要理由吗？”其实他自己也不知道为什么，只要靠近尚晴，总是想好好关心呵护她，也许真是前世欠了她的吧。又或许，因为尚晴在这里，冥冥中似乎总有一种力量在牵引着他，他才会回来。在许卓航印象里，那天他看到尚晴的时候，从书堆里爬出来的尚晴脸色憔悴苍白，让他的心疼得一阵阵发紧。他本来好不容易下定决心不去主动联系尚晴，可老天，又把她推到了他面前。他可以尽量克制自己不去找她，却没有办法把她从自己眼前推走。

Keep out the times Chapter 04

第四章

就在尚晴学海无涯苦作舟的时候，梁可可也在情海劈波斩浪，沦陷于另外一座城池。

梁可可再见到罗铮是在车友会组织的一次爬山活动中。她其实一眼就看见那一群人里有罗铮了，但她还是不动声色地走过去，和熟识的朋友打着招呼。说不清为什么，她躲避着罗铮要和她打招呼的眼神，把一份心慌掩饰在和同伴的大声笑闹之中。

一行人三三两两在队长大头的带领下开始出发。山里晚上空气凉爽，加上夜的神秘，给这本来平淡无奇的锻炼抹上了一丝神秘的色彩。因为走的是小路，路时宽时窄，时陡时平，又加上是夜晚，只能就着天光看路，所以爬到山顶还是颇费些周折的。好在大家本来就是抱着锻炼身体的目的而来，倒也乐在其中。前面带路的不停报告着路况信息，提醒着大家该注意的事项，从前往后一路传下来，还真有些夜行军的味道在里面。

一刻不停爬到山顶，也不是不累的。开始大家还有说有笑，到后来，就只剩下凌乱迟缓的脚步声和粗重急促的呼吸声。有一处小路口有个断崖，男的还好，女的爬上去就有点难度了，至少需要上面的人搭一把手。不时会有男同胞自告奋勇接应后面跟着的人。梁可可因为蹲下系紧松掉的鞋带，落到了最后，等她走到那里，正看见罗铮蹲在崖上拉着前面几个女同胞。她没有办法，只好仰头朝罗铮伸出了手。暗夜里，她仍能清楚地看见罗铮的眼睛闪闪发亮，仿佛是天上的星星掉进了他的眼睛。罗铮的手很大很有力却不失柔软，被他的手牵着，梁可可顺势一蹬就翻上了山崖。接下来是一条羊肠小道，两边杂草丛生，足有半人高。梁可可想要把自己的手抽出来，可是罗铮正在和前面报告路况的人大声通话，根本没有看她。梁可可又挣了一下没有挣脱，只能任他握着。路上不时有翻滚下来的小石子，梁可可有几次都差点踩到滑倒，幸亏有罗铮牵着。一直到山顶的平地，罗铮才松开梁可可的手。

站在山顶俯看小城的万家灯火，真是一种非常惬意的享受。白天喧嚣焦躁的小城在夜色中难得的恬静柔美。梁可可平时喜欢静静站在一旁注视着那灯火，任山风轻拂脸颊，带给她清爽安宁。可今天她心里有些说不出的滋味。她感觉罗铮就站在她身后注视着她，她想嘲笑自己的自作多情，可那种感觉过于强烈，如同芒刺在背。她浑身一动不动紧绷着，始终不能放松。这种感觉一直延续到回家。不过，梁可可平时就讨人喜欢，所以她也没有把这事太放在心上。毕竟自己是结了婚的人，而罗铮，她从别人的言谈中间接判断他应该还是单身。

接下来梁可可不大不小地病了一场。急性阑尾炎虽然不是什么大病，可做完手术也在家结结实实休息了半个月，之后几乎有两个多月没有出门参加任何车友会活动。有时单位应酬时，免不了要劝酒，虽然有生病这个挡酒的理由，仍不免回想起那个趁人不注意偷梁换柱的罗铮。只是病痛的烦扰，使得她也没有多余的精力东想西想。毕竟在心里，她也清楚自己的身份，明白她和他之间就算真的有些什么，也不会有继续下去的可能。直到有天车友虫虫打电话约她出去泡吧，说今天是大头的生日，大伙都惦记着她呢，一定要她来，走不动就抬担架来。末了虫虫还说，那个罗铮每次都问你怎么不来，还问我要你的电话，我没给他，哈哈。梁可可心里一动，眼前浮现出那张黝黑结实的笑脸。既然大家还惦记着自己，梁可可也不想太扫大家的兴，她笑着答应了。

久病初愈，梁可可清瘦了一圈，更显得我见犹怜。与罗铮乍一相见，竟然有隔世之感。仿佛重新调整好焦距的相机，他已经模糊的脸庞和眼睛，重又清晰起来。隔着人群，她仍然能感觉他眼底的惊喜。

喝酒的间隙，他跑过来祝她康复，“好久没看见你了，他们说你病了，都恢复了吧？”“基本好了，呵呵，这次可真的体会到病来如山倒，病去如抽丝了。”梁可可开着自己的玩笑。“我想来看你的，问虫虫要你的电话，她不肯给我，我也不好到处打听。”罗铮的语气里带着一丝歉意。梁可可笑了笑，没有接话，心想谁要你那天不问我要的。两人有一搭没一搭地聊着。

到底还是有些精力不济，梁可可不一会就犯困了。罗铮见梁可可在偷偷打哈欠，便说："我先送你回去吧。""没事，你玩吧，我自己回去。""不行，你是病人呢。""没事，不耽误你时间了。""别争了，我有的是时间。怎么，还怕我吃了你不成？"梁可可不好再拒绝，和大家告别后跟着他走出了酒吧。

和酒吧里闷热得令人有点窒息的空气相比，外面显得格外清爽宜人。"我们去散散步吧，江边空气好，有利于恢复健康。"梁可可对罗铮的提议觉得有点突兀，又觉得似乎早在意料之中，她有点犹疑，但罗铮不等梁可可回答，径直开往了江边。

江边散步的人很多，园林似的沿江风光带灯光如昼。在自然的环境里，人的情绪总是放松很多。不时有玩滑板的小孩子经过他们身边，看着那一张张兴致勃勃洋溢着开心笑容的小脸，他们忍不住聊起小时候的事情来。罗铮和梁可可同年，只不过罗铮大梁可可七个月。罗铮的老家在外地，但每个暑假都会到姨妈家里学画画，他姨妈家和梁可可父母家相隔不过一箭之地，也许，他们当时遇见过也不一定呢。"怪不得呢，我说这个妹妹好像是以前见过的。"罗铮一口咬定他小时候见过梁可可，梁可可只好接着他的话，"嗯，是见过的，那时候，你的鼻涕啊有这么长。"边说边用手指在脸上比划着。罗铮作势要上来掐梁可可的脖子，梁可可飞快地跑开了。两个人在江边笑笑闹闹地，都好像好久没有这么开心过似的。从远处看，就像是一对热恋中的情侣。

梁可可确实好久没有这样开心了，再熟悉不过的江边，因为不熟悉的人，一切重新变得新鲜生动有趣。她好像又回到学生时代，那无忧无虑挥霍抛洒青春的日子。不知不觉，江边渐渐静了下来，整个城市也陷入临睡前的安详。到了该道别的时候了，罗铮提出送梁可可回家。一想到回家，梁可可情绪不免暗暗低落下来，好像这辆车带着她驶向的是一个她不愿意去的地方。似乎离家越近，离快乐就越远。离家越近，离梦境也越远。

罗铮执意要把梁可可送到家门口，梁可可拗不过只好同意了。小区里有一段长长的拱桥似的阶梯，隐藏在高楼的阴影之中。罗铮和梁可可一前一后走着，眼见就快走到尽头了，梁可可心里好像突然渗出了一点点失望似的，脚步也不自觉地缓慢下来。忽然，罗铮在前方站住，转过身看着梁可可。他低梁可可一个台阶，梁可可刚好对着他的脸。两个人面对面都没有说话。梁可可垂下眼帘，半天说了句有水平的话："你今天怎么穿这么多衣服？" 连自己都不知道怎么说出来的。罗铮也答非所问地说："怕晒黑了，你不喜欢。"短暂的沉默后，罗铮慢慢靠近梁可可，在她额头上轻轻吻了一下。梁可可害羞地不自觉搂住了罗铮的腰，把自己埋进了他怀里。

爱的火苗，就这样哧地一下燃烧起来。哪怕这是一根短短的火柴，哪怕没有空气，也要燃烧，哪怕只燃烧一秒。

顾军今天回家表现得特别殷勤。尚晴清楚这反常的殷勤只是给他早已盘算好的预谋裹上了一层迷惑人的糖衣而已。以前也总是这样，如果顾军晚上要出去或是有别的要求，总是会用事前的殷勤来弥补，来争取她的同意。果然，刚吃完晚饭，顾军就开口了。"晚上陪我去一下领导家好吗？"

尚晴抬起头，望着他，想知道具体原因。

"这次提拔很关键，我可能性也比较大。我希望你能陪我去领导家走走，让人家看看，也好堵住那些造谣人的口。"

尚晴想，大概是他的风流韵事已经到了影响他晋升的程度，他现在需要的，就是向领导证明他的家庭多么和睦美满，那些谣言只是无稽之谈。尽管这是她最讨厌的事，但她想了想，还是答应了他。看在他是孩子爸爸的份上，也为了孩子，她答应去扮演一个幸福妻子的角色。

去领导家的路上，她始终没有说话。顾军也看出她一脸不高兴，想说话逗她开心，又怕说得不好更惹她生气，一脸的期期艾艾。尚晴察觉出他这层意思，心里一软，脸色稍稍缓和了些。她实在不想看见顾军这副欲言又止的样子，干脆说了一句让他放心的话，"我知道该怎么做。"顾军心里其实也知道，尚晴既然肯陪他来，肯定会好好配合他，他只是不想看见尚晴一脸被逼无奈的样子。

从领导家告辞出来，尚晴的脸马上就沉了下来。刚才还洋溢得满脸都是的笑容，仿佛被冷风一刮，全刮跑了。尚晴回想起刚才领导含蓄地旁敲侧击顾军时，自己竟然可以堆起满脸的幸福微笑，她疑心是不是每个人都有表演天赋，只是发挥的舞台不同而已。她这样做为了什么？也许是为了有一天离开时少些愧疚吧。可是愧疚，凭什么她要感到愧疚，唉，真是好笑！

顾军心里很高兴，他觉得还是自己的老婆好。外面那些花花草草，终究只是过眼烟云。他决心以后要对尚晴更好，不管从哪方面来讲，尚晴都是个好妻子，自己应该学会珍惜。他跟尚晴回忆起第一次带她去领导家做客的情景，尚晴一直低着头，红着脸，好像做错了事似的。尚晴反击道，你自己不也一样，在门口犹豫了好半天才按的门铃。两个人说着以前的事，倒也你来我往聊了起来。他们现在好像只能说些以前的事了，是人老了就越来越爱回忆了，还是对未来已经没有期待了呢？

回到家，顾军还余兴未了，尚晴本也是心软的人，何况是自己朝夕相处的丈夫，两人的气氛竟然出人意料地缓和起来。只是睡觉的时候，尚晴把顾军原本铺好的一床被子挪到一边，又加了一床被子。尽管她表现得没有那么冷淡那么生气，可是，这并不代表就可以重新接受他。顾军看见后也没有勉强，他知道，像尚晴这样固执的人，要想她真正原谅自己，还需要时间。

苏扬发现家里的东西似乎都到了更年期，不是这个今天坏，就是那个明天堵。唉，想想也是，房子住久了都出毛病，何况是婚姻？客厅里的吊灯四大四小共八个灯泡已经陆陆续续坏了一半，光线越来越暗。从第一个灯泡坏掉就跟易波说起的，直到现在也没看见他有换的打算。想一想，这客厅里的灯也和他们之间的感情一样，光芒越来越微弱。灯泡坏了可以再换，感情呢？冷却了、熄灭了，能再回温吗？

自从上次说出那样的狠话后，苏扬再也没有和易波说过一句话。易波更加沉默了，在家的时间也更少了，仿佛自己已经不是这个家的一份子，就算对孩子，他也少了许多热情。也许他为自己不能履行一个父亲的义务而感到羞愧难当，害怕面对孩子天真无邪的眼神。而在苏扬看来，他就像一个不交房租的房客，奇异地在这个家来去和停留。她连想找一个和他结账的机会都无从下手。

苏扬已经不指望易波来换灯泡了，凡事还是靠自己靠得住些。她决心今天要自己换好它，再不换贝贝看书画画时光线不足会影响视力的。苏扬先开灯确认了坏灯泡的位置，然后搭好邻居家借来的人字梯，挨个换着灯泡。

苏扬换好灯泡顺便把灯罩仔细擦了一遍。这个吊灯是结婚时买的，中间四朵大花，外围点缀着四朵小花。想想这还是那个年代很流行的款式呢，现在看起来虽然不够新潮，但造型还是很温馨的，带着种家居气息的柔和、温润，亲近而贴心。苏扬重新摁下开关，即使在光线充足的下午，这个吊灯仍然是那么耀眼神气地亮着，像刚买来一样。苏扬觉得自己越来越能干了，因为小时候被漏电的电风扇电过一次，她向来怕和这些带电的东西打交道。可现在，她竟然克服心理障碍一下子换了四个灯泡，她觉得自己真是伟大。苏扬领悟到成才和环境的关系，那就是如果家里的男主人不能干，那么那个家庭主妇将有可能被锻炼成一个电工、下水道工、清洁工等集多重身份于一身的复合型人才。

苏扬正满意地享受着自己的劳动成果，突然，窗外传来孩子猛烈的哭声，那似曾熟悉的哭声惊得苏扬浑身一抖。苏扬跑到窗边一看，果然是贝贝在哭。一起玩耍的孩子见闯了祸，一下子都作鸟兽散，只剩贝贝四仰八叉躺在草地上。苏扬三步并做两步跑下楼，抱起孩子一边拍去孩子背上的草叶一边哄着她："贝贝乖，不哭不哭。妈妈抱抱。"贝贝看见妈妈，哭声小了些，可还是在哭着。苏扬摸着孩子的头安慰她，突然摸到一手黏糊糊的东西，摊开一看，自己都要吓晕了，竟然是一手的血。苏扬脑袋"轰"的一下大了，不光是腿，连身上都是软的，那一刹那，她自己几乎都要瘫倒了。好在只过了几秒钟，她便重新镇定下来，抱着孩子箭一般冲了出去。

拦了的士到最近的医院挂了急诊，医生说没什么大碍，只是皮外伤。"医生，为什么会出这么多血？""因为头皮的毛细血管很丰富，所以出血量会比较多一点。不要紧的，缝针以后就没事了。"善良的医生安慰这个已经急得六神无主的母亲，"女孩子以后留长发也看不出来的，不会破相。"苏扬想坚强一点，可是她没有办法让自己不流泪。她就这么边抹眼泪边挂号、交钱，泪水在医生面前也忍不住。

医生熟练地剔掉伤口附近的头发，清洗着伤口。绽开的头皮朝外翻卷着，看起来血肉模糊。尽管打了麻药，可孩子还是疼得一颤一颤的。苏扬心疼得要命，一边哭一边哄着孩子不要动。孩子还是第一次看见妈妈哭成这样，也弄不懂是不是自己闯祸惹妈妈生气了，只知道妈妈肯定是不高兴了，还不忘用自己的小手去抹苏扬脸上的泪，惹得苏扬的眼泪流得更凶。医生想必对这些已经是司空见惯，仍旧不受干扰的专心处理伤口。可能是麻药生效了，再加上贝贝也挣扎累了，她竟然哭着哭着睡着了。

缝合伤口后还需要打破伤风和消炎针。苏扬走的急，身上的八十多块钱已经所剩无几，可消炎针还要一百多呢。苏扬不得已只能给易波打电话，想要他送钱来。易波可能正在网吧，信号不好，苏扬只听见他时断时续的应答声。苏扬见扯着嗓子喊他都听不清，只好挂了电话打给妹妹苏飞。她没有再给易波打电话，易波也一直没有再打过来。苏扬想，易波知道自己很少打电话给他的，要么是有事，要么是万不得已，可即便这样，他连电话都不回一个，苏扬的心彻底凉透了。他这样的人只配被现实生活抛弃，活在他的虚拟世界中。即使想法这样恶毒，苏扬也只能稍稍解恨。

苏飞接到电话后火速赶来帮苏扬交了钱。孩子睡得很沉，连打针都没有醒来。苏飞陪着苏扬坐在注射室里。“姐，姐夫呢？他怎么没来？”“他有事去了。”“我打电话告诉他。”“算了，不用了。”看着姐姐红肿的眼睛和一脸的疲惫，苏飞不知道该说些什么才好。“姐夫太不像话了，孩子都这样了也不来看一下。”苏扬倒没觉得什么特别伤心，他对她越不好，就越坚定了她离开他的决心。等到他欠她欠到还不清了，那才最好。

苏飞等着贝贝打完消炎针，又一起陪着苏扬和孩子回家。苏飞想留下来陪姐姐一晚上，可苏扬想到苏飞自己家里还有才满一岁的孩子就把她赶回去了。再说，孩子已经没事了，自己一个人照看也够了。

因为伤口在后脑勺的位置，孩子不能躺着睡，只能由苏扬抱着。苏扬也不放心她在床上睡，怕万一翻身碰着伤口又疼。而且，抱着她，似乎也可以弥补自己的内疚。虽然这纯粹是个意外，可自己作为孩子的妈妈，有照顾好看管好她的责任。苏扬把手臂靠在沙发扶手上，再尽量给孩子盖好被子。苏扬的身体已经筋疲力尽，头脑却异常清醒。她的右手不知不觉已经被压得有些麻木，渐渐地，整个手臂都失去了知觉，成了沙发的一部分。一种相依为命的感觉攫住了苏扬，在吞噬一切的黑暗中，苏扬的眼泪像一条小河，尽情流淌，无声无息。

易波接到苏飞的电话已经是第二天早上，他赶回家，看见苏扬还抱着孩子坐在沙发上，一动不动地看着前方。苏扬的眼睛又红又肿，里面满是血丝。易波被那眼光怵得心里有点发毛，不敢直视苏扬，急忙俯下身子去看孩子的伤口。毕竟是自己的孩子，易波的眼圈一下子也红了。

“现在怎么样了？医生怎么说的？不会有后遗症吧？”

苏扬仍旧看着前方，仿佛没有听见易波在问她。

“我后来打过你电话，电话占线。”易波嗫嚅道。

“你去床上休息一下吧，来，我来抱。”易波说完用手准备把孩子从苏扬怀里接过来。

“我自己能行。”苏扬用肩膀拨开易波的手。

“对不起，是我不好。”易波垂着手臂，站在一旁，像闯祸后等待训话的学生。他确实也说不出什么话来为自己辩解，因为他找不到任何理由。

苏扬看不得他这副样子，本来不屑理他，可有些话实在是不吐不快。她深吸了一口气，竭力让自己的声音听起来很平和，“你为我和孩子想过吗，这么多年来，你知道我心里的感受吗，你想过我心里的感受吗？”她冷静的语气比咆哮更令人心惊，易波只是沉默着。“你想过我是怎么维持这个家的吗？你想过没有，你爸你妈、我爸我妈都是六十好几的人了，你能保证哪天不会突然生病？到时候我们拿什么来照顾老人？我的工资养家都紧张，一个月根本攒不下什么钱，贝贝将来读书的花销从哪里来？难道你就打算这么混一辈子吗？”

苏扬的话语仿佛是空谷回音，没有任何回应。自始至终，易波都没有说一句话。

“我累了，真的累了，我想一个人过。”苏扬顿了一顿，“我们离婚吧。”说完闭上眼睛，像是准备迎接一场新的风暴。她以为他会跟她吵，或是开口挽留，或是像往常一样绝尘而去，但是都没有。房间沉默了很久，直到响起一个男人压抑的抽泣声。她知道这声音的来源，但她不想睁开眼睛，不想看见那看起来无辜而伤心的表情，她怕自己会心软，她不想给自己这个软弱的机会。她已经好不容易说出来了，这句话费了她不少力气，她也为这句话付出了太多的代价。她脑海里突然很奇怪地冒出一句话，“困难像弹簧，你弱它就强。”她要从这件事上开始做一个强硬的人，她不想回头，永远都不要再回头。

易波还站在原地默默流泪。也许易波从来没有想到过苏扬会提出分手，上次苏扬提出离婚时，他以为她是一时冲动。但这一次，看见苏扬用这么平静的语气说出来，他知道这绝对不是气话。易波顿时感觉自己像一个被遗弃的孩子，孤苦伶仃地站在悬崖边，进退两难，毫无主张。他不知道这一次还有没有人会来救他，这一切让他心生恐惧，他只能尽情流淌着愧疚、悔恨、自责的泪水，但更多的也许是被遗弃的无助与惊慌。他除了哭，什么也不能做。苏扬从来都是包容他的，从来不会给他任何压力，这无形中纵容娇惯了他，也退化了他的某些功能。他现在除了哭，还是哭，他已经什么都不会了。

考完试后，尚晴的生活像陡然失去了重心，日子一下子显得格外空虚漫长。

这天梁可可约她见面，尚晴正好也有一阵子没见着她了，便约好先逛街再吃晚饭。尚晴见梁可可逛街心不在焉的，似乎有一肚子话要讲的样子，就就近找了个地方坐下来聊天。

“最近怎么样啊？”尚晴笑着问道。“还好呢，你呢？”“我？还不是为‘研’消得人憔悴，只是衣带却没有渐宽。”“不是说书中自有颜如玉吗？呵呵，敢情都是骗人的。”梁可可想跟尚晴说说罗铮的事，又一下子不知道从何说起，况且她也吃不准尚晴对这种事的态度，毕竟她了解的尚晴是个相对保守传统的人。“我看你样子不对劲啊？打从第一眼起，就觉得你不对劲。”尚晴用审视的目光上下打量梁可可。梁可可仿佛被看穿了，却也不恼，兀自笑得花枝乱颤。“从实招来！”尚晴准备过来挠她胳肢窝痒痒她。“我招我招！”梁可可边躲闪边叫到。

梁可可把和罗铮怎么认识、熟悉的情况大致讲了一遍。说完后，一脸无辜地看着尚晴，仿佛在等待尚晴的审判。

尚晴猜到她说的一定是和感情有关的事情，可静静听完后，却有点始料不及。要她说什么好呢？梁可可这样做不是在背叛田伟平吗？田伟平又没犯什么错误，她怎么可以有理由先背信弃义？说到底，她还是站在田伟平这边的。

“你们现在到什么程度了？”

“也就是经常一起散散步，看看电影，喝喝咖啡什么的。”

“可是，你和他之间会有结果吗？”尚晴没有处理这种事情的经验，她只是很习惯很传统的就先想到结果。这正是她已经落伍的明证，因为现在感情的潮流是注重过程而不在乎结果。

梁可可摇了摇头，她也清楚自己不可能放弃现有的家庭和他在一起，但又为这段感情深陷其中不能自拔。“你说我该怎么办？”

“我也说不好。但是，既然没结果，又何必去浪费感情？”

梁可可低下头，用勺子默默搅动着果汁中的冰块。

“婚外恋是什么，是在钢丝绳上跳舞，稍不留心失去平衡就会跌得粉身碎骨。”尚晴其实更想说的是，万一田伟平知道了怎么办，你想到过那一天吗，你应付得过来吗？如果不想失去你现在拥有的，就要学会克制。

“那我和他以后还能来往吗？”

“如果是普通朋友，那还是可以的。问题是你们已经有那种感情了，能控制得好吗？只会越陷越深。到时候，反而会更痛苦。”尚晴觉得这样下去很危险，她本来就是个悲观主义者，凡事总喜欢先想到坏的那一面。她认为，大多数人刚开始还是理智的，发展到后来，就往往由不得自己了。尽管她也知道有些感情越压抑越爆发得厉害，但这种感情，真的是勇敢者的游戏，于是她又轻轻加了一句，“我想你还是不要和他再来往了，我怕到时候局面你无法控制。”

梁可可内心本来也一直在犹豫，尚晴的这番话，也听进去了几分。她轻轻点了点头，决心说服自己从这段不会有结果的感情中抽离出来。从这以后，她开始试着刻意疏远罗铮，把心思收回到自己的家。本来约好大家周末一起去野营的，她也借故取消了。罗铮在外面出差时打给她的电话她没接，信息也没回。梁可可心里也有过挣扎，毕竟，那种爱的感觉一旦萌芽，想亲手扼杀掉是很考验人意志的。罗铮后来没有再和她联系，一连清静了好几天，梁可可的心情才慢慢平复下来，她想，这种没有根基的感情，也许真的是经不起她这样冷落的，或许对方也已经冷静下来。虽然夹杂点说不清道不明的失落，但还是庆幸自己在迷航中及时返回正确的路径。

直到有一天傍晚，她在回家的路上看见正在等她的罗铮。

罗铮的样子让梁可可大吃一惊。其实也就十来天没见到他，感觉上却恍若隔世。罗铮好像一下子成熟了许多，脸颊上满是胡茬，正背靠着车窗抽烟。梁可可突然觉得空气变得如此粘稠，脚步像被施了魔法似的，想快也快不起来。罗铮只是看着她，也没有叫她。就在梁可可快要擦身走过的时候，罗铮拉住了她的手，她还来不及挣扎罗铮已经拉开车门把她塞进车子。

“你要干什么？”梁可可整理着被罗铮扯乱的袖子。“可可，我们谈谈好吗？”“谈什么？”“我喜欢你。”“我结婚了。”“我知道。可是我不能没有你。这些天，你不接我电话，不回我信息，你知道我有多难受吗？”“我们不可能有结果的。”“我不在乎什么结果，我也保证不会影响你现在的生活，我只要能看见你就好。别这么狠心好不好？”罗铮近乎哀求的语气让梁可可的防线彻底被击溃。

梁可可犹豫了，她好像是很喜欢这个人的，可是，她结婚了，已经有了田伟平，她不该再越雷池一步。但是，她又确确实实是喜欢眼前这个人的，没有他音讯的日子，对她又何尝不是一种煎熬？

罗铮一把搂过她，“我知道你也是喜欢我的，是不是？”梁可可想说不是，

但已经说不出来，她的嘴唇被一个结结实实的吻堵住了。

罗铮带给梁可可的是她从未有过的体验，以往在田伟平那里感受到的是兄长似的温情，她还从来没有陷入过这样激烈的感情漩涡。她卸掉了最后一层顾虑的薄纱，义无反顾地往海底深处坠落，哪怕有一天会粉身碎骨，她也不想去管了，她被这没顶的快乐牵引着，不由自主沉下去，沉下去。

尚晴起初还为梁可可的事忧心忡忡，后来听说他们不再联系便又放心了。她总会由此联想到顾军。发生这种事情，动机是什么，是不是就因为忍受不了婚姻的平淡、枯燥？她始终不能在心底真正原谅他。这个曾经最亲近的人，给了她最沉重的背叛，他毁灭的是她对爱情、婚姻的信念，而重新让她建立起这一切的人，绝对不可能再是他。尚晴在记忆里努力搜寻，觉得如果这个世界上还有一个值得她信赖的男人，那就是许卓航。自从顾军背叛她以后，尚晴变得对一切都充满怀疑，对许多事情都没有把握，唯一例外的是，不管什么时候，她都能肯定自己在许卓航心中的位置。不管这位置重不重要，但她知道，自己总是在他心里的。

她和许卓航后来还见过一次，在同学聚会上。散场后是许卓航送尚晴回来的。微醺的夜色中，尚晴觉得自己不是坐在许卓航的车里，而是和他一起坐在晃荡摇摆的公车车厢。因为那是尚晴第一次晚上坐公车，所以印象非常深刻。记得那时他们还在读初二，班上组织坐火车去岳阳楼春游。那时候晚上坐车的人很少，为了安全起见，都是事先安排好要结伴同行的。尚晴现在还记得他们两人当时坐的是车厢右边的双人座，不时有灯光照进车厢，映得许卓航的眼睛闪闪发亮。他们都有一点点紧张，竖起耳朵仔细辨认售票员报着站名，生怕不小心坐过了站。其实他们的担心是多余的，因为在离火车站还有一站路的时候，他们就看见了那个标志性的火炬，带着一种摄人心魄的革命气质，不知疲倦地亮着。说实在的，旅途中游玩的景色留在脑海中的记忆已经所剩无几，却始终记得那段两个人并肩坐着的路程。大概那不仅仅是她第一次坐夜车，还因为那是第一次和一个同龄异性度过那样一段短暂又漫长的时光吧。

“想什么呢？”许卓航看见尚晴望着前面出神。

“没想什么。”尚晴目光收了回来，“还记得我们初二时去岳阳楼吗？”

“当然记得，我们是晚上坐火车去的。”

“是啊，还记得我们一起坐十二路车去火车站吗？”

“记得，那时候晚上可没这么亮，我们还真有点害怕坐过站呢。”

尚晴听到许卓航这么说，一下子开心极了，脸上露出小孩子一样天真的微笑。他居然都记得呢，过去那么久的事情了，他和自己一样，都还记得。

“一晃就这么多年了，时间真是快得不可思议。”尚晴忍不住感叹。

“是啊。”许卓航偏头看了一眼尚晴，“不过，我觉得你没变什么。”

“那是的，哼。”尚晴对他的变相恭维毫不领情。

“变是变了点，变得比以前更漂亮了。”许卓航严肃地下着结论。

尚晴被逗得乐不可支，她嗔怪道：“我看你也变了。”

“我哪里变了？”许卓航一脸认真。

“变得油嘴滑舌了，呵呵。”尚晴歪着头笑到。许卓航也一齐笑了。

两人又聊了些无关痛痒的话，车子就来到了尚晴的小区大门。

“我不送你进去了啊。”许卓航看着尚晴。

“嗯，谢谢你了。”尚晴理解他，正如她也不方便邀他去自己家里坐坐，即便是自己认识几十年的老友。

“我以后可以给你打电话吗？”

“可以。”尚晴明白他的潜台词是问自己方不方便接电话，便点了点头。

“谢谢。”

“谢什么，该谢谢的是你。”尚晴挥挥手转身走了，一直到她进了大门走出了许卓航的视线，她才听见车子的发动声。

苏扬和易波要离婚的消息很快传到了双方父母那里。头天的电话轰炸不算，第二天苏扬下班回家一看，四位老人和易波坐在那里如临大敌。苏飞把贝贝抱到另外一间房去了，客厅成了临时的审讯室。

大家都沉默着，客厅里的空气沉重、郁闷，令人窒息。

苏扬早就料到会遭到双方父母的强烈反对。易波的父母，自然是极其不情愿，而自己的父母，也都是本分老实的人家，传统得还认为离婚是丑闻。苏扬看见几位老人眼睛都红红的，她想像得出他们老泪纵横的样子，也知道在他们眼里，把儿女离婚看得比天崩地裂还吓人。她心里不由一阵发酸，陡然觉得自己是多么不孝，长这么大了还要长辈操心。

还是易波爸爸先开口了，“苏扬，你和易波的事我们听说了，有什么矛盾有什么困难大家一起解决好不好，不要这么草率地就谈什么离婚行不行？”

望着老人哀求的眼光，苏扬一阵难过。她草率吗？不，她觉得这已经经过深思熟虑，是那么多个夜晚反复掂量、思考的结果。他们只看到表面，认为苏扬是因为易波没有工作没有收入才嫌弃他才提出离婚，都没有想到最主要的问题是易波缺乏一个成年男子应有的责任感。对家庭、对爱人、对孩子，他没有尽到该尽的义务。这种失衡，注定这个家庭将无法维持。

“爸爸，这种日子我实在是过不下去了。”

“我知道你的困难，我们大家都会想办法帮你的，你不要急。”

“爸爸，你不知道，他现在整天就是上网玩游戏，不管家，不管孩子。”苏扬说到这里，满腹的委屈与辛酸也涌了出来，眼泪哗哗地流。这样的日子她受够了也忍够了，她宁愿一个人过也不想再继续了。

她说的是事实，老人顿时哑口无言。其实易波的父母何尝没有苦口婆心劝过易波，只是孩子大了，做父母的能管得了多少？但无论如何，这个家不能散，若散了，易波更加完了，再说，以他的条件，还上哪里找这么好的人去？老两口平时除了尽可能地在经济上支援苏扬，也是一筹莫展。毕竟这治标不治本，易波自己不觉醒不改变也是无济于事的。

“孩子这么小，不能就没有爸爸呀！”苏扬的妈妈是那种宁愿凑合一辈子也要好过离婚的传统妇女，“你看看那些单亲家庭长大的孩子，有几个心理健康、性格正常的？多多少少都有些阴影。退一万步，你就不能为孩子想想吗？”

是啊，为孩子想想，听起来是多么好的一个理由。可为了孩子，难道就要牺牲自己一辈子的幸福？苏扬想反驳，又不能反驳。大家以为苏扬的态度有所转变，附和着又说了一些什么，她仿佛都没有听见，只是呆呆地坐在一旁。

房间里的声音渐渐静下来了，邻家厨房里锅铲翻炒发出的碰撞声，一下又一下，伴随着饭菜香飘了过来。该是吃饭的时间了。易波的父亲喊道：“易波，你讲讲你的想法。”

“我不同意离婚。”易波嘟囔着。

苏扬也被那一喊喊回了神，她在心里冷笑，不同意，傻子都知道这世上只有结不成的婚，没有离不成的婚。

“今天我们大家都在这里，易波你表个态。”易波父亲用命令的口气说道。

苏扬万万没有想到的是，易波突然朝自己走了过来，“扑通”一声跪下了。也没有人劝阻，都在等着他表态。

“我想你再给我一段时间，半年后如果再不改变的话，我会同意分手。”苏扬心想，也许这样一来，易波会在短时间内有所改变，但是他能坚持多久呢？要改变一个人几乎是不可能的，何况是一个成年人。在苏扬每次需要他的时候，易波从未出现，现在，苏扬的心已经被慢慢炙烤成了一堆死灰，易波再摆出一副消防队员的姿态，想要去起死回生，已经是不太可能了。

苏扬也曾在脑海里无数次想像自己提出离婚后的情景，但就是从来没有想到过易波会哭成那个样子。她以为他会以他惯有的冷漠，淡然处之。或者，心有不甘，却仍会倔强地装作满不在乎的样子，绝不会流露出半分不舍。那昂头离去的应该是易波而不是苏扬。易波那样一个极度自尊的人，不会在这样的时刻扮演弱者的角色。可眼下，苏扬真的没有想到，易波居然肯放弃他一贯的所谓的自尊跪下来求她。这一瞬间，苏扬几乎有点认不出易波来，这还是往日那个自命不凡、好高骛远却又眼高手低的易波吗？这样的场景，苏扬始料未及。

苏扬也没有了主意，她能拒绝吗？四位老人都泪眼婆娑地看着她，她能让他们心碎吗？还有孩子，她凭什么成为失败婚姻的殉葬品？此时此刻，苏扬心乱如麻，只能无奈地点了一下头。

四位老人的心里这才落下一块大石头。客厅里的气氛也随之缓和，两位妈妈去厨房张罗晚饭了，苏扬如蒙大赦，赶紧走到里屋去看贝贝。贝贝正趴在床上听小姨讲故事，看见妈妈进来了举着手要妈妈抱，苏扬抱起贝贝，眼眶里蓄满了泪水，孩子啊孩子，你知道妈妈心里有多难吗？你能理解妈妈的苦楚吗？要是将来真的离婚了，你一定要体谅妈妈啊。苏扬这次之所以给易波机会，绝不是因为被易波打动，只是她实在不忍心看到老人们的眼泪。这些泪水，像波浪不停击打着礁石，而那些也曾是泪水浇铸成的礁石，会被击打得四分五裂吗？

吃过饭，四位老人和妹妹都回家了。送走他们，苏扬觉得自己这两天真的是累了，她清理着房间，清理着凌乱的现场，如同在一场失败的起义后，收拾着被镇压后的残局。

Keep out the times Chapter 05

第五章

明天就是出分数的日子，几乎被遗忘的考试又提上了日程。尚晴心里头忐忑不安，迫切想要知道结果的念头像把刷子在她心里扫过来扫过去，扫得她心里痒痒的。她只得熬到深夜，因为过了十二点就是公布分数的时间了。

尚晴坐在床上，不时拿起手机看看时间。时钟终于显示现在是北京时间零点零一分了。不知道是因为号码太长还是心情太激动，第一次没拨成功，尚晴深呼吸了一口，瞪大眼睛，对着号码一个一个摁着，听到提示后小心翼翼地把考号输进去，按#号键后，电话里传出一个沉静如新闻播音员的女中音，“……您的总分为397分”。尚晴第一反应就是不可能，这不可能是自己的成绩，一定是自己拨错了。397分，这怎么可能，比自己估计的整整要高好几十分呢！尚晴摇着头，绝对是自己刚才拨错了。她稳定下来，比上一次更认真地对照号码拨打起来。当那个悦耳的女中音再次机械地重复和刚才一样的数字时，尚晴还是有点怀疑，保险起见，她最后又打了一次。这一次，她仔仔细细一直听完，终于相信了这是自己的分数，397分，这真的就是自己的分数！

尚晴把手机一扔，往后一仰，倒在了床上。结束了，一切都结束了！整整十个月的苦行僧生涯，终于结束了！那些背单词的痛苦，那些做论述题的无奈，那和日渐衰退的记忆力作斗争的日子，通通结束了！她开心得想在床上打滚，她想唱歌，想跳舞，想做一切疯狂的举动。她一个人傻傻笑着，真的好想现在有人来分享她满胀的喜悦。她想告诉苏扬，可是现在这么晚了，她一定也休息了。真希望她也能第一时间知道，她可是自己考研路上的见证人呢。对了，还有许卓航，是他送她去考试的，要不，不会那么顺利的。她给苏扬和许卓航发了同一条信息，希望他们第二天早上一开机就可以看到。没想到，她的信息刚发出去，许卓航的电话就来了。

“向奋战在考研一线的同志表示热烈祝贺啊！”

尚晴听他这么一说，有点不好意思起来。“分数线还没出来呢，说不准的。你怎么还没睡啊？”

“嗯，今天加班，还在办公室呢。”

“那你忙吧，不打扰你了。”

“没事，刚忙完了。你困不困啊？”

“本来困了，听到分数又不困了。”尚晴觉得自己有点好笑呢，忍不住又咯咯笑了起来。

“难得你这么开心，我们去庆祝一下吧！我待会来接你。”

“现在？去哪里？”

“嗯，现在。你想去哪里？”不等尚晴回答，许卓航又说道，“好了，你先想好去哪里，我就出发，等我。”

电话已经挂断好久了，尚晴还愣在那里。这么晚了出去不太合适吧？不过，管他呢，今天是特殊的日子，就放肆一回吧。只是想有个人分享自己的喜悦，这是她给自己的理由。

尚晴忙穿好外衣，跑到镜子面前梳着头发，她看见自己脸颊因为兴奋有点红扑扑的，心里又有点瞧不上自己这喜形于色的德行，忙洗了个冷水脸，尽量让自己看起来显得平静一点。但她很快又替自己找到了开脱的理由，以她的高龄，能在那些愣头青里名列前茅，确实不是一件容易的事呢，她是应该为自己感到有那么一点点骄傲的。

看看窗外，这么晚了，去哪里好呢，尚晴也愁死了。虽然这个城市以丰富多彩的夜生活著称，但她的生活除了工作就是家庭，那些基本上是与她绝缘的。以至于不熟悉的人总怀疑她是不是本地人，怎么连哪里好玩都说不上来。

幸好妈妈这两天在家，否则她还没办法出去。她走到妈妈和孩子睡觉的房间门口，听见里面传来均匀的呼吸声，这才放心地蹑手蹑脚轻轻带上门，直到听见门锁喀哒一声，她才松了口气。这感觉让她想起了小时候，那时经常趁父母睡午觉的时候偷偷和小伙伴溜出去玩，也是这样尽量不发出任何声音地屏住呼吸，直到出门才感觉安全逃离似的长舒一口气。

她刚走到小区门口，许卓航就到了。许卓航的车子里永远都是这么暖和，尚晴不自觉解开围巾。

“想好没有，去哪里？”“我也不知道哪里可以去，都这么晚了。”“那跟我走吧。”“去哪里？”“放心，不会把你卖了。”许卓航笑着说到，尚晴也不好意思地跟着笑了起来。

车子停了。尚晴看见耀眼的霓虹灯上有KTV的字样，难道他要带她去唱歌？她一脸疑惑，“我们去K歌？”“嗯。只有这里不怕吵。”“啊？就我们两个？”

“怎么了，不行吗？”“哦。”尚晴还是有点没反应过来，她每次去KTV都是呼朋唤友一大群人，至少也是三五好友，还从来没有试过两个人唱KTV呢。

她有点如坠云雾，跟着许卓航进了包厢。许卓航要她先点歌，自己去买了许多吃的。两个人的包厢总觉得有点怪怪的，好像每首歌都是唱给对方听似的，尚晴选来选去，都不知道该点些什么歌才合适了。

磨蹭了半天，她问许卓航，“你想唱什么歌？”“我不会唱歌，我最没音乐细胞了，你唱，我当听众。”“什么？我一个人唱？”“嗯，你的专场。”尚晴好不容易选了几首老歌，她硬着头皮拿着话筒，盯着字幕，酝酿了半天，可就是一个字也唱不出来，她傻笑起来。尚晴不知道别人在化解尴尬的时候是不是也会无缘无故地笑，反正这是她的习惯。她笑着皱紧眉头，“我唱不出来呢！”“没事，你唱吧，就当我不存在好了。”“可你明明在这里啊。”“那就当我是服务生好了。”

第二段开始了，尚晴还是没有办法唱，“不行，这感觉太怪了。唱不出来呢。”怎么办呢，尚晴用手揪着发尾，突然灵光一现，“要不，我们喊梁可可来吧，她是夜猫子，现在肯定没睡觉，三个人热闹些。”边说边去包里拿电话。

“不要。”许卓航去拦她的手。“为什么？”

“难得我们两个人聚在一起，不想有人打扰。”许卓航说完又觉得有点不好意思，加了一句，“和她以后还有机会呢。今天就算了吧。”

“可是我真的唱不出来呢。”

“那我们听人家唱好了。”

“嗯，那好吧。”尚晴点了一些喜欢的歌，再调小音量，两个人坐在沙发上边听歌边聊起天来。

因为是为了庆祝尚晴考出好分数，许卓航特地要了一瓶红酒。尚晴平素滴酒不沾，她也不知道自己有没有所谓的酒量，反正她从来就没从酒里喝出什么乐趣来。但是今天太开心了，喝一点也无妨。她不再推脱，一小口一小口地抿着。许卓航看见尚晴的眼睛变得温柔而潮湿，连睫毛也湿漉漉的，仿佛上面挂着露珠似的。他觉得尚晴的酒都喝到眼睛里去了，怎么看尚晴怎么觉得好看。

“怎么突然想起要考研了呢？”

“怕得老年痴呆症。”尚晴开着玩笑。“想去读书，给自己充电。”

“是啊，不学习不行呢。我现在杂事太多，心里头装的东西也多，很难静下心好好看书。所以这一点我很佩服你呢，能把丢了那么久的东西捡起来，我知道这不是件容易的事。”

“其实很多事情也是逼出来的。”

“怎么呢？”许卓航觉得她话里有话。

“也不是，要是一件事到了你非做不可的地步，就一定能做好。”尚晴怕他刨根问底，赶紧转移话题，“你怎么想到回来？北京不是发展机会更多吗？”

“父母年纪也大了，可以顺便回来照顾他们，古人不是说‘父母在，不远游’吗，呵呵。”许卓航总不好说他回来的私心里有一部分是因为尚晴，“再说，这次回来做这个项目，不仅是个难得的锻炼机会，对自己也是个挑战。人有时候总是想证明自己可以做得更好，也许仅仅只是为了证明给自己看，和别人的肯定无关，你说呢，不知道是不是也和你去考研一样？”

“嗯，大概男人会喜欢在不断超越自己的过程中找到成功的感觉。但是我，我好像没有什么太多太长远的规划，只是想做些自己喜欢的事。”尚晴不想追究自己考研的深层次理由，难道说看书是为了忘记遭遇背叛的痛苦？“别说这么沉重的话题了，说点别的吧。”

尚晴还真的有点饿了，她开始扫荡桌子上的零食。

“嗯，交代一下你的罗曼史，怎么结婚都不告诉我们呢？太不够哥们了。过年回来也不带新娘子给我们看，怕被别人抢了呀？”

“什么呀，你知道我中间有两年是在国外。而且，我爸妈一直希望我找个本地媳妇，也不知道为什么，他们不喜欢北方人。”

“那说说这些年你怎么过的吧，还有怎么认识她怎么结婚的，我想听。”女人总这么八卦，喜欢倾听感情生活部分多于其他。但这次肯定不止是八卦。

许卓航盯着手里的酒杯，陷入了回忆。

许卓航刚参加工作的时候住的是两个人一间的集体宿舍。陈娜和他室友是同学，一来二往的就这么认识了。严格说来，是陈娜主动向许卓航发起攻击的。许卓航习惯了南方女子的温婉细腻，一下子还真难以适应北方姑娘的泼辣豪爽。起初他对这个看起来有点风风火火、咋咋呼呼的女孩并没有感觉，再说他心里还一直被尚晴占据着，哪里容得下别人。陈娜其实也不是没人追求，但人在感情上都有点犯贱，越是不搭理自己的，越容易激起一种征服欲。陈娜的个性本来就是争强好胜那一类，自然不能免俗。

面对陈娜一次次的明示暗示，他一直找不到感觉。真正打动他是有次发高烧在床上躺了两天，陈娜知道后竟然下厨给他煮了一锅小米粥。也许人在病中总是格外脆弱，感情防线就这样被一锅小米粥攻破了，他开始觉得这个女孩也有细心体贴的一面。正在他的态度渐渐松动时，又被派去国外公干，一走就是两年。尽管他走之前一再声明陈娜有选择的自由，对于不确定的未来，谁也没有权利要求谁，但陈娜铁了心表示要等他。说实话，他并没有抱多大希望，毕竟两年时间不算短。即便在两年间他们电话联系的时候，他也不忘劝陈娜不要错过合适的机会。可没想到，回国后，陈娜兑现了她的诺言，一直执着地等待着他。他当时确实很感动，而且，两年间身处异国他乡的孤独里，一份点点滴滴累积起来的温情与感动，力量也是不容小觑的。于是，他们顺理成章结婚了。

婚后的生活还算平静。陈娜被家里人都宠惯了，难免有点小性子，有时候说话做事不太会顾及别人的感受。两人志趣也谈不上相投，喜好更难得有交集，在许多事情上，彼此看法和观点也都大相径庭。但她最大的优点就是她爱许卓航，把许卓航和这个家看得很重。即使知道许卓航爱自己少于自己爱他，但只要能守在许卓航身边，一切都心甘如饴。

也许是从小生活环境不一样，许卓航显得更知书达理，而优越成长环境下长大的陈娜虽然不至于像别人那样带点官宦人家趾高气扬的味道，但言谈举止难免流露出一种天生的优越感，这是许卓航比较难以接受的一点。在别人眼里，许卓航找了个好太太，兴许还沾了岳父的光，事业家庭双赢，可只有他自己知道，这并不是他真正想要的幸福。或许是老天在用事业的顺利弥补他在感情方面的失落，他工作一直顺风顺水。有时候，带着些许挣扎与摇摆的许卓航会自己安慰自己，或许人不能太贪心了，何况人生本来就充满遗憾，哪有那么两全其美的事啊。好在他的女儿及时出生了，成了这个家庭的重心，犹如一个铁锚牢牢拴住这艘飘摇不定的小船，他的心也真正开始沉了下来。

不管怎么说，陈娜是死心塌地爱着许卓航的，这是她自己争取来的战利品，她以他为豪。在亲戚朋友眼里，他们很般配很恩爱，许卓航看上去也是一个称职的丈夫与父亲。尽管许卓航有时候不清楚自己有多么爱她，但他不得不承认自己是爱女儿的，爱这个家的。也许正因为爱的不够深，反而能够宽容地待陈娜。仿佛越是不相干的人，要求和期望值会越低。即使有什么矛盾，也总是一忍了之，似乎去为一个不重要的人伤神烦恼是件不值得的事情。

人对越在乎的东西越害怕失去，因为上天总是喜欢夺走你最心爱的。而你不在乎的那部分，却仿佛被遗忘了似的可以千秋万代。所以，有些家庭没有爱情也能很好地维持下去，只要曾经的爱已经灰飞烟灭，只要没有新的爱来冲击，只要有包容忍耐之心，那么，那段婚姻还是有善终的可能。

许卓航本来就是一个性格平和的人，再加上失去尚晴后他觉得和哪个女子结婚都是一样的，也就安心安意地蜗居围城之中，从不理会城外的风景。在他眼里，世间的女子只分为两类，一类是尚晴，一类是其余所有人。知道尚晴生活得很幸福后，他告诫自己要学会理智地控制，不要去打扰她。从多年前他离开尚晴离开这个城市起，他就对自己说，如果尚晴生活幸福，他绝对会永远为他们祝福。如果不幸福，他一定要自己带给她幸福。说真的，当他每次从朋友那里知道尚晴过得很好的时候，不是没有一点为自己感到遗憾的，但更多的还是感到宽慰。只要她幸福就好，不管这带给她幸福的人是自己，还是别人！

许卓航不想讲得更多，他只是轻描淡写地讲述了一个大概。但尚晴从这个轮廓里，还是能感受到一份寻常家庭的温馨与安稳。她的家，原来也是这样，只是后来，后来怎么就全变了呢？

一想到自己的家，尚晴忍不住有点黯然神伤。当许卓航反问她现在过得好不好时，她竟然无言以对。能说什么呢？"还好吧，其实每个家庭都差不多。好不好怎么说呢，每个人的标准都不一样啊。"

"你的标准是每天下班第一个念头是不是就想马上回家？"

“当然了，想回家看孩子，看见孩子就开心。”孩子是尚晴最大的安慰。

“呵呵，我也一样。”

话题转移到孩子身上，尚晴的话匣子算是打开了。因为她们家的乐乐比许卓航家的点点大了三岁多，在育儿问题上，自然要更有发言权一些。

当彼此都知道双方现在过得幸福时，他们的相处更坦然了，好像又回到无拘无束的学生时代。这样的时刻，因为无私无欲，显得纯净而美好。

说着说着人到底还是困了。想到寒气逼人的冬夜凌晨，回家一折腾也睡不了什么，两人干脆决定就地休息一下直接上班好了。许卓航要尚晴躺下，他坐着就行，尚晴说坐着怎么好休息，许卓航说自己以前出差锻炼出来了，站着都能睡。在这些事上，尚晴从来拗不过许卓航，她只好躺下。

好像在梦乡里蜻蜓点水似的眯了一会眼，时间就到了。尚晴醒来看见许卓航坐在一旁，“你没睡啊？”“我熬夜习惯了，没事。”两人结了账出来，一起去吃早饭。许卓航把尚晴送到单位，自己也直接去公司了。到公司许卓航刚开手机,陈娜的电话马上来了,“手机怎么关机了？”“没电了。有什么事吗？”“没事，答应点点今晚看电影的，要记得早点下班啊。”“嗯，好的。”陈娜对许卓航基本上还是放心的，这不仅仅因为自己向来自信，还凭着这么多年对他的了解，知道他绝对是一个有责任心的人。虽然从他对自己以前的感情避而不谈来看，估计以前肯定也有过伤心情史，但结婚这么久了，也了解他的品性，他不会在外面乱来的。倒是许卓航放下电话后吃了一惊，什么时候自己撒起谎来竟然脸不红心不跳了？但他马上原谅了自己,因为他只是想多一事不如少一事。何况本来就没什么事，如果陈娜知道了的话，以她的性格，没事也要搅出事来。在许卓航的记忆里，好像还真没怎么对她撒过谎，因为他的行踪没什么好隐瞒的，现在他第一次撒谎了，为了尚晴，他觉得这非常值得。

尚晴今天第一个进办公室，比朱玉珍还要早。尽管昨夜几乎一夜没睡，可她却一点也不觉得困。尚晴想，吃了兴奋剂可能就会是这种状态吧。没错，分数就是她的兴奋剂。她好几次听见走道里的脚步声都以为是苏扬来了，她想苏扬再不来就打电话给她。正想着，苏扬提着早餐进来了。尚晴赶紧起身把苏扬拉到走廊上，“看到我发的信息没有？”“没有啊，我还没开机呢。”苏扬边说边拿出手机准备开机。尚晴轻骂了一句“讨厌”，挡住苏扬继续问道：“分数出来了，你猜我考多少？”“多少？”苏扬想从尚晴脸上判断出分数的高低，可尚晴脸色很平静，看不出是好还是坏。

“快说吧，别卖关子了，我都急死了！”“397。”“啊！”苏扬兴奋得一声尖叫，“天啦，这么高！”“是啊，我自己都没想到呢。不过分数线还没出来，不到最后谁也说不定。”“这么高，绝对没问题！”“还要复试呢，我心里还真没一点底。”“没事，复试还不是走走过场的。这下可好了，总算可以在朱玉珍面前扬眉吐气了，哈哈。”

一直到下班，苏扬都是一副开心得要命的样子，看起来比尚晴还要开心，仿佛考出好成绩的是她自己。她们正商量去哪里好好庆祝一下呢，顾军的电话来了，说出差回来了，晚上回家吃饭。出乎尚晴的意料，顾军竟主动问起了尚晴的考试分数，尚晴淡淡地告诉了他，顾军对她的分数也流露出了一丝惊讶。因为顾军要回来，庆祝计划取消了。尚晴倒没觉得他回来有多特别，但是苏扬执意改期，尚晴也就没有再坚持。

尚晴回到家，顾军正拿着换洗衣服准备洗澡。客厅的茶几上堆满了他买回来的土特产，还有尚晴最喜欢吃的酱板鸭。要是在以前，尚晴肯定会觉得心里很甜蜜，可现在，味道还是和以前一样，却多了一丝说不清的别扭。

洗澡水不知道怎么回事，总是一会儿冷一会儿热的。尚晴听见顾军在里面大呼小叫，嘴里不停地念叨着这水这么回事呀。换在原来，尚晴肯定会亲自给他去调好，可现在，她不但不想去，反而觉得他叫得人心烦。她突然发现自己不是恨他，她变了，她变得对他漠不关心了。尚晴觉得他不配她的关心，自己若还是像以前那样去关心他，那简直是自己瞧不起自己，她才不允许自己践踏自己的尊严。再说，这一切，都是他咎由自取。这样一想，尚晴便依旧在厨房里心安理得地切着菜，只当什么都没听到。

吃过晚饭，乐乐非要爸爸妈妈陪他一起去散步。尚晴本不想去，可看着孩子央求的眼神，不想扫他的兴，就答应了。有父母在身边的孩子总是又神气又骄傲，乐乐又好久没和爸爸一起玩，兴奋地跟顾军追着打打闹闹，玩得不亦乐乎。这个家，已经好久没有过这样的情景了。如果尚晴不那么敏感，如果能多一点糊涂的话，生活也许会幸福得多。可眼下，尚晴觉得这个貌似和美的家，其实只剩下个看起来完整的外壳，内核，早已经四分五裂。为了孩子，也许她会忍，也许要忍一时，也许，将是一世。

虽然尚晴心里无法再接纳顾军，但他毕竟还是乐乐的父亲，在孩子面前避免不了一些必要的交流。交谈也许真的是一种润滑剂，又或许顾军一直也在努力做着些刻意的补救工作，生活似乎开始朝着原来的轨道靠近。可就在尚晴努力说服自己忘记过去重新开始的时候，一次更强烈的打击粗暴地闯入她的生活，把刚刚恢复一点的和谐再次击得粉碎。

起因是放在桌子上的一张记有导师信箱的信纸不见了，她找了好半天也没找到。尚晴担心是不是妈妈不小心把它当废纸扔了，急忙跑到厨房的垃圾筒里翻找。垃圾筒里东西不多，尚晴果然看见自己那张信纸夹在中间。谢天谢地，尚晴心里喊道，她拈住信纸一角小心地抽取，信纸好像被什么东西卡住了。尚晴生怕信纸被扯坏，小心翼翼把信纸旁边的东西拨开，原来是一版废弃的锡箔纸药包装。她随手拿起一看，“无环鸟苷”？好奇怪的名字，从来没有听说过。尚晴感觉这药治的肯定不是一般的头疼脑热的病，肯定不是妈妈在吃，那这应该就是顾军的药。可是也没听他讲他病了呀？他得了什么病，为什么要瞒着自己啊，是怕自己担心还是别的什么原因？尚晴也不知道怎么回事，鬼使神差记住了药名。第二天上网顺手一查，上面写着：用于生殖器疱疹病毒感染初发和复发。她的头轰地一下炸开，有一瞬间觉得心跳要停止了似的难受。她赶紧一个人跑到外面绕着院墙来来回回走了好几圈，这才缓过劲来。

说来也怪，好像也就是那一下子特别难受，捱过去就没事了似的。到了下午，她竟然发现自己连气都不生了。也许，被伤害的次数多了，人的承受能力也越来越强，对伤害也就没那么敏感了。是的，她的心已经在一次次的伤害中日趋麻木了。那些伤口，在一次次愈合与撕裂中结出厚厚的痂，终于习惯了一切伤害，也产生了抵御任何伤害的抗体。直到过了好几天后，她才想顺便想起似的问顾军，“你在吃药？”“是啊，出差感冒了。你怎么知道？”“我看见垃圾筒里有一版药包装。”“哦，没什么大问题。已经好了。”尚晴对顾军的回答不吃惊，倒是对自己的态度感到吃惊，即使明明知道顾军在撒谎，她也懒得揭穿他了。揭穿了又能怎样？即便她说穿了，他也不见得就会承认，何苦还惹得自己不痛快呢。她不想自己跟自己过不去，她只要自己心里明白，这欠下的债，总有一天他要加倍偿还。又或许，这一次，她已经在心里彻底放弃他了。和自己无关的东西，谁会多浪费精力？一个女人一旦决定放弃一个人，就会变得格外宽容；还有另一种可能，那就是当她爱上一个人的时候，会对其他所有人都变得格外宽容，因为她的心里已经被爱人填满，无瑕旁顾。

顾军被尚晴猛一问起吃药的事时，不是不胆战心惊的，他第一反应就是尚晴是不是发现了什么。他暗骂自己怎么这么粗心大意，竟然随手把药包装扔在家里，可后来看到尚晴并没有深究，才侥幸自己这次没有捅出什么娄子。好悬啊，短短一分钟，顾军的背后都激出一身冷汗。

其实顾军心里也是有苦难言。一方面要应付张莉莉没完没了的纠缠，一方面要为自己给这个家带来的毁灭性打击赎罪。幸亏张莉莉又遇见个比他更有开发价值的主，这才把方向转移了。顾军从别人那里听说这件事后，都不知道在心里对那个解救他于危难之际的人说了多少次谢谢，心里的石头也落了地。可身体却出现前所未有的一些不适。一检查，才发现真的染上了难以启齿的病。这一下子，顾军算是彻底领教了婚外恋的厉害，更是决心从今以后，一心一意过日子，再不去蹚那些浑水。他想，这些大概是老天爷在替尚晴教训他，要怪也只是怪自己，也算是自己罪有应得。

顾军有时候也很想对尚晴忏悔，只要能回到以前那样平静快乐的生活，他做什么都愿意。可每次他费尽心机好不容易想把话题往这方面引，敏感的尚晴总是一下子看穿他的用意，不是转移话题，就是沉默着不再接话。顾军揣测，或许尚晴也在说服她自己接受现实。破碎的婚姻，不只需要诚意和行动来弥补，更需要时间来忘记过去吧？只是他万万没有想到，当他带着洗心革面重新做人的态度对待尚晴对待这个家的时候，尚晴已经选择了彻底放弃。

尚晴一直关心的分数线也出来了，360分。自己的分数超出一大截，这方面还是有一定优势的，但复试成绩还占总成绩的40%呢。况且复试中含有面试，阅卷也是学校内部处理，水分比初试大得多。在没有把握的尚晴看来，简直要比初试更难。复试最好的结果就是自己能选到自己满意的指导老师，作为老师而言，可能最希望的也是在复试中能找到自己喜爱的学生。为了备战复试，尚晴重又沉下心来看书。她觉得自己像个农夫，又开始耕耘在希望的田野上。

复试的科目里有一门是初试中没有的，还得从头看起。时间又紧，要命的是课本和参考书却还没着落，好不容易才托熟人的熟人借到一套。那位仁兄也是考研过来人，不过住得偏僻，得自己去拿。尚晴欢天喜地地答应了，觉得自己运气还真好，总是在绝望得几乎想要放弃的时候又看见希望的曙光。

尚晴在电话里和那位前辈约好明天下班去拿书。因为估计来回一折腾时间会耽搁得比较久，她跟妈妈说自己明天晚上有事要晚点回来，要妈妈接了乐乐后先吃饭，别等自己。

谁知道第二天气温骤降，来势凶猛的寒流一下子把人们又打回冰窖里。下午还下起了毛毛细雨。打伞吧，风把雨丝吹得一会东一会西，根本不管用。不打伞吧，雨粘在脸上又湿又冰，像贴了块湿抹布，格外难受。

到前辈那里的路不好走，因为偏僻，不仅要转两趟车，到那里去的车也格外少。尚晴在人群里望眼欲穿，她要等的车总也不来。在一次次的辗转中，暮色已经降临，寒意也更深重了一层。看着灯火渐渐明亮起来，尚晴的心却莫名地往下沉。她陡然觉出自己的孤单和无奈来，这奔波的辛苦与无助，还有这凑热闹般起哄着来为难她的天气，都让她感觉到自己的孤立无援。

好不容易找到了前辈所在的地方，她发现自己的手指僵得连手机键盘都摁不利落了，那一下子，满腹的委屈直往上涌，拍打得她想哭。那位前辈看到她显得很惊讶，说原以为这样的天气尚晴会改期呢。前辈在惊讶之余又很钦佩她的毅力，他说就冲她今天跑这么远来拿书的劲头，一定能考上。

好不容易在人家客厅里暖和了几分钟，一出门，反而觉得比先前更冷。尚晴又冷又饿，再不补充点能量，她简直怀疑自己还能不能坚持到家。她现在好想吃饭，想在明亮温暖的灯光下享受那些香喷喷的饭菜，想喝热气腾腾的汤，想一家人其乐融融共进晚餐，把考试丢到爪哇国去。

回程的车还难等到一些。尚晴站在晃荡的公车上安慰自己，总算只要再转一趟车就到家了。天色愈发暗沉，下班的高峰期早已过去了，路上行人也少了。看着不断倒退的景物，尚晴感觉仿佛是过往一个个的片断，被慢慢地抛在身后。那些美好的记忆，她回不去了，那些痛苦的心伤，却如影随形。车子在漫长的行程中仿佛失去了目标，永远不能到站般地载着尚晴往前缓缓驶去。尚晴的泪，就那么突如其来地，毫无防备地滑落下来。一滴接着一滴，滚滚而下。

等车子在最后一站停住时，尚晴发现自己都已经坐过了站。她看见路边陌生的站牌，感到无比沮丧。她拿出电话想打，可又不知道该打给谁，又可以打给谁。她不停翻看着电话簿，当她再次看到许卓航的名字时，她的手指停住了。犹豫了那么一瞬间，她还是摁动了拨号键。许卓航回来这么久了，她还是第一次主动打电话给他。电话很快接通了，快得连尚晴还没有准备好要说什么。

“怎么了，今天怎么给我打电话了？”“没有，没事呢。”“怎么了？说啊。”“没事。”尚晴听到许卓航关切的声音，好像摔倒的小孩得到大人的抚慰，好不容易平复的心情顿时又倍感委屈，连话都有点说不出来了。

“到底怎么了？快告诉我啊！”许卓航倒真急了。

尚晴被他一催，越发说不出话，竟低低啜泣起来。听得许卓航急得要命，生怕她是不是出了什么事。

“到底怎么了？你想急死我啊！”许卓航的口气越发紧张。

“没事。”尚晴好不容易止住眼泪。她能说自己心里难受吗，那还不让他担心死，“就是坐过了站，不知道怎么走了。”

“你在哪里？我马上过来！”许卓航这才在心里松了口气。

尚晴抬头看了一眼站牌，“新河。”

“那你别站在外面傻等，先到路边的商店里去避避风。我十五分钟后就到，到了打你电话你再出来。”

“不要呢，我自己坐回头车回去。”

“好了，不说了，等我，我出发了。”话音未落许卓航就挂断了电话。

还不到一刻钟，许卓航就赶到了。他一眼就看见站在路边的尚晴，没有打伞，茫然地看着前面，好像一个迷路的可怜小孩。许卓航的心仿佛被什么东西击中了似的，一下子变得柔软无比。他把车停在尚晴面前，责怪她怎么不进到商店里等。尚晴的表情有些羞赧，可能是因为觉得自己刚才有点失态，所以感到很难为情，一直低着头不敢看许卓航。

许卓航好像看出了她的心思，也没再提刚才的事，只说着家乡的天气还是这么难以捉摸，说变就变，让人一点准备都没有。车子停在一家饭店前，许卓航下来拉开车门，“走，下车吃饭。”尚晴觉得自己已经饿过头了，根本不想吃东西。但她还是顺从地下了车，因为她知道在他面前有些反抗是无用功。

许卓航点了一桌子菜，都是尚晴喜欢吃的。他看见尚晴沾了雨丝的头发有点湿漉漉的，便从口袋里掏出一条手帕递给尚晴要她把头发擦干。

在暖和的包厢里，尚晴冻僵的身体渐渐缓过劲来，也慢慢有了胃口，她大口吃起饭来。许卓航看着她，自己吃得很少。

“你怎么老不吃啊？”尚晴觉得就是她一个人在吃似的。“我不饿，我看你吃。”“那你不吃我也不吃。”“没有呢，逗你的，我已经吃过了。”“啊？

就吃过了？”“小姐，你看看时间，都快九点了呢。”尚晴一看，还真快九点了。她不好意思地吐了下舌头，“我也吃完了。”“不急呢，吃饭皇帝大，安心吃完。”许卓航说完又拿起筷子，“我陪你吃。”

吃完饭，许卓航送尚晴回去。临别前尚晴说：“今天真不好意思，麻烦你了。”“没有啊，其实我心里挺高兴的。”“为什么啊？”“因为你能在这个时候想起我，我觉得自己还是被你需要的。真的挺高兴，我希望以后当你有什么困难的时候都能想起我，那样会让我觉得，我对你来说还是有存在价值的。”

尚晴没有回答，只是微笑着摆摆手和许卓航再见。但那微笑里，满是被温暖过的痕迹。

对许卓航来说，今天的事让他喜忧参半。高兴的是，尚晴在遇见麻烦的时候想起了他，这间接证明了自己在她心目中的地位。心疼的是，他隐隐感觉尚晴并没有她说的和自己想象的那样幸福，他了解她，若不是委屈到了一定程度，她是不会轻易在他面前流露什么的。

在苏扬家里，虽然事情终以苏扬的屈从告一段落，但她心里，并不见得就真正放弃了离婚的想法。让她难以适应的是，她的生活从此热闹了许多。公婆不仅周末基本都会来，只要天气好，就会带着大包小包频频造访。尤其是婆婆，陪着小心，热乎地帮着苏扬做这做那，好像她是苏扬请来的钟点工，倒弄得苏扬挺不自在。在苏扬眼里，她几乎是带着替儿子赎罪的心态，尽着一个长辈的努力在帮儿子维护这摇摇欲坠的婚姻。这让苏扬觉得很别扭，无形中也成了苏扬的负担。苏扬在心底也很同情婆婆，因为她天真地以为两人婚姻的症结出在儿子在家事上的懒惰与经济上的窘迫。可是，退一万步，即使他们婚姻出现问题的原因真的如此，那该做改变的也是她的儿子而不是她！

婆婆有时候会旁敲侧击、拐弯抹角地劝苏扬，婚姻不是一件衣服，买了穿了觉得不合适就退掉。苏扬反驳，谁说错了就不能换不能退？她心想，难道人要为一时的错误付出终生的代价吗？婆婆仍不死心，说可以改啊。苏扬接道，是可以改，关键是看怎么改，能不能改好？婆婆只好讪讪地说，过得去就行了，看在孩子份上，能过就过吧。看着婆婆满脸的担忧，苏扬也不忍心再多说什么。

也许他们还是不了解苏扬，他们不知道，在他们眼里向来顺从识大体的苏扬，既然毅然决然地跨出这一步，就不可能再轻易回头。不过苏扬以后每逢这种时候，都不再辩驳，只是默默听着。婆婆见她不再辩解，还以为她已经回心转意，也就很少说起这样的话题。婆婆还好，毕竟苏扬和她没有矛盾，更让她感到别扭的是易波刻意的改变。易波的父亲托人又重新给他找了份工作，他似乎真的下决心想要改变什么，但他在家里因为不能上网而坐立不安心神不宁的样子，怎么看怎么像毒瘾发作又得不到满足的瘾君子。苏扬已经完全习惯了他不在家不在身边的日子，现在陡然多了一个影子在家里晃来晃去，还真有几分不适应。苏扬在心里自嘲，做夫妻做到这个份上，也确实不容易啊。

苏扬今年可以评职称了，她不得不多花些时间和精力在这上面。有时候，苏扬正在伏案劳作时，易波会走过来，和她没话找话搭讪几句。他不是从来都不关心她的事情的吗？她做些什么，想些什么，他不是一直就不闻不问的吗？她想他出现的时候他永远不会出现，她已经删除他了他却又想重新进入她的世界。苏扬开始还耐着性子用最简短的词语回答着，有过几次后，苏扬实在没了那份耐心，她停住手里的笔，抬头看着易波，“你为什么不早这样对我？”易波陪着笑，“难道现在晚了吗？”“不晚吗？”“晚吗？”易波坚持着。苏扬不再说话，低头专注地在本子上写着。易波站在一旁，自觉无趣，也退了出去。

不能否认，易波的眼泪和哀求确实在某种程度上打动了苏扬，毕竟他们也是七年的夫妻。可是，对于将来的生活，苏扬还有信心吗？说实话，她真的没有，但凡还有一丝信心，她也不会提出分手。苏扬的心情渐渐变成了无奈。她不知道，如果易波长此以往，她是不是就该重新接受他？那样的生活，是不是就是大家都能认可与接受的生活？可是，他们还会回到从前吗？还回得去吗？

苏扬觉得自己是回不去了。

尚晴有好几天没有和许卓航联系。她一直有些后悔那天打电话给许卓航，似乎在对方面前示弱就意味着些什么，尤其是她这么一个不肯轻易示弱的人。她现在能体会许卓航说得那番话了。如果你在别人最难过的时候被想起，那至少说明你在对方心里是占有一个比较重要的位置的。尚晴隐隐害怕自己以后会越来依赖他，越来越需要他。事实上，她这几天确实会时不时想起许卓航。她害怕接到许卓航的电话，但又好像不完全是这样，有时候甚至会暗暗期待他的电话。尚晴觉得自己的脑袋一下子不够用了，她不仅要装下书本上的复习内容，还要再装下一个许卓航。

有时候看着看着书就会突然想起他，好像记忆的大门不经意被打开，熟悉的他，正倚在门边对她浅浅微笑。略带得意地含着一些小小的胸有成竹，一直看到了她的心里。这笑容有时候过于明亮与温暖，几乎有被灼伤的可能。

是的，他们太过于熟悉了，可以说是两小无猜一起长大。再后来，许卓航去外地念书，靠着书信知晓彼此的状况。比如说当尚晴收到第一封情书时，会在信里告诉许卓航。许卓航心里怎么想的不得而知，但在回信里会大方恭喜她，还提醒她要注意些什么。她带着点赌气的意思竟然真的和别人恋爱了。那些不伤筋动骨的恋爱就像棉花糖似的云朵，注定抓不住的。再后来，尚晴大学毕业了。许卓航读的是五年制大学，所以尚晴比他早一年参加工作。她开始认真地以婚姻为目的去相亲、恋爱，在亲友的撮合下认识了顾军。就在她认识顾军后不久，许卓航却开口向她表白了。

那是一天傍晚，许卓航突然出现在尚晴回家的路上。尚晴那天已经约好顾军晚上一起去看电影，可不知道为什么，她突然有点害怕许卓航会看见顾军。许卓航说自己有很重要的事和她谈，其实也只是含蓄地告诉尚晴，他临近毕业，在去留问题上想听听尚晴的意见。尚晴一时还没明白过来，说了一些套话。许卓航只好挑明了说，如果尚晴愿意的话，他想回小城和她在一起。尚晴着实被这突如其来的话题吓了一跳，一时也没有思想准备，只能告诉许卓航自己已经有了男朋友。其实当时她和顾军的关系还没有升温到恋爱程度，但慌乱之中地拿这个做了挡箭牌，根本就是出自女孩被追求时羞赧的本能。如果当时许卓航能再坚持一点，尚晴也许会重新考虑。可是，许卓航再也没有提起，只在小城住了一个星期就走了。临走前他来跟她道别，那时候的夏日夜晚，有很多星星。他推着单车，走在她身边，应该是有点淡淡的惆怅。可是，他们那时候还那么年轻，一定没有想到，这一走，竟要隔了八年以后才再次相见。尚晴偶尔会从别的同学那里得知他的消息，尚晴猜想，许卓航应该也是从别的同学那里知道自己情况的吧。他们不知道的是，自己在想念对方的时候也会被对方想起。

许卓航确实是从别的同学那里知道了尚晴结婚的消息。他自己也渐渐到了该成家的年龄。陈娜不是没有她可爱的地方，可就是爱不起来。那种把她爱成生命的一部分的纯真执着的感情，似乎已经全部给了尚晴。这是一段残缺的爱情，连婚姻也不能挽救它。残缺的爱情注定只能换来残缺的婚姻，直到女儿的出生盖过了那部分残缺。其实也不是许卓航心软或是出于不让父母操心的缘故就会接受陈娜，而是在他看来，不跟尚晴在一起，跟其他任何一个人结婚都是一样。在他心里，这个世界上，只有她是不一样的。他确信人的真爱只有一次，但只要尚晴幸福，他可以离她远远的，在她看不见的地方默默祝福她，如果她不那么幸福，如果她也需要她，他会不顾一切来到她身边。

那天尚晴打电话给他，他起初是还有些意外，他知道她没什么事是不会主动打电话给他的。听到尚晴在电话那端低低的抽泣声，他恨不能插上翅膀立刻飞到她身边。他没有问尚晴为什么会哭，如果尚晴愿意说，她会自己告诉他，他不会强她所难。但他能感觉尚晴柔和温婉的笑容背后，一定也有她深埋着的烦恼与伤痛。他看到了冰山一角，而那被水淹没的部分，仍是那么深不可测的神秘。他爱着的人不再是那条清浅无忧的小溪，在山涧里欢快地跳跃，而变成了一面湖，风平浪静，里面沉落着许多他所不知道的过去，那是一个他无法了解的世界。可是，他希望，有一天，有一叶小舟会载着他们在湖面悠闲摇曳。

不记得是谁说过，说得出的苦不是真正的苦，说不出的苦才是真正的苦。尚晴的痛苦在于她心情不好时找不到人可以倾诉。有时候，她真怕那些郁闷会积压在心里发霉、沤烂，然后整个人随之腐烂。她始终都没有办法重新接纳顾军，当他们独处一室的时候，总有种莫名的压抑隔阂在他们之间。这应该不仅仅只是尚晴的感受，有时看见顾军一个人躺在床上发呆，长久地保持一个姿势，却绝对没有睡着，她能感觉到他的心里也是不痛快的。那一刻，她不是不感觉无奈，甚至也在努力调整自己的心态，可是收效甚微。她看见书上说背叛带给人的负面影响仅次于离婚，所以，需要一段时间疗伤是在所难免的。

顾军的提拔如愿以偿，他更忙了，回家的时间更少了，尚晴也乐得随他。顾军有次问她考试的事要不要他帮忙，她一口就拒绝了，甚至潜意识里还认为，接受了他的帮助，就是一种妥协与退让。不是她要刻意和他保持距离，而是真的无法再靠近。

她以前是爱他的，也许现在心里仍有些残迹，毕竟是这么多年的夫妻。可也正因为曾经爱得那么深才会伤得那么重，才会那么难以原谅他的背叛。她错就错在太相信他，太相信彼此的感情。她以为自己一门心思顾着这个家，那对方也应该是同样地付出。但事实并非如此。有时候，她也劝说自己放弃那些无边无际的猜测，但做不到。她已经不想再靠近顾军。自从上次发生那件事以后，

他们就再没有过夫妻之实。尚晴猜想他也许在某些时刻没有把握住自己染上了病，可是他，非要采取这样的方式吗？

这样沉闷乏味的生活比坐牢还要难受，两人似乎都在忍耐。终于有一天，压抑难当的顾军忍不住爆发了。他哀求尚晴，到底要怎么样才能原谅他？尚晴回答道，永远都不原谅。顾军说，难道我们就一直这样过下去吗？我求求你，原谅我好不好。我不能没有你和孩子！看着顾军一副欲哭无泪的样子，尚晴只觉得一阵没来由的厌恶，她冷冷地对顾军说道，我恨你，是你自己毁了我们的感情，毁了这个家！她没有再提别的，她觉得提起来都是自己的屈辱！那次争吵后，顾军虽然仍旧努力尽着对家对孩子的义务，但他想挽回感情的心变得时淡时浓。他没有想到尚晴在这个问题上会如此决绝，但只要这个家还存在着，维持着，他总还是一个有家的人。

梁可可确实有种走钢丝的感觉，不是不知道这是危险的，只是平淡生活里渴望小小刺激的念头战胜了恐惧，而平稳驾驭后的快乐往往还要加倍。但是她并不想远得太过分，毕竟，她只愿意享受这暧昧的甜蜜，却害怕会真正影响到自己原来的世界。她感觉罗铮是在给她补课，补上恋爱这一课。她和田伟平之间，好像从来没有这样激荡人心地浪漫过。

这天天气很好，是那种初春里少有的风和日丽，梁可可坐在电脑前翻看罗铮上次传给她的风景图片。罗铮在设计院从事路桥设计，职业所需，经常要亲临现场。那些现场一般都是尚未开发的僻静之处，有着很原生态的自然风光。学设计的人一般都有美术基础，拍出来的照片视野独特，看上去格外赏心悦目。正细细品味，罗铮的电话来了，“我要请你吃饭。”

“为什么？”梁可可心想，怎么突然要请她吃饭，师出无名呢。

“感谢你救命之恩。”罗铮认真的语气更是弄得梁可可一头雾水。

“昨晚我做了一个可怕的梦，梦见自己在茫茫大漠上，匈奴人在追杀我。”罗铮不理会电话那头梁可可咯咯的轻笑，继续说道，“为了一枚泣血的指环。那枚指环因为带着一个神秘的魔咒而法力无边，只要破解了魔咒就会拥有你想得到的东西。知道吗？正在危急关头，一个蒙面白衣女侠从天而降，救了我一命。等那位女侠揭开面纱，我发现原来是你！所以我今天要请你吃饭。”

梁可可大笑起来，“你是看多了《指环王》吧？”不过，她还是第一次听到这样可爱的请客理由，就为这个理由，这个梦，欣然同意赴约。

他们决定去吃重庆火锅。梁可可素来是无辣不吃的人，而田伟平祖籍是北方人，不太能吃辣，梁可可和他吃饭总吃不到一块去，在家做菜有时候都要做两样。罗铮刚好相反，没有辣椒就吃不下饭。他们点了满满一桌下火锅的菜，在人声鼎沸的火锅店里吃得满头大汗。罗铮向来喜欢率真豪爽的女孩子，看见梁可可吃得这样酣畅淋漓，也胃口大开。梁可可是牛鼻子，一热起来鼻子就冒汗，罗铮觉得吃饭吃得鼻子都冒汗的梁可可实在是太可爱了。

一顿饭断断续续吃了快两个小时才算完，“吃饱了吗？”罗铮问她。梁可可点了点头，突然有点难为情，“好撑，都站不起来了。”罗铮大笑，“那我们去走走吧？”“走不动了。”“那我们找个地方坐坐。”“嗯。”

罗铮把车停在了市中心体育广场。梁可可远远就看见广场上矗立的巨大摩天轮，在黑夜里闪烁着五彩光环，因为大得不可思议，像是上帝遗落在人间的玩具。这个摩天轮高高矗立在广场上，不仅成了这个城市的一个标志，还成了这个城市最浪漫的一个去处。因为有人相传，在摩天轮下若是能赢得恋人的心，将会赢得一辈子的幸福。而且在旋转着的摩天轮上许愿，会特别灵验。梁可可也曾经想过要田伟平带她来坐摩天轮，田伟平也答应了，但一直有这样那样的原因没有成行。有次梁可可过生日，田伟平问她想要什么礼物，梁可可说就要他陪她去坐一次摩天轮。可临到她生日那天，田伟平刚好出差了。梁可可隐隐觉得罗铮会带她去坐摩天轮，但是她心里还是希望罗铮不要提出来，因为这个摩天轮在她心里是留给田伟平的。她主动说起有关摩天轮的传说，她相信以自己的语气，罗铮绝对不会理解成是一种鼓励的暗示。还好，罗铮似乎明白了这传说里隐含的一份拒绝，并没有邀请她一起坐，只是和她围着广场慢慢走着。

广场上的风很温和，带着点吹面不寒杨柳风的意思。这样的天气实在太适合闷了一冬的人出来透透气。不时有卖花的小姑娘上前推销并不新鲜的玫瑰，罗铮每次都会买一朵。梁可可问他怎么每次都买一朵，罗铮解释说这些小姑娘都是有人操纵的，不买吧，她们回去要挨骂，说不定还没有饭吃，买吧，又是一种纵容，恶性循环，真让人左右为难。

夜不知不觉深了，罗铮说道：“不早了，我送你回去吧。”梁可可点点头。罗铮突然想起什么似的说：“你不是一直想去尝尝野营的味道吗，我们下个周末估计会有一次野营，想不想去？”梁可可爽快地答应了，“可是我没有那些装备呢！”“没事，我带双份！”梁可可答应后又觉得有些后悔，后悔自己似乎答应得太爽快，不管怎么说，总还是该矜持一点。

和罗铮吻别后，她带着满脸甜蜜进了楼道，想了想，还是顺手把花放在了楼道的窗台上。拿出钥匙打开家门，竟然看见田伟平在客厅里看报纸。她的表情在田伟平看来似乎自己是个天外来客。“你怎么在家里？”田伟平笑了，“我怎么不能在家里？”“你不是说有个应酬要晚点回来吗？”“我今天胃有点不舒服，就早点回来了。你逛街买了什么东西没有？”因为梁可可开始跟田伟平说自己和别人约好去逛街。“没有，就是瞎逛逛。”梁可可换好鞋子，那份心虚也平静下来了。她走到沙发旁，也坐了下来。

“你爱我吗？”梁可可平时在家就喜欢这样问，所以田伟平也不觉奇怪。

“当然了，你怎么又想起问这个？”或许是想到自己平日里总忙于工作，田伟平把梁可可抱在怀里，“傻瓜，知道吗？男人爱女人的方式有很多种，不一定都是送花、甜言蜜语什么的。”

“那你的方式呢？”

“我的方式啊，就是努力工作，努力赚钱，好让你过得舒服一点。虽然现在不在家的时间太多，没有空闲来陪你，但我也是为了以后我们能过得轻松一点啊。是不是？好了，傻瓜，不要想了，时间不早了，休息吧。”

“你的胃痛又发作了？吃药了吗？”

“吃了，不要紧的。等我们老了天天去爬山、跑步锻炼身体，活一百岁。”

梁可可赖在田伟平怀里，像一只驯服的小猫。这个怀抱始终都是结实、温暖的，它承担了一切辛劳、疲惫，也阻挡了一切风雨。梁可可在心里对自己说，这是一个值得她珍惜的好男人，忘了罗铮吧，那种爱是不会有结果的。是的，她渴望那暴风骤雨般的爱，但她更需要的是一把靠在门后的雨伞，

等再接到罗铮的电话时，梁可可回绝了他一起去野营的计划。罗铮告诉她，行李都准备好了，万事俱备，只欠东风。梁可可只好推说单位临时有事，请不了假。罗铮没有勉强她，只说梁可可不去那他也不去了。梁可可能明显感觉出他的不悦，可是自己又有什么办法呢。毕竟她只能选择一个，这是勇敢者的游戏，再进一步有可能就是悬崖。

扔在窗台上的那些玫瑰慢慢枯萎，隔不多久被清洁工收走了。梁可可看见还有几片花瓣残留在窗台一角，似乎证明着一段朦胧缥缈的感情。梁可可忍住

不再打电话给罗铮，她想，罗铮大概已经把她忘记了吧。也许，她对于罗铮来说，也不过是梦里来去无踪影的侠女，夜空里一闪而过的流星。

再见到罗铮是在半个月以后。罗铮兴冲冲地打电话给她，说自己刚从新疆回来。罗铮的语气很兴奋，在梁可可听来亲切熟稔，好像昨天他们还联系过一样，全无生疏与芥蒂。他告诉梁可可他在新疆找到一个宝贝，他要过来送给梁可可。不容梁可可推托，他就挂断电话跑到梁可可公司的楼下等她下班。

只不过短短两周时间，梁可可却觉得好像过了几年。罗铮的脸布满异域阳光抚摸后的痕迹，显得越发黑瘦。整个人看起来多了几分沧桑感，也显得比先前成熟了许多。一脸的兴奋盖过了旅途劳累，看起来竟有些神采奕奕。梁可可不知道怎样才是合适的表情，她尽量让自己看起来显得平静。罗铮的情绪并没有因为看不到梁可可脸上有一丝重逢的喜悦而受到影响，他掏出一个盒子，示意梁可可打开。只见盒子里有一枚黑乎乎的环状物，梁可可好奇地看着，罗铮把它放在梁可可摊开的手心，认真地告诉梁可可，这就是那枚匈奴人的戒指，是他好不容易在一个新疆人那里淘来的。“看见了吗，上面有黑色的纹路，那就是匈奴人的血。”罗铮还说，自从他在梦里买过一枚匈奴人的戒指后，一度经常梦见匈奴人在追杀他，直到梁可可化身女侠出现后，就再也没有梦见匈奴人追杀他了。所以，他相信，梁可可就是他生命中的真命天子，是上天派来拯救他的人。他相信他们的缘分是上天注定的，他要把这枚戒指送给梁可可。罗铮从贴身口袋里拿出一根绳子，把戒指穿进去，做成一条项链要给梁可可带上。看见梁可可犹豫的神情，忙又解释道，“只是一个纪念品而已，没什么别的。”梁可可不忍拒绝，接过项链自己带好。罗铮看见梁可可接受了他的礼物，孩子般开心地笑了。

他们重新回到了过去，似乎忘记了过去的不快，似乎有些事从来就没有发生过，如同两条分叉的河流重新汇合，融为一体，没有分界。

Keep out the times Chapter 06

第六章

尚晴心里的疙瘩一直亘在心头，但对她的影响却越来越小。她和顾军也谈不上是和好还是没和好，只是彼此间变得越来越客气。曾经亲密的人一旦客气，一旦相敬如宾，那就是生分。这天吃晚饭的时候顾军告诉尚晴，组织上决定派他去莲城挂职锻炼，大约一年时间，过完年就走，他想征求尚晴的意见。尚晴毫不犹豫地表示没有任何意见。顾军有点失望，他看着尚晴，想从尚晴的表情里找出点什么，可惜尚晴面无表情，眼帘低垂专心吃着饭。虽然也在意料之中，但一想到自己在这个家竟然没有被挽留的价值，仍不免有些失落。

顾军在心底期望尚晴能开口挽留他，哪怕是为了孩子也行，但是没有。顾军只能当是再给尚晴一年半载的时间来忘记过去。他了解她，她是个心软的女人，至少看在孩子的份上，不会轻易让这个家就这么散掉。婚姻这条船再怎么颠簸，孩子仍旧是最重的砝码，沉沉压在船底，在风浪中不至于翻船。

时间是最坚持原则的，不管周遭如何变化，它只管自顾自专心走它的，就这样，转眼春节快到了。

现在过年的气氛是一年比一年淡了，大家都感叹不知道要怎么过才算是过好了。尤其是今年，全国普降大雪，南方爆发大面积的雪灾冰灾。受连续雨雪和冰冻天气的影响，电塔被冻倒了，水管被冻爆了，小城连续性地断电断水，让大家陷入一种前所未有的恐慌。每个人最关心的问题成了什么时候来电来水，而冰雪，似乎还丝毫没有减弱的迹象。

听着窗外传来簌簌的下雪声，尚晴的心情好沉重。一边为正在冰灾煎熬中的人们担心，一边为明天不知会发生什么事情而焦虑。一直生活在南方的尚晴终于见识了冰雪残酷的一面：路面上厚厚的冰层超过了十厘米，电线上的冰是电线的三倍粗以上，就连一片小小的树叶，也都要承受两厘米厚的冰。每天摔伤的人比比皆是，冻死的树木、家畜不计其数，商场关门了，蜡烛也卖断货了。因为没有电，很多人家里都冷得像冰窟。为了取暖，或者为了洗一个热水澡，人们纷纷涌进那些有自备发电机的宾馆酒店。只要有空调、有热水，连最普通酒店的单人间，也要498元，即使这样，这些房间也早已爆满。

开始小城还是分片限电，尚晴家没有电的时候，就去妈妈那里住，妈妈家没有电的时候，就住到尚晴这边来。一家子人打游击似的，哪里有电就住哪里。可后来，两边都停电了，尚晴怕妈妈冷，只得去楼下邻居家借了多余的煤炉生火取暖。连煤也是临时借的，这个时候哪里还有煤卖。

尚晴倒了些酒精生火，刺鼻的味道呛得她眼泪都出来了。她边咳边想，幸亏顾军已经带着乐乐回老家了，否则，小孩子非冻出毛病不可。尚晴这个春节破例没有跟顾军回公婆老家了，她找了个情面上还过得去的理由，说自己参加复试，要抓紧时间复习。顾军也没有勉强她，一个人带着乐乐去了。

炉子好不容易燃起了，虽然气味很大，但也顾不得那么多了。看着渐渐温热的炉子，尚晴忙喊妈妈来烤火。就这样，两个人穿着所有能穿着御寒的衣服，守着煤炉等来电。黑暗里，只有煤火闪着微光。尚晴身上一阵阵发冷，觉得都冷到骨头里去了，可是，直到深夜上床还是没有来电。

第二天醒来，尚晴觉得头好重好晕，想起床半天也起不来。也许是连日来受了寒，她只觉得头重脚轻。昨夜气温实在太低了，她睡了一晚也没把被窝睡热。她现在多想喝点热水，洗个热水澡啊。这样的要求，现在竟也成了奢望。不行，这实在熬不下去了。她自己冻病倒无所谓，要是妈妈冻病了那可就坏了。尚晴忙打电话给酒店，可是，每个酒店仍旧都是爆满，她简直要绝望了。

她正在冥思苦想怎么熬过今天，手机响了，尚晴一阵欣喜，是许卓航的电话！他带给尚晴的永远都是好消息，这次也不例外。在电话里，他告诉尚晴托关系订了两间房，问尚晴要不要一间，尚晴顾不上别的，忙不迭地答应了。挂了电话，和妈妈打的直奔酒店。当尚晴置身温暖如春的酒店大堂，感觉自己好像冬眠结束的小动物，重新复苏了。冻僵的身体在热水的冲泡下渐渐舒缓，恢复了活力。她突然感觉，许卓航就是她生命里的太阳，永远带给她温暖的感觉。

尚晴和妈妈在酒店只住到小城供电正常。回到家后，尚晴集中搞了两天大扫除，又陪着妈妈采购了年货，万事俱备，只等着安心过年。因为乐乐不在，尚晴觉得日子闲得有些百无聊赖，竟然真的静下心来看书了。

梁可可的情况比尚晴好，趁着路面冰冻以前，她跟田伟平回老家了。说实话，她对乡下的生活并不适应，她觉得那里什么都不方便。所幸住的时间不长，忍一忍也就过去了。田伟平正好和她相反，一回家便是如鱼得水，整个人生动得要放出异彩来。带着梁可可走家窜户，每天都有吃不完的筵席。梁可可在一旁听他们用方言交谈，一句话也插不上，觉得时间格外难捱。田伟平起初还在聊天的空隙抽空翻译，但有时候自顾自说得兴起难免忽略了身边还眼巴巴看着他的梁可可。到后来梁可可实在不想去了，宁愿一个人在家清静清静，要不去小镇上转悠转悠也行。还好，梁可可这次事先还做好了充分的准备，带了好几本消遣性的书用来打发时间。

今天外面的风特别大，梁可可打消了出门的念头。镇子上也没什么好逛的，再加上大过年的，更是冷清。梁可可觉得乡下唯一的好处就是能呼吸到最新鲜纯净的空气。公婆当她是宝，什么也不让她做，梁可可更是闲得无聊。放假以来罗铮一直没怎么跟她联系，也许考虑到她现在的处境不便，怕会造成不必要的麻烦。还别说，习惯了天天联系的梁可可还真挺想他的，但在田伟平身边，梁可可也只好忍住种种念头。田伟平一大早接了电话就出门了，说是小学同学聚会。梁可可想到他这一走肯定要深夜才回来，自己一整天应该都是自由的，便忍不住给罗铮发了一个信息。刚发过去，罗铮的电话马上来了。也许几天没联系的缘故，两人开始还客套地互道新年好。“在干嘛呢？”“一个人，没地方去。”“要不我来陪你吧？”“开什么玩笑，我在怀化呢。”“不远啊，四个多小时就到了。告诉我地址，我马上出发，应该还能赶上中饭。对了，你可要负责午饭啊。”“呵呵，”梁可可以为罗铮开玩笑呢，随口接道，“好啊，没问题，那你来吧。”梁可可还想聊些什么，罗铮已经挂了电话。放下电话，梁可可心想，这小子不会真的来吧。应该不会，这么冷的天，路又不好走，再说了，这大过年的他也要陪他自己的家人啊。

梁可可玩起手机游戏来，只玩得眼睛都有点花了才放手。电视里放着无聊的综艺节目，她嫌烦，不停地调换频道，但每个频道都是大同小异，她索性看起书来。好像没过多久，婆婆就过来叫她吃中饭了。因为跟公婆相处时间少，加上公婆不会说普通话，彼此交流起来颇为困难。尽管梁可可努力倾听，但领会公婆的问话仍感吃力。平时田伟平会翻译，他不在，双方都放弃了深入交谈的意愿，闷头闷脑地吃着饭。只有婆婆不时地劝梁可可多吃菜，那简短的几个字反复地响起，像一颗颗小石子扔进池塘，冲淡着清冷的气氛。一顿饭吃下来，梁可可觉得又累又闷，都快要憋出毛病了。尽管外面的风很大，梁可可还是决定出门走走。她带着点没头没脑的沮丧，沿着小路漫无目的地走着。她想如果罗铮真来了，这时候应该快到了，估计他也是开个玩笑而已，况且连日雨雪，路况糟糕得令人胆战心惊。梁可可隐隐有些失落，不知不觉来到小镇店铺最多的这条巷子。不时有顽皮的孩子聚在路边玩花炮，没头没脑地响一声，路人不以为然，他们自己倒乐得哈哈大笑。梁可可无事可做，停在路边看他们玩。

耳边响起一阵悦耳的铃声，是罗铮的电话。“我已经到怀化境内了，下面该怎么走？”“不可能，”梁可可第一反应就不可能，“呵呵，你逗我的。”“爱信不信，快告诉我具体位置吧！”“行了，别逗了。”“快说吧，我还没吃中饭呢，饿坏了。”梁可可半信半疑，转身问那些小孩自己所处的具体位置，那些小孩七嘴八舌地告诉了她，她再告诉罗铮。“好，呆会你请我吃饭啊！”罗铮挂断电话好一会儿，梁可可才开始相信这不是自己的幻觉。梁可可沿着大路向前走着。走着走着，浑身也热了起来，背上都有些出汗了。梁可可放慢了脚步，眼睛却一直盯着来路的方向。有几次远远看见一个缓缓朝这里移动的黑点，可近了才发觉不是。她来到一条三岔路口，不知道该怎么走，于是决定就在这里等。人一不动，又渐渐觉得冷了起来。加上这里空荡荡的，连个避风的地方都没有，梁可可刚才还感觉热气腾腾的身体慢慢又凉了下来。她用围巾把自己的头和脸遮得严严实实。在清冷的乡间公路上，犹如身处被遗弃的荒原，但罗铮，会像天外来客一样出现在梁可可的视线里，带给她太阳般的温暖。

梁可可正想着这么久了，罗铮的车应该到了吧，就远远看见一辆车闯入她的视线。为了不让自己又空欢喜一场，她尽量劝说自己不要像前几次那样报以很大的希望。直到那辆车越驶越近，近到可以看清车牌和车里模糊的人影，梁可可这才确定那真的就是罗铮。罗铮也看见了他，加大马力，汽车轰鸣着急驶过来。车子越来越近，梁可可心里的喜悦像兴奋的气球，一点点被撑大，几近爆裂。罗铮跳下了车，一把抱住了梁可可。“等很久了吧？路不太好走。”梁可可害怕有人看见，紧张地四下看看，激动得似乎连话都不知道说了。罗铮握着梁可可的手，“怎么这么凉，冻坏了吧？”说完拉开车门要可可上车。梁可可一骨碌钻进车里，心跳剧烈，她分明觉得自己的耳根在发烫，手却冰凉冰凉。

“你还真来了啊？”“啊，当然了。”“我以为你是说着玩的呢。”“男子汉大丈夫，一言既出，驷马难追呢。”“呵呵，男子汉大豆腐。”“我好饿，哪里有吃的？”梁可可说这附近好像没有饭馆，要到邻近大一点的镇子上才有。于是，又调转车头朝来时路开去。好不容易找到一家小饭馆，罗铮真饿了，不仅消灭了几大碗菜，还消灭了三大碗米饭。吃了饭，又没什么地方好去，只好仍旧坐在饭馆里说话。梁可可心里满是欢喜，又要暗暗担心怕遇见熟人，还要琢磨着怎么向公婆解释，只觉得又紧张又刺激，又亢奋又恐惧。罗铮接电话的空档，梁可可不经意朝窗外一看，才发觉天色不知什么时候已经暗了下来。冬天的夜晚本来就来得早，梁可可这才想起自己身在何处，公婆估计还在等她回家吃晚饭呢。又想到呆会罗铮回去天黑路不好走，就起身催罗铮回去。

此时，四处已有星星点点的灯火亮了起来，衬得乡村傍晚的夜色格外地深沉。梁可可坐在罗铮身边，只觉得不真实。

车子在离梁可可公婆家还有一段距离时停了下来。罗铮伸开告别的双臂，梁可可留恋地拥抱了一下就赶紧下了车，怕拥抱太久会让她失去下车的力气。她不敢回头，因为她一直没有听到车子发动的声音。直到临进门前，梁可可才回头看了一下，可是罗铮的车已经完全被夜色吞没，什么也看不见了。但她知道，罗铮一定还在注视着自己，他一定要等她安全到家后才会走的。

公婆已经准备好了晚饭，正在等她回来。幸亏她回来得还算及时，要再不回来，老人就准备打电话给儿子了。梁可可解释自己走错了路，结果才会弄得这么晚才回。老人也没再说什么，只是表达了自己的担心与不安。虽然言语交流不通畅，但这并不妨碍他们把这个媳妇看得很重。在他们眼里，儿媳是城里娇生惯养的大小姐，儿子能娶到这样的女孩，是他的福分。尤其想到家里的条件比不得城里，更是生怕怠慢了梁可可。今天早上还说了儿子一顿，责备他怎么不带梁可可一起出去，把她一个人留在家里。田伟平又不好怎么跟他们解释，只好推说梁可可今天身体不舒服不想出门。媳妇一个人出去一整个下午，他们还真的有点担心呢。看见梁可可回来，心里的石头也落了地，又怕她在外面冻着饿着，立刻招呼着开饭了。梁可可心情大好，波及到饭桌上就是她想交流的情绪高涨了许多，竟主动地和老人拉起家常。三个人的交流虽然磕磕绊绊，但也断断续续一直没冷场。这可能是梁可可来公婆家说话说得最多的一次。

田伟平十二点多才回来。老人已经睡了，只有梁可可一个人坐在堂屋看电视。田伟平拿出一袋子糍粑，递给梁可可，“收好，你最喜欢吃的。”梁可可接过来，感觉沉甸甸的。“怎么带这么多？”“你去年吃了大姨做的糍粑后老念，我今年特地要她多做了些。呵呵，他们家的存货全在这。”“啊，好漂亮的糍粑，现在就想吃了。”梁可可看见透明的塑料袋里装着大小一致，厚薄匀称的糍粑，看上去就很香很糯。“来，我帮你烤。”或许是对把梁可可一个人丢在家里一整天感到内疚，田伟平竟拿了一把火钳架在炭火上，又把糍粑整齐小心地放好，真的烤起糍粑来。田伟平问梁可可今天做了些什么，梁可可轻描淡写一带而过反问起田伟平来，田伟平说起儿时的玩伴，自然是眉飞色舞。梁可可小小的秘密安全地隐没在田伟平的滔滔不绝中，不留任何痕迹。

炭火上的糍粑渐渐鼓胀，像一个撑到一定限度的气球，无声地破灭了，一股浓烈的米香爆得满屋都是。田伟平又找来糖罐，用勺子把糖塞到糍粑破开的口子里。刚烤好的糍粑还有点烫手，田伟平细心地吹着，直到手指能承受的温度才递给梁可可。梁可可接过来，却意外地感觉没有想象中那么好吃。虽然在田伟平看来她吃得很满足很享受，可只有她自己心里清楚，和着糍粑一起吞下的，是大把大把的内疚。至少在这一刻，她觉得自己亏欠了田伟平，辜负了田伟平对她的呵护。虽然他不那么浪漫，虽然她喜欢的他一点都不了解，虽然他也会忽略自己的感受，可是，他和公婆一样，是把自己当成亲人一样来爱护的。对于大多数人来说，也许有这些就够了，可现在展现在梁可可面前的，还有一幅不同以往的画卷，她已经乱花渐欲迷人眼了。

梁可可很苦恼，她知道他们都对自己好，她对他们也有感情，却不知道自己到底爱谁更多一些。其实，就在她对田伟平感到内疚的那一刻，答案已经出来了，只是她自己不知晓而已。她不知道，大多数的人总是会对自己爱得少的那一个才会感到内疚，因为她不能回报同样的爱给他。梁可可爱的天平已经渐渐倾斜，这不平衡的摇摆令人动荡不安，却也带来一份新鲜与刺激。它悄悄打破着什么，那破坏力不是立竿见影的迅速，却也有着摧枯拉朽般的神奇。总之，一切都变了，至少，梁可可变了。

苏扬的春节过得没滋没味。也许苏扬的骨子里还残留着一些感情的碎片，也为了替老人们着想，她还是陪着易波一起去他父母家吃了年夜饭，尽管她更多地认为这只是同情。表明上大家还是一团和气，可心里真正想的可能也只有自己才知道，或许大家都想自欺欺人地不要让这个年这么难过罢了。苏扬是铁了心了，她心里清楚，她和易波的婚姻只剩下个躯壳，迟早是要结束的，只剩时间问题而已。

苏扬不再在自己家人面前掩饰家庭状况的窘迫，甚至自己的情绪。她不想再像从前那样假装什么压力都没有，假装自己有着不需要父母担忧的稳定生活，她眼底不经意流露的，是最真实的茫然与无奈，还有沉重的疲倦。悬而未决的离婚一天不能了结，那笑容便只能难以浮现地沉落在深处。父母毕竟是心疼女儿的，看多了女儿伤心憔悴的样子，也渐渐动摇了。或许女儿离婚也不见得一定就是坏事吧？苏扬爸爸更是主动做起老伴的工作，说现在离婚率这么高，不一样有许多单亲家庭的孩子也成长得挺好，难道单亲家庭的小孩子就一定容易成为问题少年？人家哈佛女孩不也是单亲家庭里长大的吗？话是这么说，可苏扬妈妈总想着要女儿一个人带大孩子，日子肯定不会轻松，但如果女儿执意要分开的话，她还是会尽量站在女儿这一边。毕竟，这个女婿，在为人夫为人父为人婿几方面，多多少少还是欠缺了一些。

春节长假一晃就过去了。

顾军根据组织的安排下基层挂职锻炼，开始了每月回来一次异地往返的生活。每次回来，最开心的是乐乐。尚晴觉得没有他的日子轻松自在，回来反而碍手碍脚。但看到孩子那么开心，也就尽量忍住自己的反感控制好自己的情绪，权当顾军是来看乐乐的客人，维持着表面的和睦假象。强颜欢笑倒谈不上，但多多少少还是有些勉强在里面。尚晴认为顾军在她生活里的全部意义就是他还在扮演一个父亲，和自己，是一点关系都没有了。

尚晴有时候能感觉到顾军想靠近她，她总是假装视而不见，对那些隐含着讨好的求和信息不理不睬。尚晴有容易心软的一面，也有固执倔强的一面，要她短时间内原谅一个伤透她心的人，不是件容易的事。只是她忽略了顾军的耐心也在经受考验，几乎到了崩溃的边缘。每次回来，他都是带着满心欢喜的，只想在家里享受一点久违的家庭温暖。可尚晴在孩子面前还好，只要是两个人独处，就像是换了个人似的，当他空气般透明。顾军有点窝火，惩罚犯人也得有个期限啊，这没完没了的什么时候才是个头。他已经无数次传达了自己想要悔过自新的信息，难道还要他跪下来求她不成？尽管他也了解尚晴铁了心的时候，就是跪下来求她也没用。但有时候心里难免有点烦，比如他在工作上夹在领导中间两头受气，本想回来寻求点安慰，可一看到尚晴那冷若冰霜的脸，心一下子淡了。在单位哄领导不算，回到家还要哄老婆孩子，累不累啊。

为了让尚晴安心在家复习，顾军白天一个人带着孩子在外面玩到天黑才回家。吃过晚饭后，累得连电视也不想看，就躺在了床上。本想躺一会就起来，结果这一躺就真睡着了。尚晴收拾妥当后也准备睡觉，看见顾军躺在床中央一动不动，又不想喊他，就把闹钟上好发条，再转到指定时间。铃声大作，睡得正香的顾军猛然被惊醒，讪讪地摁掉闹铃，翻身把属于尚晴的那一边位置让了出来。

尚晴坐在床沿背对顾军着吹头发，顾军看见尚晴穿着贴身小背心，睡裤和背心之间露出一段白皙的肌肤，浑圆的手臂不停在发丝中穿梭，不时飘过来一阵阵洗发水的淡香。顾军忍不住一阵蠢蠢欲动，加上今天带了一天乐乐，没有功劳也有苦劳吧。好不容易等尚晴吹完头发背对他睡下，他就试探性地把手搭在尚晴的侧腰上。他还没感受到尚晴柔软腰肢的温度，尚晴已经受惊似的一弹，飞快地拨开了他的手。顾军有些沮丧，又有些不甘心，把手又放在了老地方。尚晴不仅拨开了他的手，还嫌恶似的整个往外挪了一挪。顾军有些恼羞成怒，不甘心地跟着移了过去。他挨得太近了，尚晴简直能感觉到他的鼻息。尚晴又往外移了一点点，顾军死皮赖脸地也贴了过去，尚晴低声呵斥他："你要干嘛？"顾军涎着脸说："没干嘛，睡觉。""再挤我就没地方了。"顾军心一横，不管不顾地抱住了尚晴，尚晴挣扎着，越挣扎顾军抱得越紧。毕竟顾军力气大，尚晴一下子也挣脱不了，她只能冷冷抛出一句："恶心。"这句话像一瓢冷水把顾军浇了个透心凉，力道仿佛一下子被卸尽，手脚无力地缩了回来。尚晴起身准备到孩子房间去睡，顾军见状忙说"你别走了，我走"，说完轻轻带上了房门。尚晴想到他难得回来一次还要睡沙发，又有点过意不去。转念一想，这还不是他自找的啊，那股怨气一上来，便又马上释然了。

顾军一个人坐在客厅里，没有开灯，只是就着外面路灯的余光点燃了一根烟。他以前在家很少抽烟，一来对孩子身体不好，二来他对烟本来就不上瘾，平时也不过是出于应酬的需要好玩似的抽上几根。可现在，不得不借助这烟来平息着自己的心情。在这一呼一吸吞吐之间，心跳的节奏似乎慢了下来。依稀可辨的烟的影子，云雾一般缭绕，往事一幕幕也在这烟雾中若隐若现。顾军承认，婚姻到了这种地步，尚晴没有错。平心而论，尚晴是个好女人，贤惠温良，勤俭持家，一个好女人该有的她都具备。错的源头在自己，如果没有一时的意乱情迷，也许后来一切都不会发生了。可天地良心，这个家在他心里始终还是放在第一位的，他从来没有想过离开这个家，孩子是他的心头肉不说，和尚晴这么多年也不容易，从当初的相识相知相爱一路走来，应该是幸福多过悲伤，欢乐多于烦恼。可千不该万不该自己犯了一个天底下男人都会犯的错误，而且，顾军没有想到这个该死的错误威力如此巨大，那些阴影般的后遗症，像原子弹爆炸后不断升腾的蘑菇云，久久无法散去。为什么她还不肯原谅自己，难道就真的这样一直冷战下去吗，到底要到什么时候，才能拨云见日？顾军只觉得自己置身重重云雾之中，没有方向也没有出口，什么都看不见。

日历一下就翻到了三月。这意味着，复试很快到了。尚晴做着最后的冲刺，也许因为复习面太广，复习时间又短，尚晴着实没有什么把握。加上面试的主观因素比例要比笔试大，尚晴真觉得心里没底。许卓航偶尔会打电话给尚晴，也只是简单聊几句题外话，他怕自己影响尚晴学习，一直克制自己不来打扰尚晴，但就是那短短几句，总能让尚晴感觉到他的关怀和鼓励。

尚晴不想再受煎熬，抱着早复试早解脱的想法，渴望复试早点到来。

不管她期盼与否，这一天终于还是如期到来了。复试分专业笔试和专业英语翻译，还有专业面试。面试由考生随机抽取两个问题，二选一作答。在回答评委老师的现场提问时，尚晴因为紧张听错了，南辕北辙的答案自然惹来老师哈哈大笑。老师们也似乎因为尚晴紧张导致的笑话缓解了锐利，变得温和起来。坐在中间的主考老师还安慰尚晴不要紧张，尚晴的心逐渐轻松下来，进入正常发挥的状态。不过她心里很没底，因为她实在看不出那面带微笑的考官笑里藏着什么内容，似乎那笑只是职业性的出于礼貌用来缓解考生紧张感的用具。但是尚晴觉得自己已经尽力了，不管考不考得上，都不再有遗憾。

尚晴彻底轻松下来，再不用争分夺秒地看书，一下子便多出许多时间与空闲。又仿佛生活猛地抽掉了一大块，整个人空落落的。为了把以前复习占用掉的亲子时间弥补回来，她不辞辛苦地一个人带着乐乐玩遍市区内所有公园。游乐园本是他们一家三口常来的地方，可自从顾军有了外遇，自己又全力以赴考试后，他们很少有全家出游的机会。但现在，只要是能让大人小孩一起玩的游艺项目，她和乐乐全玩了个够。海盗船、空中飞人那些令她腿脚发软的游艺项目玩得她心发晕脸发白，可看着乐乐兴奋开心的脸，又觉得无比满足。天下父母都这样，只要为了孩子，再苦再累都心甘情愿。

玩了一天，孩子心满意足早早睡了。尚晴也累了，一个人在沙发上昏昏欲睡，直到被一阵凉意惊醒，才发现自己刚才竟然睡着了。洗了澡本想好好休息，偏生又清醒得一下子睡意全无。她索性坐在书桌前清理起抽屉来。她整理着略显凌乱的抽屉，无意中翻出一本旧相册。那时候乐乐还小，胖乎乎的像个肉团，真的可爱。尚晴边翻看边忍不住笑了起来，可是再看到合影里少不了的顾军，笑容又马上凝固了。一想起这个带给她一次又一次伤害的人，尚晴禁不住黯然神伤。她怎么也想不明白，为什么会变成这样呢？他们的婚姻，到底是在哪里出了问题？是他把自己的信任当成了纵容，还是一次次忍让给了他伤害自己的权利？难道爱情一旦消失得只剩下亲情，就可以有各种理由与借口去任意践踏另一方？曾经深爱的人，曾经纯净的感情，就在外力的冲击下那么不堪一击？这一刻，千言万语涌上心头，尚晴冲动地拿出了笔，铺开信纸埋头写了起来。好几次，尚晴的视线都被泪水模糊。伤口虽然看似麻木，可回忆起来还是会疼。这疼不是因为爱，而来自于一种屈辱感和挫败感，当背叛像荆棘一样刺痛她的双脚，她孤零零立在原地，除了看着伤口流血结痂以外，别无他法。

等放下笔，已是深夜。尚晴闭上眼睛默默祈祷，新的一天快点到来，这样她就能活在新的一天，把过去的一切都留在黎明前的黑夜里。

这几天梁可可一直都在恶补野营常识，因为她已经和罗铮计划好，这个周末一起去郴州莽山露营。罗铮最早知道莽山是在电视里看到有关“莽山烙铁头”的专题报道，其余的，他一无所知。但就是那条号称价值120万美元一条的爬行动物，勾起了他对莽山的关注和向往。

一切都在按计划有条不紊地进行着，添置装备、查看地图、制定路线、预定车票、从网上收集整理其他驴友的心得、经验。梁可可还特地打印了一些当成指南，想着万一能派上用场。

周末晚上八点四十分，罗铮和梁可可背着大大的背包，坐上了开往广东韶关的6361次无空调硬座普快列车。因为人异常的多，两人被挤得汗水直流。可是，对未知旅途的无限期待，以及那些深深打动人心的绝美原始风景，让这一切都变得微不足道，值得忍受。更让梁可可激动人心的是大包里装满了野外生活的必需品，看起来就像是在搬家，也仿佛给这次露营染上了一层私奔的色彩。尽管车厢里又闷又热，还要在硬板凳上坐整整六个小时，梁可可却没有一丝不悦。野营本来就是接近自虐的一种行为，要是图享受，谁会干这个！

凌晨三点，火车终于抵达广东韶关车站。下车出站，他们登上事先联系好的去往南岭森林的面包车，等待他们的是两个小时的颠簸。在火车上一直兴奋的梁可可这才感到睡意降临，在车上靠着罗铮东倒西歪地睡了一觉。五点三十，车子终于到达南岭森林公园。梁可可还小睡了一觉，罗铮可就惨了，一路都没合眼。他们决定先就地好好休息一下，罗铮搭好帐篷，铺好垫子，要梁可可赶紧抓紧时间休息。起初梁可可还有点不好意思进帐篷，可等到罗铮把帐篷里收拾得舒舒服服，她一头钻了进去就睡得不省人事了。

七点整，罗铮准时把梁可可叫醒。收拾妥当，准备出发。他们根据其他驴友的逃票经验，找到一条可以避过收费处的小路上山。不为省钱，就为乐趣，或者只为多一种体验。其实那根本就不叫路，全是和人一般高的杂草、荆棘，幸亏这样的“路”不是很长。约摸走了二十分钟，蓦然回首看见收费处已被远远甩在身后，这小小的冒险让他们兴奋不已。接下来竟然是一段很长的峡谷，罗铮兴奋地告诉梁可可，没想到他们误打误撞走了一条绝好的溯溪线路！

天开始下起了小雨，罗铮拉着梁可可的手，在乱石丛中小心翼翼地走着。等上了盘山公路，雨点变得和黄豆一样大，他们也顾不得那多了，继续赶路。一直到下午一点多，才进入了南岭森林公园的“亲水谷”风景区。这时候天也放晴了，四公里多的风景区一路有水相伴，景色自然迷人。他们的脚步慢了起来，相机也使用得越来越频繁。到下午三点四十，终于穿过亲水谷，到达当天的露营地——南岭森林公园保护站。保护站条件算不错的，还有热水洗澡，两人休息整顿，一觉睡到大天亮，连梦都没有一个。

第二天的行程是徒步至莽山鬼子寨风景区。也许昨天扎扎实实累了一天，梁可可起来时感觉浑身酸痛，骨头好像散架似的使不上劲。好在徒步到鬼子寨的路程不算太难，途中看见一处山崖，罗铮忍不住想要攀爬，见梁可可实在没有多余的力气奉陪，便要梁可可在下面等着。他把垫子垫好，又在四周撒了一圈硫磺粉，这样，那些爬虫就会避而远之。梁可可觉得自己好像是唐僧，正坐在孙悟空用金箍棒画出的百毒不侵的保护圈里。罗铮一边爬一边回头看梁可可，眼见他翻过山崖就不见了，梁可可坐在圈子里百无聊赖地听起音乐来。

也不知道过了多久，梁可可远远看见一个人抱着一大捧花走过来。准确点说，更像是一棵移动的花树。花太多了，根本看不见来人的脸，梁可可只能从鞋子上判断出那正是罗铮。她不等罗铮靠近，迎了上去。好漂亮的一大捧野花啊，枝条上全挤满了红色的花，一朵比一朵开得艳丽。梁可可从来没见过开得这么灿烂的野花，竟有一种被震撼的感觉。罗铮把花递给梁可可，“好看吗？山崖上面全是花呢。”梁可可好不容易接住了这一大捧花，“好看。”捧着花，梁可可精神振奋多了，一路也没觉得那么累了。好几次罗铮看她捧着花怪吃力的，就要她把花丢了，可梁可可总舍不得，还找出皮筋把花枝束在一起。就这样，捧着这束花，他们来到了鬼子寨。鬼子寨风光很漂亮，几百年的古树随处可见，瀑布宛如四处悬挂的布匹。他们决定就在这里过夜了。

这似乎注定是一个有故事的夜晚，因为周围的环境实在是太过于浪漫，有星星，有微风和树影，还有一大捧花。虽然那些花因为水分的流失而略显憔悴，但在夜色的掩饰下，仍然美丽如初。梁可可把它们插在啤酒罐里，再用石头码好，看起来就像是长在地上一般。

吃过晚饭，他们坐在帐篷边聊天。聊着聊着，罗铮突然冒出一句：“你觉得我怎么样？”“什么怎么样，还好啊。”“那你喜欢我吗？”罗铮又问道。“不喜欢。”梁可可心想，他真傻，就算自己喜欢也不会承认啊。罗铮继续问道：“你喜欢我什么？”“我喜欢你？我又没说喜欢你。”“呵呵，女人说不的时候一般都可以从反面来理解。”罗铮狡黠地一笑。

“瞎说！”梁可可假装愠怒的样子。“好好好，我喜欢你还不行吗？”罗铮息事宁人地说道。“那你喜欢我什么？”梁可可问罗铮。“我也不知道。”梁可可哼了一句，对他的回答表示不满。“喜欢是没有理由的，说得出就不是喜欢了。”罗铮急急申辩，“就是觉得和你在一起轻松、自在。”

“我已经不是一个人了。”梁可可不愿意说出结婚两个字。

“我知道，我不在乎。因为以前没有遇到我，但是你的以后都是我的。”

“我们不可能的。”

“有什么不可能的？我不在乎你的过去，只想要你的将来。”罗铮搂着梁可可的肩膀，“虽然我不能给你更丰厚的物质生活，但我会让你感到幸福。”

被承诺迷惑是女人的通病，梁可可感觉有些晕眩。罗铮从梁可可领口轻轻拿出那个指环，“这是我们今生的缘分，我们注定是要遇见的。”梁可可点点头，似乎自己真成了罗铮梦里的白衣女侠，和他一起，忘记了所有险恶，行走于两个人的江湖……

第三天的行程安排是最轻松的，他们早早登上天台山，等待日出。在太阳惊心动魄跃起来那一刻，在海拔1918米的高度，在比平时离太阳更靠近的地方，梁可可静静地体味着旅行的意义。她思考着为什么会有这么多人着迷于露营活动。也许不为征服什么，也不为标志什么、张扬什么，只是想去体验，想去感受，想去放逐与流浪，甚至只是想享受旅途的颠簸，或许潜意识里还想着去暂时逃避些什么。

阳光下的群山显得异常美丽，一切都那么美不胜收，几天来的疲惫一扫而光，所有的艰辛似乎都在这一刻得到了丰厚的回报。梁可可和罗铮手牵着手，沉浸在这安静美好如初生的晨曦里。

对于昨夜的事，梁可可不是没有内疚的，觉得自己是不是走得太远了。毕竟家在她心中还是有分量的，她也没有任何理由做出背信弃义的事。但是，这内疚是短暂的，一闪而过的，罗铮的疯狂与甜蜜已经把她的心撑得不留一丝空隙，容不下更多的事情。对于他们的未来，她不想去做过多的设想，该来就会来的，静静享受现在吧。

他们在下山之前，到达了此行最后一站——猴王寨景区的森林博物馆。在博物馆，他们终于看到了著名的“莽山烙铁头”。回程的路，好像变得要比来时轻松。梁可可回想着一路上碰到的很多困难，有风、雨、艰苦的穿越，还有她一度担心的安全，现在都过去了。起初她总是担心能不能完成安排好的行程，但罗铮说，我们应该把每一步都当作结果，享受走的每一步。回味这句话，梁可可觉得生活未尝不是这样，过程中难免遇到不开心、不顺利，但那些都不重要，重要的是学会享受过程中的每一天！

放榜的时间终于到了，尚晴忐忑不安地上网查看录取名单，一眼就看到自己的名字。她半天有点回不过神来，真的吗？真的。尚晴自问自答。知道结果的那一瞬间，确认这一切都确凿无疑后，心里的狂喜当然无法描述，但很快就平复下来。她今天得到的，不过是过去一年的努力所应该得到的。尚晴更多的是感到一种欣慰，曾经的天昏地暗，曾经的郁闷焦躁，这一切终于以考试的成功为结束，付出得到了回报，是最大的幸运。所有的蝴蝶都是美丽的，化蝶的过程却痛苦而漫长。回首过往，尚晴觉得值得，那是一段为了单纯目标奋斗的日子，也是一份宝贵的人生体验，让她以后更坚强、更有勇气去面对人生。从这方面来讲，考研带给她的不仅是一个研究生身份，还让她领悟到更多。她很庆幸自己当初有这样的决定，并且一直坚持走下来。

尚晴开始安心等待录取通知书来就向所里打报告，申请脱产学习。初试的意外高分似乎透支了复试成功的快乐，剩下的只是淡淡的喜悦。只在一个人独处的时候，对未来的期待与憧憬才会悄悄溢满心田，似乎觉得，有些事情，只要努力，还是可以掌控的。

顾军依然是频繁往返于两地之间，尚晴也习惯了。这个周末，乐乐睡了，尚晴百无聊赖，一个人躺在沙发上看肥皂剧。突然，门开了，是顾军回来了。“你怎么回来了？不是说明天回来吗？”顾军一脸疲惫，“今天有事要办，就提早回来了。”顾军提早回来，带给尚晴几分意料之外的惊喜。虽然顾军说过下周要参加一个会议，会在家呆一个礼拜，但他赶在周末回来，那明天乐乐的生日就可以三个人一起庆祝了。两人坐在沙发上说话，商量明天乐乐生日带他去哪里玩。聊了一会，顾军打着哈欠说：“我先睡了。”“你怎么不洗澡呀？”“累了，不想洗了。”作为妻子，对丈夫一些反常的迹象总有着异乎寻常的敏锐。平素一直很爱干净的顾军怎么会坐长途车而不洗澡，这实在不符合他一贯的做法。

尚晴坐着，突然感觉沙发传来一阵震动，原来是顾军放在外衣口袋里的手机发出一阵阵蜂鸣声。她没有管，任它响着。可是电话一遍又一遍顽强地有规律地震动着，振得她心烦意乱。她拿起顾军的外衣，打开口袋拉链想拿出手机递给顾军，却顺手带出了一张火车票。一看日期，是昨天早上发车的。她知道这趟车的正常到站时间应该是下午三点，可是他回家的时间却是次日晚上七点。看着这张车票，她仿佛明白了一切。那种颤栗的感觉遍布全身，这是她痛恨的感觉，也是她曾经以为不会再出现的感觉。

刚巧这时顾军洗漱完毕从洗手间出来，看见她拿着他的手机，勃然大怒，三步并作两步冲过来，抢过手机往地上一摔，“大不了砸了它，看你还能看什么。”尚晴只是冷笑，想他定是心虚才反应如此激烈。也许还嫌摔得不过瘾，他把公文包里的笔啊本子什么的也拿出来狠狠摔在地上。一边摔一边咆哮，“我回来干什么呀，我每天回来就是等你查这查那的，我还有什么意思？”尚晴眼睛盯着电视，一句话也没有说。她不想和他大声争吵，孩子还在另一个房间睡觉。但她清楚地知道，这样出格的愤怒里，有害怕谎言被戳穿的气恼。也许他只是想用怒气截止尚晴继续地追查，可惜他错误地估算了尚晴的兴趣，反而暴露了自己。有的人总喜欢用一件事情来掩盖另一件事情，就像总想给谎言穿上貌似真理的外衣。可惜，在尚晴 X 光机般的目光里，一切外衣都多余得可笑。

尚晴不接招，她觉得他不配。如同和一个不在同一级别上的选手单挑，是对自己的侮辱。她转身回自己房间。顾军砸完东西后抱着被子到沙发上去睡了，房间里重又回复到一片宁静。这死一般的沉寂里，尚晴的心竟也出奇地平静了。她已经懒得再劳神费力地去捉摸、猜想，她彻底厌倦了。她躺在床上，犹如一只经历了一场短暂暴风雨后翅膀淋湿的小鸟回到巢里，疲倦的睡意重新笼罩，只隔了几分钟，尚晴便沉沉睡去。

一夜无梦。

第二天早上，顾军一起来就打开衣柜收拾行李，一副准备离开的样子。尚晴本来不想搭理他，可是难道他忘记了今天是乐乐的生日？再怎么样也得等乐乐过了生日再说，这样一想，还真来气了。

“你干吗呀？”

“没干吗，搬出去住。”

“好啊，走了就别回来了。”

顾军的行李很快收拾好了，尚晴心里却咽不下这口气。总不能就这么任他在家里胡作非为，他有什么资格这样做，凭什么他想来就来、想走就走，大不了这日子不过了。谁怕谁呢？尚晴不再劝阻，径直走到电话机边，拿起电话给公公打电话。“爸爸，是我，我们要离婚了，告诉您一声。”“怎么回事呀？你们不要闹，有什么好好说。”公公的声音透着几分慌张，“你要顾军听电话。”尚晴把话筒递向顾军。顾军站在门边穿鞋，根本不打算来接电话。“爸爸，他不接电话。”“你们不要吵，孩子还小，不要动不动就说到离婚。”“爸爸，我们已经决定了，只是告诉您一声。”“你叫他来听电话，就说我叫他听电话。”

尚晴又把电话递向顾军，执着地伸着，这一次，很明显的，她没有要再收回的意思。顾军只好脱下鞋子光脚走了过来，“爸爸，我们的事您不要管，不要操心，我们自己会处理好的。”老人家估计又提到了孩子，他能讲的也只有这个理由。具体情况他也不了解，连做和事佬的资格都没有。“孩子我会管的，我会负担他长大的！”乐乐不知道什么时候起床跑了过来，本来看见爸爸回来还欢天喜地的，现在一看这架势都被吓哭了。虽然他不知道具体发生了什么，但凭本能感觉到父母在闹矛盾，而且他知道如果父母离婚了，那就意味着他即将没有爸爸或者妈妈了。“我不要爸爸走，呜……我不要爸爸走。”

尚晴恨顾军在乐乐面前这样大吵大闹，夫妻之间再有矛盾也不应该暴露在孩子面前。乐乐抱着顾军的腿，“爸爸，你别走嘛。”尚晴实在不愿意看见这一幕，一把扯过孩子带出了门，把还在跟公公通话的顾军关在另一边。

“乐乐不要哭，妈妈带你吃面。”“妈妈，你们不要离婚。我不想你们离婚。”乐乐还在哭哭啼啼地抽着鼻子。看着乐乐眼泪汪汪的样子，尚晴一阵心酸，掀起衣角在孩子眼泪纵横的小脸上擦着，“不要哭啊，乐乐不要哭，妈妈在呢，妈妈以后再给你找个新爸爸。”“我不要新爸爸，我不要新爸爸。”孩子一听这话，反而哭得更厉害了。“好好好，不要新爸爸，你不要哭了，妈妈带你去吃面。”到了面店，尚晴只给乐乐要了一碗，她什么也吃不下。乐乐见只端上来一碗面，就又去拿了一双筷子要妈妈也吃。

“妈妈不吃，妈妈不饿。”尚晴看着懂事的孩子，鼻子一阵发酸，“乐乐，大人有时候也会闹矛盾的，知道吗？就像你们小朋友一样，有时候也会闹别扭的呀，对不对？”

孩子一边吃面，一边似懂非懂地点着头。“妈妈，你们不会离婚吧？”

“怎么了，为什么这么问呀？”

“妈妈，我不要你们离婚，离婚了我就没有爸爸了。”

“好了，别再想了啊，妈妈永远都爱你的。”尚晴安抚地摸着孩子的头，为自己在孩子面前的失态感到懊悔与自责。

他们吃完了面，又去叫住在附近的佳佳妹妹一起去爬山。孩子到底是孩子，见了朋友，马上就开心起来。两个小朋友笑笑闹闹地走在前面，尚晴看着他们开心的样子，心情也好了一点。走着走着，乐乐忽然返身拉着妈妈的手示意她蹲下来要说悄悄话。尚晴蹲了下来，乐乐用手遮住嘴小声说道：“妈妈，我可不可以把你们要离婚的事告诉佳佳？”“嗯，这是我们自己家里的事，也是妈妈和你的秘密，还是先不要告诉别人，好吗？”“嗯，可是我想说。”“这是大人的事，小朋友在一起就说你们小朋友的事，好不好？”“嗯，那好吧。”孩子失望地又跑到小伙伴身边去了。两个小人一边拿树枝刮着地找蚂蚁，一边唧唧喳喳地说着话，尚晴坐在他们身后不远处看着他们玩。过了一会，尚晴听见乐乐说：“你知道吗，今天我爸爸妈妈吵架了。”“哦，”佳佳一副过来人的表情，“大人们都爱吵架，他们一吵架我就害怕。”“我也是。”听着两个孩子的对话，尚晴心里更加内疚，大人之间再有矛盾，也不应该影响到孩子。虽然心疼孩子，也不能不做好最坏的打算，但假使真的走到最糟糕的那一步，她也希望不要影响到孩子的健康成长。说不影响是不可能的，只是希望把负面的影响降到最低。唉，听天由命吧。

尚晴仰起头，忍住了泪，远远地看着起伏的群山，感觉到前所未有的孤单与无助。

顾军的父母似乎吃定他们不会离婚，连个电话都不再打来，也不知道是不是顾军跟他们说了什么。倒是自己的妈妈隔天赶了过来，估计是乐乐跟外婆通电话时说起昨天吵架的事。

“你们怎么了？”妈妈一进门就问尚晴。“没什么呢，别操心，过几天就好了。”尚晴轻描淡写简单说了几句。她把责任揽在了自己身上，错在自己，妈妈的心情也许会好受一些。在妈妈面前，尚晴尽力装出若无其事的样子，不想让妈妈为她操心。她在厨房做饭的时候，听见妈妈在客厅里支使乐乐打电话要爸爸回来吃饭，尚晴只能装作没听见，埋头切菜。乐乐乖顺地拿起电话，“爸爸，吃饭了，快回来吃饭啊。”过了一会，孩子又说了一遍，“爸爸，你回来吃饭吧。”然后他放下电话，“外婆，爸爸说他有事，不回来吃饭。”

本来他负气出走也就算了，可现在给他台阶他都不下，这让尚晴陡然生起一股怨气。他可以不管她的感受，可还是应该顾及老人和孩子的感受吧。她走到里屋，拿起手机打通了公公的电话。“爸爸，我们已经说好了，明天去办离婚手续。”顾军既然不考虑她家人的感受，她为什么还要去替他们家着想？“你们要冷静啊，想想孩子，孩子这么小，不要冲动。”干部出身的公公劝起人来总好像在教育下属，“尚晴啊，你作为一个女同志，要心胸开阔些——”公公的话还没说完，话筒就被婆婆抢去了，婆婆的声音高昂多了，尚晴不由把话筒拿远了一些，“尚晴啊，你不要老是猜疑他，我们的儿子我很清楚，他本质是好的。现在，像他这样有责任心的好男人不多。”婆婆的言下之意是她的儿子是无辜的，一切都是尚晴无理取闹，尚晴听了一时无语。

“你们实在要离婚我们也没办法，这是你们自己的事。说实话，以他的条件，也不是找不到，只是你要多为自己和孩子想想……”在婆婆眼里，他的儿子永远是天下第一，谁嫁给他是上辈子修来的福分。尚晴应该知足，他的儿子没有错，也不会有错。

婆婆还在讲着，可尚晴什么也没听进去，她觉得婆婆既然是这种态度，这个电话未免有点自取其辱。“好了，妈，我要做饭了，以后再说吧。”不等对方回答，尚晴挂断了电话。大概在婆婆眼里，她已经成了一个蛮不讲理的泼妇。她再也不会打电话给公婆了，她可以理解老人难免会站在自己孩子那一边，可是，一个长辈若只是一味责怪对方，而不去想想自己家孩子是否有责任，那未免太有失公允，也有失身份。

吃饭的时候，妈妈对尚晴说：“你有什么事要好好跟他说，两个人要多沟通交流，不要闹到他父母那里去。”“嗯，知道了，妈妈，过几天就没事了。”尚晴止住妈妈的话后赶紧转移了话题。她心想，可怜天下父母心，一样都是做母亲的人，可婆婆为什么就那么偏袒自己的孩子呢？不管尚晴如何待她，她的眼里，似乎从来只有自己的孩子最重要。别人家的孩子，好像始终都不在她心里。唉，要是她也能像自己妈妈一样通情达理就好了。

一连接着好几天顾军都没有回来吃饭。总是白天出去，晚上等家人都睡着才回家。妈妈有空就会提醒乐乐打电话给他，可他一次也没有回来过。尚晴的一颗心，也冷了。起初还有几分气恼，后来竟也无所谓了，好像生活里从来没有过这个人似的把一切都看淡了。

今天是农历三月三，小城有吃荠菜煮鸡蛋的习俗，据说这天吃了荠菜煮的鸡蛋，一年当中都腰腿不疼。这也是尚晴家里习惯的团聚日子，每逢这天，大家都要一起围坐在一起吃荠菜煮鸡蛋。弟弟、弟媳都回来了，家里很热闹。尚晴在厨房里忙着，听见妈妈又在客厅里要乐乐给顾军打电话。乐乐听话地拿起电话：“爸爸，回来吃饭了！”妈妈还站在一边小声提醒说：“说今天过节，舅舅、舅妈都回来了，都在等他。”乐乐依葫芦画瓢大声说道：“爸爸，今天过节，舅舅、舅妈都回来了，都在等你。你一定要回来哦……不行，爸爸，你一定要回来。你还要多久才回来……爸爸，我们等你，你今天一定要回来啊。”放下电话，乐乐赶紧告诉外婆说，“爸爸在医院打吊针，他感冒了。还要打一个多小时，要我们先吃饭。”

尚晴其实在厨房已经听见了，她起初还以为是他找的借口。妈妈接着打了个电话，确认他在医院后，就走过来要尚晴还是去医院看一看，毕竟今天也算是过节呢。见尚晴不太情愿，又问要不要弟弟送她一起去。尚晴摇摇头，解下围裙，说自己去看看就好了，应该没什么大问题的。

医院离家不远，尚晴一脸茫然地走着。周围行色匆匆的路人似乎都在赶着回家吃饭，显得她的脚步格外缓慢。之所以来医院，一半是因为今天全家人团聚，她不想让他们的不愉快影响到其他人。另一半，是听到他真的病了，估计是睡沙发睡出来的，她觉得自己似乎可以看在一个病人的份上稍微原谅他一点点。这一点点原谅刚好给了她去医院看他的动力和理由，再多一点都没有了。

这所医院她很熟悉，因为离家近，有点什么三病两痛的一般都在这里解决。医院的急诊室就在门诊楼右边一楼，尚晴来到输液室门口，一眼看见顾军正坐在那里输液。她犹豫了一会才进去，顾军正低头看着报纸，只到她走近坐在他身边才看见她。

两人好一会都没有说话，还是尚晴先开口：“怎么了？”

“发烧，输液。”顾军的脸色看起来确实很憔悴。

“至于吗？吃药就够了，干吗非要打针？”

“一身都痛。”

“你说你这是何苦？到头还不是害了自己。”

顾军没有回答。

“你说你为什么要骗我？”尚晴忍不住又提起那件事。

“难道我什么事情都要告诉你吗？”顾军也是一肚子气。其实什么事都没有，他是提早回来了，可那是为领导办事去了。因为是领导的私事，领导交代他知道的人越少越好，所以他也就没有提前跟尚晴说，现在却被她说成是故意欺骗，心里能不憋气吗？尚晴整天一副誓与他划清界限高高在上的样子，好像永远站在道德法庭上审视着自己，每天回家处处陪着小心赎罪也受够了，难道犯一次错就要打入十八层地狱永世不得超生吗？

“那你……”尚晴一时气结，“你不告诉我也可以，但你不要欺骗！”

“我为什么要告诉你？我想说就说，不想说就不说。”这还是他们闹僵后顾军第一次用这么硬的口气跟尚晴说话。

“那好，就按你的意思，离婚。”尚晴也决心坚持到底了。

“我无所谓，随便。”顾军一脸的漠然。那个电话确实也只是个普通的电话，可他不想解释。他感觉自己真的好累，自从上次东窗事发后，尚晴就一直没给他什么解释的机会。虽然他一直在为挽回尚晴的感情努力，也想尽一切办法改善彼此的关系，可尚晴已经带上了有色眼镜，看什么都把他往别处想，他除了累还感到委屈。那天本想着赶快办完事一家人趁着乐乐生日好好聚一次，可当他看到尚晴又在翻看自己手机时，也不知道怎么搞的，气“腾”地一下子上来了，没能控制住自己。人在情绪低落的时候免疫能力往往是最差的，加上这几天睡沙发受了点凉，突然就发起高烧来。

尚晴的眼泪不争气地涌了上来。输液室还有些病人，尚晴低着头，拼命想忍住眼泪。“哎，你这是干什么。”顾军瞥见她的眼泪，“你先走吧。”说完可能又觉得这句话有点过分，就又加了个尾巴，“你先回去吃饭吧。”

尚晴脑袋里一直在回荡着那句“我为什么要告诉你？”，她也不见得有多生气，只是心凉得彻骨。过了一会，尚晴的泪退下去了，想着现在走出去别人应该也看不出她哭过，就起身说道：“我先走了。”然后看也没有看顾军径直走了出去。出了门，外面竟下起了小雨，刚才闷热的空气顿时变得湿润清新。尚晴大口呼吸着，只觉得莫名的轻松。那样绝情的话，不再是断水的刀，而是一把剑，被它刺穿后再无他想的绝望。也好，断了就断了，所有的都一了百了。也不知道是不是彻底卸下了思想包袱，还是在人在雨中会格外地轻松，她感到自己身轻如燕，脚步也轻快得像在跳快三，这是她自己完全没有想到的。也许，就算现在真的离婚了，她大概也不会有多难过。

回到家里，尚晴笑着招呼大家过来吃饭，“他的药水还没有打完，要我们别等了。来，都饿了吧，快吃饭吧。”出乎尚晴意料，在大家吃得差不多的时候，顾军回来了。弟弟、弟媳热情地招呼顾军吃饭，粗心的他们倒也没发现什么异常，可能压根就没往别的方面想。弟弟、弟媳吃了饭迫不及待地赴约去了，妈妈也坐他们的便车回了自己家。乐乐在聚精会神地看着只有在节日才被特许观看的卡通节目，尚晴在厨房收拾着，只有顾军一个人坐在那里默默吃饭。一直到该睡觉的时间，两人也没有说一句话。尚晴招呼孩子睡觉，顾军仍是拿了自己的枕头、被子去睡沙发。

夜深了，一切都安静了。尚晴躺在床上，等待睡意的降临。她原来一直想的都是好好对他，好好维护这个家，可结果却不是自己想要的。她想象着两个人离婚的场景，估计也不会有什么剧烈争吵，也许会更像是一场静默的交接仪式而已。可是，办完手续后，他们就是两个世界的人了，她会不会哭？她想起一个过来人的话，你以为离婚好玩啊，那是要脱三层皮的事！是啊。就算两个人彻底分开，可是那么多的回忆往哪里放？要一点一点清除过往留下的痕迹，该是一项多么浩大的工程！难道两个人以后就真的形同陌路？甚至连陌路都不如？尚晴感叹，人的感情是一件多么复杂的事情，谁也无法正确预料感情的走向，它的终结和起源一样，谁也控制不了。

苏扬在餐桌上看见辣椒酱瓶子下面压着四张一百元的钞票，正在纳闷，易波过来告诉她说这个月发了九百元工资，开通宽带后还剩下这些。苏扬一听，一颗心还来不及喜就凉了下来。易波有钱后第一件事竟然是先去开通宽带，他不知道家里还有好多要添置的东西？热水器坏了，自己买零件请人来修；灯泡坏了，自己换。好女人是一所学校，坏男人更是速成班，让你一夜之间就成熟长大。可再怎么着，苏扬也没有想到他拿到工资的第一件事竟然是重新开通宽带。易波似乎从来就没有操心过家里的柴米油盐，没有操心过这个家的开销，没有想过只靠一个人的经济来源支撑的家是怎样过日子的。他明明知道上次易波妈妈生日买礼物的钱还是苏扬问妹妹借的，不过苏扬估计他早就忘了。尤其是现在，易波老家的表姐来小城打工，因为不管住，晚上还要借住在苏扬家的杂屋。虽说不在她家吃饭，但节假日难免会增加些开销。苏扬感到很为难，邀她一起过来吃饭吧，开销更大，不邀她来吧，情面上又说不过去。都是没钱给闹的，要是手头宽裕，谁会在乎饭桌上再添双筷子。好在易波表姐仿佛知晓苏扬的难处，只是晚上偶尔过来坐坐，还帮苏扬带带贝贝。

当然，你也不能说易波完全没有为这个家着想，毕竟他也拿出了四百元做伙食费。比起以前来，苏扬确实该知足。这四百元钱，似乎代表了易波对这个家庭所有的责任与义务。有了这个打底，易波又开始理直气壮地沉迷在虚拟世界。家里的电费也开始上涨，因为即使易波不在家，电脑也是开着的。据说玩游戏的人都这样，说是挂机就可以增加经验值。每次看见易波像被强力胶粘在电脑面前，苏扬就气不打一处来，甚至巴望那台电脑早点寿终正寝才好。

易波慢慢回复了原状，苏扬感觉日子好像又回到了从前。泼啦啦的水声过后，又静成一潭死水。渐渐地，易波改过自新的愿望也好像淡了许多，不再有事没事主动找苏扬说话，家里的空气，再度沉闷得令人窒息。都说屋漏偏逢连夜雨，越心烦还真就越出岔子。苏扬吃完晚饭在厨房开冰箱的时候，因为地湿脚滑，腰给狠狠地闪了一下。苏扬歪着身子挪到沙发上，易波表姐见状忙扶着苏扬去床上躺着，连贝贝都跑来问妈妈怎么了，一边用小手轻轻地拍着苏扬的痛处，一边学苏扬平时哄她的样子，往上面轻轻吹着气。易波也起身从里屋走过来，但他只是在苏扬身边转了一下就又回到电脑面前去了。苏扬倒也没指望易波能对她怎么样，休息了一会儿，痛倒不是很痛了，只是行动有点不方便，尤其是转身的时候腰会扯得难受。她听见出去买药回来的易波表姐在对易波说："苏扬腰扭了一下，你给她拿药去揉揉。"易波还在看电脑，没有动。贝贝踩单车有点吃力，便要易波表姐在后面推她，听见贝贝叫，易波表姐赶紧把刚买回的红花油放在易波面前的电脑桌上，招呼贝贝去了。

易波不置可否地坐在那里，好一会也没有动静。苏扬暗暗松了一口气，她开始听见易波表姐那么说还真怕易波进来给她揉腰，那样尴尬的情景她难以想像。过了一会，易波表姐见易波还没有进来给苏扬擦药，只好自己拿了药进来。苏扬本想自己擦，可反手太不方便。这时，易波也悄无声息走了进来，等易波表姐把药擦完以后，终于开口说："还是贴块膏药吧。"易波表姐有些为难地看着苏扬，苏扬没有抬头，只是淡淡地说了声："不用了。"药味有点冲，苏扬打开窗子，一阵夜风吹过来，药味冲淡了许多，也吹散掉些许烦闷。苏扬心里像是有些失望，但更多的是释然。她想，这样也好，索性互不相欠。

苏扬的心情一天比一天坏，这样的日子她一天都不想再过。她心口像是总堵着一块石头，站着坐着都闷得她难受，躺下来更是压得她动弹不得。她现在做任何事都提不起兴趣，仿佛行尸走肉一般。连吃饭也变得可有可无，没有一点胃口不说，若不是要维持这生命的延续，似乎连吃饭都可以省略掉。

最荒谬的事情还是有天傍晚。苏扬正在家做饭，婆婆带着一群人冲了进来。苏扬正纳闷怎么婆婆一下子带这么多陌生人呢，那群人已经径直走进卧室，为头的手里还捧着个盒子。苏扬连手里的锅铲也没来得及放下就急急跟了进去，这才看清原来他们把一尊菩萨放在了苏扬的床头！苏扬本来就对这群人大摇大摆冲进来感到不悦，现在更是觉得不可思议。还没等苏扬反应过来，婆婆又把那群人毕恭毕敬地送出了门。然后带着骄傲和得意的神情，迫不及待地告诉苏扬这可是从南岳衡山请来的菩萨，特地请高僧开了光，据说灵验得很。苏扬听了有些哭笑不得，别说她本来就不信这些，就算菩萨有心保佑，苏扬也觉得他们的婚姻难得起死回生。想想看，要是靠菩萨保佑就可以挽回破碎的婚姻，那菩萨岂不是要忙晕了？她想反驳，可当她看到婆婆满脸细密的汗珠，又把一肚子气压了回去。婆婆这么大年纪，这样做也是一片苦心，苏扬劝自己还是忍忍，不要伤了老人家的心。她拿着锅铲，默默注视着这普度众生的菩萨，对婆婆的同情又加深了一层。

顾军在家休息两天后，恰逢周日，吃完中饭他就得赶下午的火车回去上班了。尚晴在卧室整理书桌，她不想在客厅里看着顾军走，那样难免要当着孩子的面打招呼。没想到顾军走了进来，探身在大衣柜里磨磨蹭蹭翻找着。尚晴把整理好的一些笔记放进抽屉，刚好看见那叠写了信的稿纸。那封信写了好久了，但尚晴一直没有拿定主意给顾军。

尚晴犹豫了一下，还是小心地撕了下来，叠好后递给顾军。顾军打开要看，尚晴说现在别看，还是留着路上看吧。顾军问这是什么，尚晴只淡淡地说看了就知道了。顾军接过放在口袋里，第一反应就是这会不会是一封离婚协议书？到了车上，顾军刚落座就掏出那几张纸来。还好，只是一封信，比预想的好多了。顾军松了一口气，认真看起信来。信的开头没有称呼。

“我曾经天真地以为，我找到的是可以与自己白头到老的人。但是，这一切，都因为你的改变而彻底改变。虽然我从来没有想到过，有一天我们竟会是这样的结局。

凭一个女人的直觉，要察觉对方的异常并不需要太多的证据。面对那些拙劣的谎言与借口，她可以轻而易举地去求证、推翻。她也领会到那些粗暴的斥责，其实是多么苍白无力的抵挡。但她没有那样做的原因是，一、这已经是事实，即使知道了也不会改变的事实；二、既然不可改变，知道了也只会加深伤害的程度，那知道又有何益？

我无法明白你到底是怎样一种心态，是为了显示自己在一次次婚外情中高超的平衡能力，如同一个在悬崖两端的钢丝上不停炫技的艺人？还是在一次次践踏我的信赖与自尊中得到某种奇异的快感？大抵人在挑战自我的时候是不会想到失败的，但婚外情这根钢丝踩上去却没有保险，一翻身就是粉身碎骨的结局。本来，也许我的隐忍可以保证多角关系的平稳，但可惜的是，我的极限犹如一张弦，在充满谎言和欺骗的拉扯中，终有一天“嘣”地一声断了。

我也想和以前无数次原谅你一样最后再原谅你一次，可是，我怎么也做不到。我再也没有办法说服自己去相信你，你连承认都不敢的态度彻底摧毁所有修复伤口的可能。我甚至在问你的时候也在问自己，如果你坦白了，看在孩子的份上，我是不是还应该再给你最后一次机会。可是，你远没有我想像的勇敢。我们本来可以不走到这一步，但看到你就会想到婚姻中的屈辱，我想，这样的婚姻对彼此而言，不仅仅是一种痛苦，更是一种折磨。

我至今仍记得我们最后一次争吵时发给你的短信，‘婚姻的基础是彼此忠诚，否则也没有存在的意义。在这件事上，谁也管不了谁，全凭自己自觉，希望我们都能尽量不做伤害对方的事。’可惜，你没有把我的话听进去。

现在的我，比任何时候都要平静。不是不痛，只是已经痛得麻木了，已经感觉不到什么是痛了。再回首过往，已经冷静得就像在看一幕和自己毫不相关的电影，连自己都有点诧异。也就是在这诧异中我终于明白，我已经彻底放下了，放下禁锢自己的沉重枷锁，只留下一片轻松。

八年婚姻真的就像一场梦。梦醒了，除了可爱的孩子和满身的屈辱、伤痛，我一无所有。不是没有想过离婚会给孩子带来的影响，但是，为了孩子去维持一段貌合神离的婚姻，对他来说就一定是幸福的吗？他长大了会不会觉得自己承受的太多？为了自己而牺牲母亲的幸福会不会在无形中给他某种压力？孩子总是无辜的，不管怎样，他不应该因为我们而受到影响。虽然也知道，影响不可避免，我们能做的，也只是将影响尽可能缩小。

人总是要为自己做过的事付出代价，不是吗？或许，我们都能在婚姻中领悟到一些道理。三个人的路实在太拥挤，我不想再看着你们的背影哭泣。我也不想再给你伤害我的机会，不想再选择一条充满泪水与心痛的路途，我想和懂得珍惜的人手牵手走下去。我想要学着对自己好一点，不要再像从前那么傻。

现在的我在你眼里，变得多疑、神经质，爱无理取闹，你以为，这是我想做的吗？我曾经对那些盘查伴侣的做法嗤之以鼻，连自己的爱人都不相信还过什么日子，可是，我的宽容变成你的纵容，你一再践踏我对你的信赖，只到割得片甲不留。剩下惊弓之鸟般的我，怀着一份莫名的恐惧，在惶惶中度日。不是再害怕什么，而是不愿意承受那些痛苦，像等待一场不知道什么时候会降临的灾难。想培养出我容忍丈夫不断外遇的超凡气度，对我来说，确实很困难。除非我根本就不爱你，根本就不在乎你。

我一直在想，到底是什么使得我们越走越远？或许，婚姻中需要学习的东西太多，而我们，都是不用功的学生，交出了一张不及格的试卷。以后的路会如何，谁也无法预料，但至少有一点可以肯定，我不会再为你彻夜不眠、以泪洗面。想到这里，又觉得离婚也许并没有我们想象的那样可怕，因为，感情世界里，恐怕再没有什么会比遭遇背叛更摧毁人意志的事情了。

我们曾经筑起一座城，城里有我们可爱的孩子。我以为它是无坚可摧的，可现在，太多的意外一点点腐蚀着它，它变的岌岌可危、摇摇欲坠。为了避免更大的伤害，我唯一能做的就是带着孩子弃城而去，请体谅我那已经被消磨得几近薄纸的承受能力，再留在这里，我不知道自己会变成什么样子。

想一想，我们已经好久没有好好说过话了，因为彼此的意气用事已经丧失了正常交流的可能。与其在气头上说些刺伤彼此的话，不如在纸上心平气和写出来，也算是对自己这段时间的总结与反省。

我希望能尽快结束这种让双方都感到痛苦的日子，早日开始新的生活。好说好散，这是我对你最后的要求。

好了，该说的好像都说了，彼此珍重吧。”

不等看完信，顾军已经心慌得不行。一想到真要失去尚晴，他顿时像是被抽空了，整个人虚弱无力得几乎连薄薄几张信纸都拿不住。那些话语，不停地在他心里盘旋，渐渐汇成巨大的回声，震得他脑海嗡嗡作响。我们的婚姻，到底是哪里出了问题？为什么变成现在这个样子？当初的圆满无缺现在面目全非，只徒留断壁残垣，在风雨中摇摇欲坠。尚晴已经放弃了，他呢？甘心承受被流放的命运？顾军颓然地垂下头，陷入迷茫之中。一想到可爱的孩子，想到给尚晴带来的伤害，想到曾经美满的家庭，他的心一阵阵发紧，过往种种，滚石一般一一在心头碾过。

这以后很长一段时间里，顾军所有的空闲时间都花在反复咀嚼这封信上面。有时候，他宁愿一个人坐在办公室里也不想回到宿舍。因为这办公室白天人来人往，总还残留着些许温暖他回忆或分散他记忆的某些物质，总比那个空无一人的宿舍多些人气。他害怕自己一个人孤零零地被囚禁在那牢笼般的记忆里，又仿佛是被放逐天际的孤魂野鬼，与世隔绝。他瞥见窗玻璃上自己模糊的身影，感觉自己就像窗外那棵落尽叶子的泡桐树，只剩下光秃秃的枝杈，在天空伸延着寂寞的线条。

真的要和这个家彻底剥裂开来，顾军觉得这等于斩断他身体的一部分，他做得到吗？他想起有次和朋友聊天时听到的一句话，大意是放弃一段婚姻，也许就是在放弃自己。不！他绝不放弃！因为他不想放弃他自己。不管怎么样，他一定要守住这个家，守住他与尚晴之间来之不易的感情，还有他们的孩子。他们是不可分割的一体，他们不能分开。

苏扬最近身体不太好。或许人压抑久了格外容易生病，她总觉得嗓子里像堵着什么东西，老在发痒，一痒就要咳。也找了些止咳药吃，但咳嗽断断续续、时好时坏拖了近一个月也没有断根。苏扬舍不得去医院吊盐水，虽然那样见效快，但费用问题对苏扬来说更现实，她想扛一扛挺过去。尚晴催过她好多次，说别拖出什么大毛病反而糟糕。连易波表姐都看不过去了，要她去医院看看。刚好这天一起去医院探望开刀住院的同事，尚晴劝苏扬既然都进了医院，就干脆顺便去看看病。苏扬想想也是，就挂了个号，结果一检查，严重的咽喉炎已经由急性转成慢性。医生说必须尽快消炎，否则炎症波及肺部，那情况只会更加糟糕。尚晴听了比她还紧张，无论如何也要苏扬赶紧治疗。苏扬没有办法，毕竟医生的话不能不听。尚晴陪着苏扬一起输液，两人说了一会话，苏扬看时间不早了就催她早点回去。尚晴还要去接乐乐，确实不可能一直陪着，再说等那几瓶子水吊完也不是一时半会的事。她只好出去给苏扬买了些吃的，怕苏扬闷，还顺手买了几本杂志。尚晴问苏扬要不要打电话给易波，苏扬摇了摇头。生活在一起都不曾感受过他的关怀，何况现在？无异于是自取其辱。

注射室人不少，一半是病人一半是陪护。苏扬翻着杂志，她倒并不觉得自己多么孤苦伶仃，只是心疼那超出预算的几百元药费。她早就习惯了什么事都靠自己，何况这样的小事。倒是她旁边有个女病人让她有点受不了，那女的似乎得了病就有了某种特权，满脸颐指气使的神情，不停地指使别人做这做那。这倒没什么，可也犯不着大呼小叫的，毕竟也是公共场合。那男的应该是她老公，被指挥得团团转不说，也感觉到旁人颇为不满的眼光，一脸的尴尬。最后连护士也忍不住喊了一句“请尽量保持安静”！苏扬看着男人那副可怜巴巴只想息事宁人的神情，好像不得宠的仆人，使尽浑身解数也讨不到主人的欢心。有些人就喜欢这样，越是在大庭广众的越喜欢大秀恩爱，唯恐大家不知道他们多幸福多甜蜜似的。苏扬撇了撇嘴，她最烦的就这一类人。

苏扬打完针已经快十点了。她站在医院门口正想着坐哪路车回家好呢，只听见后面有人叫她。她怀疑喊的也许是和自己同名同姓的人，但还是回头看了一下，这一看也愣住了，竟然是以前的老同事张峰。苏扬记得以前和他关系还挺不错的，那时候大家都年轻，没有成家，有时候为了改善伙食，还一起搭伙做饭。张峰是个能干的人，常常是一个人包揽了洗菜、切菜、炒菜的活，手脚又麻利，六七个人的饭好玩似的就出来了。他人也挺有想法，胆子又大，在墨守成规的机关里自然待不住。到现在离职也有好几年了，据说混得还挺不错。好久不见，张峰有些发福了，肚子明显地隆起一个不大不小的流线型幅度。晚上光线差，苏扬还真有点认不出来。两人寒暄了一阵，听苏扬说要回家，他执意要送苏扬。苏扬正愁转车麻烦，再加上还算顺路，就同意了。张峰本来就话多，一路上就没见他歇过气，再加上带着几分老友相逢的喜悦，更是兴致勃勃。车子一直开到苏扬的楼下，他还要绅士地送苏扬上楼，把苏扬做个重病号对待。按说苏扬应该客套地邀他上楼坐一坐的，可又觉得时间这么晚了，不太方便。张峰打开车后备箱，拿出一个大果篮，带着些不好意思的神情说道：“借花献佛啊，别嫌弃就行。”苏扬忙推辞说不用不用。两人拉拉扯扯地，苏扬怕动静越扯越大，就先收了下来。还好，张峰只是帮她把果篮提到家门口就下楼了。苏扬掏出钥匙刚插进门锁，门就被里面的人打开了，苏扬诧异地看见易波面带愠怒站在门口。“刚才那人是谁？要不是我在家，他会进来吧？！”苏扬懒得跟他解释，径直提着果篮走了进去。易波在身后不依不饶，“他是谁？”“以前的同事。”苏扬不想啰嗦。“怎么我没见过？叫什么名字？”“你没见过的多着呢。”苏扬从嘴边哼出一句。易波显然被激怒了，一把扯住准备去洗手间洗漱的苏扬。苏扬也来火了，一把甩开易波的手。“你到底想干什么？”“你给我交代清楚，你，你在外面是不是有人了？”“好笑！”苏扬低低地吼道，连脸也没洗就直接进了卧室。带上门，她只觉得易波的想法实在是太荒唐。他怎么可以这么想，就算他对自己的自信全失，也应该了解苏扬的为人吧，就算苏扬想和别人有什么，也得等到回复单身状态，这样不清不楚地算什么。苏扬恨恨地想，易波要真这么认为，那不仅是对自己的侮辱，更是对他的侮辱。

让苏扬始料不及的是，易波第二天竟然死死揪住这件事不放，又盘问起苏扬来。“你告诉我，那男的到底是谁？”苏扬本来不想搭理他，想想又觉得没折磨他的必要。“说了是以前的同事。”“那怎么从来没听你说起过？”“离职了，下海了。”“和你什么关系？”“什么关系？你什么意思？”“那他怎么那么晚送你回来？”“你怎么不问问我为什么那么晚才回来？”“哼，你还是早说清楚好！”

苏扬不想易波在这件事上大做文章，她没好气地回答道：“他只是我以前的一个同事，碰巧也去看病人，再顺道送我回来而已。这件事我解释清楚了，到此为止行吗，不要再说没意思的话了。”易波这回真钻牛角尖里了，越发较起真来。“苏扬，你和别人好我也不拦你。可你别把我当宝耍！”“我真跟他好又怎么样，你管得着吗？”苏扬脾气也来了。她最烦胡搅蛮缠的人，尤其是胡搅蛮缠的男人。“我就知道你们关系不一般！”易波仿佛自己的结论得到验证似的，音调高了起来。苏扬看着易波这带着几分愚蠢的得意，觉得简直没有办法再继续和他说下去。她只想快点结束这场耗费心神的谈话，于是甩下一句：“知道了你还问什么！”易波以为自己刚收获了一点点地盘，正试图扩大领地，看见苏扬鸣金收兵，忙说道：“我现在总算知道你为什么要跟我闹离婚了，我要把真实原因告诉爸妈！”“你真是好笑！”苏扬觉得易波简直不可理喻，越发瞧不起他。“你想怎么样就怎么样吧，我现在要上班了，请不要影响我上班。”这句话像一根针刺在易波心上，他顿时像一个漏气的气球一下蔫了下来，只能眼睁睁地看着苏扬绝尘而去。易波愤怒地把所有原因归结于那个男人，失败的人大都这样，很少在自己身上找原因，总喜欢把责任都推到别人身上。

易波后来又不甘心地提过几次，那些含沙射影、旁敲侧击的话，除了一层层加重苏扬对他的藐视，没有任何结果与作用。有时候苏扬也免不了要在办公室和尚晴聊起这些情况。两个人大眼瞪小眼，谁也说不出个所以然来。苏扬觉得自己的情况比尚晴糟糕一百倍，只是糟糕也有糟糕的好处，那就是能更加坚定你抛开这段错误的决心。离苏扬提出离婚的日子还有不到一个月就要半年了，可苏扬连这最后几十天也不想再等。她不是不能够等，而是不愿意等。她已经浪费了太多的时间，她再次提出了离婚。这一次，苏扬已经做好了迎接新一轮风暴的心理准备，但她万万没有想到的是，易波会小题大做，把他自己的捕风捉影当成最后救命稻草大肆宣扬。这根稻草也许是他争取同情获取旁人支持的某种筹码，但也成了压在苏扬身上的最后一根稻草。

又是一次众亲云集的过堂。苏扬已经不在乎易波这种恶人先告状的做法，虽然她刚知道易波无中生有的那一刻还是很愤怒的。仍旧是易波的父亲先发话，问苏扬有没有易波说的那回事。苏扬知道靠自己解释他们也不会相信，中国人离婚，如果有一个具体的事端会更让人容易理解。她也不想给自己再留一点后路，他们认为有就有吧。她只是铁了心要离婚，别无他想，索性就让他们这样认为好了。苏扬沉默着，始终一言不发。她不辩解也不承认的态度，在易波父母眼里就是默认。苏扬的父母在这个问题上还是站在自己女儿这边的，见苏扬一脸倔强的神情，忙打圆场，催她表态撇清。苏扬感觉到父母的担忧，但她低着头，躲避着他们焦急关切的眼神，还是没有说话。易波父亲感到自己做长辈的尊严受到了严重践踏，虽然苏扬脸上没有什么表情，可是那平静表面下的倔强和不屈，仿佛一个被捕的共产党员在无声地藐视敌人的审问。易波父亲重复问了一遍，苏扬依旧沉默着。苏扬父母说着一些劝慰的话，因为不是当事人，在易波父亲看来自然是那么轻飘无力。易波的母亲担心老伴气坏了身子，也附和着。但苏扬始终没有表态，对谈也就陷入了僵局。易波父亲在自尊受打击的情况下也渐渐失去了耐心，撂下一句“你们也大了，我们管不了了”就拂袖而去。易波的母亲看见老头子冲了出去，只好也跟了出去。苏扬的父母回过神来，忙一起出去想把易波的父亲劝回来，易波父亲的面子虽然在众人的劝解声中稍稍得到了一点挽回，但还是执意先走了。

苏扬父母留他们不住，只能先折回来。苏扬自己倒没什么，她只是不忍心看见父母和妹妹为她担忧的样子。尽管苏扬的父母也知道自己女儿生活的窘境，但还是不太赞成他们离婚，尤其是苏扬的妈妈，总是劝他们冷静一下，要苏扬看在这么可爱的孩子份上，是不是保留一个完整的家？情急的苏扬妈妈还宽慰苏扬，说经济上有什么困难妈妈、妹妹都会支援你的。连自己的妈妈都有点难以理解自己，还能要求别人吗？苏扬心里很委屈，难道自己仅仅是因为经济问题要跟易波离婚吗？她想辩驳，但当她看见妈妈眼角晶莹的泪光，她心里忍不住发酸。这些天，她感到心力交瘁，可她始终没有再掉过一滴泪。她已经彻底把自己从这段婚姻中抽离出来，本以为不会再难过，可是这一刻，成了她这几天最难受的时刻。一想到还要年纪一大把的父母为自己担忧操心，苏扬感到深深地自责，她心里像是有一把刀在细细割着，疼痛清晰而尖锐。

只是让苏扬不解的是易波的无动于衷，看他那副德行，就像是身无一物的赌徒，在生活的轮盘面前下着无关乎输赢的赌注。在婚姻这座岌岌可危的城池面前，他怎么就能那么气定神闲呢？苏扬真不知道这种漠然，是建立在什么基础之上？是他父母毫无立场的迁就还是自己以往无条件的忍耐和退让？他依然沉迷于游戏，整夜整夜地熬。苏扬对此视而不见，心中充满鄙夷。

对于离婚以后的处境，苏扬也有心理准备。尽管所有的人都在以过来人的口气谈论着离婚的种种坏处和不幸，还特别强调贝贝即将面临的可怜处境，但苏扬心里明白，自己的生活应该由自己来选择，她不一定能选择到自己想要的生活，但她至少可以选择自己不想要的生活。她在想，等贝贝长大了，她会理解这一切的。既然已经义无反顾下了决心，那就坚持到底吧。

梁可可和罗铮越陷越深了。但是不能谈到未来，一谈到未来就黯然神伤。久而久之，他们不再触碰这个话题。梁可可会尽量把空闲时间留给罗铮，他们一起打球、爬山，在罗铮身边感受到的是活力与青春，还有浪漫。梁可可觉得那个充满活力与朝气的自己又回来了，很多时候，她都忘记了自己的身份，沉浸在恋爱的喜悦之中。那些恋爱里必不可少的哀愁与担忧，仿佛精美罗裙的蕾丝花边，只是将恋爱点缀得更加美丽动人。有些时候，看着田伟平那熟悉得不能再熟悉的脸庞，梁可可也会内疚，但只要罗铮出现在她的视线里，那点尚未酝酿成形的内疚即刻烟消云散，取而代之的是满满的隐秘的快乐。

在罗铮的家里，罗铮会给她讲解许多照片背后的故事，那些充满传奇色彩的故事是那样轻易地就掳获了梁可可的心。他们两人都喜欢村上春树，喜欢边喝咖啡边看伊朗电影，有着共同的小资倾向。这些，都是田伟平那个只知道赚钱的脑袋里无法找到的内容。更难得的是，罗铮甚至会对着菜谱笨手笨脚地给她做饭。他们在一起总的说来是快乐的，除了个别时候，比如说梁可可接到田伟平的电话时，罗铮的眼里会掩饰不住一丝落寞与醋意，比如说罗铮提到家里催他结婚给他无形压力时，梁可可想安慰却又无言以对。这些时刻是短暂的，虽说很快就被吞没在幸福的洪流之中，却也如横亘心中的礁石，退潮过后会突兀地、不可忽视地显现着。

只要田伟平一出差，梁可可就感觉自己是重获自由的犯人。以前不愿意田伟平出差，现在，如果有一阵子田伟平不出差，她反而不习惯了，暗暗盼着他出差。虽然也会有着强烈的罪恶感，但疯狂的思念更让人失去理智。有时候实在想和罗铮见面，就趁着田伟平去应酬的时候找各种借口出来。梁可可的借口多半是尚晴，她会先打电话给尚晴备案，以防穿帮。有尚晴这个挡箭牌，梁可可才能安心去和罗铮约会。只是难为了尚晴，她总觉得自己像一个帮凶，不是主犯也是从犯，甚至都不敢再见田伟平。总感觉自己欺骗了别人似的，深感羞愧。她有时候也会觉得自己是不是太没有原则，可她又不能拒绝梁可可。也许，在太过亲密的人面前，人的原则总是要躲躲闪闪打些折扣。她像纵容自己妹妹一样，总把她当成顽皮的孩子，倦了就会回家。再说，人一旦陷入爱里，有几个能听进去别人的劝告？不撞南墙是不会回头的。尚晴没有能力阻止她不撞到南墙，她只能在这里静静等着，一直等到她撞墙后需要人安慰的时候。

尚晴的录取通知书来了有一阵子了，给单位的申请报告也批下来了。在批准她脱产读书这件事上，领导没有过多的为难她，这让尚晴觉得这个世界上还是好人多的。或许是考试的过程太过漫长，或许是已经提前知道了结果，接到通知书反而没那么激动了。偶尔她也会从抽屉里翻出录取通知书，凝视着自己的名字，那一刻，还是有一种成就感的。毕竟，这也凝聚了自己一年多的心血呢。尚晴感觉好像长途跋涉后终于到达终点的旅人，只剩下一身轻松，安心等着开学。空闲时间一多，人脑子里冒出来的想法也多，怪不得人说闲愁闲愁，人一闲下来就会发愁，还是忙起来好，忙得连发愁的时间也没有最好。

与此同时，尚晴糟糕地发现，自己竟越来越依赖许卓航了。她的大部分空闲时间似乎都是在等待，等待许卓航的电话，等待他的短信，等待他的邮件。她的世界清空了一部分，又渐渐被新的部分占据。而许卓航，就像无孔不入的水，满满地朝她的生活浸润过来，等尚晴发现，已经无法再摆脱这种浸润。意识到这一点，是那天尚晴偶尔登上一座高楼的天台，看见地平线那端有平日难道一见的晚霞，在渐次暗沉的天色里愈发显得气势磅礴、光彩夺目。茫茫天地，顿觉自身的渺小与无依。一股冲动使她拿出电话，忍不住要打给许卓航。她只能打他办公室的电话，她也知道他不一定会在，她想这个时候的他，应该是在家里和家人一起吃饭吧。可是，这电话声是唯一与他维系的凭据，找不到他，听听他的电话铃声也好。尚晴仿佛听见电话铃声在许卓航空荡的办公室里寂寞而无助地响着，一声一声，像划船的桨，划破沉寂的空气。第二天许卓航问尚晴："昨天给我打电话了？"因为他办公室的电话有来电显示。尚晴点头说"是"。"有什么事吗？"许卓航关切地问到。"没有呢。"尚晴赶紧说到。"傻瓜，我不在。""知道你不在。"尚晴的回答出乎意料。"那怎么还打呀，笨蛋，都不知道打我手机。""呵呵，也没什么事呢。"尚晴确实也没什么事，只是那一刻心里突然很想找到他，仿佛茫茫天地之间，他是这世上唯一的依靠。即使知道他可能不在，但就是想打给他，听不到他的声音，听见和他有关的声音也好。许卓航有点不放心似的又问道："真的没什么事吧？""没有呢，你想我有事啊？"尚晴假装嗔怒道。有些时刻有些心情一旦时过境迁，就变得有点难以启齿，那是一个只属于她一个人的时刻，她永远不会忘记。

罗铮和梁可可今天有点不欢而散。一起吃饭的时候，罗铮告诉梁可可，说自己妈妈从老家来他这里，还打算住一阵子。梁可可隐约知道原因，又有些不甘心地问了一句，果然如罗铮所说，他妈妈此行目的就是来坐镇儿子身边，督促他赶快解决个人问题。在他们家乡，像他这种年纪还没有结婚生子的少之又少。他妈妈天天在家打电话发动亲戚朋友给罗铮物色合适的女朋友，在妈妈的威逼利诱下，罗铮已经像傻瓜一样相过一次亲了。

罗铮没有隐瞒自己去相亲的事情，他老老实实告诉了梁可可。梁可可听了心里却不是个滋味，平日里最喜欢吃的跳水鱼吃到口里味同嚼蜡。她忍不住反问道："你就不能不去啊？"罗铮一脸的委屈，说回家就看见老妈和她的朋友带了个女孩坐在家里，他也没办法。梁可可听了半天没有说话，不愿意面对的问题迟早还是要面对，而真正面对的这一天，是不是也意味着他们关系的结束？梁可可问罗铮打算怎么办，罗铮说，反正就当完成父母给的任务，结婚就结婚好了，他是不会再去爱了。看见梁可可一脸的不快，罗铮又说："你知道我是怎么想的，如果你愿意和我在一起，我可以说服我妈妈。"梁可可没有办法回答，只是低头闷闷不乐用筷子在碗里划来划去，老半天，那饭碗还是原来的样子。罗铮见梁可可没有回答，也猜到她心里的想法，便也没有再问。他在田伟平面前还是有些自卑的，如果梁可可和他在一起，他给不了她现在这样优裕的物质生活，他不知道梁可可是不是因为这个原因不肯离开。知道答案对他来说是一件残酷的事，他不想去知道。梁可可在想，如果她选择和罗铮在一起，相信所有的人都会说她疯了。若是她才二十岁，那她还有资本还有时间去等去赌，可对于一个三十岁的女人来说，稳定的生活胜过一切。何况，她又不是包办婚姻，和田伟平又不是没有感情基础。再说了，毕竟是她先对不起田伟平。于情于理，她都不能选择罗铮。她的理智在告诉她要适可而止，可是感情上呢？要想将一壶正在沸腾的开水迅速冷却，是一件多么困难的事情啊。

两个人各怀心事，安静的餐桌上只有被人忽略的菜在慢慢冷却。本来按惯例吃完晚饭两人还打算有点别的节目，但梁可可今天完全没有心情，她推说自己不舒服准备回家。罗铮也没有强留，只觉得一肚子想说又说不出的话，憋得他郁闷无比。

梁可可回到家，田伟平不在。看见这个冷清的没有烟火气的家，梁可可又有点后悔自己回来得太早，对田伟平的内疚一下子也灰飞烟灭。要不是他的忽略，自己也不会投入另一段感情。他心里只有生意生意，每天就知道赚钱赚钱，哼，让他抱着他的钱去睡好了，梁可可带着几分气恼在心里念到。

梁可可一个人在客厅里坐立不安，好久没有这样一个人呆在家里了，她还真有点不习惯。静下心审视与罗铮的这段感情，虽然不是自己先主动，但她也没有拒绝本该拒绝的东西，没有拒绝就是一种变相的鼓励。可是她不想拒绝，也不能拒绝罗铮对她的呵护，她如此迷恋那种受重视的感觉，哪怕知道这也许只是一场不会落实到现实中的梦，但梦的甜蜜往往会使人忽略梦醒后的残酷。对于梁可可来说，她是多么贪恋那被一个人疯狂爱恋的感觉，那仿佛失去她就会活不下去的痴迷，会让她觉得自己在另一个人的生命里前所未有的重要。可现在，他的生命里将会出现另一个女人，那个人将取代她的一切。

面对即将失去的东西，人总会愈发难舍，也难免有些小小的疯狂。终于，梁可可忍不住拿起了电话，“你在哪里？我想出去走走。”说完挂断电话就下楼了。她从小就是个需要很多很多爱的人，所以，在她严重缺乏的时候，会丧失辨别的能力，像一只扑火的飞蛾，不顾一切本能地朝温暖的源头扑去。

第八章

尚晴今天身体不舒服，早上起床就感觉浑身没劲，连饭都没胃口吃。偏巧中午下班路上还遇见一个老同事提着单位刚发的油和米，她又不能不去帮她，忍着难受帮她提了一段。好在路程不长，否则她还真有点吃不消。

尚晴很想有个人来关心一下自己。她想打电话给许卓航，可是，这个念头一闪而过，像雨夜的火花，只有瞬间的生命。她已经渐渐忘记了自己也是一个需要别人关心的人，是许卓航的温暖融化了她，唤醒了她的需要。可是，偏偏是在这样的时机，身份、理智不允许这份错过的感情再发芽、生长。这份感情是不允许生长在阳光下的，可是，即使没有阳光，有些种子还是会顽强地生根、发芽。尚晴的自尊不允许自己拨打电话，但她希望他会打来，虽然即使他真的打电话来她也不会说什么，可是能听听他的声音，她就会感到很欣慰。

尚晴觉得心烦意乱，一下午都在闷头看书。她是善于隐藏自己情绪的一个人，但苏扬还是看出了她平静外表下似乎隐藏着汹涌翻腾的激流。

“你没事吧？”

“没事呢。”尚晴摇摇头，她不想轻易透露心里的秘密。他有他的生活，一个看似完美的家庭，她凭什么将它打碎？就凭那份朦朦胧胧的美好吗？如果两人真的生活在一起，要面对的是自己能承受得起的吗？孩子就是个最大的问题，退一万步，就算他们可能会处理好孩子的问题，可孩子呢，会理解他们吗？

尚晴渴望的是美好的没有纠结的感情，单纯、质朴，倒不一定非要如同一匹完整的白布，但至少是完全属于彼此，而不是与人分享。知道是奢侈，但还是会在心底憧憬这样一份不需要太复杂的感情，能够坦然相处，不需要小心翼翼如同走在随时可能遭遇危险的雷区。许卓航并不知道自己生活中真实的那一面，假如知道了，会怎么想？怎么做呢？尚晴只觉得心底一片茫然。

直到晚上，始终没有接到许卓航的电话。这一天，在期盼中开始，又在落空中结束。尚晴没有怪他，她本来就没有权利这样要求他，他也没有义务天天请安。她猜想他今天肯定很忙，他又没有千里眼，看不到她难受的样子。尚晴之所以这样想，不仅仅是宽厚的个性使然，还因为，若不这样想，她会更难过。

第二天早上尚晴才接到许卓航的电话，说自己昨天忙了整整一天，通宵未睡，“你还好吧？”“还好。”尚晴嘴里这么说着，其实已经委屈得眼泪在眼眶里打转。“怎么了？没事吧？”“没事。”幸亏这是电话，他看不见她现在的表情。“嗯，没事就好。好累啊，我想先休息会，呆会再打电话给你。”“有事吗？”“没事，就是想听听你的声音。”“不准打。”尚晴下意识脱口而出，带着点赌气的意味在里面。“怎么了？”“就是不准打，”尚晴又觉得自己这样好像有点牵强与过分，就加了一句，“不准打单位的电话。”“哦，我知道了，是要我打手机是吧。”许卓航听出她有点不对劲，可一下子也找不到原因。“像你们这种国家机关，都是要监听的吧？呵呵。”他逗尚晴开心。尚晴一听也笑了，“我绝不叛党叛国。”

两人笑了一阵，因为在上班，也没有再多说就道别了。

放下电话，尚晴陷入沉思。她发了一会呆后觉得不妥，又拿着笔，摆出一副正在工作的架势。没有他的电话，不开心，他的电话来了，还是不开心。她真的害怕自己越变越贪心，贪心到不再是自己。尚晴就这样想着想着，感觉像在思念的黑洞里无止尽地飘移。直到朱玉珍进来给她分配任务，才把她拉回来。她突然觉得有事情可以忙真好，至少可以暂时让她摆脱这些缠人的烦恼。

易波的父亲住院了，心脏病又犯了。这被顺理成章理解成是苏扬气病的。苏扬的妈妈要喊苏扬一起去医院看他，顺便要她为那天的态度道歉。苏扬说，看望他老人家是我的义务，可是，要我道歉，我做不到。苏扬妈妈说，就当你跟妈妈生气，说声对不起就可以了。苏扬急了，“妈妈，不行！我说了就等于承认自己错了，也等于是承认你们的女儿没有教育好，可事实上不是这么一回事啊！我不认为自己有什么错，他一来也不问问我就给我定了性，我还没生气他倒生气了，实在要生气也是生他儿子的气，自己儿子不争气，干吗把气撒在我头上？”苏扬妈妈听了一时也愣住了。“妈妈，退一万步，即使那天我的态度谈不上好，我也不会当着您的面向他道歉，因为我不愿意我的父母因为我而受什么委屈！”苏扬妈妈满眼担忧地看着苏扬，半天没有说话。

苏扬最后还是陪着妈妈一起去了医院，毕竟是长辈，去探望也是应该的。

一路上，妈妈没有再提要苏扬道歉的事。妈妈是绝对相信自己女儿的，也是倾向女儿的，她深信那只是易波对她的误会，但她不理解苏扬不做任何辩驳的态度与做法。家人总认为，苏扬和他离婚，最主要的原因就是易波现在处境困难，尤其是经济上。其实，一个男人穷并不可怕，最可怕的就是忘记了自己的责任与义务，那永远停滞不前的脚步才最让一个女人承受不起。

田伟平从东南亚出差回来，给梁可可带回一个宝石戒指，据说镶嵌的红宝石是缅甸非常稀少珍贵的“鸽血红”。可惜保守的样式稍嫌老气，那股子略显过分的富贵气和梁可可搭在一起也不很相衬。田伟平的品位梁可可向来不敢恭维，不过他在给梁可可买东西这方面倒是从不吝啬，这倒得有一说一。梁可可把戒指套在手指上仔细打量着，突然想起罗铮送给她的指环。虽然田伟平买的东西很少合她的心意，但就像这个戒指，代表着四平八稳的富足。而那个指环，神秘浪漫，难以捉摸，和罗铮给她的感觉一样，漂泊不定，没有安全感。女人终究想要的，不过是一份安定的衣食无忧的保障吧。

梁可可把玩着戒指，觉得自己一下子就心软起来。好像每次都这样，只要田伟平对她好一点，她马上就会内疚不已。有时候，她甚至希望田伟平也在外面遇见喜欢的人就好，那样就扯平了，她也不用背负这么沉重的思想负担。可是，田伟平的心里只有他的生意。大概事业才是他的脊梁骨，自己充其量都不过是一根肋骨而已。

田伟平丝毫没有察觉梁可可的异样，他心里一门心思都是生意，哪里能揣摩到梁可可此刻心里的翻江倒海。他洗完澡进书房开电脑收发邮件去了。

“可可，给我泡杯咖啡！”听见田伟平在书房叫她，梁可可忙收好戒指，起身到厨房里烧开水。田伟平出差这几天，梁可可倒真想和他好好说说话，随便聊点什么都成，就是想和他说说话。她把冲好的咖啡端给田伟平。

“这次出去都顺利吧？”“嗯。”“有什么新鲜事没有啊？”“没有什么，都差不多。”“这次你不是出国了嘛。”梁可可有点不高兴，以前田伟平每次出差都会绘声绘色给她讲述旅途见闻，现在不知道是出差的次数多了，还是真没有遇见什么新鲜事，他很少提起旅途中发生的事情。

“你去吴哥窟了吗？我以前看地理杂志介绍过，非常喜欢那个地方，不知道是不是真的那样神秘迷人啊？”梁可可一下子也找不到什么合适的话题，她觉得自己简直在没话找话。“你说的地方我没去，不清楚。”“不会吧，那么有名的地方都没去啊？”“没怎么玩呢，每天都是谈生意。”田伟平的眼睛一直没有从电脑屏幕上移开。“待会等我忙完给你看照片吧。”这句话在梁可可听来与其说是安慰，不如说是变相的逐客令。梁可可本来还一心盼着能一起好好说说话，看着田伟平专注电脑的身影，被冷落的她在心里暗暗叹了口气，独自一个人起身去客厅看电视了。

许卓航总想见到尚晴，好像也没有什么目的，只要能看到她就觉得好。他找尽各种理由与借口想约尚晴出来见面，可是，能单独把尚晴约出来的成功率并不高。被拒绝的次数多了，他怕尚晴觉得烦，更令他的自信心受到打击。他只有利用梁可可曲线救国，至少可以名正言顺地送尚晴回家，好歹也算是打了个擦边球。幸亏梁可可善解人意，每次都满口答应。梁可可也说不清为什么，她挺愿意许卓航对尚晴这么好，她还经常对尚晴说，有人关心你多好啊。尚晴回道，太热络了也不好。梁可可笑她，人家许卓航又不图你什么，你怕什么啊。尚晴嗫嚅地说道，我，我怕影响不好。这句话逗得梁可可放声大笑，仿佛在看上个世纪的老古董。“我的大小姐，就你这样子，能影响谁啊？”尚晴被笑成这样也不恼，只是傻傻地跟着笑，心里却有点甜丝丝的。

他们在一起的时候，尚晴很少接到电话，倒是许卓航的电话经常响个不停，大部分都是公事。也许是女人的一种直觉，尚晴一下子就能感觉出哪是陈娜的电话。尚晴有时候似乎也不得不出于礼貌，客套地问起她的近况，每每总是被许卓航一笔带过。而她，也是同样的态度来回答有关顾军的问题。彼此都带着点自欺欺人的意味，逃避那些敏感的话题。但是，他们都没有意识到，越是压抑的东西一旦爆发起来，能量反而更加惊人。

前几天梁可可出了个短差，许卓航知道后就找了个给梁可可接风的理由约

好三人一起吃晚饭。

尚晴和火辣耀眼的梁可可走在一起，怎么看都觉得自己是绿叶。梁可可这个连女人都要嫉妒羡慕的女人，该是多么的光彩夺目。可在许卓航的眼里，他只看得见尚晴一个人，只看得见尚晴的好。就像此刻，他看见她们两人手挽手走进来，尚晴恬淡淑静的脸上带着点怯怯的神情，就像一个刚走出校门的小女生，他真想冲过去紧紧抱她一下。

三个人在包厢里吃饭，聊天。只要有梁可可在，餐桌上就不会冷场。梁可可叽叽喳喳像一只小鸟，和许卓航一问一答，尚晴只需安静地倾听就可以了。尚晴发现许卓航细心地点了许多她爱吃的菜，她认真地吃着饭，心里很开心。吃过饭，梁可可余兴未消，于是他们决定找个地方坐坐。

许卓航去取车的空档，梁可可忍不住嗔怪尚晴，“你们怎么不说话？害我一个人唱独角戏。”“我跟他没话说。再说，你们不是聊得挺好的吗？”尚晴急急申辩，“不知怎么回事，我和他有时候会突然觉得好拘谨，奇怪。”“哈哈，你们不是又来电了吧？”梁可可打趣道，她自己正沉浸在恋爱的喜悦里，巴不得全世界的人都恋爱就好。尤其是尚晴，如果尚晴也恋爱了，就能体会她的心情，就会相信人有时候确实是可以同时爱着两个人的。“不是不是，可能是因为好久没见面了。”尚晴一阵心虚，连连否认，她自己也说不清楚，为什么现在一见到许卓航就会紧张，心跳得厉害。以他们相交数年的熟稔程度，她总觉得自己不该是这个样子，但事实如此，她也感到困惑。

他们找了一个酒店顶层的茶座。透过宽大的玻璃幕墙，整个城市像一幅缀满珠宝的画卷。那些灯光散落如珠，仿佛俯首可拾。尚晴第一次发现小城还有这么美的夜景。尤其和自己喜欢的人一起观赏美景，真是赏心乐事。

三人坐在一起聊天。许卓航和梁可可说到了最近正热的股票，尚晴不懂这些，只是低头听着，一边把玩着手机链。梁可可从尚晴手里拿过手机，看见屏保上是乐乐的照片，随口问许卓航：“你的手机里有孩子的照片没有？还没见过你孩子什么样呢？”

许卓航拿出手机翻查着，梁可可接过来一边看照片一边打量许卓航，“上半截很像你，下半截像她妈妈吧？对了，有她妈妈照片吗？”

许卓航看了一眼尚晴，接过手机，翻看了一会，又把手机递给梁可可。

尚晴端起茶杯，好像在认真喝茶，心里却翻涌起一股自己也说不清的酸溜溜的醋意。他的手机里竟然还有她的照片！当然，她并不认为自己是在吃醋，只是觉得这滋味怪怪的。梁可可也不知道搭错了哪根筋，竟然把手机递过来示意尚晴去看，大有奇文共赏析的意思，尚晴只能装作若无其事的看了一眼。

这短暂的一瞥，尚晴什么也没看清，但她心里陡然觉得没来由的委屈，这委屈还不能显现、发作。听着他们还在谈论孩子像谁的问题，尚晴眼泪都要出来了，简直觉得一秒也呆不下去。她只好低头认真地嗑着瓜子，每一粒都磕得很仔细，仿佛这瓜子是不容暴敛的天物。她把心思全部集中在一粒粒瓜子上，这才止住了差点就要决堤而出的眼泪。

尚晴第一次发现自己在听许卓航谈起家庭时会感觉这么难受，以前她还可以坦然地聊起陈娜，可现在，连听到她的名字都会觉得那么刺耳。她感到一种莫名的害怕，害怕自己陷进一个无法掌控的漩涡，因为她很清楚，那样只会让自己更痛苦。可是，她已经像陷入流沙般无助，越挣扎越深陷，却又无力自拔。

终于听到梁可可说："时间不早了，散了吧。"许卓航叫人结了账，尚晴这才如释重负地起身，三个人一起下楼。尚晴不肯要许卓航送，可是因为梁可可还想去罗铮那里，不肯捎带尚晴，死命推托后尚晴只好上了许卓航的车。

两人坐在车里，尚晴一言不发望着窗外。因为傍晚刚下过一场雨，空气显得特别清新。整个城市水洗后的清爽与明净，在路灯温暖而恬静的橘黄色光芒映衬下，显得格外怡人。微凉的风吹走初夏的闷热，尚晴的心情这才随着车子的加速轻快了一点。

"刚才有点不高兴了？"许卓航突然问到。

"没有啊，没有没有。"被许卓航说中了心事，尚晴反而不好意思起来。她急急否认，不想让许卓航觉得自己那么在乎他而骄傲。

"我看见你刚才好像有点不高兴。是不是我哪里说错话了？"许卓航小心翼翼地问道。

"没有，你别想多了。"

"真的没有？"许卓航追问到。

"真的没有。"

许卓航偏头看了她一眼，没有再继续问下去。只是腾出右手握住尚晴的左手，不时轻轻地拍打着她的手背，仿佛这拍打里包含着某种歉意与安慰。

尚晴依旧望向窗外，她不敢转过头让许卓航看见自己的脸。因为委屈一旦

被抚慰，总是要加倍放大只到化成泪水才尽兴。可转瞬心里又觉出一丝欣喜，他还是在乎她的情绪与感受的，他始终是最了解她的，也是最懂她的。这样一想，心口又发起疼来，眼泪始终在眼眶里打转，退也退不回去。

临到下车了尚晴也没能掩饰住自己的泪，只能摆摆手头也不回地快步走了回去。她觉得自己真的太失态了，要是让他知道自己为了照片的事生气，还不让人笑死？许卓航诧异尚晴怎么下车后头也不回就走了，连自己在后面喊再见都没有反应，她今天到底是怎么了？

晚上，尚晴一个人躺在黑暗里，默默回想着刚才的情景，终于发现了自己不愿意承认的事实，这事实就是自己原来是这样地依赖他。她害怕自己再这样继续下去会越陷越深，怕自己变得越来越贪心，会不满足于现有的状态，怕自己爱他爱成了他的负担……她甩甩头，不敢再想下去。

尚晴的手机今天整整一上午都没有动静。吃完中饭，她本想给许卓航打电话，号码都摁好了，却没有拨出去。直到手机都被握得发热，还是没有打成这个电话。

下班前梁可可把电话打到尚晴办公室，她才知道自己的手机已经欠费停机。尚晴想，反正明天就是周末，干脆等周末再抽空去交费。她拿出手机准备关机，可没想到，突然有电话进来了。手机竟然又能接电话了，尚晴想都不要想，就敢肯定是许卓航去替她交的话费。除了他那么多管闲事，还能有谁？也许还在对手机照片耿耿于怀，尚晴突地升起一股无名火。谁要你交了，谁要你多管闲事了，哼，我才不领这个情呢。刚接完电话没多久，许卓航的电话就来了。尚晴立马摁掉了，她不想接。她讨厌他这种做法，这算怎么回事，凭什么帮我交电话费？许卓航开始还以为是真的占线，后来发现不对头，怎么开始还是接通的，后来就提示说您拨的用户正忙？许卓航一头雾水，只好给梁可可打电话。梁可可也不清楚，她问许卓航是不是有什么地方得罪她了？许卓航想了想，觉得没有啊。以尚晴的性格，梁可可知道肯定是有什么事触犯了她，就要许卓航再好好想想。许卓航这才想起上午打尚晴电话提示欠费停机，就中午抽空去营业厅顺便帮她存了些话费。该不会就为这事吧？梁可可一听，明白肯定是这件事惹尚晴不高兴了，尚晴自尊心那么强的人，肯定不会贸然接受许卓航替她交话费。可许卓航交话费的时候确实没想那么多，在他看来是很自然的事，根本没想到尚晴会为此大动肝火。他有些惶惶然，只好拜托梁可可帮他劝劝尚晴，他没有别的意思，要尚晴别多虑。

梁可可拨通了尚晴的电话。“你怎么啦？连他的电话都不接了？”“他凭什么自作主张交话费？”尚晴显然余怒未消。“他关心一下你不行啊，有人对你好，你也这么大脾气，你不是更年期到了吧？”“我不习惯这样。”“人家也就是学雷锋，做做好事，你自己别想太多了，都什么年代了，别以为替你交个话费就要签卖身契。”“谁要他自作多情了，多管闲事！”“你就当是咱俩在餐厅吃饭，有提早买单的朋友看见顺便一起付了钱，几样家常小菜而已，又不是鱼翅燕窝！你不要想太多了。”“看他以后还敢管我的闲事！”尚晴嘴硬，其实被梁可可这么一说，心里也慢慢消气了，觉得可能在别人心里也就是一桩小事而已。也许真的是自己有点大惊小怪，但还是希望他以后不要这样。虽然知道他这是对自己好，可这种好，她暂时无法接受。

整个晚上，尚晴都在想要是许卓航再打电话过来自己该怎么说。临睡前，尚晴还是决定给许卓航发个信息，正写着，“滴”一声，他的信息来了，“我以为自己能为你分担些什么，以为自己有权利为你做些什么，没想到，我连做这点小事的资格都没有。对不起，是我自己自作多情了。”尚晴看了，一股热流漫过心头，为自己的过激反应感到难为情。她愣愣地看着信息，想了好一会儿，还是回了一条：“谢谢你。只是不习惯这样的方式。”“以后就会慢慢习惯的，你不生气了吧？”尚晴一看，心想他怎么这么笨，要是生气还会回他信息吗？真是的。“没有生气，只是下不为例。”许卓航看了总算松了一口气，尚晴自尊心强他不是不知道，可在他心里，尚晴就跟家人一样，为她做这些再自然不过。尽管第一次见尚晴发这么大脾气，却丝毫没有影响尚晴在他心里的地位，反而感觉她小小的发飙很是可爱。他真的是太爱她，所以觉得她什么都好，连发脾气都是好。现在，她已经不生他的气了，这让许卓航有种失而复得的欣喜。

自从罗铮的妈妈住过来以后，梁可可和他见面的次数就少多了。罗铮妈妈在这里坐镇，自然也不方便带梁可可回家。罗铮曾经认真跟梁可可谈过一次，但梁可可的无语已经给了他答案。梁可可没有办法放弃原有的，也不想远离现在的，她无法选择。那以后，两人就再没有提过这些事情，但心里却疙疙瘩瘩的。他们都清楚，这段感情已经到了瓶颈地带，突破后也只有两种结局，要么一拍两散，要么修成正果。不过后者的几率显然是微乎其微。至于那种比较中和的结局，他们都觉得不太现实。有几对情人分手后还能心平气和做朋友？

有时候梁可可会突然感到心烦，想起将来罗铮和别人恋爱结婚，她的心何止是酸溜溜，简直是要碎了。而罗铮迫于妈妈的压力，不得不加快寻找配偶的步伐，梁可可对他来说已经是渐行渐远，却又不甘心这样的结局。两个人的情绪此起彼伏，感觉以往的甜蜜已经变成了一种折磨。

本来单纯的关系一旦变得复杂，就成了彼此的负担。但是感情的惯性又把两人牵扯在一起，沿着既定的轨道减速运行着。梁可可还是想见到罗铮，知道在一起也不一定开心，但分开了独自胡思乱想更不开心。有时候回家看见田伟平，就觉得这游戏该结束了，也不能再自私地耽误罗铮追求自己的幸福；有时候回家看不见田伟平，她又觉得优裕的生活有什么用，她厌烦做安乐窝里的行尸走肉。每每反反复复，折腾得自己魂不守舍、心力交瘁。

顾军偶尔回来的日子里，尚晴总是莫名其妙地生闷气。尤其是这一次，公公因为婆婆回老家了没人照顾，就决定在儿子家住上两天。尚晴感到特别心烦，她倒不是为如何接待老人感到烦恼，而是为着要在老人面前装出没事的样子感到心累。尽管孩子还会亲热地扑进顾军怀里，大声喊着爸爸，可这张脸、这个人，对尚晴来说，是越来越陌生。尚晴发现他们已经好久没有好好说过话，她总是在有意无意尽量避免两人单独相处的时刻，好在这种时刻并不多。

尚晴能感觉到顾军的小心翼翼与郁闷，或许他也和自己一样，正受着这破碎婚姻的煎熬也未可知。尚晴觉得既然如此，为什么还要继续维持下去呢？真是要像苏扬那样，为着孩子牺牲自己吗？这样一想，尚晴真的有点想哭。

她忽然很想许卓航，想立刻飞到他身边，想到他怀里痛痛快快哭一场。可是，她什么也不能做，她只能一个人在厨房炒着菜。新鲜辣椒的辛辣气息充斥整个房间，她的眼睛一阵刺痛，泪水止不住地往下流着，她用手去揉，哪知道眼泪越揉越多。她只能摸索着拿了条湿毛巾盖在眼睛上，这才好受点。

晚饭后，他们爷儿几个在客厅看电视，尚晴坐在桌子前假装写东西。可手里的笔拿了好一会儿了，也没开始写一个字。她想哭，因为她是这样想念许卓航。每次想起他，总是浮现出他的好来。过往种种，无一不是他细致入微的关心和体贴。这让尚晴愈发怨起顾军来，男人和男人之间，怎么差别就这么大呢？她想这也许是一种惩罚，对自己不能慧眼识珠的惩罚，对当初草率决定的惩罚。错过了他，是不是就真的错过了一生的幸福？

此刻，生活在自己丈夫身边，她想念的竟然是别人的丈夫。这让她陡然一惊。这原是超出她道德范畴的事，现在竟也顺理成章成为她生活的中心。怪不得先哲会说“存在即合理”，可见万物都有自己存在的缘由，与道德无关。

好不容易忍了两天，老人走了，尚晴忍不住打电话给梁可可，说自己今天不想回家，要约她晚上一起吃饭。梁可可爽快地答应了，末尾好像还顺口提了一句“叫许卓航出来陪陪你吧”。尚晴没有追问也没有提出异议，她知道梁可可现在是大忙人，估计半路又要放自己鸽子，不过，霸占一个人的热恋时间也是不道德的吧，尚晴自我解嘲地笑了。

梁可可下班接尚晴一起来到餐厅，许卓航已经早早点好了菜，只等他们大驾光临了。尚晴也不知怎么回事，每次见到许卓航，就像需要预热的机器，总有那么一会儿会感觉不自在。三个人在饭桌上说些不关痛痒的闲话，倒也相见甚欢。吃完饭，梁可可借故要走，尚晴假装愤怒地瞪眼看着梁可可，梁可可边嬉皮笑脸对许卓航说“我们尚晴就交给你了”，边起身求饶告退了。

“想去哪里？”许卓航问尚晴。“随便。”“呵呵，你不是在暗示我吧？”许卓航想逗她开心。“呵呵。”尚晴也笑了。“我们去江边走走吧？”“好。”

他们来到江边。初夏的风凉爽宜人，他们在河堤上慢慢走着。

“怎么了？”朦胧的夜色中，许卓航忍不住关切地牵住尚晴的手。他感觉尚晴看起来一副心事重重的样子，尽管有时候也被梁可可的俏皮话逗得哈哈大笑，但那笑容短暂闪现后，还是聚拢来一层薄薄的愁云。

“没什么呢。”尚晴想轻轻地抽出自己的手，但没有成功。

许卓航见尚晴不想说，安慰地紧了紧尚晴的手，“都会好的，别想那么多。”

“嗯。”尚晴点点头。

见到许卓航之前，尚晴以为自己会哭。假如许卓航触着了她的痛处，想来安慰她的话，她恐怕是会哭出来，况且她是那么渴望抱着他大哭一场。可是，真的见了他，她又觉得自己出奇地冷静。尚晴连自己也有些不明白自己了。也许她到底不想让他看见自己的眼泪，不想在他面前流露脆弱的一面。她想让他以为自己过得很好，甚至比他想像的还要好，她怕她的眼泪，会给他带来某种无形的压力。她更怕那些伤心的眼泪，会演变成一种变相的索取。这样一种容易引起误解的东西，还是不要让它流出来好。

他们彼此的烦恼和喜乐，有着太多的禁区，这注定它们始终都只能停留在自己的世界里，无法交集。尚晴突然想起沈从文的一句话，沈从文写年轻时候的自己站在北京城墙上，觉得生命着实地虚无。她觉得这句话很能代表自己现在的心情。尚晴仿佛在喃喃自语："有时候，会觉得很没有安全感。尤其是半夜醒来的时候，会感觉自己什么都没有。只到握着宝宝的小手，才会感觉自己是真实存在的。"确实是这样的，尚晴现在最害怕半夜突然醒来，也不知道什么原因，就是那么突然一下清醒了。看看表，总是三、四点钟的光景。醒来若能很快入睡倒也罢了，可恨的是往往再也无法入睡，只能在黑夜里比白天还要清醒地睁着眼睛。虽然清醒，但这样的时间里也无法思考问题，只能一片空白地等待睡意降临，只能把脸转向窗外，看着窗外的天色一点点变化着。仿佛是电影里的长镜头，天空的颜色在她的注视下一点一点改变，深蓝、蓝灰、珠灰、浅灰、灰白……渐渐地，各种声音也多了起来，天，终于亮了。一切都苏醒了，只有她，经过漫长的等待，等来了天亮和不合时宜的倦意。

"嗯，知道的，都一样。"许卓航拍拍尚晴手背，带着安慰与理解，他想对尚晴说"每次醒来都会期盼身边的人就是你。如果看一眼你熟睡的脸，会很安心"，却终究没能说出口。他多想紧紧抱着她，可是他不敢，他只能握住她的手，他害怕任何一种亲热的举动都是一种亵渎。他甚至不敢说太露骨的话，他怕她会觉得这是一种轻慢。对他而言，能这样和她单独在一起，已经是一种莫大的恩赐。失而复得的快乐压倒了一切，他哪里再敢奢求更多？

周围的行人渐渐稀少，夜越来越静。两人也走了好长一段路，尚晴提议在路边的石凳上再坐一会儿。

"再陪我一会，好吗？"尚晴轻声说到。

"好的。"

"这么晚回家，没关系吧？"尚晴仿佛自己提出了一个非分要求一般，有点不好意思。她实在不想回到那个家，不想看见不愿看见的人，她宁愿这样自欺欺人地安慰自己，只要不回去，似乎就可以得到掩耳盗铃般的快乐。

"没关系，没事。"许卓航转头看她，温和的眼神像微风直吹到尚晴心里。

听到这句话，尚晴的兴致似乎一下子又高了起来，她说起以前读书时的趣事，说到好笑的地方，竟咯咯笑出声来。沉浸在欢乐回忆里的他们，忘记了时间，忘记了一切。

直到四周没有一个行人，他们才手牵着手，心满意足地起身回家。他们仿佛回到了学生时代，那时候也曾经两小无猜地手牵着手，走在上学或归家的路上。牵着许卓航的手，虽然没有那种心跳的感觉，但许卓航的手，总是那么温暖有力，能给她十足的安全感。

路灯照得地上的影子一会儿跑到他们前面，一会儿又落在他们身后，像在做着顽皮的游戏。他们的心里满满的都是甜蜜，那种淡淡的、甜而不腻的温馨。

保险公司来电话了，提醒尚晴续交交乐乐的保险费。尚晴放下电话转身去找存折，她一边哼着歌一边找，顺便整理着有些零乱的抽屉。

尚晴觉得已经很久没有过这样的心情了，平静中还能带着一丝快乐。她的心前所未有的安宁，觉得离那些阴影也一步步远了，远到终于可以摆脱它们开始新的生活。也许是上次用过存折后没及时放回抽屉，尚晴找了好一会也没找着。尚晴最不喜欢去银行，家里取款存款的事以前都是归顾军管。找了半天，实在是想不起来折子到底是放在哪里，又不愿打电话问顾军，只好打算先找梁可可帮忙周转一下。刚好梁可可也有事要找许卓航，就约好第二天一起吃饭。

电话约好地点后，由许卓航负责来接下班的尚晴。因为去的是一个位置偏远却颇具特色的餐馆，许卓航怕路上塞车，还特地提早下班。

车子在无声中朝城北驶去，离闹市区越来越远。城北这一大块以前划为郊区的土地因为环境优美受到房地产开发商的青睐，一个挨着一个的楼盘拔地而起，用雨后春笋形容实不为过。这些楼盘大都有着看上去很美的名字，让人浮想联翩。尚晴看见路边有个新的楼盘从一幢房子顶楼悬挂下一幅巨幅广告，上面写着“幸福里”三个字，尚晴觉得这个名字挺有意思，刚想对许卓航说，许卓航先说话了：“看见那幢挂着广告的楼没有？我在那里买了房子。”

尚晴听了心里咯噔一下，但还是装作若无其事地说：“已经交房了吧？”

“嗯。正在装修。”

“什么时候完工？”

“你看这外墙的颜色怎么搭配的，我不喜欢，总觉得怪怪的。”许卓航自顾自埋怨起他一直不喜欢的外墙颜色。

“这有什么关系呀，反正在外面。”

“反正我不喜欢。”

“嘀，有新房子住就不错了呢，真是的，还挑三拣四的。”

许卓航也被她逗笑了，默认了尚晴的嘲讽。车子驶过小区，尚晴忍不住又回头看了一眼那幢楼，“幸福里”，多么美好的名字，不久的将来，他们就会幸福地搬迁进去，住在幸福里，过着幸福的生活。

尚晴沉默无语，陷入了令自己难受的想象。

到了饭店包厢，梁可可已经在等着他们。尚晴还在想着刚才路过的那个楼盘，心里不由泛起一股酸意，搅得胃口全无。还好有梁可可在，否则这饭吃起来还真没滋没味。梁可可对许卓航说着托他去帮忙的事，说着说着梁可可像想起了什么似的，从身后拿过包，脸转向尚晴问：“要多少钱？”尚晴窘得忙对梁可可使了个眼色，示意她先不要提这事。梁可可正低头打开钱包数钱，也没看见。尚晴只好用脚踩了一下梁可可，这下倒踩得梁可可大叫一声：“喂，你踩我脚干吗？”尚晴脸腾地一下子红了，只好解释说自己没注意到，以为踩的是桌子腿。梁可可移出脚，把鞋子伸到尚晴面前心疼地嚷道：“我今天穿的是白鞋子呢，弄脏了你赔我啊！”尚晴侧脸使劲眨着眼睛，梁可可大大咧咧的，根本没看她，只顾拍打鞋子上的脏印记，一边拍还一边追问尚晴要不要多拿些钱去用。尚晴只好连连说不需要了，梁可可又问了一遍，确认尚晴不需要才把包放回原处。许卓航忙问梁可可到底怎么回事，梁可可快人快语，告诉许卓航尚晴的银行折子一时找不到，取不出钱，就要断炊了。尚晴简直要疑心梁可可是故意这么说的，气愤地一个劲地瞪她。许卓航看见尚晴窘成那样，也不好再多问。刚好服务员来上菜，梁可可问她盘子里的鱼是什么鱼，才把话题岔开。

吃完饭，尚晴仍旧坐许卓航的车回家。因为有上次交电话费的教训，许卓航在心里酝酿了好一阵子，才小心翼翼提到：“银行折子没找到要不要紧，挂失了没有？”“没有挂失，反正掉也是掉在家里，没关系的。”“我有一个小小要求，说出来你不要生气啊？”“什么要求？”“我昨天刚好被别人拖去打业务牌，赢了一点，这不义之财你替我消化了吧，也算是帮我一个忙。”“不要呢，我有。”“我知道你有，你先拿去，以后再还我就是了。”“不要，好麻烦的，我从可可那里拿就是了。”“就知道你会拒绝，从别人那里拿你就不嫌麻烦。”许卓航带着点赌气和被当成外人的气恼，不再做声。尚晴看见许卓航略带愠怒，也觉得自己好像有点过分，毕竟人家也是一片好心，“好了，别生气好不好？真的不用麻烦了，下次一定找你好不好？”许卓航轻轻“哼”了一声，“又骗我，才不信你呢。”尚晴被逗笑了，“好好好，讲话算数，下次一定来麻烦你。”许卓航知道尚晴永远不会主动来麻烦他，但他希望她不要那么见外,在有困难的时候应该第一个想到他,如果有这么一天,他会感到很幸福。

让许卓航感到疑惑的是，为什么尚晴要问梁可可借钱，而且看起来也并不像是大数目，难道家里的开支都由尚晴一个人负担吗，那顾军呢，难道他们的钱分开用吗？虽然知道这并不是那么合适询问的问题，但出于关心，许卓航还是忍不住问道：“怎么了，经济上很紧张吗？”“还好，能应付得过去。”尚晴回答到。“这次是不是有什么额外的支出？”“给乐乐交保险。”尚晴如实回答。“他爸爸不管这些的吗？”尚晴被许卓航冷不丁这么一问，难以作答。这句话仿佛一把扯掉了那块遮羞布，她和顾军之间的矛盾一览无遗。这让尚晴感到很难为情，拼命想要掩饰的东西暴露在自己最在乎的人面前，她窘得眼泪都要出来了。

许卓航问完就后悔了。果然，尚晴窘迫的神情告诉他，自己刚才这个问题问得太不应该。他只好不等尚晴回答又聊起别的话题来，说起前几天路过以前的中学，看见现在的学生和他们那个年代真的不同了，似乎要比他们成熟得多。不变的是这个年龄段的人正是馋嘴的年纪，手里拿零食吃的不在少数。说完还问尚晴记不记得以前校门口有个卖葱油饼的老伯？尚晴正喉头发紧，没有办法用变调的声音回答。许卓航以为尚晴没听清，又问了一遍。见她还是没有回答，这才觉出异样，找了个僻静处把车停下来。他轻轻扳过尚晴的肩头，连声追问“怎么了？”看见许卓航诚惶诚恐的样子，尚晴的眼泪一下子滑落下来。

许卓航不明就里，只能干着急。看见尚晴的眼泪一发不可收拾，他更加心慌。他怕看见女人流泪，尤其是自己心爱的女人，怎么能不方寸大乱？可是尚晴只是默默流泪，他什么话也问不出来。许卓航又急又心疼，只好轻轻拍着尚晴的背，像哄小孩子一样安抚着尚晴。尚晴被许卓航的安慰勾发了所有的委屈，索性靠着许卓航的肩膀哭了个淋漓尽致。

许卓航虽然不清楚尚晴哭得这么厉害的原因，但看见她那么伤心那么委屈，隐约感觉这个看起来恬淡文静笑语盈盈的尚晴，一定过得并不如她所说的那样安稳平和，也不如自己想象的那样幸福。他心疼得要命，焦急万分却始终不得要领，到底是什么让尚晴哭成这样呢？

尚晴的眼泪渐渐止住，车厢里除了低低回荡的乐曲声，一片沉寂。

“到底怎么了？”许卓航柔声问道。

“没事，就是好久没哭了。”尚晴有些不好意思地揉揉眼睛。

“能不能告诉我？你知道我很笨，就别让我瞎猜了。”

尚晴没有说话，摇了摇头。

“告诉我实话，你真的过得很好吗？”许卓航轻轻抬起尚晴的下巴，看着她的眼睛问道。

“不好。”几经犹豫与挣扎，尚晴终于如实回答。那些她从来没向任何人说起的事，在心里积压得太久太久，她渴望倾诉，她也只想对许卓航倾诉。说完以后，尚晴感觉轻松多了，她是个不幸福的人，不必再假装幸福来维持完满的假象，这样真实地活着，真好。

她轻描淡写的叙述，在许卓航心里掀起轩然大波。他没有想到尚晴这样一个贤淑温良的女子，本该过着幸福恬静的生活，现在却要承担一个男人制造的不幸，这是多么的不公平！

凡事都有好坏两面，得知尚晴婚姻的真相，许卓航在难过之余又感到一阵庆幸。老天把她推给了一个不负责任的人，现在又把她送到自己身边，这一切，也许都是天意。也许非要在经历这么多的兜兜转转，才会看清谁是不能错过的真爱。这一瞬间，许卓航暗下决心，不会再让她受到一点点伤害和委屈。

夜不知不觉深了，车里的两个人没有一点睡意。许卓航小心翼翼地抱着尚晴，这样一个温暖的拥抱，在十年后的一个夏夜，奇迹般地降临了。尚晴堆积在心里的愁苦太厚重，她还来不及想得更多，只是在宣泄了心里积郁已久的苦闷后，觉得无比轻松。而许卓航，已经开始悄悄憧憬以后的生活，他要用自己的爱来弥补尚晴受到的伤害。他相信，如果和尚晴生活在一起，他们一定会过得很幸福的，一定。

梁可可觉得田伟平这一阵子也和自己一样，有几分魂不守舍、心力交瘁。她发现他经常跑到阳台上去接电话，刚开始梁可可还以为是信号不好，但次数多了，梁可可也有点纳闷，他以前接电话从不避开她的呀。况且田伟平接完电话后还总是一副心事重重的样子。梁可可起初还怀疑该不会是什么女的打来的电话，不过不像，因为从那些偶尔激烈的争吵中蹦出来的，都是些发货、货款之类的词，应该可以断定是生意上的事。生意上的事梁可可不懂，田伟平不主动说起的话她从来不去打听，但她凭感觉，她隐隐觉得田伟平这阵子生意不顺，似乎是遇见了大麻烦。

有天吃完晚饭两人坐在客厅休息，梁可可发现田伟平盯着电视机屏幕一动不动，连广告都目不转睛，再仔细一看，眼睛发直，根本就是走神了。梁可可挨着田伟平坐下，忍不住问道："怎么了？生意还顺利吗？"田伟平揽过梁可可的肩头，"还好呢。""不会有什么事吧？""就是有一批货款还没回来。""怎么回事啊？""我们有批货已经发出去了，但货款一直没有打过来。""不要紧吧？""也不知道这次怎么回事，对方一直在拖。"看着梁可可焦急的眼神，田伟平笑着说："没事没事的，你老公这么能干，一定会搞定的。"梁可可能感觉那笑勉强得很，不由追问了一句："真的没事啊？"田伟平揉着她的头发说："没事，别担心啊。"

以前田伟平也有工作压力大的时候，也有因工作不顺闷闷不乐的时候，但从来没像这次这么持续长久、表现激烈。梁可可的天空填满低沉的乌云，她温柔地依在田伟平怀里，紧紧握着他的手，希望这一切不顺能很快过去。

但是最坏的结果还是来了。这天田伟平回来得特别早，梁可可的晚饭还没做完，他就到家了。吃饭的时候田伟平还拿出一瓶酒，梁可可以为有什么事要庆祝，可看田伟平一脸平静的样子又不像。看着田伟平慢慢把酒杯斟满，梁可可总有种最后的晚餐的感觉，一种不祥的预感袭了过来，她赶紧脱下围裙坐下。

“怎么了，怎么突然想起喝酒了？”

“可可，今天有事跟你说。”

“什么事啊？”梁可可努力笑着，想缓和这沉重得要凝固的空气。

“现在那笔款子追回的可能性很小，我这次麻烦大了。”田伟平直截了当地说道。

“啊？！这么严重啊？”

“嗯。”田伟平点点头。

“不会吧？”梁可可多希望这只是幻觉，可看到田伟平一脸真实的无奈，也不能说服自己。

“真没想到，这次让人家钻了个空子。”田伟平满脸沮丧，“大风大浪都过来了，小阴沟里翻了船。”

“就没有一点希望了吗？”梁可可不死心，虽然她也知道，若有希望，田伟平也不会坐在这里这么说。

“有，但很小。货在人家手里，主动权就在他手里。”

“那就没有其他的办法可想了吗？”

“在想办法，但我们要做好最坏的打算。”

“打算？什么打算？你打算怎么办？”梁可可瞪大了眼睛。只见田伟平侧身从公文包里拿出一张纸递给梁可可，梁可可赶紧接了过来，“离婚协议书”几个字赫然映入眼帘。梁可可惊得手一抖，“这是什么？”

“可可，你别急，先听我说。”田伟平伸过一只手握住梁可可发抖的手腕。“知道吗？这次的账要是追不回来的话，我肯定要担责任。至于到时候到底怎么处理，我也不知道。但是你放心，我不会让你受影响。所以我想我们先离婚，这样的话，万一我真有什么麻烦，你也不用承担任何责任和债务。房子存款都在你的名下，你的生活不会受到影响。”

梁可可三下两下就把离婚协议书撕掉了，泪珠劈里啪啦地滚下来。“我不同意！”

“可可，我是为你好！”田伟平也急了，想去阻止梁可可。

“我不离我不离！”纸片在梁可可手里越撕越碎，她一边撕一边喊：“我就是不离！”说完冲到沙发上把头埋在靠垫上大哭起来。

田伟平犹豫了一下，从纸巾盒里抽出几沓纸巾，也跟了过去。“我这也是为了你好，可可！”

梁可可只是哭，不说话。

“可可，别哭了，离婚又不是什么大不了的事，等我没事了再复婚就可以了啊。”没想到梁可可听了这话哭得更厉害了。田伟平回想了一下，觉得前半句听起来好像是有点不妥，又解释道：“可可，我以前就对自己许诺，一定要给你幸福，现在的暂时退出，不代表一辈子退出，我是爱你的，只希望你幸福。”

梁可可反身抱住田伟平，把头埋在他怀里。不善表达不懂浪漫的田伟平竟然说出这样朴实的话，触动了梁可可心头积压已久的所有愧疚。泪水汹涌喷发中，梁可可下定了决心，要陪着田伟平，一定要陪着他一起渡过难关。不是赎罪，而是她发现这个世界上最爱她的人是他，而最爱他的人也是自己！

田伟平看着散落一地的碎纸片，紧紧抱着还在抽泣的梁可可。一想到梁可可愿意和他同甘共苦，他心里漫过阵阵暖流。都说夫妻本是同林鸟，大难临头各自飞，可是他的梁可可没有这样做。他为自己的选择感到庆幸，他原来就是喜欢她的单纯、善良，尽管她有时候也会使使小性子，但患难见真情，能娶到这样的女子，怎么能说不是自己的幸运？不管怎么样，他不想梁可可被牵连进来。他可以和她一起分享成功的喜悦，却舍不得让她来承担自己的失败。

梁可可还在一边摇头一边喃喃自语着“我不离，我就是不离”，田伟平没想到梁可可的反应会这么激烈，他轻轻顺着梁可可的头发，轻声安慰道：“好的，不离，不离。”他决心不放弃那微乎其微的希望，实在不行就采取强盗政策。虽然这是下策，但也许在面对不按牌理出牌的对手时，只有下策才能出其不意，取得出乎意料的效果。为了梁可可，田伟平决心豁出去。他相信，天无绝人之路，更何况有了梁可可这份不弃不离的感情，老天一定会开眼的。

梁可可的情绪慢慢平稳下来，但她的脑子里还是乱乱的，她发现自己是这么地依赖田伟平，她从来没有这么需要过他，他就是她的天。她不自觉地抱紧田伟平，这个她一度远离的男人，带来一种崭新的感觉。他们的心，突然变得前所未有的亲密。

在渐渐暗沉的暮色中，他们紧紧拥抱着。这一刻，他们是共呼吸同命运的。两颗心在密不可分中，忘记了时间，忘记了烦恼，忘记了一切。

尚晴自从上次袒露心声后，一直不敢见许卓航。她对自己那天晚上失态的眼泪感到羞愧万分，她后悔死了，不知道该如何面对许卓航。

倒是许卓航还是一如既往地关心着她，亲切自然，并没有表现得和平日有异，尚晴心里的石头这才落了地。她在心里告诫自己，要学会控制情绪，不要让任性的泪水把这份美好的感情搅得一塌糊涂。

有时候，尚晴确实会想到很多，会嫉妒、会自责、会伤心，对许卓航，她从来没有过这样复杂的心绪。她心里很乱，即使看书也难以静下心来。眼睛看着书，脑海里却不知道在想什么。感情的事就是这样，从来都是与理智背道而驰。即便知道前面是刀山火海，还是要亲尝那些滋味才肯罢休。爱情或许真的就是一种蛊，非要到粉身碎骨那一天才能得到解除。

尚晴享受着许卓航带来的温暖，心中充满矛盾与犹豫，因为她无法预料和决定感情的走向与轨迹。她承认自己贪恋那些久违的关怀，可又不愿意这样暧昧地相处。在感情上，她习惯棱角分明。她觉得自己处于一种分裂状态，仿佛寄居于流沙之中，一边是沉沦的快乐，一边没顶的清醒。

忽然，桌子奇怪地微微晃动着，短短几秒钟后才恢复平静。尚晴以为是自己的幻觉，暗笑思念已经让自己走火入魔了。她懊恼地垂下头，把脸贴在书页上。书页凉凉的，像一剂镇静剂，安抚着她焦躁不安的心。

直到接到许卓航的电话，尚晴才知道，刚才在四川发生了八级地震。地震？还是八级地震，尚晴无法想象八这个数字意味着什么？但她知道情况一定很严重。在距离震中一千多公里的小城尚能感知余震的威力，何况那些震中地区？

等晚一点看到有关地震新闻时，尚晴简直不敢相信自己看到的画面，山地的倒塌覆盖了整个村庄，垮掉的建筑物把来不及逃离的人们活生生地埋在废墟里，最令尚晴心痛的是，当时是上课时间，许多学生正在教室里上课……

尚晴为自己感到庆幸，却也忍不住和许多人一样设想着，假如身处灾区遭遇不幸，她第一个想到的人会是谁？而自己，会被谁第一时间想起？

毫无疑问，这个人就是许卓航。当许卓航得知地震发生的那一刻，他首先想到的就是尚晴。他有一种强烈的想要见到尚晴的冲动，但他没有把握尚晴一定会来，为了保险起见，只好用老方法搬来梁可可这个救兵。

梁可可和尚晴先到餐厅，当许卓航在尚晴对面坐下来的那一瞬间，尚晴的脸突然又红了，感觉到脸颊只发烫。尚晴自己也纳闷，实在是熟悉得不能再熟悉的人了，为什么，为什么每次见他还是这么紧张？

吃饭的时候，也许是地震影响着大家的心情，饭桌上的气氛显得有些沉闷。吃完饭，梁可可照例一个人走了。停车场只剩下他们两个人的时候，尚晴突然觉得一阵慌乱与窘迫，忙说想回家了。许卓航问她是家里有事了吗，尚晴本能地摇摇头，等回想过来想再改口又已经来不及。许卓航提议说既然没事能不能到江边走走，看着尚晴疑惑的眼神，许卓航告诉尚晴，他有话想说。车子朝江边驶去，尚晴心里更加忐忑，他有什么话想对自己说？他会说些什么？

车子在江边停住，两人下车走上沿江大道。轻柔的江风拂面，像是一双温柔的小手，把尚晴早先的紧张与不安一扫而光，她的心情一下子平和下来。倒是许卓航因为不知怎样开口，看起来显得心事重重。

两人沿着江慢慢走着，尚晴见许卓航一直没有说话，忍不住主动问道："怎么了？你不是有话要跟我说吗？"

许卓航不再犹豫，他停住脚步，定定地看着尚晴，"我想和你在一起。"

尚晴没有想到他这么说，一时不知如何回答，只是连连摇头："这不可能。"

"为什么不可能？"

尚晴说不出话来，只是摇头。这似乎是自己心里一直朦朦胧胧期待着的，雾里看花很美，但一旦掀开那层薄纱，又真实得令人难以接受。这是她渴望的，也是她害怕的，因为这意味着一切要重新开始，也意味着要推翻彼此的从前，推翻从前那些有着紧密关联的人。这工程太浩大，也太困难。

"我只想好好呵护你，好好疼爱你。你给我这个机会吧。"

"你喜欢我吗？"

"你又不是不知道，我原来就喜欢。"

"现在还喜欢吗？"

"喜欢，一直都喜欢。"

"你为什么要对我这么好？"尚晴心里百味杂陈，汇集成热流夺眶而出。

“我想我上辈子一定是欠了你的。我也知道自己不是最好的，但我想我是最适合你的。”许卓航揽过尚晴的肩，轻轻擦拭她脸上的泪痕，“别哭好吗，我不想再看见你哭，我以后也不会再让你哭。”

尚晴的眼泪流得更凶了。她想点头，她真的很愿意也很想这样，可是，撇开那些关联不说，要她以现在的身份答应他实在有悖自己的道德准则。她只能把头埋在许卓航的怀里，紧紧贴着他的胸膛。她听见许卓航的心跳，那样清晰有力，一下一下，好像只为她在跳动。尚晴被这突如其来的幸福冲击得想大哭一场，她第一次知道，原来泪水也是可以代表幸福的。

许卓航紧紧拥着尚晴，他很庆幸自己刚才说出了憋在心里的话，让尚晴知道自己的想法。他坚信，他们的缘分是时间、空间都阻隔不断的。他能感觉到尚晴跟他在一起是快乐的，但他还是想知道，自己在尚晴心里到底是什么位置。尽管有点害怕听到的不是自己期待的答案，可渴望答案的迫切战胜了一切，他深呼吸了一大口，终于说道：“我想问你一个问题。”

“嗯，什么问题，问吧。”

“你……你喜欢我吗？”

尚晴忍不住轻轻笑了起来，她顽皮地一扭头，“不喜欢。”

“真的啊？”许卓航的声音里透着一丝失望。

“真的。”尚晴的手在许卓航的手指间绕来绕去，为他问出这样的傻问题感到好笑，她不停地把许卓航的手指扳直了又弄弯，弄弯了又扳直，来来回回，乐此不疲。

男人在爱情面前总是弱智得很，许卓航低垂下头，似乎受了打击。

尚晴见他半天不说话，又好气又好笑，有这么傻的人吗？对坐在身边的人问这样笨的问题。她不喜欢他，会和他深夜还坐在这里聊天吗？她不喜欢他，会找出各种理由说服自己和他见面吗？她不喜欢他，会一看见他就从心底里笑出声音来？她不喜欢他，他的影子怎么会时时刻刻萦绕在她脑海？她带着几分怜爱，稍稍用劲掐了一下他，轻声说道：“傻瓜，为什么要问这样笨的问题？”

许卓航像个孩子似的赌气说道：“那你也问过我的，我也想听你回答我。我想亲口听见你回答心里才踏实。”

尚晴不好意思地靠近许卓航耳边，用低得不能再低的声音说道：“傻瓜，我喜欢你。”

许卓航欣喜若狂地搂紧了尚晴，这一刻，他真的觉得自己是天底下最幸福的人。尚晴喜欢这样被许卓航抱着，这样的时刻，她会感觉自己拥抱着的是幸福。每次被许卓航紧紧抱着，总让她想起小时候依偎在父母怀里，在一种久违的安全感笼罩下，会有一种想要安然入睡的感觉。她几乎是迷恋上了这种感觉，迷恋在他温暖怀抱里忘记一切的沉醉感。她喜欢就这样任自己随着幸福的暗流四处摇摆，就像一片落叶，无忧无虑地随波逐流着。

他们都知道，等待他们的，还有太多的未知，但只要确定是走在彼此身边，所有的一切，都将是记忆里最美的风景。

苏扬终于离婚了。

对于一个家庭来说，解体，不吝于是一场天翻地覆的地震。其实，离婚之前，他们一直处于亚离婚状态。易波名正言顺地不再负担这个家一分钱，在家的时间也变得微乎其微。苏扬对他的行踪一无所知，也没兴趣知道。易波的父母几乎再没来过，苏扬也不想多解释，心想他们不理解就不理解吧，不过仍然会让贝贝经常打电话给两位老人。老人想贝贝的时候就让易波把孩子接过去，他们没有邀请苏扬，苏扬也不会主动跟着去。大家似乎在这场拉锯战中消耗了所有的耐心，不再做任何徒劳的争取，都默默做好了他们即将分开的准备。

易波大概也彻底放弃了。过往像是一堆失去弹性的皮筋，软塌塌的扔在那里，谁也没有去收拾的心情。他主动打电话给苏扬，没有多说，只是简简单单一句。“有时间的话，去办手续吧。”苏扬已经等得麻木，并没有格外的惊喜，只是认真地准备好手续需要的证件和文本。在财产分割和孩子的抚养问题上，他们没有过多的分歧，孩子和房子都留给了苏扬。除此以外，他们没有存款和债务，所以没有什么需要再商谈的，只是准备好一式三份后约定了去的时间。

苏扬自以为面对婚姻的结束，自己做好了充分的心理准备，也自认为已经考虑得很全面很成熟，能够坦然接受即将到来的一切。可临到离婚前一晚，她还是失眠了，翻来覆去很晚都没有睡着。

苏扬打电话问过民政局，离婚只能在下午办理。夏季是小城颇为难熬的一个季节，虽然名气上不如四大火炉，实则有过之无不及。苏扬本来就因为昨晚没睡好有点头晕，被正午的太阳一晒，更是头重脚轻。直到进了民政局大厅，被强劲的冷气一激，才清醒一点。苏扬觉得大厅里的冷气实在开得太足了，不过不开足点也不行，这可是个需要绝对冷静的地方。因为从这里出出进进的，不是两家变一家，就是一家变两家，不冷静清醒不行。

苏扬环视了一圈，没有看见易波，他总是让人等待。好在苏扬已经习惯了等待，也庆幸这将是最后一次等待。过了好一会，苏扬才隔着玻璃门看见易波走了过来。两人默默对视了一眼，也没有打招呼。苏扬拿出一式三份的离婚协议书给易波签字，易波看也没细看就在上面签了起来。签完后和苏扬一起按指示牌的指向朝一楼的办公室走去。

办公室里有两个办公桌，一个是办理结婚手续的，一个办理离婚手续。区别它们太容易了，因为办结婚手续的办公桌上堆满了新人带来的喜烟和喜糖，还有那看起来幸福甜蜜的新人，手拉着手，就连办事员的脸上也是堆满了祝福。

苏扬把目光收回来，那喜庆的红色糖块在她看来那么刺眼。七年前，她不是也做过同样的事情吗？可现在，她要做的和当初截然相反。

这可能是世界上最安静的队伍。大家都默默地等着，因为待会一出门，两个人就再也没有关系，再是一种解脱也难免有点伤感。苏扬和易波排在两对夫妻后面。第一对似乎还没有完全达成统一，当办事员征求意见时，男方还在苦苦哀求女方。女方起先不作声，后来竟流泪了。办事人员默默地看着他们，最后把他们请到一旁调解了一番，大概是想等他们彻底想清楚再说。这种拖延战术，对那些感情没有完全破裂的当事人来说，能给争执冲动的情绪化降温，也便于他们更冷静更慎重地考虑离婚问题。但对于苏扬和易波这种已经深思熟虑的类型来说，显然是完全没有必要的。

第二对夫妻办得很顺利，很快就轮到了苏扬和易波。他们平静地坐在了办事员的对面。苏扬把双方签过字的离婚协议书、户口本、两本结婚证和身份证递给办事员，易波也依葫芦画瓢掏出自己的身份证递了过去。身经百战的办事员一眼就能分辨出哪些夫妻的感情是濒临破裂，哪些是已经完全破裂，哪些是调解后有希望起死回生，哪些是白费口水做无用功。他们的判断准确率极高，这次也仍旧没有看走眼，所以他没有过多的询问便切入了正题。先例行公事地验证了双方的身份证，阅读了他们的离婚协议书，觉得各项条款条理清楚，也符合规定格式，便收缴了他们的结婚证，问他们要单人照。苏扬和易波都没有想到离婚还要照相，所以没有准备，办事员很老道地要他们去隔壁照相。

苏扬和易波来到走道尽头的摄影室，这才知道原来离婚证上也是要贴照片的，只不过贴的是单人照。摄影师正在给一对新人照相，红色背景中，两人的头在摄影师的指令下，不断靠近着。摄影师一边盯着镜头一边不停地说“好，再靠近一点，笑一个，再笑一笑”，随着咔嚓一声，一对新人的幸福笑脸被定格。照片很快就打印出来，那一对准夫妇接过照片兴高采烈地走了。

看到苏扬和易波，摄影师很有经验地看出他们是来离婚的。刚才还激情洋溢的笑容立即收敛了，很平静地问道：“谁先来？”苏扬和易波互相看了一眼，一瞬间的迟疑里，苏扬突然回想起他们照结婚证照片的情景。也是两个人一起坐在水银灯下幸福地接受照相师傅的摆布，那时候空调还不普遍，水银灯烤得他们的额头上冒出一层细密的汗珠。但他们只记得朝镜头幸福地微笑着，带着初婚的羞涩，丝毫没觉得有多热。“谁先来？”摄影师毫无感情地又问了一遍。只见易波默默走到凳子面前，稍稍停顿了一下，似乎在等待什么。也不过就是几秒钟吧，易波对着镜头慢慢坐下了。摄影师没有任何要求，迅速地完成了拍摄。接下来是苏扬，她机械地坐在凳子上，表情木然地看着镜头。好像她还没做好准备，那边已经响起了“咔嚓”一声。

摄影师把打印出来的照片分开裁剪好交给个人，他们拿着照片又回到了开始那个办公室。办事员把他们的照片粘贴在离婚证上，最后很严肃地问了一句：“你们是双方协商自由离婚吗？”苏扬和易波没有回答，似乎是默许着办事员的画蛇添足。办事员没有再问，拿出一张收据要他们交钱，“工本费和照相费用。”苏扬和易波同时接住了那张单子，这时，易波说了他们进入民政局后的第一句话，“我来交吧。”这也是整个过程中唯一的一句话。等易波把盖了章的收据交给办事员，办事员便把两本证一人一本交给他们。

就这样，这本离婚证否定了过去的一切。过去那段岁月，也终结于这张薄薄的证书。是不是每个离婚的人都会庆幸，虽然也许没有改变对方的能力，但总还有选择的权利。有选择开始的权利，也有选择结束的权利。

出了门，一股热浪迎面扑来，刺眼的阳光让苏扬一阵晕眩。她突然想起年少时为了省钱，经常和同学去看便宜的下午场。走出电影院门口那一瞬间，总是因为一下子不能适应外面的光线而晕眩，不仅产生时间上的错乱，还有空间上的迷乱，分不清该走哪个方向才正确。这一刻，她又有了这样的感觉。他们没有说再见，出来的时候，易波走在她后面，和她有意拉开了一段距离。

好不容易来了一辆的士，她上了车，没有再回头。当她无意在反光镜里看见易波越来越小的身影时，才意识到，这个人，已经成为她生活中的陌生人，他和她，再也没有任何关联。她想到从此以后，她就要和贝贝两个人相依为命了。但是苏扬不害怕，她现在已经是一个从容的女人，相信自己有能力抚养好贝贝，她不会输给任何人的。

梁可可最近一直为田伟平的事揪着心。她又不敢问得太多，怕田伟平听着心烦，只能在生活起居上尽可能地照顾好田伟平。有时半夜醒来，她总是在微光下看见田伟平的脸写满了操劳和疲惫。她已经好久没有仔细端详过他的脸庞，她难过的是他现在连在睡梦中都是微蹙着眉头。梁可可伸出手想去抚平，又怕惊醒了他。这让梁可可有种想哭的冲动，她决心不再和罗铮联系，她要回到田伟平身边，也放开手让罗铮追逐自己的幸福。

第二天下午，梁可可刚好办完事路过罗铮的家，看看时间还早，就打电话给罗铮问他在哪里，罗铮说自己正在家。梁可可问他忙不忙，罗铮说不忙，所以梁可可也没想那么多，挂了电话就径直上了电梯。

开门的是罗铮，梁可可看见罗铮有点小小的惊慌，似乎对她的突然造访有点措手不及，一时也并没有请她进门的意思。她愣了一下，马上领悟到估计是他不太方便，说了声“打扰了”便转身往回走。罗铮追了上来，拉住她的手，梁可可愤然甩开了。罗铮使劲抓住了，梁可可挣脱不开，只好停下了脚步。

“你听我说，可可。我没办法，是妈妈硬要介绍来的，我不喜欢。”

“这些和我没有关系，我来只是想告诉你，我们之间都结束了。”

“可可，你不能这么自私。你有丈夫，我呢，我什么都没有！”罗铮以为梁可可只是一时气话，急急辩解。

“我知道，这对你不公平，但从现在起，我们两讫了！”梁可可说不公平那几个字确实发自内心，自己以前的做法不仅对罗铮不公平，更伤害了田伟平。

“可可，你知道我是爱你的，可是你愿意跟我在一起吗？愿意放弃一切和我在一起吗？你知道吗，我曾经试图说服妈妈接受你，可现在的问题是你愿意吗？我没有要求你，你可不可以也不要要求我？”

梁可可又羞又恼，左手猛地一甩，挣脱了罗铮，朝楼梯狂奔而去，只到确认罗铮没有追上来才放慢脚步。等坐在车里，她才想起来要哭。羞愧、自责、伤心，交杂在一起，让她俯在方向盘上稀里哗啦哭了个痛快。

她还自作多情担心是不是会影响别人的幸福，却不知道自己在别人那里根本没有想象的那么重要，人家该干吗还干吗，什么都没耽误。也好，这样互不相欠最好。再说，她不是也希望他能拥有正常的幸福的爱情吗？梁可可自我安慰着，渐渐也没那么难过了。只是她没有想到这段感情的结束方式竟是如此仓促而戏剧化，好像一段戛然而止的乐曲，怎么听怎么别扭。

回到家，看见田伟平正在收拾行李，梁可可顾不上自己眼睛还有点红红的，忙问道："你要去哪里？"田伟平告诉她："我又要亲自去跑一趟，不追回货款绝不回来。"梁可可再不清楚生意场上的险恶，也知道这年头欠债的比债主更神气，欠债的才是大爷。"千万要注意安全啊，你一个人去？"田伟平放下正在整理的行李，望着梁可可，"我知道。不要担心，还有吴律师和小刘一起去呢。""实在要不回来就算了，不要蛮干，安全第一。"田伟平看见梁可可眼圈红红的，猜想是不是自己又让她担惊受怕了，不由心里一酸，一把抱过梁可可，一边点头一边轻轻摸着她的头，像是在安慰，又是在承诺。梁可可被田伟平紧紧拥着，好不容易平息下来的自责又开始翻江倒海，比刚才哭得更加厉害。

在田伟平走后的这段日子，她比以往任何时候都要牵挂他。怕打电话会打扰他的工作，她只能时不时地发信息，有时候田伟平没有及时回复，她便开始担心起他来。罗铮的电话短信不断，梁可可不接也不回，觉得自己就像是做了一个白日梦，大梦初醒，只留下几分不真实的恍惚。还好，还算没有玩出火来，这已经是万幸。要是田伟平知道了，那后果真的难以设想。梁可可暗自庆幸着，只可惜，这份庆幸停留的日子不多，她害怕的事情还是来了。

罗铮的电话越来越频繁，他总是发信息说想和梁可可好好谈一谈。梁可可觉得没有什么谈的必要，该结束就该结束，还管什么形式。罗铮又出现在她家楼道口，提议去附近找个地方坐一坐。梁可可因为不想再和他有什么瓜葛，生硬地拒绝了。她看见罗铮的脸色瞬间暗沉下来，突然有点不寒而栗。

"可可，那天是我不好，我不应该……"没等罗铮说完，梁可可打断了他，"你没有什么不好，不要说了。"

"可可，我不求名分，我只想还和从前一样。"罗铮的语气软软地。

"对不起，我不能。再说，你也应该有你自己的生活。"梁可可看见罗铮眼里那小动物般哀怜的眼神，可她不想心软。她把视线转向了远处。

“可可，不要离开我。”

梁可可摇摇头，转身准备离开，罗铮又说道：“我想知道你为什么突然要离开我，就是因为妈妈给我介绍女朋友的事吗？”

“不是，我们也该分开了，这样下去，不会有结果的。”

“结果？你不是说你不在乎结果吗？我也不在乎！”

“我不是在乎结果，而是不想再继续这无法存活在阳光下的感情。”

“你不是一开始就默认了这种形式吗？我知道你从来就没打算离开过你的家，我也没要求你离开你的家。”

“是的，但我现在想回到自己的家，你也该有你自己的家。”

罗铮突然提高了音量：“你为什么要这么对我？凭什么你说来就来，你要我走就走？凭什么？！”

梁可可吓了一跳，她还是第一次看见罗铮气成这个模样。

“这不是我说了算的问题，你难道不明白吗？我不能给你你想要的生活，再说……”梁可可为了干脆让罗铮死心，脱口而出：“我发现我也不能离开他！”

最后这句话显然刺痛了罗铮，“为什么不能离开？就是因为他有钱吗？”

梁可可本来还想解释，又怕越说越说不清。她希望罗铮能明白，他们应该有各自正常的生活，曾经的感情，是只能在盛开在阴暗角落里的花朵，再妖娆美丽，也因为没有阳光的照耀而无法结果，等待它的命运只能是枯萎。

梁可可沉默着，这沉默被罗铮误解成默认。罗铮叹了口气，双手扶住梁可可的肩头，“也许我没有那么多的钱，但我能让你幸福快乐！难道你不相信我吗？可可！”

梁可可拂开他的手，摇了摇头。她能说什么，说田伟平即将要破产了？“不要说了，我不想再这样下去了，如果你真为我好，我们以后不要再见面了。”

“为什么？我只想知道真实的原因！”

“原因只有一个，那就是我还爱他！”

“我不管，我不管你还爱不爱他，我只要你还是我的！你可以还爱他，只要你也爱我！”

“谢谢你以前为我付出的，但我们之间，不可能了。”梁可可转身上楼。

“我不会让你离开我！”与其说是不让梁可可离开他，不如说是不甘心这样被遗弃。人总是不愿意成为被动的一方，哪怕是自己已经想要放弃的东西，一旦由别人先说出来，心里也会耿耿于怀。似乎不是在乎东西本身，而是感觉自己的主权遭到了侵犯。更何况，是一份感情。

眼看梁可可一去不再回头，情急之下的罗铮突然像任性的小孩，在看见自己喜爱的玩具再也要不回来时会心急地要赖。他突然追上来，对梁可可说道："你要是离开我我就把我们的事告诉他！"

或许罗铮也不是存心要挟，只是赌气那么一说而已。但在梁可可听来却如五雷轰顶，她的心不由害怕地紧了一紧。罗铮的眼神里一闪而过的决绝与疯狂，让她相信这种事有可能成为现实。梁可可本是吃软不吃硬的人，若是对方苦苦哀求，也许会让她心软，若对方横蛮无理，她也不会示弱。可这件事她到底心存害怕与担忧，也不敢过分强硬，怕逼急了罗铮，他真会失去理智，但又不能流露出自己的胆怯，让他真把这当成要挟的把柄。梁可可只能尽量让自己看起来平静从容，她淡淡地留下了一句："随你好了。"

看着梁可可的背影，罗铮气恼地嚷了一句："这可是你自己说的啊。"

等好不容易摸进了家，梁可可一下子瘫倒在沙发上。仿佛被抽去筋骨似的，浑身一点力气都没有。想到即将可能发生的一切，她有一种世界末日即将来临的感觉。此刻，她真想这世界上能有一种万能涂改液，轻轻一抹，一切不愿意看见的回忆便不复存在。又或者，如果记忆也能发生一场地震，把那些不愿保留地全部埋在地下，那该多好。她想起尚晴的话，要是那时候听她的劝该多好，也就不会有现在这些麻烦事。眼下，她必须尽快想出个解决办法，这才是当务之急。去找罗铮求和是不可能的，那只会把事情越弄越糟。想到过往，她又心存一丝侥幸，万一他看在过去的情分上放她一条生路也说不定。也许他只是一时气话，他要是那样做，除了加深自己对他的仇恨和厌恶，对他什么好处都没有啊！梁可可拿不准罗铮到底会不会那么做。想来想去只有去找尚晴。

梁可可马上打电话给尚晴，尚晴匆匆赶来，刚才在电话里说得那么严重，她还以为出了什么大事，看见梁可可完好无损，这才稍稍心定。梁可可把事情始末简要地说了一遍，尚晴听完也意识到这确实是一件棘手的事。她起先是吃惊，没有想到事情会发展到这样不可收拾的地步，后来又觉得自责，作为她最信任的好朋友，自己在知情的情况下没有及时阻止事态的发展，没有尽到好朋友应尽的责任。忠言逆耳，就算她当时听不进去，为她好，也应该把自己的真实想法讲出来。当初罗铮给尚晴的感觉就是个不够成熟容易冲动的人。看着泪眼婆娑的梁可可，尚晴只好先安慰她："别哭了，哭也不解决问题，也许事情没你想的那么严重呢？要不，我去找他谈谈吧？""怎么谈？"说实话，谈些什么尚晴也没想好，谈话是否能奏效也不得而知。尚晴想了想说："我去劝劝他吧，要是真爱一个人就应该为她着想。也许沟通交流一下可以知道他真实的想法。"梁可可点了点头，事到如今，她也只能希望尚晴能劝通罗铮，倒不是单单害怕自己会失去田伟平失去这个家，而是实在不忍心在这个节骨眼上让田伟平的伤害雪上加霜。"你一定要跟他讲清楚，我和他是不可能在一起的。缘分尽了，好说好散。"尚晴点了点头："我知道的。"

尚晴本想好好想想怎么说再谈，可经不住梁可可催魂似的电话，只好打电话给罗铮约他出来。出乎意料，罗铮还记得她。那是有次尚晴和梁可可一起去看一个生病的同学，分手时梁可可硬要尚晴见见罗铮，也只是打了个照面而已。尚晴甚至也没好意思太看他，总觉得有点愧对田伟平。罗铮很爽快地答应了。

约定的时间到了，可罗铮还没来。尚晴本来就有点七上八下，不知道能不能完成梁可可交代的任务，这一下，连人都没看见，心里更没底了。过了大概五六分钟的样子，罗铮匆匆赶来了，一来就一个劲地道歉，原来是这附近没找到车位，他只好先把车停到较远的一个停车场，自己再打的过来。

尚晴知道这个地方确实不好停车，所以也没有觉得迟到是件多么失礼的事，只要他来了就好。再看着罗铮彬彬有礼地道歉，觉得他应该是一个通情达理的人，反而觉出了一丝轻松。她微微一笑，接受了他的解释。

没有过多的寒暄和客套，尚晴直接进入主题。"你和可可怎么了？""她说要和我分手。"罗铮也知道对方想跟他谈什么，用不着掩饰和隐瞒。

"你爱她吗？"

"当然。"也许这个话题触动了罗铮的话匣子，似乎为了证明自己的爱，他讲述着一些尚晴不知道的过往。虽然也只是往事不堪回首的轻描淡写，但尚晴还是能感觉到他的付出，和他在这段感情里的牺牲与委屈。

尚晴觉得有些感觉似曾相识，一时竟不知道该站在什么立场来发表自己的看法。她想了想，直接说道："不过我想，既然她决定分手了，就应该尊重她的选择。""话是这么说，可是要分手也应该是我先提，我又不是玩具，被人拿来丢去的。"尚晴觉出他的孩子气与执拗，不由地笑了，说："如果分手是迟早的事，谁先提出来，对另外一方来说不是种解脱吗？难道你以为先提出分手的就是胜者？你以为她就不要背负背信弃义的骂名？也许先提出分手的人背负的压力会更大。对于你们之间的事情，我没有发言权，但是，从一个旁观者的角度来看，从一个朋友的立场来说，我觉得分开是最好的结局，对彼此都好。”

“为什么？”罗铮的语气明显弱了下来。

“因为我了解可可，她确实是个很感性的人，容易感情用事。对你，我了解不多，但感觉你和她有些方面太过于相似，从长远的角度考虑，两个太过于相似的人生活在一起，往往不那么融洽。事实证明，那些各方面越互补的人，生活在一起幸福度越高。”

“那她也经常埋怨自己过得并不幸福啊。”

尚晴笑了，她刚还思忖要不要提到田伟平呢。“呵呵，我比你了解田伟平。虽然可可总说他有点不解风情，不够浪漫，可是作为一个丈夫，作为一家之主，他还是尽职尽责的。再说了，世界上哪有十全十美的人呢？可可现在选择了他而不是你，就证明她也认为最适合自己的还是他。他们在一起这么多年，也许爱情的色彩淡了，亲情的色彩浓了，但亲情这种感情，虽然波澜不起，大多数时候却比爱情更牢不可破。你现在还没有经历婚姻，也许感受不到我的感触，有些事情是要亲身经历后才能慢慢感悟。我还可以告诉你，可可在各方面对他的依赖，远比你想象的要深厚得多。这种相互的依赖建立在日复一日的日常生活中，就像大树的根，虽然看不见，却根深蒂固，不可移除。

而且，婚姻生活是把柴米油盐落到实处的生活，有它琐碎、重复、平淡的一面，绝对会有被外界诱惑吸引的时刻。但真要离开已经血肉相连的婚姻，绝对有断腕之痛。除非这段婚姻本来就是个错误，或者已经演变成了对彼此的折磨，那又是另外一说。很显然，可可的婚姻并不属于后者。或许她现在已经领悟到什么才是自己真正想要的，所以才做出这样的选择。如果真是爱她，真是要为她好，就应该尊重她的选择，成全她的选择，你说对吗？

罗铮沉思片刻，说：“我知道道理是这样的，可是我们在一起感觉很快乐，我觉得我也能给她幸福。”

“这句话不错，世界上能带给某一个人幸福的人，绝对不止一个，但我们能选择能拥有的，却只有一个。有时候遇上了就遇上了，天时地利，归根结底就是个缘分。”尚晴似乎想到了自己，“有时候，还真的不能不信缘。”

“我相信她也是爱我的，我想我们在一起一定会比她现在要幸福。”

“她现在已经是幸福的，没有必要再去尝试未知的幸福。”

“可是，我真的很想和她在一起。”罗铮的神情看起来真像个游戏里受挫的孩子。

“你真的希望她幸福吗？”

“当然，我当然希望。”

“如果她已经觉得自己是幸福的，那你干吗还要打破她的幸福呢？干吗还要打电话给田伟平呢？爱一个人不就是希望她能幸福吗？”

“我……”罗铮低下了头。

“呵呵，”尚晴轻轻笑了一下，“可能你是想，要是田伟平离开了她，她就会和你在一起了，是吗？”

罗铮仿佛被说中了心事，表情掠过一丝尴尬，“其实我也是随口说说，并没有真的想那么做。”

尚晴听到罗铮这么说，稍稍放心了些。“我也是这么想的，以你的思想境界，该不会做那么没有觉悟的事吧，呵呵。”尚晴心里轻松，表情也柔和了，竟然和并不熟识的人开起玩笑来。

“我是真的爱她。”罗铮坚持着。

“我知道，也能理解，但真爱一个人就应该为她着想。不是吗？”

“我懂的，就看在你今天和我说话的份上，我不会去打那个电话。”

尚晴心里几乎要雀跃了，没想到事情解决得这么顺利。和罗铮尚晴道别后一身轻松地走了出来，出门后第一件事就是先打电话给梁可可可。梁可可在家如坐针毡，接到电话，绷了几日的弦也终于松了下来。这几天，她惶惶不可终日，整个人都是晕的，茶饭不思不说，都快要被折磨得崩溃了。此时此刻，她有一种解放了的感觉，几日来压在她身上的重担终于卸下。

挂掉电话，梁可可还是觉得有些后怕。看来还是老话说得好，平平淡淡才是真啊。梁可可叹了口气，心想有些话，有些道理，总是要亲身经历后才能体会到其中真味，同时还往往需要付出代价。

这一阵子，大家心心念念地全是四川灾情，灾区人民的一举一动，每时每刻都牵动着大家的心。大家在为死者默哀为生者祈祷。尽管远离灾区，可那些触目惊心的报道看后感同身受，心有余悸之外，更有种劫后余生的感觉。灾难教会大家珍惜，珍惜现有的一切，也坚定许多人追求幸福的决心，不要等一切都来不及再后悔。尚晴就是这样想的，她要好好去爱值得去爱的人，不再错过这迟来的幸福。许卓航更是如此。他们都庆幸，自己还好好活着，还能好好地去爱，这是多么幸福的事情啊。

受东南部台风登陆的影响，小城连着好几天都是狂风暴雨。许卓航想要来接送尚晴上下班，可是尚晴不想那么招摇，更不愿意让他那么辛苦。得知尚晴这天晚上还要出去办事，许卓航坚持要陪她一起去，不巧下班前临时来了重要客户，又只能抱歉地跟尚晴解释。虽然脱不开身，可许卓航一有时间就往窗外看，看到九点多的时候雨好像收住了些，才略略放下心来。

第二天上午打电话给尚晴，“昨晚雨很大吧？”“还好呢，没有想像的那么大。”“还不大，我老听见外面哗哗的雨声。”“其实也没有呢，呆在房子里总觉得外面又是风又是雨，但一走出去，也不觉得有多大了。”“天气不好就打车去，别省钱，知道吗？要对自己好一点，懂不懂？”“知道的，我对自己挺好的。”尚晴怕他操心，安慰着许卓航。“你总是说好说好，什么都不告诉我。”“我是好啊，你怎么老问我有什么不好，是不是想咒我？”尚晴嗔道。

“没有没有，我是怕你什么都不告诉我，让我在那里干着急。”“知道，有什么会告诉你的。”“又骗我。”许卓航有些赌气。“好了，”尚晴语气柔和地说道：“以后有什么我会告诉你的，别生气了啊。”

许卓航有些无可奈何，他总是拿她没办法。他不喜欢被尚晴拒绝的感觉，这拒绝无形中拉开着彼此的距离。每次他给尚晴买礼物，总想买最好的给她，可太贵重的东西她不但不收，还要数落一番，害得他不知道要怎么对她好。每次问她想要什么，她总说等想好了再告诉他，可是他知道，这个“想好了”是遥遥无期的。许卓航想来想去，决心直接给她钱好了，她爱买什么就买什么。虽然这也许直接得有点俗气，但许卓航一厢情愿地认为，这是他发自内心的爱，绝对不是一件俗气的事情，她不应该误解也不应该拒绝。

再见面的时候，许卓航趁尚晴上洗手间的空档悄悄把钱放在尚晴包里，然后装着若无其事的样子继续和尚晴聊天。看着尚晴一无所知的样子，他心里有种坏坏的得意。有几次还按捺不住地偷笑起来，看得尚晴满脸狐疑。分手时尚晴想去书城买书，许卓航便送她过去。临下车前，他再三叮嘱尚晴路上要小心，尚晴没明白过来，心想她去的是书城，又不是劳务市场，便一头雾水地回答，我这么大了，知道小心呢。许卓航欲言又止，本想等晚上尚晴回家再告诉她，又怕书城人多手杂，所以看到尚晴进了书城便拨通了她的电话。

尚晴刚走进书城，许卓航的电话就来了。“包里我放了点东西，你自己要当心啊。”“什么东西啊？”尚晴边问边打开包，看见里面一个信封，鼓鼓囊囊的，她再一看，啊，一整叠钱！“我不要呢，我不要。”“想给你买件礼物，又怕买不好，所以还是你自己去选吧，好吗？”“我不要呢，真不需要。”“好了好了，不说这个了，自己回去小心啊。”许卓航说完挂断了电话。

尚晴放下电话，心里有种说不出的感觉。一方面，她能体会到许卓航这样做的良苦用心，可另一方面，她又不能接受这样的方式，这不仅仅是出于自尊。他已经给了她太多太多，她不愿意感情和物质有什么牵连，总觉得那样会降低感情的纯度。何况，这份感情在她心里如此神圣，分量之重只有她自己能明白，她不愿意轻易亵渎它。可她又不忍心再拂他好意，这着实让她左右为难。想来想去只有下次见面再还给他好了，这样一想她又坦然了，安心地选购起书来。

这笔钱一直放在家里，但放在家里一天，尚晴的心里就不安一天。尚晴想，如果专门约他还钱，他肯定不会接受。但无论如何，她还是要把钱还给他。这天尚晴正想着这件事的时候，许卓航的电话来了。

“下午有时间吗？想和你一起看电影。”

“看电影？”

“嗯，你不是说好久没看过电影了？想带你去看。”

“嗯，好吧。”尚晴想到正好可以把钱还给许卓航，就答应了。

“正好顺便把钱还给你。”尚晴小声嘟囔了一句。

“你说什么？”许卓航在电话那头叫了起来。

“嗯……”尚晴后悔自己刚才不小心说出来，音调更低了，“我说，我说顺便把钱带给你。”

“不准再提这件事，要是还钱的话，我宁愿不见你。”

“那你自己说的啊，不见了？”尚晴试探的口气问道。

“嗯，如果你非要把钱还给我，我宁愿不见。”

听到许卓航认真的口气，尚晴很为难。但她心里认定这个钱是一定要还的，所以仍旧坚持道：“不行，我一定要还给你。你的心意我领了。”

“那好，那就取消今天的约会。”

“嗯，好吧。”听着许卓航略带愠意的声音，尚晴只有说好。她怔怔地拿着电话，好半天都没有动。

电话那头的许卓航真的有点生气，但更多的是心疼，他只想让尚晴对自己好一点，但又拿尚晴没办法。她这方面固执得滴水不进，她的拒绝总让许卓航感到沮丧，让他意识到他们之间的距离与隔阂，而这，正是他想努力消除的。

为了这件事，许卓航竟然好几天都没有主动跟尚晴联系。尚晴没有想到许卓航会发这么大的火，为这件事生这么大的气。也许这真的是他表达爱的一种方式，虽然并不见得就是她喜欢的方式，但若是再拒绝也许真的会伤了许卓航的心。她决定先把钱存起来，以后再说。

尚晴第一次主动打电话给许卓航约他出来。见尚晴没有再提还钱的事，许卓航以为尚晴妥协了，终于肯接受他的礼物了。他感觉在尚晴面前，终于取得了一次小小的胜利。

夜有点深了，他们相拥而坐，只想把时间定格在此刻，或者就这么慢慢老去。可是，他还是要回去的，想到这里，尚晴的依恋越发加重，不由地握紧了许卓航的手。许卓航仿佛明白她的心思，也紧紧握住尚晴的手。空气中的甜蜜

也氤氲上一层薄纱似的伤感，和夜色一样朦胧醉人。

尚晴很害怕在白天和许卓航告别，因为那样刺眼明亮的光线总会生生提醒她，这是个就要破灭的泡沫，就要清醒的梦境。夜晚会好一点点，因为至少在睡梦里，她可以延续一点残留的温存，可以在半梦半醒之间感受拥有的真实。每次看着许卓航离去的背影，她总会想，他离开的时候，心里会不会也是一样难过呢？在车子慢慢穿越甜蜜，驶出梦境的瞬间，会不会也有一刹那的心痛？

“我不想再见你了。”“为什么？”“因为每次离开你都会很难过。”尚晴心里一阵酸楚，眼泪几乎都要流了下来。她只希望就这么牵着他的手，就这么静静地坐着就已足够。像是没有终结，直到天荒地老。

许卓航拿出纸巾帮她揩去眼泪，他又何尝不想和她在一起呢。“只要能见到你，我就高兴。虽然不满足，可是，日子因为你充满了欣喜，让我觉得可以这样捱下去。”许卓航不想尚晴过分伤感，他又回忆起了以前的事情。那是一段完完全全属于他们两个人的回忆。

“还记得有次去爬山吗？我们走小路上去，结果迷路了，直到快天黑才走出来，呵呵，你都急哭了。”

“知道吗？那时候送你回家，我一个人走在空无一人的街道上，心里满满的都是幸福，幸福得觉得全世界都是我的。我以为我们会一直在一起。”

“肉麻！”尚晴不习惯他这样赤裸裸的表白，拧了一下许卓航的耳朵。

“你掐我干嘛，真是这么想的。难道说真话也要挨罚啊？”许卓航带着委屈的语气求饶地看着尚晴，尚晴一边笑一边又拧了起来，许卓航假装躲闪着。只要尚晴高兴，他做什么都可以。两人开心地笑闹着，暂时忘记了离别的伤感。

田伟平回来了，人瘦了一圈，好在辛苦没有白费，事情有了一些眉目。毕竟通过法律途径来解决问题要实在得多，再加上动用了一切可以动用的关系，对方的态度终于松动，不再那么无赖和强硬。因为这边还有些关系需要进一步疏通，田伟平只好先回来，留下小刘在厂区镇守，不拿到钱绝不走人。

田伟平和梁可可又回到从前风平浪静的日子，可梁可可还是隐隐觉得不安，总觉得事情没有这么容易就结束。有时候想着想着心烦起来，也会安慰自己不要去自寻烦恼、庸人自扰，实在憋得慌就会打电话给尚晴，尚晴开导梁可可说罗铮也不至于那么想不开吧，他又不是找不着人结婚，就非得在你这棵歪脖子树上吊死？梁可可心想要是这样就好了，就怕罗铮不是要在她这棵树上吊死，而是想把这棵树吊死。

梁可可的预感没有错，事情并没有尚晴认为的那样简单。有天下班回家看见楼下停着罗铮的车，吓得她赶紧掉头就走，一直到很晚才敢回家。更要命的是，有天田伟平在家接了个电话，可电话那头也不说话，田伟平倒没觉得什么，却把一旁的梁可可惊出了一身冷汗。不用说，肯定是罗铮打来的。从那以后，只要家里的电话铃声一响，梁可可就做贼心虚，紧张得心里直打鼓。尤其是她不在电话旁边的时候，更是七上八下、忐忑不安。每逢田伟平在家，她简直恨不得电话坏掉就好。这样折腾来折腾去，每折腾一次，对罗铮的愧疚就少一分，愤懑就多一分。这些愤懑一日在心里积聚、回荡、冲撞，梁可可的心一日不得安宁。她恨恨地想，即便她真的失去田伟平，她也绝不会和罗铮在一起，就算一个人也不会和他再在一起。

当罗铮的号码又重新频频出现在梁可可的来电纪录里，梁可可有一种鬼附身的感觉，那不时响起的手机铃声就像一道道催魂铃，响得她心惊胆战。还有铺天盖地的短信，不外乎是说自己并不想破坏梁可可的家庭，只是太爱她，不想失去她。到了后来，表示只想在临别前再见梁可可一面，别无他求。

梁可可心里又气又怕，坚信他的话只是骗她出来的幌子，她现在只有冷处理，否则再粘上就会脱不了身。思来想去，她还是发了一条信息给他，告诉他一切都结束了，以后不要再联系。罗铮的最后一条信息只写了短短七个字："我只有七天时间……"梁可可看了心惊肉跳，第一反应就是省略掉的"否则后果自负"的潜台词。她知道，讲道理是行不通的，对付他的唯一办法只有直面那些棘手的麻烦。罗铮不就是想把他们之间的事情作为要挟她的筹码吗？与其等到他去说，不如自己主动告诉田伟平。对田伟平来说，听她坦白总比听外人来讲好一点。可是，要田伟平在这个时候接受这样的事实，实在是太残忍。如果罗铮只是想让她离开田伟平，如果罗铮保证不告诉他真相，她愿意给田伟平留一个完美的印象再离开，可是，没有那么多的如果，她已经别无选择了。

唯一让梁可可欣慰的是，田伟平的心情随着事情的进展在渐渐好转。有天可能是事情有了比较大的转机，他的语气听起来带些久违的兴奋，甚至许诺事情告一段落后和梁可可一起去看海。他现在全身心都放在追债的事情上，哪还能分出神来体会到身边人心里无数次的千回百转。只是有一次吃饭时看见梁可可吃得很少，觉得梁可可最近好像瘦了，要她多吃点，别赶什么时髦学着去减肥。梁可可真的是有苦难言，眼泪在眼眶里打转。

她像一个判刑后等待执行的囚犯，在煎熬中度过临刑前的最后几天。

在离开校园整整十年后，重返校园带给尚晴的感觉是既熟悉又陌生，她很享受这来之不易的学生生活，也很珍惜。

尚晴今天需要去好几个地方帮导师送资料，白花花的阳光下，汗流浃背的她忍不住偷闲跑进商店里蹭凉，刚好看见商店里搞玩具大展销，竟然看见有小时候玩过的万花筒卖，她忍不住买了两个，一个给乐乐，一个想送给许卓航。看看时间，已经临近中午，想着许卓航现在应该忙得告一段落了吧，就给他打了个电话："今天好热啊。"

"是啊，你在外面啊？"许卓航听见一片嘈杂的背景声。

"是啊，今天要去好几个地方送资料呢。"

"那你有时间就到有空调的地方凉快一下，别中暑了。"

跟许卓航说了一会话，尚晴觉得不再热得那么心烦意乱。她不知道，许卓航挂断电话后就把办公室的空调关了。这绝不是为了省电，也不是许卓航不觉得热，而是因为许卓航幼稚地觉得，自己一个人在房间里享受冷气，心爱的人却要冒着酷暑外出，他有种比热还要令他难受的内疚。不能陪她一起去，至少可以陪她一起热，也只有这样热着他才心安。又好像老天的热量被他分担一点，尚晴那里就会少一点似的。

尚晴好不容易把老师的任务都完成了，看看表，估计离许卓航下班还有一段时间，便坐车朝许卓航的办公楼赶去。尚晴是个路盲，只能凭着记忆慢慢找着。好在尚晴的运气还可以，转过几个街口，一眼就看见了那幢大楼。尚晴兴奋地拿出了电话。"呵呵，是我。""忙完了吗？你在哪里啊？""呵呵，我在你楼下。"尚晴嘿嘿一笑。"呵呵。"许卓航也笑了起来，这是他最常用来吓唬她的话。"那我就下来。""是真的呢，呵呵，不相信吗？我真的在楼下。""不信。""那你走到窗户边看看。"

许卓航侧身探向窗边，真的看见马路对面站着他朝思暮想的人。隔着反光玻璃，尚晴并看不见他，但感觉他应该就在窗边，她拿着手机使劲朝他挥舞着。许卓航放下电话，心里瞬间开满喜悦的花朵。他嫌等电梯的时间过于漫长，干脆直接从楼道跑了下来。

“你怎么站在这里，”他一把牵过她的手，拉着她往大楼阴影里走去。“你看你，都晒成这样了。”

“不热呢，一点都不热。”尚晴想挣脱双手。在大街上被他这么紧紧抓着，觉得好难为情。

“还不热，手这么烫。”许卓航抓着尚晴的手，“快到我办公室凉快一下。”

“今天我不去了，还要赶回去交差呢。”尚晴腾出一只手，从包里翻出一个小盒子，“刚给你买了个小东西，也不知道你喜欢不喜欢。”“喜欢，肯定喜欢。”“什么呀，你都没看呢。”“只要是你买的，我都喜欢。”

许卓航要送尚晴回去，尚晴执意不肯，她不想耽误他工作。许卓航转身跑回去在门口小卖部买了一瓶冰镇矿泉水递给尚晴，依依不舍地看着尚晴走远。

这个小小的万花筒，不停变幻着不同的图案，永远都不会重复。就像尚晴给许卓航的感觉，永远熟悉而又新鲜。自那以后，许卓航没事就喜欢站在窗前朝马路上尚晴站过的地方看看，他的脑海里总是浮现出尚晴那天扬头对着自己挥手的深情。她朝他挥手的样子，带着几分傻傻的孩子气，他一辈子都忘不了。

有了感情的滋润，尚晴心情大好，看什么都顺眼。往常三个人的约会也不知不觉精简成了两个人。其实他们也不过就是一起吃吃饭，散散步，在他们看来，只要两个人在一起就好，做什么并不重要，能好好享受两个人单独在一起的时光就好。许卓航喜欢和尚晴一起吃饭，他总是把尚晴喜欢的菜拼命往她碗里送，每次都把尚晴撑得不行。所以，饭后的散步自然而然就成了必须的消食节目，否则尚晴觉得长此以往，自己非成个大胖子不可。

夏天来了，吃口味虾的季节也到了，许卓航拖着尚晴去尝鲜。看尚晴剥虾壳剥得笨手笨脚，他一个个细心地给尚晴剥着，剥好后很自然地放进尚晴碗里。

“你自己吃啊。”尚晴看着源源不断送进碗里的虾肉，抬头说道。

“我知道。我喜欢看你吃。”

看着许卓航疼爱的眼神，尚晴的心里流出蜜来，原来和自己喜欢的人吃饭竟是这样幸福的事。

吃饭前就说好到附近新落成的金星广场去散步，尚晴因为吃得太多有点犯困，便要赖说能不能不去了。许卓航说不走走可真要长肉了，见尚晴赖着不动，许卓航过来牵起尚晴的手就要拉着她往外走。尚晴本能地一缩，要知道，在这个生意火暴的饭店，遇见熟人的几率实在太大。许卓航愣了一下，没有强求，只是自我解嘲地笑了一下，“怕遇见你熟人吧？”“没有啊，我是怕你遇见熟人。我没有熟人，就是遇见也不怕。”尚晴强词夺理道。“你不怕我怕什么。”许卓航孩子气地“哼”了一声，拉过尚晴的手紧紧牵着，尚晴挣脱不是，不挣脱也不是，只好任他牵着。

走了一段路，尚晴也渐渐自然、放松了。他们边走边说说笑笑，聊得很是开心。可是许卓航接的一个电话，像一个不速之客，一个突然冒出来的走调音符，刺耳地划破了原有的和谐。

尚晴猜到是陈娜的电话，应该是陈娜问许卓航在干嘛，尚晴听见许卓航低声回答说自己正和同事在一起。虽然尚晴也明白，如果不这样说又该怎样说呢，她也想不出还有更好的答案。可是，这又让她心里很不舒服。为什么，为什么爱情要让人变成谎言家？

这谎言刺痛着她，让她清醒自己的身份和所处的位置。在尚晴而言，她不需要谎言，因为她不需要掩饰什么，她甚至巴不得顾军来问她，这样，她就可以顺理成章地把一切托盘而出。她总认为自己现在的所作所为都是理直气壮的，可许卓航的掩饰让她不得不正视他们之间存在着的阻碍。听到许卓航撒谎，即使他是出于替自己着想的角度，尚晴还是有点难过，在她心里，许卓航是完美的，完美得应该和撒谎扯不上边。可是，为了她，他不得不编造出各种搪塞的借口与理由。尚晴的心里一下子赌得慌。

挂断电话，许卓航赶紧看了看尚晴。尚晴正望向远方，她竭力想装出若无其事的样子，可很明显的，刚才还闪烁在她眼睛里的喜悦退潮了。许卓航也有些沮丧，他们并肩默默走着。尚晴的手在许卓航接电话的时候松开了，一时间，许卓航竟也没有勇气再牵起她的手，仿佛也为自己的行为感到羞愧、自责。

凭着对许卓航的了解，尚晴对他们的感情还是很有信心，她相信他会在合适的时机处理好一切问题，想到这里，尚晴主动牵过许卓航的手，许卓航感激地紧紧握住。到底心灵相通，彼此的顾虑、担忧、情绪的起伏都了然于心，两人相视着微微一笑，一切都在不言中。

到了家门口，许卓航问尚晴：“你今天开心吗？”“嗯，”尚晴点点头，“你呢？”“开心。”“你会想我吗？”尚晴说完以后又觉得自己好傻，总喜欢问一些事后看来愚不可及的笨问题。尚晴觉得自己有时候挺可笑，也许爱上一个人以后，就是有这么傻。

“傻瓜，想。”许卓航一把搂过尚晴，紧紧抱着，仿佛要把她嵌进自己的身体。尚晴乖顺地依在许卓航怀里，她喜欢倾听许卓航的心跳声，扑通、扑通，好像是幸福的脚步声在一步步朝他们靠近。

“答应我，不要再离开我。我已经错过了你，不想再失去你。”许卓航在尚晴耳边轻声细语。

尚晴没有说话，侧头在许卓航的手臂上不轻不重咬了一口。咬轻了，不足以表达此刻的心情，咬重了，又怕咬疼他。

他们就这样依偎在一起，这样的时刻，什么都不说已经很满足。

他们十指紧扣，一刻也不愿意分开，仿佛骄傲的国王，带着自得意满，统治着这个沉睡的城市。这样的时刻，因为少而更加弥足珍贵。

时间一天天过去，梁可可始终找不到合适的时机开口。田伟平情绪低落的时候，她不忍心说，田伟平心情开朗点的时候，她舍不得说，舍不得破坏这份温馨，她现在比以往任何时候都格外留恋这份温馨。有时半夜醒来，她会紧紧握着田伟平的手，任悔恨的泪水在暗夜里流淌，就像一条发光的小河。她曾经是多么幸福，又是多么愚蠢，身在福中不知福说的大概就是自己这种人。

这七天对梁可可来说，显得比七年还要漫长。还好，在七天结束之前她终于等到了一个她认为相对合适的时机。当时他们吃完晚饭坐在客厅休息，田伟平在看新闻联播，电话响了，接完电话田伟平兴奋地一把抱住了梁可可，“老婆，钱追回来了！哈哈，老婆，解决了！”梁可可被搂得喘不过气，却也高兴地尖叫起来。她兴奋地都快要流泪，田伟平的难关总算渡过了！田伟平抱着梁可可转了几圈才把她放下，“老婆，我们今天出去潇洒吧，说，你想去哪里？”“我不想出去，今天有点累了，就想在家好好呆着。”“嗯，那也行，等明天休息好了我们出去吃大餐。”梁可可笑了，田伟平还是那样，好像上辈子没吃饱似的，一遇上有事情要庆贺，他首先想到的就是去吃饭。他所谓的大餐梁可可并不喜欢，就是去一些价格贵得吓人的地方，再把钱花在莫名其妙的项目上，梁可可觉得至少有一半菜钱付的是装修费。她倒更宁愿去一些充满小资情调的餐馆，而不是靠花钱数目的多少来买感觉。可田伟平就是习惯了这一套，似乎花销的多少与重视程度成正比。以往田伟平这么提议的时候，她总是笑他农民习气、暴发户作风，但是这一次梁可可没有提出异议。她知道，自己已经没有了享受这一顿大餐的资格，如果她今夜坦白了一切，那她在田伟平的心里，就像魔法失效后的灰姑娘，将不再是那个光彩照人、备受宠爱的公主。田伟平最困难的时候已经过去，而自己最困难的时刻即将来临。

田伟平放下梁可可又赶紧忙着打电话，边打边进了书房。等他忙完出来，梁可可已经在客厅坐了两个小时。梁可可把苹果切成小块，招呼他过来吃。

“老公，都忙完了吧。”梁可可用水果叉子叉上一小块苹果递给田伟平。

“这下我可要好好休息一阵子了。”田伟平接过苹果边吃边把自己放倒在沙发上，懒洋洋地享受着梁可可的服务。

如果在一个人最高兴的时候说出让他伤心的事，也许打击会比较小一点吧。梁可可一边给田伟平递着苹果，一边在心里酝酿着该从何谈起。她多想能无限期地拖延下去，但那是不可能的。她怕自己犹犹豫豫又错过机会，索性下定了决心，心一横，脱口而出：“老公，我想告诉你一件事。”

“什么事啊？”

“我，我做了对不起你的事。”

“什么？对不起我的事？”田伟平从沙发上弹了起来。“你什么意思？”

“我背叛了你。”梁可可实在无法跟他解释更多，也没有勇气去要求原谅。

这简明扼要的几个字像原子弹击中了田伟平，他的脑袋里顿时充塞着一朵一朵迅速绽放的蘑菇云，不亚于5.12地震给他带来的震撼。“不可能！这怎么可能？你开玩笑吧？这到底是怎么一回事？”

“是真的。”

“这怎么可能？你为什么这么做？”从梁可可不像是开玩笑的表情，田伟平渐渐明白这不是假的，只是他无论如何也不愿意接受这事实。

“我不奢求你的原谅，我只是想告诉你这件事。”在本该痛哭流涕忏悔的时刻，梁可可反而连一滴眼泪也流不出来。她像一个视死如归奔赴刑场的义士，因为早已把生死置之身外，反而显得从容不迫。

“你为什么要告诉我？”

“因为……他说他要来告诉你。与其这样，不如我自己来说。”

“你……”田伟平已经气得说不下去了。他的脸因极度的痛苦而显得有几分狰狞，看得出，他在极力控制着自己。终于，他还是爆发地吼道：“你，你为什么要这样对我？为什么要告诉我这些！”

“我们离婚吧。”梁可可哽噎着艰难地说出这句话。上次提出离婚的是田伟平，这次换成了梁可可。梁可可像破腹自杀以死明志的士兵，只能用这种方法来惩罚自己求得解脱。是啊，她有什么理由这样对他，他是无辜的，该受到惩罚的是她而不是他。但现在很显然，他比她更受伤。

田伟平不置可否，仿佛被不明物体突然击中一般，又颓然地坐倒在沙发上。他还来不及咀嚼这意外，只是觉得自己难受得有点喘不过气。他大口大口地呼吸，像一条被抛上岸的鱼。他的手不停地握紧，松开，又握紧，又松开，眼泪从眼角滑落。这个可怜的人，他实在无法在短时间内承受、消化这一切。

他们默默坐着，相对无言。梁可可希望他能大发雷霆，不管他对她做什么她都可以接受，她受不了他这样的沉默，仿佛一座压抑中的火山，不知道什么时候会爆发。她现在是等待审判的犯人，只能静静等待。也不知道过了多久，仿佛有一百年那么长，田伟平抬起头眼睛布满血丝地盯着她，嘴唇颤栗般地蠕动，但终究没发出声音。他起身直接进了书房。梁可可听见门锁喀哒一声，空气仿佛被震开一圈圈涟漪，随即又死一般沉寂了。

梁可可一个人坐着，她知道他已经过了那个最最痛苦的时刻。而自己，仿佛卸下了千斤重担，有一种失重的漂移感。虽然迎接她的是最坏的结局，但她反而感到了解脱，不用再那么痛苦地衡量与抉择了，要知道，那种煎熬带来的折磨绝不会比现在轻松。梁可可坐着坐着到底也累了，身体的极度疲倦使她一下子进入梦乡。这一觉睡得可真踏实，等她醒来已经是早上八点了。

梁可可看见书房的门还紧锁着，里面没有动静。她知道，昨夜田伟平是在书房度过的。也许只要她在家，田伟平就不会出来，因为自己是他不想看见的人。梁可可想了一下，决定收拾行李，自己先搬出去住。

梁可可把收拾好的行李放在门口，又返身跑进房间拿出一样东西。这是她前几天就写好的一份离婚协议书。那时她就已经做了最坏的打算。她什么也没有要，这些东西本来就是田伟平的，现在家也散了，人也没了，还要东西干什么？她觉得现在不是田伟平原谅不原谅自己的问题，当她看到自己给田伟平造成这么大的伤害，她感觉无地自容，只有用驱逐自己作为一种惩罚。好在他们没有小孩，倒也不会殃及旁人。

她拿起笔在女方签名的地方轻轻写下自己的名字。和心痛一起苏醒的眼泪吧嗒落在纸上，她赶紧用手揩去。什么都没有用了，眼泪也不能阻止什么，所有的一切都只能怪她自己，她应该为自己的错误付出代价。

梁可可抽出纸巾去擦手背上的泪，一小块纸巾因为浸水粘在了戒指上。梁可可小心地把纸巾擦去，仔细端详着手中的戒指。他们刚结婚的时候经济条件也不宽裕，但田伟平还是选了一个当时对他们来说很贵的钻戒，记得他说，结婚一辈子只有一次，别的可以省，这个不能。房子以后可以换大的，结婚戒指只有一个，不能换的。也是物有所值，钻戒虽然不大，但光泽一直很耀眼，小心地擦一擦，戒指上的钻石越发璀璨，对着光一照，仍然可以看见切割面折射出耀眼的五彩缤纷。她凝神看着，仿佛又回到当初婚礼上田伟平给自己戴结婚戒指的时候。那一刻田伟平郑重地对她说道，我给你戴上它，它代表着忠贞和爱情。爱情永远是和忠贞联系在一起的，可现在，自己做出了有愧于忠贞的事情，还有什么理由继续保留这代表忠贞与爱情的信物？

梁可可小心翼翼地取下了戒指，因为戴得太久，无名指上留下一圈浅浅印记。她轻轻揉着那个印记，这印记看起来似乎是一个证明，但更像是一道伤疤。她把戒指擦拭干净，靠近唇边轻轻吻了一下，留恋地压在了离婚协议书上面。

梁可可最后一次回头看了一眼这个熟悉得不能再熟悉的地方，拉开了家门。她只能选择不告而别，她实在没有勇气去和田伟平道别。

书房里的田伟平一夜未眠。尽管身体极度疲倦，但就是睡不着。他听见梁可可在房间里收拾行李，可他没有出去挽留。只是确定梁可可已经走了后，他才走出书房。在盥洗室洗脸时，田伟平看着镜中那张因通宵未眠而憔悴万分的脸，想起小学课本里李自成渡黄河一夜白头的故事。头发或许还看不出什么变化，胡子却明显地长得比平时快，一夜之间就长得不成样子。田伟平一边刮胡子一边想梁可可现在该去哪里了呢？回她父母家了？以她的性格，应该不会回去。可能她会自己先找家酒店住下。唉，为什么还要担心她呢，她都对你这样了，还有什么好值得你去担心的？田伟平有点看不起自己这份瞎操心，心想随她去好了。他恨恨地拧着毛巾，把毛巾当成了泄恨工具般使劲拧着。

田伟平回到客厅，脑子里还是只有一个字——乱，他坐在沙发上，很想理出个头绪，可是毫无进展。他起身拉开窗帘，阳光像水一样倾泻得满地都是。

好美丽的朝阳，却让他刺目烦躁。忽然，田伟平感到有个亮点在晃眼睛，他定睛一看，看见茶几上的戒指。奇怪，梁可可怎么把戒指放在这里，他凑近去拿，看见了戒指下压着的离婚协议书。

他拿了起来，一眼就看见离婚协议书的左下方已经签上了梁可可的名字。他拿着这张只等他表态的纸，陷入了沉思。他想不明白梁可可为什么要这么做，难道是自己对她不够好吗？也许自己在工作忙碌时有忽略她的地方，但他这样拼命去赚钱不就是为了这个家为了她吗？还要他怎样？要一个男人事业、家庭都兼顾，能办得到吗？他又不是超人！他也承认自己像梁可可常说的那样“不解风情”，可再怎么样，这也不能成为她外遇的理由啊？那该死的——他找不到合适的词语来表达，但又不想说出奸夫两字，他恨不能将他千刀万剐就好。可是她就完全没有责任了吗？他在社交场合见多了投怀送抱的女子，逢场作戏的事难免，可他始终保留着自己的底线。因为他把自己看成是属于梁可可的私人物品，他希望梁可可也能这么对他，可现在……你叫他怎么能不心痛！她现在提出离婚，这么急着摊牌是不是他们已经有了结婚的打算？莫非已经有了孩子要奉子成婚？这样一想，田伟平几乎要头痛欲裂。他拿起那个戒指，恨不能丢到窗外去。还有面前这些白纸黑字，像无数支利箭朝他射来，让他无处可躲。他仰头靠在沙发上，心里说不出的难过。

口袋里的手机不识时务地响了，田伟平连号码都没看就直接按了关机键。工作，工作，又是工作，他烦透了。他把关掉的手机往旁边一扔，心想，为了工作他已经牺牲太多，让工作见鬼去吧！他不想管那么多了，他只想一个人呆着，没有人打扰。他现在太累了，只想好好睡一觉。

Keep out the times Chapter 11

第十一章

离婚后的苏扬有些失落，不，更确切地说，是失重。她不是伤心，她只是为自己感到悲哀。她生命里的一段历史被否定了，被抹杀了，她的生命仿佛被抽去了一长段，一下子变得没有分量了。她轻飘飘地走在街上，好像自己是一张纸片。她想起离婚那天，她捏紧手里装着棕色本子的小包，生怕那本子一不小心会不翼而飞似的。她不知道是悲还是喜，已经过去的婚姻全部浓缩在那个小本子里，她只能紧紧捏在手里，捏着自己一生中最宝贵的一段时光。

苏扬偶尔也会应婆婆的要求把贝贝送过去。但是有一天贝贝回来告诉她，说奶奶说是你不要爸爸的，奶奶说你好狠心。婆婆家对她的绝情做法，倒也减轻了苏扬对老人家的歉疚。老人家站在自己的立场上，仍旧是对她心有艾怨，可他们为什么就不能站在苏扬的角度来体会一下苏扬的感受呢。她能理解老人的想法，却难以接受老人的做法。不过苏扬很快又原谅了他们，可怜天下父母心，只有在自己为人母以后，才渐渐真正懂得与理解做父母的心思与艰难。

苏扬仍旧会在接到婆婆电话时不失礼貌与尊重，在他们想贝贝时把贝贝送到她们楼下。其实送一趟接一趟路上花费的时间并不少，可她更体谅老人家想看见孙女的心情。至于那些过激的话语，随着贝贝的长大，会有自己的判断的。

苏扬只把离婚的消息告诉了尚晴，她不想接受旁人善意的追问与安慰，更不想成为别人茶余饭后的谈资。尚晴是这场持久战的见证人，知道后也为苏扬感到解脱。她约苏扬周末带贝贝来吃晚饭，正好两个小朋友也好久不见了。

尚晴问起苏扬离婚后感觉如何，在尚晴面前，苏扬用不着隐瞒什么。她确实感觉差异不大，因为离婚前就已经习惯了一肩挑的生活，所以，离婚前后的生活并无实质性差别。“那贝贝呢？有什么感觉没有？”“还好，她好像还不太懂，以后的事以后再看吧，谁也无法预料。”

“还是你们好，和和美美的，多好！”苏扬由衷地感叹道。尚晴苦笑了一下，她没有勇气坦承自己糟糕的现状。对尚晴来说，她早就把顾军从自己的世界里剔除出去，他的到来更像是一位客人，或者仅限于孩子的父亲。也正因为如此，尚晴对待顾军只剩下客气与平和。一个人如果不在你心里，那么那个人做什么都是与你无关的，你也能最大限度地包容与宽让。

“再怎么说，最好还是不要离婚，毕竟孩子也需要一个完整的家。其实不到万不得已，谁又愿意离婚啊。但凡易波能再好一点点，我也不会和他分开。”

两个孩子在里屋叫妈妈进去，尚晴要苏扬进去瞧瞧，自己端着碗筷进了厨房。她一边洗碗，一边回想着刚才和苏扬的对话。尚晴现在也不知道是不是出于内疚，还是真的对顾军不再那么在乎与计较了，有时候，甚至会设身处地猜想顾军当时的心情。但她始终觉得自己的感情和顾军的情况有云泥之别，似乎是灵与肉、精神与欲望的本质差别，绝不能同日而语。

顾军最近本来有希望获得一次升迁机会，但他没能抓住。说白了，也就是与上级领导的沟通没有别人到位。尚晴倒不觉得什么，她本来就没奢望过什么夫贵妻荣，对于他的仕途也并不报以厚望。在她看来，官场浑浊，还是一个人清清白白做学问靠得住得多。她不知道，顾军倒不完全是因为没有把握住机会而懊恼，而是因为不能早点结束下放时间烦躁，他实在不想再这样两地分居，他真的怕这个家会散掉。他现在有一种感觉，那就是尚晴越来越不需要他了。想得多了，顾军在家难免长吁短叹。尚晴看多了便生出几分厌烦。有几回，她本来都想冲他发火了，可看到顾军舟车劳顿后一脸的憔悴，间或还一副怅然若失的样子，她话到嘴边又咽下去了，有点不忍心。每个人都活得不容易，何况一个男人在外面承受的压力应该更大些。回到家恶言相向，也未免太不人道。只是，自己这样替他着想，他又何尝替自己想过一点呢？唉，还是不要想了，尚晴甩了甩头，手脚麻利地把水池里的碗筷三下五除二地解决了。

一大早起来，跃入眼帘的就是明晃晃的太阳光。秋老虎发威了，不仅热，还在热里掺进一股子燥，好像气味浓烈的劣质香烟，熏得人火烧火燎的。

尚晴的功课算不上紧张，可许卓航的工作却一直很繁杂，而且他们一个在城东一个在城西，中间隔着一段不算近的车程，即使不堵车也至少要花上半个小时，再者，他毕竟还有个需要他去照顾的家。所以，他们见面的次数不算频繁。尽管如此，许卓航还是尽可能抽出时间和尚晴呆在一起，对他来说，能看见她的笑，能和她说说话，就是最好的休息与放松。

这天刚好尚晴过江帮导师办事，于是就打电话给许卓航，和许卓航约好等她办完事来接她。时间一到，许卓航如约而至。尚晴下电梯的时候，心里突然猛地一阵狂跳，她暗笑自己这么一把年纪了，竟还激动如情窦初开的少女。

许卓航穿着一件粉红的T恤，看上去简直有点像个小男孩。尚晴一见便兀自笑个不停，许卓航一头雾水，傻傻地陪笑，“怎么了？”尚晴捂着嘴，连连摆手，笑了差不多几分钟才止住，“呵呵，第一次看你穿成这样，装嫩呀？哈哈。”“不知道你今天要召见我，随便穿一件就上班了。”“难道要是早知道你还要挑衣服呀？”“见这么重要的人，那当然要搞一下装修了！”

许卓航一边发动车子一边问：“想去哪里？”“随便。”“好，你自己说的啊，跟我走吧。”“想吃什么？”“随便，不饿。”“真不想吃啊？”“不想吃，就想睡觉，今天早上起得太早了，好困的。”“真的啊？不会这么直接吧？”许卓航装出一脸坏笑的样子。

“嗯，下午还要干活呢，真想睡一会。”等说完尚晴才清楚那坏笑后的潜台词，禁不住用手拧着许卓航的耳朵，“快带我去吃饭，我饿了！”

车子驶进一家饭店的地下停车场。许卓航解下安全带，忽然一把搂过尚晴狂吻起来。尚晴来不及挣脱就陷入一阵晕眩。一个温柔而绵长的吻后，许卓航又发动了车子，尚晴惊异地问道：“怎么了，不吃了？”

许卓航认真地倒着车，“你不是说没胃口吗，不吃了。”

尚晴纳闷地看着许卓航，忽然间头脑一片空白，感觉自己就像个提线木偶，线已经掌握在别人手里。

许卓航把车停在一座酒店前，然后径直走到前台订房间。尚晴跟在他身后，心里阵阵慌乱，浑身也僵硬起来，甚至都不知道该和许卓航保持怎样的距离才妥当。她不好意思站得太近，要是万一有熟人看见，那真不晓得怎么收场。可站得太远了，感觉也不是那么一回事。那些阅人无数的前台小姐会怎么看他们？

尚晴的脚步迟疑地移动着，浑身都不自在起来。她只好不停地旋动着手里的矿泉水瓶盖，拧开又扭紧，扭紧又拧开。

等待的时间格外漫长，尚晴觉得众目睽睽下的自己，不是身处酒店大堂，而是在高空踩着一根摇摆不定的钢丝。绷紧的不安的身体，僵硬得都有点发疼。好不容易等到许卓航拿着房卡朝她走来，她赶紧跟着他走向电梯。电梯里没有旁人，许卓航温柔地揽着尚晴的肩，她这才微微松弛下来，温顺地依靠着。

进了房间，陡然身处这样一个相对封闭的空间，两人都好像有点不知道手脚该往哪放的感觉。房间有点暗，两人不约而同朝窗户走去，同时拉开了窗帘，站在窗边看起风景来。窗外是这个城市广场的标志物——摩天轮，静静矗立在那里，像一个巨大的水车。尚晴还从没有在这个角度俯瞰这个城市，平素熟悉的景物因为视角的变化而增添了几分新鲜感。两人指点辨认着周围的建筑物，说些不咸不淡的话。看了一会风景，两人退坐在沙发上，竟然聊起天来。

尚晴把头靠在许卓航肩上，和许卓航手牵着手坐着，就好像他们平时坐在江边的长椅上。尚晴最喜欢这样的时刻，好像自己是个被宠爱的孩子。因着熟悉的姿势，尚晴放松起来，她带着点倦意，把头放在许卓航的膝盖上，静静闭着眼睛。许卓航用手梳理着她的头发，这让尚晴想起小时候也是这样伏在父母的怀里，有一瞬间，她觉得自己真的快要睡着了。

许卓航也不明白自己是怎么一回事，特地到酒店开一个房间，总不会就是为了坐在这个沙发上聊天吧。可是，真要他再做点什么，他又有点举步维艰。不是犹豫和害怕，只是突然之间很舍不得，舍不得破坏他们之间那份很纯真的感情。得不到她，她一直是他心里的一个梦，得到了她，并不意味着梦就破碎了，可是那样一个完美的梦境，他真想让它一直完美下去。

房间里静静的，安详得就像饱满沉着的秋日暖阳。许卓航感觉尚晴真的是有点困了，于是轻声问道："困了吧？去睡会吧。"尚晴摇摇头，"不困，我就喜欢赖在这里。"许卓航轻轻抚摩着尚晴的背，像是在哄一个小孩入睡。在许卓航心底，有些时候，他真的是把她当小孩子来疼爱的。尚晴愈发放松、安心，不一会儿，竟真的睡着了。

窗外的天色突然暗淡下来，刚才还是艳阳高照，转眼间就变得阴沉沉的。

尚晴醒来了，突然发现光线很暗。"怎么了，变天了吗？"她凝神望向窗外，"每次看到这灰蒙蒙的天空，总是觉得好像世界末日要来了似的。不喜欢这看不到一点希望的灰色，总让人说不出的压抑。”

“傻瓜，有我呢。”许卓航把尚晴搂紧了一些。

“今天不同，如果真的是世界末日，我也不会难过，因为和你在一起。”

“知道吗？没有你在身边，每天都是世界末日。”

尚晴被许卓航紧紧搂着，这些以前听来都觉得肉麻的情话，现在竟脱口而出。爱情真让人变成弱智和疯子，尽说些傻话。

许卓航用手托起尚晴的下巴，感觉怀里的尚晴像一只需要疼爱的小动物，他温柔地低下头去吻尚晴。尚晴起先本能地躲闪着，可是许卓航的手紧紧环着他，无处可逃，渐渐地，她融化在那一片温暖里，缠绵地回应着。他们就像水底的两条水草，随着心跳的韵律尽情地摇摆，迷离般地陶醉在这两个人的小小世界，忘记了喧嚣，忘记了身边的一切。

窗外的摩天轮正缓缓转动，阳光重新突破厚厚的乌云直射下来，万道光芒强烈而洁白，把一切普照得明亮洁净，带给人热血沸腾的清新之感，让人打心底产生莫名的喜悦和畅快。宛若厚重乌云快速散开融释，尚晴的衣服也一层层被剥落下来，她感觉自己完全腾空了飘向天空，看到了无边无际的洁白云朵，可是并没有停下来，继续往上往上，仿佛手可以触摸到一颗颗明亮的星星，温润如玉。许卓航心里迷茫一片，只觉得四周升腾起皑皑云花，宛若一幅幅绸缎，正缓缓地飘过来把他们盖住。

欢乐的时光总是走得特别地快，离别的脚步却迅急地靠近着，不管你愿不愿意，它总是要来的。尚晴下车的时候，才发现自己一路上都紧紧抓着许卓航的衣角，眼睛噙着泪。这让她想起小时候的自己，总是喜欢留恋地抓着大人的衣角，带着依依不舍的天真。她突然意识到这个她深爱着的男人，下一秒钟将不再属于自己。她想不明白，他们如此相爱，却要生活在一个城市的两端，如同生活在两个世界，这到底是为什么。她只知道，不想再和他分开。再也不想。

尚晴的眼泪几乎要夺眶而出。她飞快地亲了一下许卓航的脸颊，拉开车门快步地走着，她不敢回头，她怕许卓航看见自己眼里的泪。

许卓航坐在车里没有马上离开，他一直注视着尚晴的身影消失在街道拐角。幸好他没有看见尚晴的眼泪，因为尚晴的眼泪对许卓航来说，哪怕只有一滴，也足以在瞬间摧毁他所有的意志。

也许是长期极度紧张后的松懈让病菌乘虚而入，尚晴感冒了。她想起考研那段日子，好像连个喷嚏都没打过。周末晚上，尚未痊愈的尚晴一个人带着乐乐坐在客厅里看电视，不由想起一江之隔的许卓航。人在生病的时候，总是渴望更多的关爱。她比平常更渴望听到许卓航的声音，真的很想听他打来一个电话。可现在是周末，他肯定是和家人在一起，估计也不太方便。

想到这里，病恹恹的尚晴情绪越发低落下来。

好不容易熬到周一，一大早就接到许卓航的电话。尚晴因为生病，第一次在许卓航面前撒起了娇，她埋怨许卓航周末怎么没有打电话慰问病中的自己。仿佛生病给了她某种特权，她可以合理地不过分地比平时多出些要求来。她很想放任自己，做一回任性的尚晴，可以肆意地在他面前耍赖、撒娇，甚至可以命令他、指使他。但现在，她只是希望自己至少可以有权利随时随地打电话给他，除了这，她也想不出其他更高的要求。

许卓航没想到尚晴周末病了，一个劲地赔不是，可是尚晴不依不饶，委屈得想哭。谁要昨天那么需要他的时候他没有出现呢？她的不依不饶也不过就是不说话不吭声，她不是伶牙俐齿的女子，也变不出更多的花样来。

“别生气了啊，等你病好了，我给你做好吃的。”

听到许卓航这句话，尚晴的委屈潮水一般消退了。还有比一个男人肯亲自为她做饭更能打动她的吗？应该不会有了，至少现在她想不出来。她回想自己在爱着一个人的时候，不也是满心欢喜地为他认真准备饭菜，希望自己可以好好照顾他，把为对方服务看成是一种享受吗？

田伟平的心情比前几天要平静一些了，至少还能静下心来理清思绪思考问题了。时间真的是平复一切的良药，慢慢冷静下来后，似乎也能直面这几天所发生的事情。田伟平有时也想索性就同意离婚也罢，可是离婚就能解决一切问题吗，离了婚他就可以不再伤心难受了吗？他就可以忘记一切吗？显然不行。还有一个折磨田伟平的问题是，他们到底是怎么一回事，就算以后变成前夫，至少现在还是有权利知道更多真相吧。田伟平决心还是和梁可可先摊开谈谈，总不能一直这么不明不白拖下去。田伟平早早处理完公事，拿起了电话。

梁可可惊讶地看着显示屏上熟悉的号码，难道他这么快就做好决定了？会不会是和她约定去民政局的时间？梁可可犹疑着接了。

“你在哪里？”“我在公司里。”“你先住回来吧，外面不安全。”田伟平说完又懊恼不已，恨自己这个时候还要替她着想。他这样做完全是出于一种习惯和本能，田伟平在心里替自己辩解。梁可可也没想到田伟平会这么说，心里一愣，有点没反应过来。“晚上有时间谈一谈吧。”“嗯。”梁可可想，也许他要谈的就是离婚的事吧。不管他做什么决定，她都愿意接受。

晚上回家的时候，梁可可并没有把行李带回来，她做好的是谈完就走人的思想准备。她打开家门，客厅里黑漆漆的，只有书房的灯光在地板上画出一个不规则的四边形。她摁亮开关，坐到沙发上。她没有去喊田伟平过来的主动权，只能等待田伟平的发配。梁可可想起上次离开这里的时候还在想不知道要什么时候才会回来，没想到这么快又坐在了这里，只是这一次，她感觉仿佛是坐在别人家的客厅里，等待着主人的出现。

听见田伟平走过来的脚步声，梁可可不由低下了头。田伟平坐在旁边沙发上，随手摁亮了沙发边的落地灯。一小段令人窒息的沉默过后，田伟平终于开口了。“你留在茶几上的东西，我看到了。”“嗯。”“你是希望我快点签字的，对吧？”“我不求你原谅。只希望你不要生气，折磨你自己。”“折磨我自己，犯得着吗？只不过作为你的现任丈夫，我还是有知情权吧？”听到素来宽厚的田伟平竟也说出这样尖酸刻薄的话语，梁可可心里首先感到的不是难受，而是内疚。因为她知道，要不是生气到极点，他不会说出这样过分的话。

“我没什么好说的，该说的已经说了。”“什么叫该说的？什么又叫不该说的？如果不是他要来说，那该说的就成了不该说的？我问你，如果不是他，你打算瞒我到什么时候！”尽管田伟平心里也清楚，知道真相是一件痛苦的事，可越是克制不去想的事情，越是压抑不住要去想个明白。如果一辈子都被蒙在鼓里，那欺骗也就不成其为欺骗了，若真如此，倒也不失为一种幸福。

“你想知道什么？”“我想知道什么？我想知道你为什么要对我做出这样的事，我想知道你们什么时候认识的，我想知道和你上床的是一个什么样的白马王子，我想知道他什么地方比我好比我强，我想知道和我离婚了你们时候结婚？我还想知道自己到底错在哪里，是给你的自由太多还是什么地方做得不好不够，我好在我的下一次婚姻里去改正去避免犯同样的错误！我想知道你不想让我知道的一切！”田伟平讲完这一大段话后，暗暗对自己的口才几日之间突飞猛进感到惊讶。他想起前天看电视里介绍一位晚清诗人的时候，解说词里有一句“悲愤出诗人”，他不由为自己的惊讶找到了释然的理由。唉，原来艺术真的是来源于生活的。

“我知道错在自己，我不想为自己辩解，我也没有和他在一起的打算。”

“不用解释那么多，你和他在不在一起和我没关系。”

“那你还想知道那么多干吗，是想用那些来加重恨我的砝码吧。”

田伟平悲哀地发现，自己再怎么伶牙俐齿，也是徒劳无功。所谓的伶牙俐齿，也只是相对原来那个表达感情笨嘴拙舌的自己而言，在梁可可面前，所有的心思总是被她看得通通透透。以前也是这样，每次有矛盾闹别扭的时候，他总是被她几句话就搅得方寸大乱，从来赢不过她。

“我不恨你，我只恨我自己。”是的，田伟平只恨自己为什么要对她这么好，要是不那么爱她，也许就不会那么受伤。他还恨自己事已至此，还生怕她住外面不习惯，低三下四打电话要她回来住。

梁可可仿佛感受到了他所想的一切，两行珠泪滚滚而下。看见梁可可一脸梨花带雨，田伟平又有些心软。这眼泪像一把无声手枪，顷刻间把他的愤怒击得粉碎。他瞥了一眼梁可可，梁可可那可怜巴巴甘愿受罚的神情看起来，仿佛受了莫大委屈的人是她而不是自己。要是以前，田伟平早就一把搂过她紧紧抱着。可这次，田伟平连纸巾也没有递给她。他被弄得心烦意乱，只好在心里默默告诫自己不要动恻隐之心，不要扮绅士怜香惜玉。清醒一点，现在自己才是真正的弱势群体，该被可怜的是他而不是她。

梁可可仍旧在那里一动不动地默默流泪。

田伟平怕自己心软，尽量不去看她。他奇怪女人是怎样一种动物，哪里能有那么多泪水源源不断地流出来。难怪那个花花公子贾宝玉会说”女人是水做的”，看来也不无几分道理。要审问一个一直流泪的罪犯，不仅问不出什么结果，也不是件人道的事。

田伟平站起身准备走开，“伟平。”梁可可叫住了他。梁可可不是想忏悔什么，她只是觉得她欠田伟平的，她不该这么伤害他，也没有理由伤害他。她只是想让他知道，她提出离婚并不是为了要和别人在一起。她这样做只是为了惩罚自己。不这样惩罚自己，她会更痛苦。她还想让他知道，她真正爱的人是他，但是她说不出口，她还有什么资格说爱他，那简直是玷污爱这个字。她第一次痛苦地发现自己的表达能力如此低下，词汇量如此贫乏，根本找不到合适的表达方式与准确的词语来阐述一切，她只能嗫嚅着说道："对不起，真的对不起。"

田伟平站着听完，能感受到梁可可心底的沉沉悔意，但他最终只是淡淡地说道："这一段我比较忙，离婚的事我会尽快安排。"

没有田伟平的客厅渐渐变得像冰窟一样寒气逼人，梁可可感到身上一阵阵发冷，整个人像掉到了冰水里。她清楚，田伟平这次是不会原谅她了。她起身轻轻开门离开，没有回头再看，因为她知道田伟平这一次是不会追过来的。她坐在车上，寻找着自己家里的灯光，那黄色温馨的灯光，从今后再也不会属于她。她猛地一踩油门，趁视线再次模糊前消失在无边的夜色之中。

田伟平确实很忙，他没有再打电话给梁可可。他想就这样先分开一段时间也好，看看自己能不能适应没有梁可可的生活。忙碌的时候还好，只要一闲下来，难免又会想到梁可可。以前他做什么都是为了梁可可，现在简直成了丧失动力的船只，茫然地在海面上漂泊。他只能用工作来麻醉自己，忙到没有时间来思考这一堆烦人的问题。

可恨的是，一个人的日子相比从前，却对照出梁可可的许多好来。以前，所有家务事都不要管，只要他回来，总能享受到不亚于五星级饭店的服务。水是暖的，饭菜是热的，梁可可鞍前马后伺候着他，给他递这端那。只要他说回来吃饭，梁可可总是要先询问过他想吃什么才安排菜单，她首先想到的总是他喜欢吃的。她还喜欢学着菜谱炖些奇奇怪怪的汤给他喝，因为汤里加了些什么提气补血益脾胃的药材，喝起来总有股说不出的怪味。有好几次，他都只是出于不想打击她的积极性而唯心地赞美它。平心而论，她还真算得上是个贤惠的妻子。以前他不在家的时候，她总是乖乖地在家等着他，而他，只为出于减轻自己忙于应酬的内疚，想着法子要她出去玩。他猛然想到，把她朝家庭外推的正是自己。她本来就是涉世未深的孩子，在那些灯红酒绿中难免容易丧失自己。或许她真的只是一时迷路，发现走了弯路后悔了，想折回原来的路，只是不知道原来同路的人还愿不愿意在原地等着她。

田伟平在一点点回忆、一点点劝慰自己的同时，心里好像也没那么难受了。也许，很多事以后会慢慢想通的。等到想通的那一天，就是能做出决定的时刻。田伟平不再那么焦虑，他相信时间会帮助他找到最佳答案，他现在做的只是静静等待而已，等待时间的潮水像显影水一样反复冲刷生活的底片，那些写着答案的图案，越来越清晰。

尚晴的生日要到了，许卓航一直在想送她一份什么样的礼物好。他想起上个月陪客户去的一个度假村，那里环境宜人，更重要的是那里的套房竟然还有设备一应俱全的厨房。他当时就想，要是带尚晴来这里，她也一定会喜欢。他早早跟尚晴预定了她的生日。尚晴结婚后还真没认真过过什么生日，倒也不能完全怪顾军，他从来就不讲究这些，连自己的生日都不过。有次尚晴问起他们的结婚纪念日，他都答不上来。想到这里，尚晴对生日还真有几分期待。

生日那天，尚晴老远就看见许卓航的车。

“想去哪里？”“随便。”每次许卓航问起尚晴这个问题，她总是这样回答。只要跟他在一起，她总是很放心地把自己交给他。“我带你去一个地方，我想你一定也会喜欢的。”“什么地方？”“到了就知道了。”

一路上，尚晴突然觉得两人都有点说不出的怪怪的感觉。许卓航专心开着车，尚晴则看着窗外，两人的眼睛都有点不敢对视。沉默久了，又觉得不自在，就有一句没一句地说上两句。出了市区，郊外清新甜润的空气扑面而来，两人才仿佛逃离藩篱重获自由般轻松起来。

等红灯时，许卓航偏头看着尚晴，尚晴感觉到了，顽皮地把头转向另一边。车子重新发动，尚晴偏头看着许卓航，轻轻笑着，许卓航也傻傻地笑着。两人好像忽然都有点害羞似的。但不容置疑，这一刻的他们，除了快乐，还是快乐。

度假村坐落在远郊，有山有水，环境确实优美。许卓航停好车，替尚晴拉开车门，又从后备箱里提出一个大纸盒，尚晴好奇地问他是什么，许卓航神秘地摇摇头，说到时候就知道了。房间已经预定好了，许卓航拿了房卡带尚晴上楼。在电梯里，两个人在局促狭小的空间里，羞赧地别过头不看对方。走在许卓航身边，尚晴觉得自己的步子有点慌乱，却又不能停住脚步。

两人走进房间。尚晴觉得这个套间布置得很像一个家，而不像酒店，尤其是一应俱全的厨房，给人一种浓烈的居家过日子的感觉。

尚晴正想先烧点水泡茶，许卓航突然跑到阳台上接电话去了。等尚晴从厨房接水回来，许卓航一脸歉意地告诉他公司有份文件要签，已经派人送过来了，呆会可能不能陪她。尚晴听他这么一说，心里难免有点遗憾，但还是边点头边安慰许卓航没关系，工作要紧。许卓航告诉尚晴这里有温泉游泳池，要尚晴先去游泳。尚晴当然更想和许卓航一起去，但事不凑巧，也只好先这样。许卓航带尚晴来到游泳馆，安排妥当就先回房间了。说好忙完就来接尚晴，最快一个小时，最慢也不会超过一个半小时，要尚晴别急。

许卓航回房间后立马忙开了，他解开纸盒子的包装带，从里面拿出他早上精心采购好的东西，有米有菜，有尚晴最喜欢的马蹄莲和一个生日蛋糕。他轻轻揭开生日蛋糕的盒子，发现一路颠簸后的生日蛋糕完好如初，不由一阵庆幸。他先把蛋糕放在冰箱里，这样奶油就不会化掉，然后乒乒乓乓在厨房里忙活开了。给自己心爱的人做饭，许卓航快乐地一边忙一边哼起歌来。一切准备工作就绪，只待下锅。他赶紧打电话告诉尚晴他的工作完成了，尚晴说就回来，许卓航笑着说二十分钟后见。尚晴一边洗澡换衣，心里总觉得许卓航今天有点不对劲，怎么他今天不来接自己要自己一个人回房间了呢？按说工作完了他就没事了，依他平时的做法，应该会来游泳馆接自己一起回去的呀。她根本没有想到许卓航是在厨房边忙边给她打的电话。

尚晴的头发还没有干透，她不时甩甩头发，把积在发尾的水滴抖落出去。游泳馆离房间并不远，不到五分钟，尚晴已经来到房门前。她没有再多想，摁响了门铃。

门开了，许卓航拿着一束花迎向她，“生日快乐！”尚晴不禁笑了，她觉得沉着稳健的许卓航献起花来竟是这般笨拙可爱。“谢谢！”

真正的惊喜还在后面。许卓航拉着她来到餐桌边，啊！尚晴不由惊叫起来。餐桌上摆好了热气腾腾的饭菜，在许卓航的精心烹制下，那些饭菜散发着诱人的香味，看起来那么令人馋涎欲滴。尚晴眼眶一热，全明白了。这顿饭在尚晴眼里如此丰盛，要知道，长这么大，除了长辈，还是第一次有人专门为她一个人做饭。她不由发自内心地对许卓航说道：“谢谢你！”她找不到合适的话语来表达此刻的心情，她只能说出这简简单单的三个字，但她知道，这份特殊的礼物足以铭记终生。今生今世，她都不会忘记。

“快趁热吃吧，冷了就不好吃了。”许卓航把她摁在座位上，开始往尚晴碗里夹菜。凭心而论，许卓航的厨艺还真不赖。看着尚晴吃得津津有味的样子，许卓航自己都忘记吃饭了，在一边不停地忙乎，一会儿盛汤，一会儿把鱼刺剔掉。尚晴把菜又夹回许卓航的碗里，“你也吃啊，别老给我一个人。”许卓航这才停了下来开始吃饭。

他问尚晴，“知道为什么要你先去游泳吗？”“还不是想把我支走。呵呵。”“不完全是哦。”许卓航狡黠地一笑，“因为我想你一饿呀，就会觉得什么都好吃了。哈哈！”“对自己的厨艺这么没信心啊？呵呵。”尚晴也笑了起来。“信心还是有的，就怕太紧张发挥不好。”许卓航一本正经地回答道。

尚晴就知道他今天有“阴谋”的，怪不得开始好像没听到他手机铃响他就跑出去接电话了，还要跑到阳台上去接，平时他接电话从不避她的。现在看来这个电话根本就是莫须有。

尚晴觉得吃下去的不仅仅是美味可口的饭菜，更是许卓航一份浓浓的爱意。更让尚晴意外的是，吃完饭，许卓航要她闭上眼睛，尚晴问他又搞什么“阴谋”，他索性解下尚晴的发箍蒙住她的眼睛，尚晴只得乖乖地等着。尚晴听见悉悉索索的声音，然后灯关了，接着是擦火柴的声音，尚晴马上猜到应该是生日蛋糕，果然，等尚晴取下发箍，一个心形的水果蛋糕跃入眼帘。

“快许愿吧。”

来不及感叹，尚晴又闭上了眼睛，默默在心底许愿，然后一口气吹灭了蜡烛。许卓航边鼓掌边打开了灯。尚晴笑着取下蜡烛，发现只有18根，“呵呵，为什么只有18根啊？”“因为在我心里，你永远都是18岁。”“谢谢！”尚晴接过许卓航递过来的餐刀准备切蛋糕。她一手稳住蛋糕一手去切，可她发现这个蛋糕怎么是个斜的，她笑许卓航，“你怎么连蛋糕都没放平啊？”许卓航也说，“是啊，怎么回事？”尚晴俯身仔细看着，发现蛋糕的边缘压在一个突起物上了。尚晴小心地挪开蛋糕，看见蛋糕底座下静静躺着一块玉佩，她拿起来疑惑地看着许卓航，“这是给你的生日礼物，我不在你身边的时候，它可以代替我陪在你身边。”说完，许卓航从尚晴手里拿过玉佩，轻轻给尚晴戴好。“不是什么贵重的玉。希望你收下。”许卓航仿佛猜透了尚晴的心思，补充道。

尚晴还能说什么呢，她怎能在这种时刻再拒绝他拂他好意，辜负他的良苦用心？只是，他怎么能想出这样的惊喜送给尚晴？尚晴忍不住问他：“你怎么想出来的？”许卓航老老实实地交代：“我买的时候咨询售货员了，她们挺热情的，提供了好几套方案给我。”尚晴被这话逗得忍俊不禁。

“亲爱的，谢谢。”尚晴靠进许卓航的怀里，她好想哭，可是她不会哭的，因为他说过不想再看她流泪，她也希望留给他的永远是那个快乐开心的自己。

这真的是一个无可挑剔的完美生日，她只觉得幸福，觉得自己真的是世界上最幸福的人。

第二天两人吃完早餐，收拾好准备回去。想到即将到来的分别，尚晴的情绪一下子低落下来，许卓航懂她的心思，轻拍她的背，“以后我们还有机会来的。”尚晴想说什么，许卓航的电话响了，是催他去处理事情的。尚晴拿起包，牵着许卓航的手出了门。

两人坐电梯到地下车库，许卓航替尚晴打开车门，尚晴刚一坐下，忍不住“啊”的叫了一声，许卓航忙折回来，原来尚晴发现座位前方有一张网，一张非常规则细致的蜘蛛网，网的边缘还有一只小蜘蛛在来回穿梭。尚晴忍不住感叹，“天啦，它怎么进来了，估计忙了一整晚才织好的吧。”许卓航笑了，拿了抹布过来边擦玻璃边把蛛网抹干净，“这是我养的宠物，要它网住你的心。”因为这个小小的不速之客，气氛一下子又活跃起来。

天空依然灿烂晴朗，和来的时候一样。车里放着轻柔的音乐，两个人都没有说话。不再有来时的羞涩，只荡漾着一股淡淡的水乳交融的甜蜜。

“组织上还有什么要交代的吗？”许卓航想轻松一点。

“没有。”尚晴顿了一顿，“你自己要注意休息，别太累了。”

车子驶入市区，天空突然变得阴沉，阴晴分界如此明显，叫两人感叹不已。

“变化好快啊，真像从一个世界进入另一个世界。好像进了一扇门，就把那一边的世界关在了门外。”尚晴边说边回头看着被甩在后面的阳光。

“这就像从梦境回到现实，只是一瞬间的事情。”

尚晴觉得，这阳光还真的就像梦想，偶尔也会照进他们的现实里，温暖安抚着他们。

连顾军自己都不知道怎么回事，突然就记起尚晴的生日来。他从小家里就没有给谁过生日的习惯，所以到他这里，也很少特意给尚晴过生日。尚晴也没什么要求，久而久之，生日就这么被忽略掉了。本来这个周末要值班不能回来的，但顾军还是特地请了一天假赶了回来。事先也没有告诉尚晴，只是偷偷买好生日蛋糕。没想到的是，尚晴竟然不在家。他打电话给尚晴妈妈，妈妈那里只有乐乐在，说尚晴和朋友玩去了。顾军等了整整一夜，尚晴还是没有回来。每次听见楼道传来脚步声，顾军心里都满怀希望为之一振，但都落空了。顾军开始还准备打电话给尚晴，可后来，他不知怎么就丧失了所有的勇气。因为他被遗弃在尚晴的生日之外，这让他很沮丧。

第二天回程路上，顾军后悔没有把餐桌上的蛋糕拿走，她已经不需要他了，那盒讨好求和的蛋糕让他觉得自己好像个自讨没趣的小丑，提醒着自己的失败。顾军一路上一直沉默着，终于，吃晚饭时他收到尚晴的短信，“谢谢。”他自嘲地笑了，没有回复。

尚晴看见蛋糕也很意外，难得他竟然还想起了自己的生日。可是，这个在尚晴看来敷衍了事的蛋糕怎么能和许卓航那个蛋糕相比？难道，一个人狠狠扇你两耳光后又来抚摸你火辣辣的痛处，再递上一个大红苹果，你就会喜笑颜开忘记疼痛了吗？绝不可能。

尚晴感激顾军做出的努力，但要她原谅他，那是不可能的。就算她原谅他了，她也不会再爱他，因为她现在爱的人是许卓航。有时候她也会反思：是因为有了许卓航，所以才看轻顾军？顾军的举动确实让尚晴的心瞬间触动了一下，但就像一阵微风吹过就吹过了，不能动摇她对许卓航的爱，一点也不能。

田伟平现在最怕晚上入睡前那一刻，不管他多疲倦，梁可可总会顽强地闯入他的脑海。他总是回想起梁可可背对着他坐在客厅里的样子，宽大的沙发把她的背影衬得愈发单薄，几天不见，她仿佛缩水似的瘦了一圈。自己的日子不好过，他猜想她应该也不是那么轻松。尽管离婚是她先提出来的，但从她几日里急剧的消瘦，可以推断出她应该也备受折磨。他有时候会从抽屉里拿出那份离婚协议书，看着梁可可拟好的那些条款，他能感受到她内心的愧疚与悔恨。一想到她遇人不淑，不由又添了几分怜惜。

几乎每个晚上，他都是这么想着想着慢慢入睡，有时候越想越清醒，有时候越想越头昏脑涨。后来他索性把笔记本放在床边，在网上漫无目的地看新闻，看得倦了倒头就睡。

这天，田伟平照例又开着电脑倚在床头看新闻，直看得头发昏眼发花。好像才睡了一会儿似的，枕头下的电话突然响了，在深夜的寂静里，手机震动的蜂鸣声显得格外刺耳。尽管田伟平因为工作需要，一直保持着二十四小时不关机的习惯，但在凌晨时分接到电话的频率还是微乎其微的。这种电话通常都令人担惊受怕，田伟平有种不祥的预感，果然不出所料，电话带来的是坏消息。

电话是公司老总打来的，告诉他说小张因为赶夜路回城，出了车祸，估计情况不妙。他现在人在外地，要田伟平赶快做准备先去处理，他争取马上赶回。

田伟平赶紧出发。天色已经有些蒙蒙发亮，一路上，田伟平心里不停地祈祷，千万不要出什么大事就好。因为早，一路上畅通无阻。要以往遇见这种路况，田伟平会感觉心情愉快，可今天，他的心情比塞车更烦躁百倍。车子已经接近高速公路收费站时，电话又来了，老总带着哭腔告诉他，刚才那边来电话了，说小张已经快不行了，要田伟平赶快去接小张爱人，争取见最后一面。

田伟平脑袋“轰”地一下木了，他的手抖个不停，几乎没有办法开车。他只好先把车停在路边，哆哆嗦嗦掏出一根烟，因为心跳剧烈，他点了好几次才把烟点着。他难受得想要呕吐，可想到等下还要去接小张爱人，还得装成没事人一样，只得狠狠地吸着烟，镇定着自己的情绪。

小张家在城西的一个小学附近，他爱人是个小学老师，也姓张。田伟平见过几次，看上去就是个知书达理的女子。他们领结婚证还不到半年，想到她眼下却要承受丧夫之痛，田伟平简直不知道该如何开口。他脑子里乱糟糟的，只到看见小张的家了，还是没理出个头绪。他把车停好，鼓足勇气摁响了门铃。

显然，从张老师那略带错愕的表情里，他知道自己这个不速之客带给她的感觉是很突然的，突然里还夹杂着不安与忧惧。田伟平看见门口的鞋柜上放着包，看样子张老师正打算出门上班。

客套的招呼过后，张老师要他进屋坐，田伟平客气地推让着。张老师仿佛也预感他带来的肯定不是什么好消息，不敢主动开口。田伟平想到还要争取时间，只好狠了狠心，开门见山地说道：“是这样的，张老师，小张昨天晚上从永顺回来的路上出了车祸，现在公司派我接你去永顺。”“什么？你说什么？”张老师好像没反应过来，一脸的难以置信，不是不相信田伟平，而是不想相信也不敢相信田伟平带来的消息。“人没事吧？”“暂时没事。我们先赶过去吧。”“田总，你告诉我实话，张林他人没事吧？”“具体情况我也不太清楚，我们先走吧。”田伟平实在不忍心告诉她实话。

张老师慌慌张张出了门才发现忘记换鞋，赶紧又转回来换鞋。起先张老师还不停地追问田伟平，想知道更详细更具体的情况，看到田伟平确实不知道太多也只好作罢，只是默默在一旁流泪。田伟平除了象征性地安慰她几句，也找不到更好的办法。张老师接过田伟平递过来的纸巾，一边擦泪一边说道，只要人还在，哪怕是残废了我也能接受。田总，他不会这么狠心丢下我的，对不对？说得田伟平心里酸酸的，一个劲地点头说吉人自有天相。

一路紧赶急赶，竟比平时快了近一个小时。等到达县人民医院已经临近中午，他们直奔急救室。急救室里只找到同行的司机还在昏迷不醒。田伟平和张老师对视着，剧烈的不祥瞬间击垮了张老师，她两腿一软跌坐在床沿。田伟平忙说："我出去看看，说不定转到病房去了。"田伟平其实心里已经有了答案，但还是转身走到护士办公室。结果不出所料，小张没有等到见张老师最后一面。他在问清太平间在哪里后，步履沉重地转身了。

他不敢看张老师，张老师也不敢问他，似乎不知道答案，那答案就可以不存在似的。张老师其实也猜到凶多吉少，只是还顽强地想保留一丝幻想。幻想再渺茫，也还是希望的所在。田伟平也知道这渺茫的幻想现在就是张老师的全部支撑，一旦幻灭，就是地狱。

他扶着张老师往外走，张老师还是没有说话。直到走到太平间的门口，张老师看见那三个字就不愿意走了，说："田总，你搞错地方了，我们来这里干什么？我们不是去病房吗？"说完拉着田伟平转身往回走。田伟平扯住张老师，"你冷静点，张林在里面！"张老师拼命摇头，大声说道："你肯定搞错了，肯定搞错了！"田伟平强忍着泪水，拉住挣扎着转身的张老师说："张林他在里面，他在里面等你。"等田伟平掀开覆盖在小张身上白布的那一刻，他一下子也崩溃了，泪水夺眶而出。但他知道自己不能放声大哭，只能使尽全力克制着。

张老师喊了一声"张林"就晕过去了，田伟平赶紧喊医生，来不及悲伤又陷入另一场兵荒马乱……

这些天，田伟平每次闭上眼睛，小张的音容笑貌就好像是在眼前一样，仿佛又看见他笑眯眯地走过来对自己说："田总，还有什么事吗？没事的话我先走了。"这是以前下班前最常见的场景，可现在，却永远也不会再有。田伟平觉得这几天的一切都像是幻觉，仿佛从他凌晨接到电话起，就一直处于梦游状态。他真希望这是一个会醒的恶梦，然而，这一切真的是真的。

生命，原是这样脆弱和无常。田伟平不想抱怨，也不想感慨，也由不得他去抱怨和感慨。活着的人应该学会更加珍惜每一天，继续快乐的生活下去。田伟平又想起了梁可可，还真不知道她最近怎么样了。他突然有种冲动，很想打电话给梁可可，他拿出手机，地址簿里梁可可的号码依旧以"老婆"的称呼储存着，但是电话接通后却传来“您拨的用户已关机”，带给人莫名的心慌。

田伟平想，也许老天还要再多给他一点一个人的时间，让他好好整理过去，也好好想想未来。他决心把手头上的事情都处理完后好好和梁可可谈谈，确实，他们太需要一场心平气和的交流与沟通。生命不可能重来，但他们的感情，应该有重新开始的可能。

梁可可趁田伟平白天不在家的时候，曾经回来拿过一次衣物。田伟平一直没有和她联系，梁可可对他也不再抱什么希望。他从来就不是个狠心的人，她知道这一次她是彻底伤透了他的心，否则他不至于这样绝情。

倒是罗铮给她打了电话。陌生的电话号码，接了以后才听出是罗铮。不等他开口，梁可可便告诉他，田伟平现在知道了一切，他们已经准备离婚。他的目的达到了，满意了吧？不等罗铮回答，她就挂断了电话。罗铮的电话马上又打了过来，梁可可没有接。从那以后，罗铮就再也没有来过电话。这也好，她这辈子再也不想和他有任何关系。谁愿意在犯罪事实被宣判后，再见到污点证人？大概下辈子都不想。

梁可可只是觉得歉疚，辜负了田伟平对她的爱和信任。她心里的郁闷，除了尚晴，也找不到可以倾诉的对象。而正处在感情漩涡的尚晴也需要一个倾泻口，两人便时常约在一起谈谈心，排遣心中苦闷。再加上尚晴总觉得自己没有尽到朋友该尽的责任，所以只要梁可可约她，她都尽量抽时间赴约。

这天，梁可可说要和尚晴商量点事，两人便约在尚晴学校旁的一间甜品店。店里光线柔和，背景音乐放的是深情悠扬的钢琴曲。在这样舒适宜人的氛围里，时间仿佛停滞一般。她们一边吃着喜爱的甜品，一笔轻言细语地交谈着。

“田伟平和你联系了吗？”“没有。”“要不要我去找他谈谈？”“不用了，他要想来早就来了。”“也许他这段时间忙呢。”“我了解他，他心肠其实很软。这次这么久了，我知道他也下定决心了，我不怪他。别说我了，你和许卓航怎么样了？”“唉，我也没想那么远那么多，但我想他老婆肯定不会愿意离婚呢。”“那当然，这么好的男人，谁愿意放弃啊。”“我也不怪他，只怪自己错过了。”

两人说着各自的心事，空气里揉进了一缕轻愁，连钢琴曲也染上了丝丝惆怅。突然，尚晴像想起什么似的问道：“你不是说有事要跟我商量吗？”“哦，我准备出去散散心，你和我一起去吗？”“我抽不出时间呢，好不容易争取来的读书机会，总不能再像大学里那样逃课吧。”尚晴面有难色，“你准备去哪里？”“嗯，没事。”梁可可能理解尚晴，“我想去海南。”“也好，出去散散心，心情会好些。”“嗯，我也这么想的。”梁可可点了点头。“要是田伟平来找你怎么办？”“那你也不要告诉他我去了哪里。我不想他知道。”“嗯，”尚晴没有追问原因，只是叮嘱道：“一个人去要注意安全啊，记得随时和我保持联系。”“放心吧，等我回来，一定让你看到一个全新的我。”梁可可久违的自信浮现在嘴角，这让尚晴稍稍感到欣慰。她相信，梁可可会从这跌得不轻的一跤中领悟到很多。

应该还有另外一个人会同样感到欣慰，当然，假如他也知道梁可可现在的心情的话。这个人就是罗铮。但是，他也许永远都不会知道，正如梁可可也可能永远不会知道他真实的想法和情况。

罗铮在 5.12 地震后不久就去了四川理县。他们设计院组建了一个设计师团义务支灾设计三年，他毫不犹豫地报名了。这决不仅仅是因为要逃避感情的困惑与折磨，而是当他在电视里看见那些触目惊心、惨不忍睹的废墟时，作为一个设计师，他有一种强烈的责任感。地震被他们这一代人遇到了，他只想真正做一点实事，帮助灾区人民重建家园。

在走之前，他只想再见梁可可一面，可是，梁可可一直没有给他这个机会。

他是带着遗憾去的四川，到四川后，曾经忍不住给梁可可打过一个电话。梁可可的话语让他明白，自己的一切举动对她来说，都是一种侵扰。如果希望她真正幸福，那就只有远离。好在繁重的设计任务淹没了他，他投入到另一种水深火热之中，小城的记忆，渐渐恍若隔世。

他们都将会有自己新的生活，而真相，就像沉入海底的古瓶，永远没有被打捞上来揭开封口的幸运和机会。

Keep out the times Chapter 12

第十二章

苏扬的职称批下来了，这意味着可以加些工资。虽然数目不多，但总比不加好。这小小的喜悦给离婚后的生活抹上了一笔亮色。苏扬的心情总的说来还是平静的，只是偶尔难免还是会有伤感的时候，那些失落会伴随着情绪低潮轻轻在心里翻涌。一个女人一生中最宝贵的时间竟然浪费在一段夭折的婚姻里，不能不给人一种遗憾和失意。但是苏扬又觉得自己在变得越来越勇敢，她不再逃避现实，而是着手解决问题。当一个女人内心在滋生力量的时候，她会日益强大起来的。就像她现在，一个人带着贝贝，不也过得挺好的吗?

这个周末贝贝去了奶奶家，她难得轻松一下，便计划着增添一些生活用品。来到超市门口，只见人潮涌动，估计是在搞什么促销。她早就养成了精打细算的习惯，看见大家都提着一包包的东西出来，禁不住也挤了进去。原来是保健品大展销，苏扬想起上次听人家介绍经验说螺旋藻可以改善血脂偏高的症状，正好自己加了工资，可以给爸爸买点回去试试。苏扬选好后正要付款，竟然看见柜台那边有一张熟悉的脸孔——张峰，她忙和张峰打招呼，张峰看见她，拉着她又挤出了人群。苏扬说干吗拉我出来，今天有优惠，我要买呢。张峰笑了，说今天不限量供应，不用急，人人都买得到。苏扬听了这才放心。

“你今天怎么一个人来的，孩子呢？”“去她奶奶家了。”“对了，正想找你说件事呢，上次听他们说你老公已经买断了，我们这里正招人，他愿不愿意来？”“谢谢啊，不过现在不需要了。”苏扬一脸的感激。

“哦，已经找到了合适的工作吧？”“不是，我们已经离婚了。”苏扬不想隐瞒，平静地解释到。“哦，对不起。我不知道。”苏扬笑着摇了摇头，“没关系呢，好多人都不知道。”“那孩子归你吗？”“嗯，归我带。”“那你一个人带不紧张吗？”张峰指的是经济上的压力，因为自己从社科院出来的，清楚那里的收入情况。

“以前还不也是我一个人的工资应付开销。”“有没有别的想法？”“什么想法？”苏扬一时没听明白。“兼职什么的，可以增加点收入。”“想过，但你也知道，白天上班没时间，晚上孩子回来了更没时间。”“要不你先开个网店嘛，现在流行着呢，又不影响上班。”“这倒真是个不错的主意。不过，得找到合适的产品才行。”“不用找了，就卖我们这个产品吧。”“你们这个产品？”“我们这个产品有一定知名度，也容易培养固定的客户群。你拿批发价，等于把租门面的钱返还给顾客。”苏扬觉得听起来真是个不错的主意，“可是，谁会批发给我啊，我不可能一次进很多货的。”张峰刚要回答，那边有人跑过来喊他张总，跟他请示工作上的问题。

苏扬等那人走后才从张峰给他的名片上知道他是这个牌子华中地区的总代理。有这个便利，苏扬倒真想试试张峰的提议。到底是讲究效率的商人，雷厉风行惯了的张峰立即带苏扬去公司，给了苏扬一些资料，他把能想到的苏扬应该需要的资料码好，拿文件夹夹好交给苏扬，“我只能帮你这么多了，剩下的就看你自己了。”张峰要苏扬想好了打电话给他就行，随时送货上门。

苏扬没有想到今天还有这么大的收获，真有点喜出望外。其实在她心里，自己创业的念头一直都有。但是，开实体店的成本太高，对银根紧缩的苏扬来说简直是异想天开，更何况自己也完全没有经验。在网上开店就不同了，开店不用多大成本的，既然那么多人能开好，自己为什么不能？

回到家，苏扬仔细研究着相关资料，拿出笔在纸上比比算算，心想，反正网上开店又不要租金，退一万步，就算卖不出去，还可以自己用啊，可以说是零风险了。上班上网也方便，利用工作之余和客户沟通联系，什么都不耽误。

说干就干，苏扬第二天一上班就马上搜索相关资讯。她早就知道网上购物这种新生事物，但一直没尝试过。她登上了一个著名的网购网站“淘淘网”，被这段话给惊呆了：“在淘淘网上，你每眨一下眼就能卖出 7 件化妆品及 10

张电话充值卡；每一分钟能卖出 63 件男装和 190 件女装；你吃一顿饭的时间就有人买走了 1028 部手机与 1042 台笔记本电脑；……”经过一番了解，苏扬发现淘淘网开店门槛很低，每个合法公民只要想在淘淘开店基本都可以实现。当然，这也导致淘淘网上竞争非常激烈。买家首先是看卖家的信誉度，其次是看价格，这点是毋庸置疑的。同样的产品，新手卖家只能靠价格取胜。定价太高了，可能别人会嫌贵，太低了自己又没有利润。总之，物美价廉是最大的法宝。

很快，苏扬就申请到了一个铺面。她很兴奋，以为注册个店名就可以买和卖了，等会再把这些图片传上去、订好价格就可以开张大吉。可是做着做着，就发现原本想当然很简单的事远比她想象的要麻烦得多。首先图片就不会处理，格式不对不能上传。苏扬当然不会这么容易就放弃，跑到淘淘大学里学习了简单的 PS，总算处理好了图片。为降低成本，苏扬自己在网上下载网页模板后试图把它改成商品模板。没想到单修改一个图片就用去苏扬大半天时间，还是一边看着搜索到的教程一边操作，整整花了两天时间才把自己的第一个模板改好。这样刻苦钻研折腾了好几天，熬得两眼通红、腰酸背痛，她的淘淘网店“苏苏的健康小店”才终于开业。看着像模像样的小店，苏扬开心极了，抑制不住内心的自豪和骄傲，到处跟朋友和淘淘群宣传自己的小店。

许卓航现在脑海里每时每刻都是尚晴的影子，他无时不刻不在想念尚晴，就像毒品上瘾一样难耐和渴望。中午看报纸无意中看到附近郊县的桂花开得正盛，他一下子突发奇想，决定有时间一定要和尚晴一起去赏花。这个念头冒出来后，就一直放不下了。许卓航脑海里还幻想出一副图画，月色、花香、美人，真是赏心乐事。想到做到，他赶紧处理完手头的公事，提早下班接尚晴去了。

靠近桂树林的时候已近黄昏，晚霞像一副艳丽的织锦挂在天边，给万物的轮廓镀上一层金边。郊县的十里桂树林倒也真不是浪得虚名，一路上全都是时浓时淡的花香，染得人发梢眉尖都余香缠绕。闻着花香，两人的心情很是惬意。

他们吃着可口的农家饭菜，然后就近选择了一家专门接待赏花游客的旅馆。房间阳台外面就是一片很美的桂树林，正是桂花怒放时节，香气把空气染得甜腻腻的。尚晴站在阳台上看风景，许卓航从后面抱住她，使劲嗅着她的头发，“好香。”许卓航真的觉得她的发梢满是花香，“我们出去走走吧？”

尚晴点点头。可是她半天都没有动，她很喜欢很留恋这一刻，安安静静，没有任何人打扰，陪伴他们的只有天地间满满溢开的花香。

“走吧？再不走我就走不动了。”许卓航带着几分耍赖。

“为什么呀？”尚晴忍不住格格笑出声来。

“真的走不动了。”许卓航作势要把尚晴抱起来。尚晴忙转身轻拍许卓航的脸颊，牵了他的手，两个人说说笑笑到外面散步。

乡村的夜晚格外安静，偶尔还能听见远处河船的鸣笛声。

“都是你，害得我这几天整晚都没睡好。”“为什么？”“明知故问，真是的。”许卓航一把揽过尚晴，做出报复性的姿势。尚晴也不躲闪，摆出回击他的样子。两人正在打闹，陈娜的电话来了，因为四周很安静，电话里的声音也格外清晰刺耳。尚晴不想听，又不能不听。

好像是陈娜在交代许卓航什么事情，许卓航只是简短地应答说好，顺应着陈娜。每次陈娜打电话过来似乎都是命令似的口气，而许卓航也从不打反口。尚晴等许卓航接完电话，忍不住问道：“她怎么那么对你啊？”“怎么对我了？”许卓航一脸茫然。“我看她每次对你说话都是颐指气使的。都是你——”，没等尚晴说完，许卓航说，“她本来就是那样的说话口气呢。”“哼，还不是你——”，尚晴没再说下去。许卓航接道：“都是我惯的是吗？”“哼。”尚晴撇过头不看他。许卓航看尚晴有点不高兴，忙解释道：“我只是不想跟她计较而已。”尚晴不再说话，沉默了一会才轻声讨伐道：“你什么都听她的，从来不听我的。”“那她要我不来我还不是来了。我什么时候没听你的啊？”“那我要你别来你还不是来了？”尚晴一顿乱绕，绕得许卓航怎么回答也不是。许卓航笑了，“我看你学错了行当，真是曲艺界的一大损失呢。”尚晴也有些不好意思，想笑但是忍住了，“你为什么要对她那么好嘛？”“我只想对你好。”“不要。”

许卓航一时也无言，只是把手机关掉了。两人沿着湖走了一会，尚晴瞥见许卓航一副诚惶诚恐的样子又觉得于心不忍，赶紧拽着他的手说道：“是不是我的胡搅蛮缠让你生厌了？我只是不愿意看别人对你不好，只是希望别人都对你好。”许卓航回道：“我不在乎，有你就好，至于别人怎么对我，我真的一点都不在乎。”

两人的情绪好歹又像重新接上了的线头，回到原先的气氛里。接是接上了，可还是有一个小疙瘩，横亘在心中，磨得人细细地痛。尚晴只有尽量不去想。

她想起已经离婚的苏扬，随口问道：“你那里有没有离婚的单身男士？”“怎么了，谁要？”尚晴本来想告诉他苏扬的情况，转念一想，又捉弄地回答道：“我。”许卓航轻轻在尚晴的脸颊上掐了一下，“没有！有也不准你找。”“为什么？”“没有为什么，就是不准。”

在这小小的霸道面前，尚晴却感到了一份莫名的满足，在许卓航那略带醋意的一掐中，她得到一份奇异的安全感。“那你喜欢我吗？”许卓航反问道：“你觉得呢？”“我不知道才问你的。”“这还要我说吗？”“要，要听你说。”女人是听觉动物，总渴望能听到实实在在爱的表白。“一定要回答？”“一定要回答。”“傻瓜，当然喜欢。”“嗯，九十分。”“为什么？”“因为这是抢答题。呵呵，回答那么慢，自然要扣分了。”“可是我觉得喜欢这个词的级别太低了，老师是不是出错题目了？呵呵，不会是个圈套吧？”尚晴被逗得开心起来，俏皮地说：“呵呵，老师也没有信心问出更高级别的问题了。”

当一个女人在自己心爱的人面前明知故问，表现出理直气壮的弱智和楚楚可怜的娇柔时，她一定是幸福甜蜜的。那满脸的娇憨，看得许卓航如痴如醉，忍不住快速亲昵地啄了她的脸颊一口。

和许卓航在一起，尚晴心里满满地都是快乐，她实在想不出什么可以拒绝许卓航的理由。是的，当初是她错过了她，但是她也已经为这个错误的选择付出了代价。她想老天爷还是公平的，你曾经失去的他会用另一种形式补偿。就像他们两个人百转千回，还是走到了一起。她不能不感谢上天对她的眷顾，让许卓航重新回到自己身边。这一次，她不会再错过了，也许会遇到一些阻碍与波折，但她不害怕，也绝不会退缩。

因为点点这个月末过生日，许卓航决定把和陈娜摊牌的事挪到下个月点点生日以后，他想给孩子最后一个完整的生日。但是，许卓航实在太不懂得掩饰自己的表情，他一想到尚晴时那嘴角不由自主浮现的微笑，引起了陈娜的怀疑。

陈娜倒也懂得不打草惊蛇，一个人偷偷跑到电信局调出了许卓航的电话清单。不用太过仔细的排查，陈娜就锁定了话单里出现频率最高的一个号码，从通话时间的长短、出现的时间段以及数量不少的短信，她可以肯定，这个号码的主人一定是个女的。没错，这个号码，正是尚晴的手机号码。

陈娜本想调查清楚号码主人的情况再后发制人，可是昨天晚上，许卓航的手机竟然早早就关机了。因为工作的原因，许卓航的手机向来都是二十四小时开机。陈娜觉得这太反常了，她等不及弄清号码的主人，直接向许卓航开炮了。她找借口把孩子和保姆支走，然后拿着厚厚一叠话单，用红笔做着标记。

许卓航接到陈娜要他下班一定赶回家的电话时，压根没有想到今天晚上等待他的将是一场暴风骤雨。回到家，餐桌上不像往常那样已经摆好了饭菜，只有陈娜沉着脸一个人坐在沙发上，正拿着笔在一叠纸上写写画画。

"你是不是有外遇了？"陈娜单刀直入，她了解许卓航干脆的性格，也不想再兜圈子。"怎么了？""你还没回答我的问题呢。""如果你觉得有，那就是有吧。""什么叫我觉得有就有，那我觉得没有就会是没有吗？"陈娜不由提高了音调。"是有。"许卓航本来还想再等等，但既然陈娜已经察觉到了，也就没有继续隐瞒的必要，何况自己本来想找她谈的也是这个问题。

陈娜一时也没想到许卓航招认得这么爽快，本来准备好的审问计划全无用武之地，心里不免一阵失落，但随之而来的愤怒淹没了一切。"她是谁？"

"她是谁不重要。"许卓航顿了顿，"其实我早就想跟你好好谈谈，本想等点点过了生日的。""点点？你都不要这个家了，还考虑他做什么？"不提孩子还好，提起孩子陈娜更加生气。许卓航微低着头坐在一旁，听任陈娜数落。

"告诉我，她到底是谁？"陈娜又回到开始这个问题。"是我不好，我对不起你。分开后，房子、存款都归你，点点的问题，我会尊重你的选择。"

陈娜一阵晕眩，天啦，他都已经有了离婚的打算！本来还指望着他只是一时糊涂，会痛哭流涕地求饶，没想到他根本就没有给她宽恕他这个机会。她知道许卓航是个说到做到的人，一旦他下定决心的事，基本上很难有人能说服他。可是凭什么自己就得拱手相让？陈娜涌起一股强烈的恨意，她恨许卓航的欺骗，更恨那个女人——破坏他们家庭的罪魁祸首，她绝不能就这么便宜了她。她了解许卓航吃软不吃硬，要是和他对着来，他怎么也不会屈服，只有扮演弱者才有希望扳回一局。她本来就是受害者，跟着他远离家乡，现在落得个被抛弃的下场。这么一想，顿时真的觉得自己凄苦万分，眼泪哗哗直流，"许卓航，我跟着你到这里来，人生地不熟，没有一个亲戚朋友，你就这么欺负我的啊？"

这一招果然奏效，正中许卓航的软肋。他就怕女人的眼泪，陈娜要是大吵大闹倒还好，最坏的结果不过是自己净身出户。可她这么一哭，本来也自觉理亏的他一时还真不知该怎么为自己辩解，又该怎么去劝解陈娜。他可以在物质上尽可能地补偿陈娜，但怎样走得安心，他也想不出好办法。于情于理，都是他欠了陈娜。可要继续生活在一起，他又觉得不仅对不起尚晴，也对不起自己。正在他左右为难的时候，陈娜又发问了："事情已经这样了，你能不能告诉我她是谁？死也要让我死个明白吧？"

看着陈娜泪眼汪汪的样子，许卓航确实心软，再说，她以后迟早是要知道的，不过许卓航还是加了一句："我可以告诉你，但是请你不要去为难她，都是我一个人的责任。"

陈娜点了点头，心里却越发恼火，他这么护着她，她倒要看看她到底是何方神圣？现在先答应了再说，至于去不去找她，他也管不着。

见陈娜点了头，许卓航方道出尚晴的名字："尚晴，我以前的中学同学。"

尚晴？许卓航走得比较近的同学陈娜基本都在聚会上见过，这个名字好像还是有所耳闻，但她想不起这个人是否见过。她努力搜寻着自己的记忆，"我见过她吗？""见过。""见过？什么时候？""有次在超市购物的时候。""哦。"陈娜总算费力回想起来了，确实是有次在超市遇见过他一个女同学，当时只觉得她很憔悴脸色也不好，再加上没有交谈什么，印象不太深。她总是错误地认为吸引男人的首先是容貌，所以对那些长相不如自己的人都比较宽容，一般也都不会放在心上。"她哪里比好我？"

许卓航无法回答，他爱一个人，自然会觉得她哪里都要比别人好。但许卓航不该袒露实话，"我原来就一直喜欢她。"

"原来就喜欢，那你干嘛还要和我结婚？"陈娜的泪水流得更凶，原来，自己只是个替代品而已。现在原件找到了，自己就要退位了。

许卓航有点后悔自己多嘴，但他想，虽然现在话说得越狠她越伤心，但等真正分开后说不定会更释然一些。她是应该恨他，他也没有理由这么对她，可如果继续生活在一起，她得不到完全的他，对她来说就会是幸福的吗？看到现在再说什么都会刺激陈娜，许卓航干脆一言不发。

陈娜很伤心，说到底，自己还是爱许卓航的，一直以来，许卓航也对她很好。撇开他心里爱不爱她不说，这么多年来，这个家不管大事小事，从来没要自己操过什么心。家务事她几乎不用沾边，长这么大，没正儿八经做过几顿饭。没保姆的时候在父母家吃饭，有了保姆她更用不着下厨。倒是许卓航对做饭还颇有兴趣，一有闲暇就会兴致勃勃地小试牛刀。

当初也是他看她嫌上班离家太远，天天在家喊累，主动提出要她在家安心当全职太太的,她以为他会是自己一辈子的依靠,谁料到竟然也有变心的一天？“许卓航，你可以不要我，可是你连孩子都不要了吗？你就忍心让他这么小失去父爱？”

从许卓航一脸难过的表情可以看出，这句话又给了他重重一击。陈娜觉得许卓航不是那种绝情的人，或许真的就是一时糊涂，没准还是人家女的先主动。现在女的主动也不是什么新鲜事，况且许卓航向来就心软，对谁都狠心不起来，当初自己也就是看上他那份宽厚善良。本以为许卓航会在她面前恳求她的原谅，发誓痛改前非，可现在看来远不是那么一回事。主动权在人家手里，自己分明还没拼斗就已经出局，她才是个彻头彻尾的失败者。陈娜思前想后，只有以退为进，她不惜降低了自己的底线，“卓航，我可以原谅你在外面一时冲动，人难免有犯糊涂的时候，只要你回到我身边，我不会计较以前发生的事。”

“娜娜，我不是一时冲动，这件事我考虑很久了。”许卓航看起来很严肃，严肃得让陈娜觉得可怕，她害怕他如此认真的语气，那会让她觉得这件事他心意已定，再没有半点转圜的余地。

“你真的要走吗？”

“娜娜，如果你得不到一个完整的我，你会觉得幸福吗？如果我的心不在你身边，那你守着一个躯壳又有什么意义？”

“有意义！至少这还是一个完整的家！”陈娜说完靠在沙发扶手上又哭了起来。她现在除了这个家还有什么？她在心里哭喊道：“我要这个家，哪怕是形式上的完整，我也愿意，我就是不想失去你，就是不让那个女人得到你！”

“娜娜，你别哭了，是我对不起你，你想怎么惩罚我都行。”

陈娜还在埋头痛哭，许卓航觉得自己束手无策，这注定是一个不眠之夜，对他，对陈娜，都是。

这件事过后，许卓航感觉陈娜的眉宇间多了些东西。有时候陪孩子玩也兴致不高，一副落落寡欢的模样。许卓航一直以为陈娜会再找他谈或是采取什么行动，可是很奇怪，陈娜什么都没有做，平静得就像什么事都没发生过一样。许卓航不知道陈娜葫芦里到底卖的什么药，尽管他很想快刀斩乱麻，但是毕竟这件事错在自己，内疚是免不了的。他又不敢去安慰她，怕她把自己的安慰当成是一种回心转意。索性狠下心来，让陈娜长痛不如短痛。他已经做好了准备，不管陈娜提出什么要求，只要她同意离婚，他都答应。

许卓航没有想到素来心高气傲不肯求人的陈娜竟然会打电话给尚晴。为了不让尚晴心烦，他没有把这些事告诉尚晴。所以尚晴接到陈娜电话时，没有一点思想准备。

“你好，是尚晴吗？”“嗯，我是。”“我是陈娜，许卓航的爱人。”尚晴心头掠过一阵慌乱，她怎么知道自己的电话号码？难道是许卓航告诉她的？应该不可能，从没听许卓航说起啊。“有什么事吗？”“我想和你谈谈行吗？”“你说吧。”“是这样的，我发现许卓航最近一段时间情绪有点反常，回家的时间也少了，我问过他，他说是和你在一起。”

陈娜见电话那头只是沉默，接着说：“我知道你们以前是同学，同学之间走动也是正常的。但是，我能不能请求你以后不要再和他来往？他是个心软的人，喜欢助人为乐，我也怕他的行为会让你产生误解，长此以往，只怕会给双方的家庭带来不必要的影响。所以，我请你以后不要再和他联系了好吗？”

尚晴的脸仿佛被人扇了几巴掌似的滚烫着，被人这样哀求，却有种无地自容的感觉。

“你知道吗？他以前对我很好的，我们也很相爱。可是，你的出现让一切开始改变，你也是有家庭有孩子的人，总不愿意孩子这么小就没有父亲吧？”

尚晴的脸发起烧来，陈娜说得合情合理，她有什么理由辩驳？本来就是自己夺走了原本属于她的那部分，现在反而要遭窃的人来哀求自己，这太不符合逻辑。那些话刺痛着尚晴，也许，如果没有自己的介入，他们真的还算得上是幸福的一对吧？尚晴的心又痛又窘迫，“你不要再说了，我答应你就是。”

“你真的答应以后不和他来往了吗？”“嗯。”“你别把今天的事告诉卓航好吗？”“嗯。”“好的，那谢谢你了。”陈娜真诚地说到，这句话倒真是发自她内心。

尚晴破例没有说再见就先挂断了电话。她为自己感到前所未有的羞愧，过去一直纵容自己的道德准则最终还是受到了谴责。而放下电话的陈娜，却大大松了一口气。事情解决得如此轻松，完全出乎陈娜的意料。看来事情还没发展到想象中那么严重的地步，一切都将被挽回。陈娜有种得胜回朝的喜悦，在没有硝烟的战场上，她成功捍卫了自己的婚姻阵营，这带给她一种胜利的成就感。也因为卸下了心头的包袱，陈娜重新焕发出活力来，和点点在一起玩耍的时候又变得和从前一样大呼小叫了。

许卓航对陈娜的情绪变化摸不着头脑。他在等陈娜提起这事，可陈娜就是不提，有几次许卓航想把话题绕到离婚问题上，都被陈娜警觉地避开了。她逃避的办法就是撇下许卓航一个人去和点点玩闹。许卓航也不想逼人太甚，只好劝自己在黎明前的黑暗里要再多点耐心。倒是尚晴那里不知道怎么回事，好几天都没联系上她。打电话给她，不是没人接听就是关机，给她发了信息也不回，这太不正常了。许卓航担心尚晴是不是出了什么事，不然也不可能不回他电话和信息，不这么猜想还好，这么一想，许卓航越想越害怕，生怕尚晴出了什么意外，一秒钟都坐不住了，马上从办公室驱车直往尚晴学校。

赶到学校的时候正是学生下课午餐的时间，到处都是人，车根本开不动。许卓航索性把车停在路边，下车朝研究生楼跑去。飞奔上楼，在房门口刚好碰见尚晴和她室友正拿着饭盒准备去食堂吃饭。许卓航松了一口气，谢天谢地，尚晴看上去好好的，只是感觉尚晴看见他不像以往那样兴奋，而是平静得有点冷淡。许卓航开始以为是有同学在的缘故，可她同学走了后，尚晴仍旧拿着饭盒站在门口，连让他进去坐坐的意思都好像没有。

“你怎么了，怎么不回我电话，把我急死了！”尚晴欲言又止，折回了寝室。“你到底怎么了？是我做错什么了吗？”许卓航焦急地问道。“我们以后不要联系了。”尚晴不看他，低头看着饭盒，眼泪在眼眶里打转。“为什么？”许卓航只觉得当头一棒。“没有为什么，不想见了。”

许卓航一时愣在那里，他无法相信这个前几天还浓情蜜意的人一下子如此决绝无情。

“你回去吧，待会同学就要回来了，你在这里不方便。”尚晴说道。

许卓航第一反应就是尚晴回心转意了，她抽身回到自己的家庭里去了，所以放弃了自己。许卓航没有勇气去问尚晴这个问题，他失魂落魄地转身，只要尚晴好，只要尚晴愿意，他可以接受她的一切决定。等坐在车里回过神来，才觉得自己怎么这么傻，被尚晴这么一说就出来了。不可能，尚晴突然的变化不可能就这么简单，一定有什么别的原因。下午尚晴还要上课，他不能去打扰，只好下班再来。他要知道真实的原因，哪怕尚晴以后真的不再见他。

许卓航下班后又来到学校，他怕上楼去找尚晴会让她难堪，便发短信告诉尚晴自己在楼下等她，希望能见她一面。这次尚晴倒是没多久就回了信息，要他回去，自己不会来见他。许卓航没有强求，只是告诉尚晴自己会一直等着。过了一会儿，他看见尚晴朝他的车走过来。

尚晴本不想见他，不仅仅是因为答应陈娜不再和他联系，而是担心自己在许卓航面前有没有那个定力。但想到不当面说清楚许卓航也不会甘心离开，她还是下楼了。

“到底怎么了？能告诉我真实的原因吗？”许卓航着急地问她。“没有，就是觉得这样不好。”“我们哪里不好了？你有什么顾虑都告诉我好吗？在我面前，你难道还要隐瞒什么吗？有必要吗？”“没有我之前，你不是过得很幸福吗？”“幸福？如果我真的幸福还来找你，那不仅是不珍惜，更是对不起你。”许卓航又急又气，“你这话是从何说起？我不是告诉过你我的家庭生活是什么样子吗？”“那你对她还不是很好。”“对她好和爱她不是一码事啊，我对谁都可以好，可不见得就会爱上谁啊！你到底怎么了，是谁跟你说什么了是吗？”许卓航突然想起陈娜这两天的笑里隐隐透露着几分不易察觉的得意，一下明白了，“是她找过你了是吗？是不是？”

尚晴低下了头，没有承认也没有否认。许卓航心里可以断定，肯定是陈娜背着他来找过尚晴，要不她的态度不会转变得这么快。“她跟你说什么了？”

尚晴见许卓航已经猜到，也就不再瞒他，把事情简略地说了一下。末了认真地说道：“我在想，如果没有我，你的家庭一定还会维持原样。”

“是的，也许你说得对。没有你，我会一直忍受下去，过着平淡无味的生活。”许卓航结结巴巴道，“但是现在不是这样了，我爱你，你也爱我，我们可以生活得更幸福，为什么不呢？”

“但是把自己的幸福建立在别人的痛苦之上，我做不到。”

“你怎么能这么想？谁说她离开我就一定不幸福？说不定她也会遇见更合适她的人，这不会比和一个不合适的人生活一辈子更痛苦吧？”

“我不想成为破坏你们家庭的罪魁祸首。”

“别傻了，我的婚姻解体与你无关，即使没有你尚晴，也说不定有李晴王晴。”许卓航觉得他的婚姻本来就像一株缺乏养分的植物，迟早都要萎谢。

“那她以后怎么办？”尚晴的善良正是许卓航一直欣赏与痴迷的地方，她总是替别人考虑得更多。

“物质上我会尽力补偿她的。但是感情上，我真的没有办法。也许当初就不该答应和她结婚。”许卓航叹了口气，“答应我，答应我和我在一起。你要相信我，我会处理好这一切。”他的声音因为急切微微发颤。

“我已经答应过她不再和你联系。”尚晴很为难。

“我的事情我自己来解决，你别担心。你只要相信我就行，别的不要管。”

尚晴轻轻点了点头。他们本来就是失散的两半，本来就应该在一起。她从来都是相信许卓航的，尽管他们都知道这将会是一条曲折的道路，可是，只要他们不放弃，坚持到底，幸福会属于他们。“但是请你，对她好一点，好吗？” “你放心，我知道的，我会尽量照顾到她的感受。”

这几天尚晴几乎没睡过一个好觉，睁开眼闭上眼都是那些事那些话。她一千个一万个不想离开许卓航，一想到要她又要回到那心如死灰的日子，再也听不到他的声音，再也见不到他的样子，她就心如刀绞。有时候也想跳出来站在旁人的角度评判这段感情到底应不应该，可是，她做不到。尚晴想，也许能带给陈娜幸福的人不止一个，而能给自己带来幸福的，只有许卓航。这样的想法虽然自私，但只能用这样的理由说服自己。要她放手，不如要她去死。

事已至此，已经不单单是许卓航离不开尚晴，尚晴也发觉自己不能没有许卓航。她不会主动去争取什么，她尊重许卓航的决定，对于以后幸福的可能，她不拒绝，也不会去强求，一切顺其自然就好。

尚晴和许卓航不知道陈娜去调过话费单，因为上次陈娜还没来得及出示证据许卓航就供认不讳，那些话单根本没派上用场。他们还像往常一样通话、发短信，只是没有再见面。这个月刚过，陈娜立刻又去电信局调出了话费单。她满心欢喜地以为如果他们不再联系，那自己就胜利了。可这一看不要紧，那个熟悉的号码仍然历历在目，陈娜一下子怒不可遏，拿起手机拨通尚晴的电话。

“尚晴吗？我是陈娜。”尚晴不明白陈娜怎么又突然打电话过来，许卓航不是说她最近情绪还可以吗。“你上次不是答应不再和许卓航联系了吗？”陈娜愤怒地质问道。“我们没有见面。”尚晴被陈娜这么一说，也觉得气短起来。

这在陈娜看来虚弱无比的辩解，除了激起她更深一层的愤怒，别无他用。“谁会相信你？我真的错看你了，原来还以为你知书达理，不会去破坏别人家庭，没想到你会这么不知羞耻！”

“你不要这么说好吗？”尚晴挺难为情，上次确实答应过人家，现在人家来指责她有足够的理由。

“那我该怎么说？称赞你做得对是吗？不要脸的第三者！”“你不要这么说，我不是第三者！”“为什么不是，自己有好好的家还去勾引别人老公，不是第三者是什么？你还有廉耻之心吗？”“你才是！他原来一直就是喜欢我的！”尚晴对着电话叫了起来，然后叭嗒一下挂断了电话。

尚晴以为陈娜会再打过来，但是电话一直没响。陈娜虽然被尚晴先挂断电话气得够呛，但她知道此刻再打尚晴也不会接，索性不给她这个小看自己的机会。陈娜心里恨得牙痒痒的，觉得此前对尚晴那点好感完全是瞎了眼蒙了心，她一定要报复回来。她刚才说什么？他原来就喜欢她，难道她们从前恋爱过？怎么从来没有听许卓航说起过？他不是说自己以前没有谈过恋爱吗？哼，就算谈过又怎么样，现在他是她的，以后也是，她就是死也不会让她得到许卓航。

陈娜咽不下这口气，制伏不了尚晴，她还制伏不了许卓航吗？立马一通电话打过去要许卓航火速回家，许卓航很奇怪，问她有什么事，她大声吼到家里起火了。许卓航听她语气那么严重，还真以为发生了什么大事，火速赶了回来。回家看见家里什么异常也没有，便有点生气地问陈娜到底是怎么一回事。

陈娜看着他不说话，只把厚厚一叠话单甩向他。许卓航接过来一看才明白原来是这样，他自我解嘲地想，陈娜还真没说错，是起火了，后院起火了。话单被红笔涂涂抹抹做了许多记号，不用说，那都是尚晴的号码。

“许卓航，你是真不要这个家了吗？”陈娜死死盯着许卓航。

“你能不能放我一条生路？”许卓航愧疚是愧疚，但还是坚持原来的想法。

“生路？我要是给你一条生路，那我自己就只有一条绝路！”

“我会尽量弥补。我觉得也许分开对我们来说并不是一件坏事，分开后，我们还可以做朋友。”

陈娜只是冷笑，“你当然觉得分开不是坏事。人不如新，衣不如故。”

“她不是什么新人，我认识她要比认识你早。”许卓航纠正道。

怪不得尚晴也说她才是第三者，难道他们以前真的有过一段？“她就是你那个永远冰清玉洁刻骨铭心的初恋情人吧。”

“不是，她原来并不喜欢我。”

陈娜哼了一声，“怎么，当初看走眼了，现在又觉着你好，就跑到别人家来兴风作浪，有这个道理吗？”“是我找她的。”“看不出你还挺护着她啊，好，有情有义。可是，你摸摸自己的良心，你这样对得起我吗？”“我承认是我不对，我只恳请你能成全我们。”“嗬，我们？都我们了，多甜蜜啊。我问你，你是铁了心要离吗？”许卓航没有说话，只是艰难地点了点头。

“我不离，我坚决不离，凭什么让她得逞！我要她付出代价，她这样对我，我也不会让她好过！丑话说在前面，她做初一，我做十五，到时候可别怪我预先没通知你！”陈娜歇斯底里几近爆发的怒吼连珠炮似的滚了过来。

许卓航心头一紧，有些心寒地看着陈娜。面对一个不可理喻的人，说什么都是无用功，许卓航决定先离开等她冷静了再说。他拉开门准备走，陈娜在身后喊到：“你去给她通风报信是吗？”许卓航说了一句“我去公司”便关上了门。站在楼道里，隔着门还能听见陈娜的叫喊：“许卓航，你要她给我等着！”

陈娜这么一闹，许卓航心里还真有点没底，回到车上后还有些后怕。但愿这都是她一时气话，如果她真的对尚晴做些什么，那可真是自己的罪过。要不还是先跟尚晴说一下，免得她到时候又被弄得措手不及。他拿出电话拨给尚晴。

“你在哪？刚才跟她吵了一架。”“怎么了，没事吧？”“没事，你自己注意点，我怕她又打电话烦你。”许卓航又不能把话说得太明白，怕吓着尚晴。

“我还有事，有空再联系。”“嗯，你自己没事吧？”尚晴从许卓航凝重的语气里感觉事情可能比他所描述的要严重，她隐隐有种担忧。她的心，因为不知道将会发生什么悬在了半空。

“放心吧，我没事。你也答应我，不管怎样，一定要和我站在一起。”

“嗯。”尽管知道许卓航看不见，尚晴还是重重地点了一下头。她没有把陈娜找她的事情告诉许卓航，告诉他又怎样，除了增加他的烦恼，激化他们的矛盾，什么问题都不能解决。她本来还在矛盾地动摇，听到许卓航这样说，想到他们现在是在同一个战壕，她也坚定下来。

尚晴决定了，要和许卓航一直站在一起。

Chapter 13 第十三章

田伟平最近总是感到心沉不下来，太多的事在他脑海里翻腾，就像放电影一样。前一阵子心浮气躁还有据可循，可现在总是整天处于一种莫名的焦虑状态，人恍惚得很，这让他不得不感叹今年的秋天真是一个多事之秋。

有时候，田伟平会突然很想有梁可可在身边，虽然只是一闪而过的念头，也让他明白，一个人的孤寂可耻地击败了他，他感到羞耻甚至是屈辱，却又无可奈何。连田伟平自己都弄不清楚到底是怎么回事，是不是小张的离去给了他太多触动与感悟，他不得而知，但肯定有这个原因在里面。就好像追悼会上，当他看见张老师抱着小张的遗像失神地喃喃自语，诉说再也无法弥补的遗憾时，他突然间想到了梁可可。若梁可可真的就这样一去不返，他会不会也有一份难以释怀的遗憾？那一瞬间，他突然觉得多日来压在身上的重负在剥落，在慢慢不翼而飞，那种轻松、解脱的感觉，他很久以后才明白叫做原谅。

另一方面，不管他承不承认，他始终还是爱着梁可可，死心塌地爱一个人，就得接受她带来的一切，包括伤害。这个需要很多爱和关心的女人很多时候还是个孩子，他一直把她当不懂事的小孩子一样呵护，为什么就不能原谅她这一次呢？为什么就不能给她一次成长的机会？那些不堪回首的所谓真相，他知道了又能怎样，除了把自己伤得更重，还有别的好处吗？是男人，就应该宽容一点。是的，在处理这件事上，宽容是男人最大的美德。田伟平对自己总结出来的话感到很满意，觉得很经典。他还发现，原来在原谅对方的同时，受益的不止是对方，自己也往往得到了解脱。

田伟平自己说服了自己，终于决心再给婚姻一个机会，如果梁可可也愿意的话。但梁可可的手机一直都是关机，连着两天，从早上到晚上，都没有接通。她该不会有什么事吧，田伟平紧张起来，又打电话到梁可可公司，还好，公司里的人说她休假去了。他想了想，拨通了尚晴的电话。尚晴的电话也没人接听，田伟平一下子没了主意。

田伟平正六神无主的时候，尚晴的电话来了，说刚下课，田伟平忙问她知道梁可可现在在哪里吗，尚晴犹豫了一会说："我能跟你谈谈吗？"田伟平忙答应道："我就过来。"

尚晴在教学楼台阶下等她，因为下午还有课，所以他们就坐在花坛的水泥沿上聊了起来。说起来尚晴还真有几分不好意思，总觉得有点对不住田伟平，现在能帮助他们破镜重圆，也算是一种弥补。

"尚晴，你肯定知道可可去哪里了，是吗？""嗯，她一个人出去旅行去了。可是，她不要我告诉你。""为什么？""她没说，也许她想要一个人好好静一静吧。"尚晴犹豫了一下，接着说："有时候，婚姻中出现了问题，那绝对不仅仅是一个人的原因。也许是很多很细小的被忽略的东西慢慢积聚起来的，而那些被忽略的，总是要等到出现问题以后才被发觉，引起重视。"尚晴把梁可可以往诉说的那些寂寞与冷落、曾经试图改善的努力与付出统统倒了出来。"我知道你事业心强，但也许正是你的冷落与不回应，给了别人乘虚而入的机会吧。"

"我知道，事情发展到这一步，我也有责任。"田伟平过去一直错误地认为，给一个女人物质上的保障是最重要的，他忽略了梁可可的精神需求。物质固然重要，精神上的沟通与交流也绝不可忽视。

听到田伟平这么说，尚晴感到很欣慰，也很欣赏，她觉得一个成熟的男人就应该敢于承担责任，而不是一味地推卸与逃避。"可可还是爱你的，只是她走错了一段路。我想她自己也意识到了这些，否则也不会那么害怕失去你，那么不敢面对你。"

"我知道该怎么做了。只是，你现在可以告诉我她到底在哪里了吧？"

"她临走前说去海南，确切的住址我也不知道。她在三亚给我打过一个电话，说手机掉了，其他一切都好。你放心吧，她应该都好的。”

田伟平这才弄明白，怪不得打她电话老是关机。“尚晴，谢谢你，我想我一定能找到她。”

“嗯，我也相信。”尚晴由衷地笑了。看着他远去的背影，尚晴突然想到自己和许卓航，能否在失去后再拥有？她的心情陡然沉重难过起来。

梁可可在飞机上就看见大海了。从天空俯瞰大海，大海的颜色是碧绿的。曾经说过两个人一起来看海，可现在，海成了梁可可一个人的海。

等她找到事先定好的酒店安顿下来，想要给尚晴打电话的时候，才发现手机找不到了，也想不起来到底是在哪里丢的，只好用座机给尚晴报了平安。

这是她第一次看见海。海比她想象的要波澜壮阔得多，尤其是夜晚的海，像一块巨大的暗色宝石吞噬着一切。吹着咸咸的海风，听着哗哗的海浪声，什么烦恼都没有了。闲来无事就在沙滩上翻拣一些美丽精致的小贝壳，还有一些被海水冲刷上来的细碎珊瑚，这些小小的收获总是能给她很大的满足感。有时候什么也不做，就静静坐着，什么也不想。时间是静止的，思维也是凝固的，似乎没有过去，也没有将来，唯一感受到的是大海的气息。大海，母亲一样的大海给予人类永恒的无限的包容。没有比这更能抚慰人心的了，真好。

梁可可今天运气不错，她拣到一个很特别的贝壳，表面有着精致规则让人惊叹的花纹。她找到一个阴凉处坐下休息，欣赏着自己的战利品。此刻的心情也跟天上那些懒懒散散的云朵一样，难得地惬意与轻盈。

突然，梁可可恍惚间听见有人在叫自己的名字。她有点不敢相信，可是那声音越来越清晰也越来越熟悉，好像是田伟平！梁可可急忙躲到树丛后面，透过树丛的缝隙，远远看见东张西望的田伟平朝这边走过来，一边大声叫着她的名字，一边焦急地寻找着。他怎么知道我在这里啊，梁可可估计是田伟平去找过尚晴，可是他为什么要来这里找我呢？梁可可蹲在树丛后，一颗心猛然怦怦直跳，直到田伟平走过去的身影渐渐在视线里消失，才慢慢平复下来。

她当然不知道，田伟平从尚晴那里回来第二天就到了三亚。对于能不能找到梁可可他心里也没底，那么多酒店，梁可可会住在哪一间呢？忽然他灵光一现，记起梁可可以前说要来海边的话一定要住在可以看得见海的房间，看得越远越好。能看见海的海景酒店也不少，不过要看得远就要住得高，田伟平决定从那几座楼层较高的酒店找起。皇天不负有心人，在第四间酒店的房客里终于找到了梁可可的名字。田伟平欣喜若狂，赶紧狂奔上楼。房间里没人，田伟平询问服务员，服务员除了建议他等待以外，都是一副爱莫能助的神情。

田伟平等了一会，觉得等待的滋味实在难受，只得把电话留给服务生，叮嘱他这个房间的房客回来一定马上打电话通知他。他自己先到附近海滩上去碰碰运气。虽然不是旺季，海滩上游客依然很多，要在川流不息的行人中找人，不得不不时喊上两嗓子，就这样，出现了开始的一幕。

梁可可看着田伟平走远才朝酒店往回走。她心想，既然不想看见田伟平，还是换个地方去岛上别的地方转转。正收拾行李，门铃响了，梁可可没在意，随口问了一句“谁啊？”只听门外传来的竟是田伟平的声音，“可可开门，是我！”梁可可好像触了电似的从座位上弹起来。门外的人见屋内没有反应，接着喊道：“可可快开门，是我啊！”梁可可稍稍镇定下来，“你回去吧，我不想见你。”“开门吧，我有话跟你说。”“你走吧，我不开。”“再不开我就砸门了。”田伟平说完真的在门上锤了几拳。梁可可觉得有几分好笑，负疚的是自己，怎么反倒轮到他哭着喊着来求自己了？“你快开门吧，你再不开门我就要服务员来开门了！”“你凭什么要他来开门？”“我带了结婚证，我把结婚证给她们看就行了，她们会来开的。”梁可可不吭声了，她没有想到田伟平这个大老粗还会有这么一招。正犹豫，听见门外田伟平低沉认真的语气，“可可，开门吧，我真的有话跟你说。”梁可可迟疑着把门打开，开了门，她赶快退到床头，和田伟平保持着一段距离。

田伟平惊喜地跟了过来，“可可，你还好吗？”“还好。”梁可可朝阳台上走去，“你呢？”“我不好。”“你想说什么？”梁可可没有问他为什么不好，转移了话题。“我想说，可可，跟我回家。”田伟平亦步亦趋跟到阳台。

梁可可有些羞惭地低下头，不再言语。这曾经是她梦寐以求想要听到的话语，此刻却没有勇气与资格来回应。

“你知道吗？小张出车祸走了，这一段时间忙着处理这件事。给你打过电话，都没有接通。”“啊？真的吗？”梁可可虽然只和小张打过几次交道，但平时在家里经常听田伟平提起他，感觉上还是很熟悉亲近，心里不免难过起来。

田伟平带着一脸掩饰不住的疲惫和沮丧，把事情的始末简略讲了一下，两人都沉浸在世事无常的感叹之中，好半天没有说话。晚霞像火焰一样燃烧在天边，映得整个大地都有些发红，连海水都染了色似的微微泛红。田伟平看见梁可可的脸庞被霞光映照得都有些剔透，仿佛火中涅槃过后，有种宛如初生的纯净。他靠近梁可可，拉起梁可可的手，从口袋里掏出一枚戒指轻轻套在梁可可的无名指上，这正是梁可可离家前从手指上褪下来那枚结婚戒指。“可可，我们重新开始吧，我会好好珍惜你。也想你和我一样珍惜我们这个家。”

“伟平，”梁可可话还没说完，眼泪就掉了下来，“我好恨我自己。”

田伟平一把搂过梁可可，紧紧抱着她，仿佛怀抱失而复得的珍宝。

从海南回来后，田伟平和梁可可仿佛是度完蜜月的新婚夫妇，重新回到甜蜜恩爱的日子。田伟平有次还开玩笑说，以前恋爱的时候总喜欢说追你到天涯海角，没想到结婚这么久还浪漫了一把。梁可可仍旧像以前那样笑他是个土包子，结婚这么久连花都没送过，将来他们的孩子不要像他这么木讷就好。孩子，孩子这两个字又触动了田伟平的心事。看着田伟平黯然神伤的样子，梁可可心想，是啊，他们真该有个孩子了。可是，这事急也急不来。梁可可善解人意地趴在田伟平的肩头，轻言细语地说道，我们现在不也挺好吗？该来的总会来的。

这件事过后没多久，梁可可发现自己有些不对头。首先是“老朋友”没有按时来，她估计可能是旅途劳累所致，也没多想。可有天清晨刷牙时她感到一阵恶心，干呕了一阵却又什么都没呕出来。她以为自己感冒了，忙去医药箱里找药。可原来的药都过期了，她决定干脆上班前顺道去医院开点常备药回来。

去医院的路上，梁可可突然觉得路边有辆车飘过来的汽油味让她特别受不了，这可是以前没有过的现象。到了医院，医生询问了一下她的情况，竟然开出了一张妊娠化验单，梁可可想解释，可又不好怎么解释，只好拿着单子交钱接受化验。她心里觉得这不太可能，但又隐隐含着一丝希望兴奋地等待着。结果很快出来了，单子上用蓝色印章盖着“阳性”的字样，梁可可也看不懂。等医生告诉梁可可化验结果是她已经怀孕的时候，梁可可呆住了。她反复追问道，是真的吗？大概医生见她一副不能接受事实的样子，还以为她不想要，就说如果你不想要的话，要再过十五天来做手术比较好。梁可可没有接话，又问了一遍是真的怀孕了吗？医生有点疑惑地问道，你到底是想要还是不想要？我要！当然要！离开诊室，梁可可拿起病历本一溜烟就跑了出去。刚跑到楼梯口，又猛地停住了脚步，自己现在是个准妈妈了，这么跑会不会对孩子有影响啊？梁可可赶紧放慢脚步，满怀幸福走出了医院。

该怎么把这个好消息告诉田伟平呢？梁可可想了一会，决定还是等田伟平回家当面告诉他比较好，她想亲眼看见田伟平的反应，想和他一起分享那个幸福的时刻。她去书店买了一些怀孕指南之类的书，还买了好几张娃娃画，她看见尚晴怀孕的时候也是这样做的，家里墙上贴满了大头娃娃。尚晴说如果怀孕的时候多看看这些健康漂亮的娃娃，那肚子里的娃娃也会长得和画上的一样。梁可可当时还笑尚晴来着，说这有科学道理吗？尚晴说反正大家都这样做。想不到现在自己也不能免俗，梁可可暗自失笑，原来天底下妈妈都一样地傻。

梁可可满载而归，她还在婴儿用品柜前流连忘返，这里看看，那里看看，怎么也看不够似的。不过她没有买，她准备等下次和田伟平一起来买。回到家她就忙开了，掐着点把晚饭在田伟平快要到家时准备好。

田伟平一开门就闻到了满屋子浓郁的鸡汤香，再看见梁可可，一脸的神采飞扬。“今天怎么这么高兴啊？家里来客人了？”梁可可听了笑起来，“嗯，来客人了。”“谁啊？”“你自己找！”田伟平走进屋子里转了一圈，没有发现有什么客人。“客人呢？来了吗？”“已经来了。”“来了？没看见啊？是不是又出去了？”“没有，在家呢。”看着梁可可神秘的笑，田伟平丈二和尚摸不着头脑，刚才明明都找过了，连厨房都去了，根本没有客人嘛。“好可可，别卖关子了，告诉我吧。”看着田伟平那笨得抓耳挠腮的样子，梁可可笑得更厉害了。等笑够了，她指指自己肚子说：“在这里。”田伟平过了几秒才反应过来，大叫着跳了起来。“我做爸爸了！哈哈，我要做爸爸了！”

他像所有知道自己要做爸爸的人一样，全身突然充满奇异的幸福。他把脸贴近梁可可的腹部，梁可可又好气又好笑地推开他，“现在什么都听不到呢，书上说，他现在还只有一颗豌豆那么大。”面对这个来之不易的宝贝，田伟平紧张地不得了，他马上跟梁可可约法三章，不准去上班，不准做家务，不准过度劳累。梁可可倒没有那么紧张，告诉他尚晴怀孕七个月还上班呢。田伟平坚决不同意，说别的事都好商量，唯独这件事要听他的。梁可可没有再和他争辩，被人这么约束是一种幸福，他约束她更是他的幸福，幸福的时候，谁还会去计较那么多与幸福无关的事呢？

网店刚开张那段时间，苏扬几乎时时刻刻守在电脑前。她信心满满，觉得自己的产品非常具有价格优势和质量优势，本以为就地等着收钱，可是几天下来，访问量屈指可数，少得可怜的几次点击可能还都是她自己点的，商品更是一件也没有卖出去。看见别人有的价格卖得比她还高，生意却很好，自己的店却无人问津，为什么呢？苏扬想问题应该不是出在商品上，而是自己的网店宣传推广存在着很大的问题，就算网店装修得再好看，也没有人来欣赏，更别说卖出商品。找出问题所在，苏扬向淘淘网上一些热心的高手请教，高手告诉她说就在门户网站做一下广告吧，那你的浏览量一下子就可以上万。苏扬觉得这肯定要花钱，果然，高手告诉她说每天也就几万块钱吧，晕，苏扬要是能掏出几万块钱压根就用不着开这个店了。苏扬又扎根淘淘社区，在那些宝贵的经验帖中吸取了不少营养。酒香也怕巷子深，想让酒香飘万里，那就得多在宣传方面下功夫。在论坛发帖子在QQ发信息宣传，那是不用花钱的。于是，苏扬一有空就在各个论坛疯狂地发帖子，还真有效果，小店的点击数好像上去了一些。但有个问题，一旦她停止宣传，浏览量就马上下降，比汽车的刹车还灵。但是她没有更好的办法，只好抱着广种薄收的想法，勤勤恳恳地发帖子。

每天上班，苏扬第一件事就是早早打开电脑，下班回家第一件事也是打开电脑，每晚都守到十点以后，有时两眼熬得通红，吃饭也是食不甘味。连贝贝都吃起电脑的醋来，说妈妈回来只知道关心电脑。

有时候正在客厅吃饭，忽然听到“叮咚”一声（淘淘网来消息的提示音），来客户了！苏扬赶紧放下筷子跑到电脑边，晕！“恭喜您已被抽选为淘淘5周年活动的中奖用户！您将获得创业基金及笔记本电脑一台”，苏扬气一跌，关掉窗口回到餐桌继续吃饭。还没吃上两口，“叮咚”声又响了，这次肯定是真的买家来了，不可能连着发两个广告的，苏扬顾不得放下筷子，以百米冲刺的速度跑到电脑前，彻底晕倒！“淘淘客服提醒你没有中奖，不要相信任何中奖信息！”苏扬都要崩溃了，恨不得把餐桌搬到电脑桌旁边就好。

最让苏扬伤心的是，付出了这么多，浏览量还是不高，有时接连几天都无人问津，唉，万事开头难啊！看着那几大箱子的螺旋藻，每天都躺在杂屋睡大觉，苏扬只能干着急，这才觉得，开网店其实也并不比现实中容易。

她这只菜鸟，除了等待，就是加大发帖子的频率，无计可施。终于有一天，一位顾客上门了，苏扬心里好激动，以最快的速度回复着对方，都有点不知道怎么跟买家谈了，就怕他不满意不买自己的东西。这次她遇到可是一个讲价高手，压就压吧，小店总要开张啊，最后谈了好久才谈下，这个单几乎就是进价卖出去的，除去成本，一分钱没赚。

不过，苏扬还是很感激这笔小小的生意，在她几乎绝望的时候给了她信心。交易完成后，她兴奋地打电话告诉张峰，并许诺把这批货全部卖出去后请张峰吃饭。张峰问她第一笔生意的利润是多少，苏扬有点不好意思地如实相告，张峰在电话那头呵呵笑了起来。苏扬越发难为情，她问张峰："有那么好笑吗？"张峰笑得更厉害了，说实话：他还真没见过这么做生意的人，这又不是不计成本的大甩卖，再为图个开张吉利也不能一分钱不赚就出手啊。还有，他觉得以苏扬现在的速度，这顿饭估计要明年才吃得上。当然，他不可能说出自己的真实想法，他止住笑说，"我很期待这顿饭，希望可以早点吃到！"苏扬觉得天道酬勤，付出总会有回报，她有信心做好这个网店。

这场不宣而战的战役中，陈娜在只有一个人的阵营里孤军奋战。她一筹莫展，突然想起常在报纸上看见什么所谓的商务调查公司打广告，于是按图索骥找到一家。以前还觉得这些公司挺无聊，可现在，竟也成了他们的客户，若不是被逼无奈，谁会去调查自己的丈夫！

陈娜打电话过去，公司的业务员很热情地接待了她。一咨询，陈娜还真挺吃惊，这里什么都可以查到，大到寻人查址，财产调查，诈骗调查，小到电话清单，短信内容，居然都毫无问题。大概对她这种情况见多了，陈娜还刚说了个大概，人家立马就一清二楚，还马上根据陈娜的实际情况制定了一些针对性比较强的服务项目，并在得知陈娜的目的并不是想要解除婚姻后迅速提供了一套挽救婚姻的方案设计及协助措施。同时再三承诺他们对客户的委托，会绝对保密，对客户的服务也是全心全意。

陈娜像找着了组织似的马上决定下单，按公司要求签订了一份《意向书》。公司给了陈娜账号，并承诺款到就立刻开始调查工作。调查人员会随时与她保持联络，让她了解调查工作的最新进展，并在调查完成后，向她提交完整的《调查报告》，具体包括调查过程中获取的原始文件、调查过程的详细记录、有关图片及音像资料、法律分析及专家建议等，供陈娜参考。

对方还告诉陈娜，他们公司成立已经快五年，是业内翘楚，为客户查询的内容真实可信、准确无误。他们的广告常年刊登在市报上，不信的话可以随便找这几年中的一张报纸，都可以看见他们公司的广告。要是不以诚信为本，早玩不下去了。陈娜后来还真的找了张老报纸，看见广告后还有一句“本广告长年有效”，看来，这个市场还大得很。可见现代人的婚姻、感情都太需要打假，这种公司的业务量只会随着人与人之间信任度的不断降低而不断扩大。

陈娜没想太久就答应了，虽然咨询费用也是一笔不小的数目，但情场如战场，只有知己知彼，才能百战不殆。这一次她算是豁出去了，决定孤注一掷，即便不全为捍卫自己的婚姻，也要捍卫自己的尊严。否则，她就要低下高贵的头颅，从前那个骄傲的自己就要沦为一个可怜弃妇，这还不如直接杀了她好些。

侦探公司很快发过来一些资料，尚晴的个人、家庭资料，还挺全面的，这让陈娜不得不感叹侦探公司的神通广大。她思来想去，决定先打电话给尚晴的妈妈。如果尚晴的妈妈能管教住她，也不失为上策。她知道打电话给尚晴的丈夫是最有杀伤力的，但她不想一步到位，因为她不想许卓航恨她做得太绝，也怕逼急了形势恶化得更快，那样反而对自己不利。打电话给尚晴的丈夫是最后的杀手锏，不到危急关头，她不会轻易出招。

陈娜想到做到，对尚晴妈妈开门见山地说自己本来有个幸福美满的家庭，因为尚晴的介入，害得她老公现在要跟她离婚。自己现在是个受害者，她请尚晴看在她和孩子的份上退出，也希望尚晴妈妈管教好自己的女儿，不要去破坏别人的家庭。尚晴妈妈对自己的女儿还是了解的，深信她不会这样做，听她这么盖棺定论，心里就有些来气，但还是忍住询问是不是陈娜误会了，要她把事情弄清楚再说。陈娜说自己老公都承认了，不会错。如果尚晴的妈妈不管教她，尚晴再不放手的话，她决定把这个问题反映到她组织上去，要她单位上的领导来教育批评她。尚晴妈妈从来没听女儿说起过这些事，再说了，自己女儿也有一个幸福的家，不可能这样做，所以她也坚定地回击了陈娜，身正不怕影子斜，你去告好了。陈娜被尚晴妈妈这样一说，讪讪地挂了电话。过会想想，又心有不甘，于是又拨通了电话。尚晴妈妈对这个不速之客已经是反感了，用不耐烦的口气问她到底想干什么，问得陈娜有点恼羞成怒，她狠狠地说到，要是你不管住她的话，那你要她等着吧，我不会白白便宜她的！她害了我和孩子，我也不会让她和她的孩子好过！尚晴妈妈没有搭理，挂断了电话。陈娜越想越窝火，决定等侦探社发来她想要的证据再说，铁证如山，看她们怎么抵赖！到时候，她不把尚晴家搅得人仰马翻决不罢休。

尚晴妈妈挂断电话后，马上打电话问尚晴这是怎么一回事？尚晴又惊又气，陈娜搞什么鬼，竟然打电话到妈妈那里，有什么冲着我来好了，干吗要把老人家扯进来？尚晴生怕妈妈操心，索性全盘否认，说是对方误解了，等过一阵子事情清楚了就没事了。幸好尚晴妈妈对尚晴百分百信任，没有多想，只是提醒尚晴那个女的说要报复尚晴和她孩子，要尚晴还是注意点。尚晴总算把妈妈哄骗过关，暂时松了口气。可是，陈娜今天打电话给自己妈妈，明天又会打给谁呢？她现在这种状态，还会做出什么疯狂的举动来也未可知。还有她说的那些可怕的话，如果仅仅只是字面上的威胁还好，万一付诸行动那可怎么办？

尚晴心烦意乱，突然想起前几天看电视新闻，里面一个女的就是因为丈夫提出离婚，竟然报复到丈夫新欢的孩子身上，丧心病狂地朝孩子身上泼硫酸，陈娜被逼急了，不会也这么做吧？想到这里，尚晴仿佛看见陈娜拿着硫酸向乐乐走去，她的身体冷不丁一颤，冷汗出了一背。尚晴左思右想，不得不打电话给许卓航。想先和他商量一下，看能不能有个解决的办法，估计也只有许卓航能阻止她继续疯狂下去。尚晴现在除了全家平安，别的已经不再奢求。

许卓航接到尚晴的电话也很吃惊，他也没有想到陈娜会这么做，惊讶之余也不能确定她还会怎么做，但他要尚晴放心，他一定不会让尚晴的家人再受到侵扰。安慰完尚晴，他马上赶回了家，他必须得当面和陈娜好好谈谈。

焦头烂额的许卓航一路狂奔往家里赶，陈娜见他没到下班时间就回来，一下子猜到了八九分。想到他为了尚晴这么火急火燎赶回来，心里忍不住冷笑。旋即又升腾起某种小小的快感，她倒要看看许卓航怎么来求她。

许卓航进门就问她：“你到底想干什么？”“我干什么了？”陈娜看起来平静得很。“你为什么要打电话给尚晴的妈妈？”“没什么，就是提醒一下她老人家管教好自己的女儿而已。”“这是我们之间的事，干吗要牵扯到别人身上？”“我们？哪个我们？是你和她，还是你和我？”“你有什么可以跟我说，请你不要去干扰人家的生活！”“许卓航，我问你，如果没有她瞎搅和，会有这些事吗？我又没病，没事打电话玩啊？”“那你也不能去威胁人家！”“威胁？人家早就威胁到我的家庭了，我凭什么就不能威胁她，说说也犯法吗？”“你——”，许卓航看着陈娜那冷静得可怕的脸，突然觉得她这个样子很疯狂。

“你以为这样我就会回心转意吗？”许卓航本来还想加句“休想”，可猛地想起自己是来解决问题的，不是光图一时痛快的，便又忍住了。

“我才不管你回不回心转不转意，我就是要她也尝尝痛苦的滋味。”“这都是我的错，跟她没有关系，你这样做又何苦来呢？你冷静点好不好？”“好笑！我怎么不冷静了？我要是不冷静早杀人放火去了，还在这里？”“那你到底想怎么着？”“我就是要他们家也鸡犬不宁！”“那你说说你的条件吧。”

陈娜本来还想逞一时之快，但想到自己的目的不就是想要许卓航投降改变主意吗，光出口气不改变结果，那不也是白折腾了？于是她的语气柔和下来，“只要你不离婚，我就可以不去找她。”

许卓航猜到她的条件大抵如此，要是答应了她，那原来的一切努力不是没有意义了吗？不，绝不能答应。“除了这个，我什么都答应。”

“可是，我除了这个，没有什么好要你答应的。”

许卓航无可奈何，只能长叹一声，转身愤然离去。

陈娜没有想到随口说的气话如此奏效，不禁暗暗得意，一种报复的快感穿透了全身，仿佛连日来阴云密布的天空终于重现天日。

许卓航一连好几天都没有回家。他不想回去，他想，索性鱼死网破算了，只要分居两年，法律上就可以判决离婚，大不了再熬两年。陈娜却有些心急，侦探公司探察到他这几天都是在公司休息，并没有和尚晴见面。如果许卓航一直不回家，那自己就还是失败。虽然她刺伤了另一个女人，可是自己的丈夫不归家，照样还是两败俱伤。

就在陈娜一筹莫展的时候，侦探公司发过来的情报刺痛了她。许卓航竟然跑到尚晴学校去找她，两个人还一起吃了顿中饭。照片上尚晴正低头吃饭，许卓航看着她，好像正在说着什么。当然，大庭广众之下，又是面对面隔桌而坐，倒也看不出什么。照片上两个人举止也并不亲密，可是他们这样顶风作浪，不是太不把陈娜的警告当回事了吗？

陈娜大怒，立刻拨通尚晴的电话。“尚晴，你给我你听着，如果你还跟我老公见面的话，你就小心你的孩子！你还告诉许卓航，要是他一意孤行，我就和你的孩子同归于尽！”说完就挂断了电话。

等尚晴反应过来，背上已是冷汗潺潺。这么恶毒的话她都说得出来，还有什么做不出来的？她也不清楚她怎么会知道他们一起吃饭的事，她本来不想见许卓航，怕万一陈娜知道了会刺激到她。可禁不住许卓航一再哀求，说他搬出来好几天了，已经做好了打持久战的准备，现在非常想见她一面，哪怕只远远看一眼也好。尚晴心一软，就答应了。可是，她担心的事还是发生了。

尚晴本能地觉得这段非常时期还是稳妥点好，多一事不如少一事。虽然许卓航答应过不会让陈娜影响到她，可许卓航给她的感觉是他根本制止不了陈娜，现在事实也证明，只要他们在一起，那日子就不得安宁。

尚晴一想到孩子就恐惧万分，如果因为自己孩子有个什么闪失，那她还怎么活啊？说实话，要她在爱情和乐乐之间选择，那无疑是倾向后者。因为她首先是一个母亲，然后才是一个女人。如果陈娜威胁她别的什么，她可能不会怎么样，可是她要伤及到的是自己的孩子，这怎么能不叫尚晴心惊肉跳？为了孩子，尚晴可以牺牲一切，包括自己这份来之不易的感情。她没有办法，只能流着泪打电话给许卓航。

“我们以后还是不要见面了，我真的怕她会做出什么事情来，那些事一旦发生，就没有挽回的余地了。”“怎么了？她又来要挟你了吗？”“求求你了，你回家吧，我们的事也不要再说了。”

听见尚晴低低的抽泣声，许卓航也无可奈何，他连尚晴母子的安全都不能保证，又有什么资格不同意一个母亲的恳求呢？“好吧，我听你的，等大家都冷静一段时间再说吧。”

尚晴为了孩子，可以牺牲自己的幸福，许卓航为了尚晴，可以忍气吞声继续不幸福。

许卓航妥协了，他回家了。但他只在客卧休息，也不跟陈娜说话。仿佛行尸走肉一般，回家就睡，睡醒了就去上班，除了抱着孩子玩耍，他几乎不会发出任何声音。接下来这一个多月里，许卓航没有再见尚晴。他有几次已经摁好了尚晴的号码，但想到万一真给她惹出了什么麻烦，那不是害了尚晴吗？忍了又忍，终于还是克制住了。

侦探公司发来的消息向陈娜证明许卓航和尚晴一直没有见面，手机上也没有通讯纪录。这场战争，看起来似乎已经硝烟散尽。可陈娜发现许卓航消瘦得了很多，不仅外表看起来不是原来那个许卓航，内里也换了一个人似的，那样陌生。而自己，尽管貌似成功地击退了情敌，维持了家庭的完整，却并没有想象中的那么快乐。许卓航虽然人在家里，却好像没有灵魂的木偶，也从来没有专心看过她一眼，完全当她不存在。难道他们以后的日子，就要这么一直过下去？陈娜只能安慰自己，等时间慢慢过去就好了。她不怕，她有的是耐心，总会等到许卓航真正回心转意的那一天。

今年冬天好像来得比以往要早，温度一降下来就再也升不上去似的。这个城市的冬天以湿冷著称，南方城市又大都没有暖气，陈娜非常不适应，觉得走到哪里都冷得要命，只好整天在家开着空调，暖风吹得人喉咙里都是干干的。

陈娜常去做美容的那家美容院今天请了个妇科专家讲授女性保健知识，早就打了好几个电话预约她去。反正点点全托，她在家也闲得无聊。她现在把做饭的钟点工也辞掉了，因为许卓航基本不在家吃饭。只是家里越发冷得没有烟火气，她不出去走走还真怕自己会憋出病来。

其实陈娜也清楚，所谓的专家也只是打着讲座的幌子变相推销产品而已。但她还是挺喜欢去美容院，那里的小姑娘嘴都挺甜，知道在陈娜情绪不高的时候说些无伤大雅的笑话来哄她开心，或是说些体己的知心话安慰她。和那些小姑娘一起聊聊天，被她们吹捧几句，有时候还挺受用的。她们今天推出的是芳香精油调理卵巢与乳房的保养项目，通过精油按摩来改善一些不适症状。陈娜生完孩子后一直就有乳腺增生，以前也断断续续吃过些中药，但总没有断根，症状时好时坏，所以对专家介绍的神奇疗效很感兴趣，决定体验体验。轮到陈娜，专家询问了陈娜的一些情况，然后示意陈娜解开胸罩，专家搓了搓手，探进陈娜的衣服内。医生的手有一点点凉，她一边摸一边问陈娜痛不痛，检查得很仔细，只到陈娜都感觉不到凉了，她的手还没有抽出去。陈娜有点紧张，“怎么了？”专家摇摇头说，“你这里好像有个肿块。”“没事吧？需要去医院检查吗？”“很可能是纤维腺瘤。你不必太担心，你还年轻，不会有什么大事。不过，你有时间最好还是去医院检查一下。”“有那么严重吗？”陈娜紧张起来。“你也知道，这方面的病就是要以预防为主，发现晚了付出代价就大了。”陈娜听了以后也没了体验的心思，出来后径直去了医院。

医生一番仔细检查后也只确定陈娜的乳房里有肿块，至于这个肿块的性质，还要进一步检查。他询问了陈娜过往的病史，还有一些她以前从来没有注意过的问题，然后开了单子要她去做乳房X光检查和彩色超声波。

陈娜做完这些检查后医院已经快要下班了，只见诊断结果上写着：显示有直径为 2.5cm 的肿瘤。陈娜尽量不去胡思乱想，但在回诊室的路上，泪水在眼眶里打转，她感到莫名的恐惧和担忧，却又不知道究竟在恐惧和担忧什么。

医生把 X 光片挂起来仔细看着。那些朦朦胧胧的图片，陈娜什么也看不出来，只感觉自己在医生面前就像一个等待宣判的犯人。医生似乎很理解她的心情，轻描淡写地安慰她，并不是人体中所有异常显著物都是癌症肿瘤。为了进一步明确那可疑肿块的性质，她有必要再做一个活组织切片检查。“什么是活组织切片检查？”陈娜的腿因为害怕抑制不住地颤抖着。“活检就是用针管从乳房中抽取细胞或细胞团，检测出肿瘤到底是良性还是恶性。”医生平静地回答到。陈娜觉得自己已经失去了控制，她机械地拿着医生开好的化验单去交费。

检查一次比一次恶心，一次比一次难以忍受，陈娜真觉得自己在医院跟牲口没有多大区别。照 X 光时乳房要忍受夹在两块板子中挤压的疼痛，做彩超时乳房被涂上厚厚一层黏性凝胶，然后被探头挤来压去，现在做活检，更感觉像是把乳房塞进了一台缝纫机。她紧闭着眼睛躺在平台上，不敢看着探针刺进乳房。医生告诉她组织样本交给病理科检查，要她明天去那里拿结果。

陈娜的脑袋昏沉沉的，想着这个肿瘤，要么是良性，要么是恶性。这两个结果在陈娜脑海里来回拉锯，涨得她的头都要裂开了。总算熬到第二天取结果了。拿到化验单，她也看不懂上面的阳性是什么意思。交给医生，医生看了看化验单，抬头问她，“你一个人来的吗？有家属吗？”

陈娜隐隐有种不祥的预感，“没有家属。医生，有什么你就跟我说吧。”

医生说，“很遗憾，不得不告诉你，你患上了乳腺癌。”

医生给陈娜做着病情分析，看着医生不停翻动的嘴唇，陈娜却听不见声音，大脑一片空白。尽管做好了最坏的打算，但潜意识里还残留着一丝最后的希望，一旦被扼杀，只剩下一阵天翻地覆般的晕眩。她睁大眼睛死死看着医生，心想他一定是疯了，这根本就不可能。她怔怔地看着医生问道：“什么意思？”

医生见她傻了似的，也没有再详细解释，“以你目前的情况，你需要做肿瘤切除手术。”

“什么时候？”

“尽快吧。肿瘤生长速度很快，你要尽早做决定。”看见陈娜难以置信的表情，医生仿佛看透了她的心思，他能理解病人并非是怀疑医生的医术，而是出于对自己病情的难以接受。“你可以再咨询一下别的医生，或是去别的医院，不过我想，他们能告诉你的还是这些，这种病例我已经见过上千个了。”

“那我该怎么办？”陈娜好像从外太空回到地球，慢慢又清醒了一点。

“目前没有更好的办法，我们必须切除乳头或者整个乳房，由你来决定。”

“你认为哪一种手术最好？”

“如果你能承受的话，乳房切除术最好，这样的话，复发几率会小得多。”

“您的意思是切除整个乳房？”

“以后你还可以考虑乳房再造手术。”医生大概见多了，也麻木了，连一句多余的安慰她的话语都没有，只是公事公办地嘱咐她，赶快回去和家人商量一下，尽早住院治疗，手术宜早不宜迟，再拖延下去没有好处。

陈娜六神无主，连该和谁商量都不知道。走出诊室，迎面正看见一个女病人，光着头，慢慢地拖着步子朝这边走来。陈娜一阵恶心，天啦，难道我也会变成她那样吗？不要！陈娜猛地摇着头，逃也似的离开了医院，连医生在后面喊她拿走落下的 X 光片都没有听见。

陈娜也不知道自己是怎么回到家的，她觉得老天爷怎么就对她这么不公平，才让她遭受精神上的折磨，又带给她肉体上的痛苦。可怜她在这里举目无亲，连个可以商量的人都没有。陈娜一进门就趴在床上哭了起来，哭着哭着，也不知道是什么时候，哭累了的她竟然睡着了，等醒来才发现天都已经黑了。

现在，跟生命的宝贵相比，其他什么都不重要了，如果能让她再回到以前健康的状态，她就是被许卓航抛弃十次也无所谓。可是孩子，一想到点点，她的眼泪又涌了出来。在这个家，她对许卓航不重要，可是她对点点重要，点点对她也更重要，她就是为了点点也要努力活下去。如果点点这么小就没有妈妈，那该多么残忍，哪怕让她再多活几年，等到点点再长大一点也好啊。想到点点，她又有了活下去的勇气和动力，她想立刻住院动手术，一出院就把点点接回家自己带，不再全托了。万一手术后恢复得不好，她要尽可能地和点点呆在一起。

她决定好了，明天上午就去医院办住院手续。她谁也不告诉，尤其不想让许卓航知道，他的同情对此刻的自己来说无异是一种施舍，她即使输掉了，也要保留最后一点自尊。她没有心思吃饭，也不觉得饿，也不知道现在几点，就这么躺着，两眼呆呆望着窗外，连许卓航回家了也不知道。

许卓航回家看见家里没有开灯，还以为陈娜出去了。他正准备换鞋，看见陈娜随手放在鞋柜上的病历本。难道她今天看病去了？可是家里怎么没有人？许卓航顺手拿起病历本翻看了一下，医生的字从来都像是天书，看得许卓航一头雾水。现在家里没有人，她会到哪里去呢？想到她现在是个病人，许卓航拿出了手机，这还是他们闹翻以后第一次主动打电话给陈娜。电话接通了，许卓航却听见沙发上传来手机铃声，原来陈娜的包在沙发上。这怎么回事，她出去不可能不带包和手机啊，许卓航跑到卧室打开灯，看见陈娜正躺在床上。

看见陈娜在家，许卓航稍稍放心了点，他慢慢走过去，语气温和地说："怎么了？你去看病了？"陈娜好像有几个世纪没有听到许卓航用这种口气跟她说话了，鼻子一酸，眼泪又止不住地流了下来。许卓航走近陈娜，看见她的双眼已经肿得跟桃子一样，想必之前已经大哭过一场，心不由也软了下来。毕竟也是七八年的夫妻，再怎么也有一份斩不断的恩情在里面。许卓航坐在床边，抽了些纸巾递给陈娜，"怎么了，哪里不舒服？医生怎么说的？""医生说是乳腺增生。"陈娜抽抽答答好半天才回答到。她已经打算好不把真实的病情透露给许卓航，她那样骄傲，不需要他的怜悯和同情。尽管此刻会有一点点动摇，但她的骄傲最终战胜了这该死的动摇。许卓航听了这才放下心来，"那就好，我还生怕你得了什么大病呢。""要是我真的得了什么大病呢？""不可能，你这样的人啊，连病都怕了你。"许卓航本想说点轻松的安慰她，说完又觉得有点不妥，赶紧转移了话题。"医生开了药吧？""开了。""那就按时吃药，好好养病。有什么需要就叫我一声，知道吗？"许卓航看着平素心高气傲的陈娜因为病给折腾成这个样子，不由生出一份怜惜。退一万步，陈娜再对尚晴做什么，那也是因为太在乎自己，否则也不至于变得那么不可理喻。"时间不早了，你早点休息吧。"陈娜拉住许卓航的手说："你再陪我说说话好吗？"许卓航半起的身子又落了下来，毕竟她现在是一个病人。"好吧。"

"卓航，如果我现在答应和你分开，你会高兴吗？"陈娜看着许卓航，她始终说不出离婚这两个字，总觉得说出来了就会实现似的。

显然，许卓航对陈娜的话完全没有思想准备，他疑惑不解地看着陈娜，一时不明白陈娜说这番话的用意。陈娜看上去一脸的认真，并不像是在开玩笑。

"你回答啊，你会高兴吗？"陈娜小声催促他。"我没想过，我不知道。""那你现在想想。""我会感谢你的宽容大度。"许卓航觉得说高兴未免太残忍，可说不高兴又实在是另一种虚伪。

“那你的意思是说你会高兴了？”陈娜的脸色有点黯然。

“也不是高兴，如果你以后能幸福，我会高兴。”

陈娜心想，什么以后？什么幸福？她还不知道有没有以后，她只知道，离开了许卓航肯定不会再有幸福。

“我同意分开，只是，你能不能再给我一段时间？”陈娜是这么想的，如果手术效果不理想，自己不久于人世，那也就用不着离婚了。那么，直到死，她仍然是许卓航名正言顺的妻子。结婚时曾经承诺过的永不离婚，算起来还是实现了的。

“嗯。”许卓航不明白她怎么突然转变这么大，这逆转的根源在哪里？难道她真的想通了？觉得与其守着一个不快乐的木偶，不如学会放手更快乐？

“我还有个请求，离婚的事先不要让家里知道好吗？我不想让他们操心。”陈娜真的不想让父母知道，这个他们曾经放心把女儿的一生一世交付给他的这个人，竟然也有背信弃义的一天。要是他们知道了，真不知该怎么伤心。离婚和继弦是两码事，自己走了他可以光明正大地迎娶新欢，两边的老人也不会有任何异议。

“好。”许卓航郑重地点着头。

“点点的问题我还要再想想，我现在只是想告诉你，你放心，我不会阻拦你追求幸福的脚步。”

这原本是许卓航千辛万苦想要争取的，一旦就这么轻而易举摆在他面前，他反而轻松不起来，远没有想象中的胜利喜悦，为什么会这样，他也说不清楚。

“我原来以为，这世上只有结不成的婚，没有离不成的婚，现在看来这句也不完全对，对你来说，既没有离不成的婚，也没有结不成的婚。或许，我们的结合真的是一段错误。”

许卓航不知道她这番感叹是不是在讽刺自己，但看陈娜那模样，又不完全像是，仿佛更多的是种自我解嘲。他的心里难受起来，本来就是自己亏欠了她，现在这亏欠因着陈娜惊人的大度更显得委琐和沉重。

两个人的敌对关系一旦发生质的转变，气氛马上就松弛下来。一种惯常的贴身的暖意流淌在空气中，在这平缓的再寻常不过的家居氛围里，根本看不出这执手相对的是一对即将要分手的夫妻。

“我想一个人出去走走。”陈娜突然说道。

“去哪里？要去多久？”许卓航想，陈娜大概是想一个人去散散心。也好，那些美景，也许能帮助她排遣心里的郁闷。

“也许一个月，也许更久。”陈娜的眼里突然噙满了泪水。

“那你去几天就回来，一个人在外面不安全。”许卓航想象得出，这是一个伤心之旅，所以他不希望她去那么久。她做出了一个很艰难的决定成全了自己和尚晴，对她来说，伤害在所难免，许卓航真心希望能把伤害降低到最小的程度。“再说，你别忘了自己还是个病人，要多注意休息，太累了也不好。”

夜太静了，静得能听见陈娜肚子发出的咕咕声。许卓航这才想起忘记问她是否吃过晚饭，陈娜有些不好意思地笑着说还没有吃。许卓航忙去厨房给她下挂面，拿出两个鸡蛋准备磕到锅里，想想时间太晚了怕消化不好又放回去一个。

许卓航洗碗的时候，想起孙刚的父亲是本地有名的老中医，对陈娜的病，中医调理或许更有效。他隔着浴室门告诉里间的陈娜说明天带她去孙刚爸爸那里看看，陈娜说不用了，她今天挂的也是专家号。许卓航说你看的是西医，人家那是中医，中国人就得看中医。陈娜说不要紧的，她会好起来的。

莲蓬头的水声切碎了陈娜的声音，她的回答听起来断断续续。许卓航没有想到一起切碎的还有陈娜的抽泣声，他只想着要尽量对陈娜好一些，在分开之前尽量尽到一个丈夫的职责。他想要是陈娜不愿意亲自去，就先把病历复印一份托孙刚带给他父亲看看再说。

尽管心里对陈娜充满了内疚，也阻止不了许卓航第二天一大早就把陈娜同意离婚的消息告诉尚晴。昨天压抑着的满心欢喜积聚在这一刻爆发，他都有点语无伦次了。现在想来，陈娜的决定其实是让他高兴的，只是当时他不能在她面前表露出来，那样做未免太残忍太过分。尚晴听了自然也很高兴，觉得他们距离幸福，是一步一步地近了。许卓航说陈娜过几天要出去旅行，不如他们也庆祝一下吧，来一次小小的远足。他要尚晴想好要去的地方，尚晴开心地答应了，接下来的时间她一直都沉浸在喜悦之中，仿佛身处云端，轻飘无比。

苏扬的全部心思都放在了网店的经营上，有时候，她会打电话向张峰讨教生意经。张峰也一直很关注她的网店，在苏扬情绪低落的时候，经常鼓励她给她打气。苏扬心想，就冲张峰对自己的期望和肯定，也要把这个网店开好。

这天，有一位客户跟苏扬订了近千元的货，可把苏扬乐坏了。这还是苏扬第一次接这么大的单，兴奋得简直不知道要用什么词语才能形容出自己的心情。客户说要用快递，苏扬非常爽快的就答应了，并且说好快递只收 15 元，客户也特别爽快地马上付了款。那一刻，苏扬真的非常有成就感。可是，快递公司业务员的话就像晴天霹雳一样无情地打击着苏扬，他竟然告诉苏扬运费一共要 60 元。苏扬顿时傻了眼，如果这样的话那不但没赚钱，还要亏本。毕竟苏扬觉得小店刚刚开始，只想赚个人气和信用度，所以价格已经非常低。但都跟客户说好了，不能退啊，谁都知道网上开店信誉最重要。虽然网络是虚拟的，但也正因为网络是虚拟的，诚信才更重要。没办法，这一单就算亏本也得接下来。更要命的是，也不知道是不是受运费超出预算的打击，苏扬在装货时竟然出了差错，把顾客要的 360 克包装的罐子全部装成了 300 克包装的罐子。客户收到货后虽然没有过于责备，但苏扬自己却感到很内疚，立即给客户重新发送所需商品。苏扬对自己很生气，虽然花钱买经验不错，但这个错误未免犯得太低级了。

这笔交易给苏扬好好上了一课，那就是成本中一定要考虑好运费、送货这些环节。这不仅是网上开店的关键，也是获得利润增加成交率的关键。作为新手卖家，只能以价格和服务取胜，但也要用心经营，才能把握好每个环节，尽量避免不必要的失误。

看着杂屋里的货越来越少，苏扬的心情也越来越好。她准备再进些货，顺便也请张峰一起吃顿饭。去外面吃的话，张峰肯定不会让她掏钱，索性就在家里吃，顺便把张峰一家人请到家里玩一下，张峰的孩子和贝贝年纪差不多，应该能玩到一起的。

她拿起电话拨给张峰，“周末有时间吗？想请你吃饭。”张峰以为她上次批的货全部卖出去了，“恭喜你啊，速度很快嘛。”苏扬有点不好意思地说，“还没全部卖掉呢，不过快了。周末有时间的话带嫂子和孩子一起来家里坐坐吧，顺便吃个便饭。”苏扬听见张峰那边有人叫他，正准备先挂电话，张峰说话了，“好的，先谢谢了。不过上午还要带多多去学画，等下了课估计要11点多了。”“没关系，下午两个小朋友还可以玩。对了，多多喜欢吃什么菜？吃不吃辣的？”“他不挑食，什么都吃，最爱吃肉，搞个土豆烧排骨之类的菜就能喂饱他，能吃一点辣。”“好的，那就这么定了。你先忙吧。”

周六一大早，贝贝还在梦乡，苏扬就去买菜了，还买了一些小朋友爱吃的零食，回到家就忙开了。总得做几个像样的拿手好菜才行，好在这难不倒苏扬，她先把费时的鸡汤给炖上了。她在汤里放了莲子、红枣、枸杞，还加了点冰糖，炖出来后带点甜味小朋友也喜欢吃。

厨房的准备工作一切就绪，只等客人一来就下锅炒菜。

十一点多的时候，门铃响了。打开门，苏扬看见张峰带着孩子提着些水果和玩具站在那里。张峰和多多进门换了鞋子，苏扬问：“嫂子怎么没来？”她看见张峰朝她使了个眼色，苏扬有点纳闷，没有继续问下去，忙招呼贝贝快出来迎接小客人。两个孩子相见甚欢，拿着新买的玩具进里屋玩去了。

这还是张峰第一次上苏扬家，苏扬陪着他参观了一圈。房子不大却整洁有序，连阳台上的杂物都摆放得井井有条，看得出这个屋子的女主人是勤劳能干的。苏扬给张峰泡好茶，打开电视，要他在客厅里喝茶休息，自己去厨房准备午餐。可她前脚刚进厨房，张峰后脚就跟进来了。

“有什么要帮忙的吗？”“没有，都准备好了，只等下锅了。你去休息吧。”“不用，我可不想不劳而获，呵呵，来，你掌勺，我帮你剥蒜。”“好吧，呆会别被油烟呛住了啊。”苏扬开火做起菜来。张峰剥好蒜，站在一旁看着苏扬的锅铲上下翻飞。

“你嫂子不在了。”张峰突然说到。

“嗯？”苏扬一时没明白过来。说真的，苏扬一直也没和张峰谈起过有关他爱人的事情，本来每次见面时间都不长，好像也没机会扯到这方面。

“胃癌，走了三年了。你嫂子命苦，跟着我什么福都没来得及享。”

“哦。”苏扬有点愣住了。

锅里发出一阵糊味，苏扬手忙脚乱地继续翻动，“那你一个人带着多多？”

“嗯。”张峰的眼里掠过一丝伤感，“他小时候不太懂，我们也只告诉他妈妈去了一个很远的地方。可慢慢长大了，他好像也明白了一些，知道妈妈去的那个地方是再也不能回来的。有一阵子，我发现多多特别喜欢问我要钱去小区附近一个小店买东西，其实他以前都不爱吃零食的，而且我给他买他也不要，带他去别的超市他也不愿意，非要去那里。后来才知道因为那个小店里有个阿姨特别喜欢他，每次去都要抱着他陪他一起玩。所以我想，他是不是太缺乏母爱了，才会那么做。”“那你想给多多找个妈妈吗？”“这要看缘分，不是想找就找得到的。”“以后遇见合适的我帮你留心。”“谢谢。你自己呢？”“我还没有想过这个问题。”苏扬麻利地把菜盛进盘子里，结束了这个尴尬的话题。

午饭吃得很开心，苏扬家里好久没有这么热闹了，加上苏扬厨艺了得，一桌子菜被吃得底朝天。离别时，两个小家伙哭着喊着想再多玩一会儿，两个大人费了好大的劲才安抚住他们，条件是下个礼拜还要在一起玩。

这以后，张峰忙的时候会把多多送过来，有了多多陪贝贝玩，贝贝不再黏着苏扬，苏扬正好腾出手来专心做自己的事，感觉带两个孩子反而比带一个孩子要轻松。只要吃饭时多做个菜多煮点饭就可以了，反正两个人的饭也是做，三个人的饭也是做。多多还特别喜欢吃苏扬的菜，每次在苏扬家都吃得小肚子滚圆。这两个独孤惯了的小家伙对这种周末聚会表现出异于常人的热衷，虽然有时候也会闹点小别扭，但每次离别又会难过地哭闹着不想分开。

张峰不忙的时候也会加入这种聚会，他们会一起带着孩子出去游玩，彼此分享、弥补父爱与母爱。苏扬觉得，虽然现在的日子是自己靠自己，但因为自己是这个家的主人，心里踏实而安定。

这种感觉真好。

陈娜在家里做着住院的准备，她发现这和出远门还真有点相似，只要带些换洗衣服和足够的钱就行。许卓航看见她准备好的行李，也没多想。陈娜主动告诉他已经订好了明天晚上去云南的机票。许卓航提出去送她，陈娜说不需要，许卓航执意要送，陈娜说如果许卓航去送她的话，她会很难受，许卓航听了这才没有坚持，只是叮嘱她到了一定要打电话给自己报平安。

第二天再回家的时候，陈娜已经走了。许卓航打陈娜的电话，电话关机，许卓航估计她正在飞机上。直到很晚才收到陈娜的短信，说自己刚下飞机，一切顺利，自己很累，先休息了。许卓航一边回短信，一边期盼这次疗伤之旅能让陈娜回复平和宁静的心情。

为了庆祝即将到来的自由，许卓航和尚晴约好了次日去附近的温泉。尚晴爱学习爱上课，更爱许卓航，为了庆祝这来之不易的幸福，她只有逃一下午课了。车子朝着郊区驶去，他们不时相视而笑，以往那些波折仿佛只是窗外一瞬即逝的风景，而幸福，就在前方等着他们。

许卓航的手机响了，许卓航示意尚晴帮他看看，尚晴拿起一看，屏幕上显示着孙刚的名字。"是孙刚打来的。"许卓航忙把车停在路边，专心接着电话，"怎么了，你爸爸看了病历吗？"

"看了，嫂子情况不太好啊。"电话那头的孙刚语气凝重里有着几分迟疑。

"怎么了？""那是嫂子的病历吗？没错吧？""废话，怎么会错啊，到底怎么了？""我爸说，病历上的结论是乳腺癌。""什么？不可能吧？她说是乳腺增生啊！""要不你再带嫂子复查复查，谨慎一点好。"

许卓航挂了电话，慢慢开始相信孙刚的话。他想起陈娜的反常举动，如果是一般的乳腺增生，她不至于哭成那样。都怪自己太粗心，也没想那么多。

尚晴也很紧张，从刚才断断续续的对话中，从许卓航的大惊失色中，她有种大事不妙的感觉。"怎么了？""陈娜病了，乳腺癌。""啊？"尚晴大吃一惊，没有想到陈娜会得这么严重的病。"她不是去旅游了吗？""我现在不敢确定她是真去旅游还是别的什么？如果是去旅游，我一定要先把她找回来去治疗，如果她没有去旅游，那我还真不知道她现在在哪里。"许卓航认为陈娜去旅游的可能性不大，越发着急。

"那你去哪里找她？""我还没想好，她在这里也没有什么朋友。我想先去查查她坐的那趟航班，看她是不是真的去了云南。"许卓航突然又想起身边的尚晴，怕她不高兴，只是把手放在方向盘上，仿佛在等待尚晴发号施令。

“那快去吧。”尚晴体谅地催促许卓航赶快调头。

车子沿路回转，一路上，因为各怀心事，空气略微有些沉闷。许卓航在心里只顾埋怨自己的粗心和忽略，尚晴却有种不祥的预感，她觉得，幸福，仿佛是一根弹簧，看上去似乎朝她靠近了，却又在瞬间缩了回去，离她更远。这一刻，她的心情从云霄跌到了谷底，正朝着深不见底的深渊坠落。

果然如许卓航所料，那趟航班没有陈娜的名字。许卓航忙给北京的岳父家打电话。从岳父的谈话中，他可以判断岳父对此毫不知情。他不想先惊动老人家，寒暄一阵便挂了电话。陈娜该不会自己一个人去住院了吧？可是，她会在哪家医院呢？许卓航几乎转遍了全城,才在城南的市第三医院找到陈娜的名字。许卓航如释重负，尚晴也替她松了一口气。尚晴说自己先回去了，许卓航要送她，尚晴摇摇头，要许卓航赶紧去病房。许卓航在电梯门口紧紧拥抱了一下尚晴，直到电梯门遮住了尚晴深情微笑的脸。还好，电梯的门关得还算及时，许卓航没有看见尚晴眼里的泪。

在通往陈娜病房的走廊上，许卓航的脚步变得有些凌乱与迟疑，他不知道等下推开这扇门后该如何面对那一切。也许，走进去就意味着要肩负起某些责任与义务，而门里的人呢，是会接受还是拒绝？

陈娜正在百无聊赖地看电视。其实也只是制造些声音罢了，要不，这个本来就显得空荡的房间会更加空荡。她眼睛看着屏幕，脑海里却已经完全走神，连许卓航走进来都没发觉。

许卓航看见陈娜正背对着他看电视，轻轻叫了一声陈娜的名字。陈娜没有想到许卓航会找到这里来，起初还有点不敢相信，等反应过来确认是许卓航，她也按捺不住又惊又喜的表情。许卓航来找她了，这证明他不是一个绝情的人，他还是在乎自己的，否则也不会找到这里来。又想到是自己一个人孤零零过来的，陈娜顿时觉得委屈得要命，一时间，泪水涌了出来。

“你怎么不告诉我啊？”

“你都不要我了，为什么还要告诉？”陈娜语气里带点撒娇赌气的意味。

“唉，你真傻。”许卓航总觉得，再怎么样自己对她还是有责任的，如果她一直隐瞒下去，万一出了什么事，那总有一天许卓航会被内疚和懊悔折磨至死。幸好现在还不算太晚，他可以陪她一起度过这个难关。

“我的病你都知道了？现在遂了你的心愿吧？”陈娜最喜欢看许卓航又急又气的样子。

果然，许卓航的语气略带愠怒，“你看你都想了些什么？我是那种人吗？”

“你怎么不是那种人了？你最坏了！现在我都这样了……”陈娜想到自己的病，禁不住悲从中来，新一轮泪水又滚落下来。

许卓航毕竟是男人，再难受也不能在陈娜面前流露出什么。他尽量轻描淡写地安慰陈娜，“没关系，现在医学发达，能治好的。我听孙刚说，现在这种病治愈率还挺高的。还记得上次在妈妈家吃饭碰见的赵阿姨吗？我小的时候就听说她得了癌，可是现在都过去这么久了，她不是照样活得好好的吗？何况现在的医术不是比那时候要进步很多吗？现在都21世纪了，不再是谈癌色变的年代。放心吧，一定没事的。”

陈娜觉得以前那个许卓航好像又回来了，她哭得更厉害了。是不是只有生病才能挽回许卓航的心？那这代价是不是也太大了些？回来的是不是仅仅只是他的同情心？不过，在不失去生命的前提下，只要许卓航还和以前那样对她，她愿意就这么病着。虽然肉体上难免经受磨难，可是，对刚经历过一场精神炼狱的她来说，肉体上的痛苦还有药可吃，精神上的痛苦无药可救。

许卓航第二天去公司请假时给尚晴打电话，告诉她陈娜要做手术，自己可能要照顾她一段时间。尚晴能听懂这句话的潜台词，那就是这段时间他会很忙，也许没有时间再和自己联系。尚晴没说什么，只是要许卓航好好照顾陈娜。本来都还想再说点什么让彼此放心的话，可许卓航那边有事找他，只得匆匆收线。

不知道为什么，在尚晴知道陈娜生病的那一刻，一种浓浓的绝望突然席卷了她整个世界，像身处一场铺天盖地的沙尘暴，漫天都是令人窒息的黄沙。现在，这种感觉更加强烈。她突然预感自己将要失去许卓航了。这场战役，她输了，不是输给陈娜，而是输给陈娜的病。她知道，像他那么心软的人，不会在这个时候弃病人而去。如果陈娜不能康复，她将会成为他心头一辈子的阴影，如果康复了，他也不忍心离开一个身体残缺需要照顾的人，那样的话，即使尚晴和他生活在一起，也不会幸福。

陈娜的治疗方案定下来了，因为全切比侧切更加保险，所以，几经考虑，还是选择了全切。许卓航这两天一直陪着陈娜做着各种术前准备，好医院就是人满为患，很多时候都要排长队。许卓航在医院里穿来走去，有时候竟也忙得脚不沾地。他怕医院的饭菜不够营养，还特地在一个专门煲营养汤的饭店订了餐。他们之间的气氛也已经渐渐融洽，仿佛从来不曾发生过什么。许卓航还是那个细心体贴的丈夫，而陈娜，是习惯被他一直照顾呵护的娇妻。

手术安排在明天上午，许卓航多交了两千元选择了科里最好的医生。怕陈娜心里紧张，许卓航还特地带来电脑和碟片，准备放喜剧给陈娜看。笑一笑不仅时间过得快，也分散了注意力，心里就不会老想着明天的手术。

许卓航把一叠碟片拿在手上要陈娜选，陈娜摇摇头说："我不想看。""你现在想做什么？想不想吃点心？要不，我去买点煎饺？"煎饺是陈娜最喜欢吃的面食，以前她一馋起这个来，就会要许卓航给她买。只要煎饺店没关门，许卓航都会去给她买。后来也养成了习惯，隔三岔五就会下班时带回家给她解馋。

"嗯。"陈娜点点头。其实她现在也没有什么胃口，不是因为心情不好，而是因为这几天输液输得直犯恶心。但她好久没有吃过许卓航给她买的煎饺了，有几次自己路过煎饺店也没有心情进去，她好想重温那种被宠爱的感觉。

许卓航高兴地笑了，这么久了，还真难得听她说想吃什么东西。不一会儿，他就提着热气腾腾一饭盒煎饺回来了。打开饭盒，金黄饱满的煎饺散发着浓郁的焦香，仿佛才从滚烫的煎板下来，还滋滋作响呢。陈娜也为了让许卓航高兴，一口气吃了三个。等许卓航把剩下的煎饺吃掉，天色完全暗下来了。

许卓航坐在陈娜床边，问陈娜想不想看书，陈娜摇摇头，"就这么坐着挺好的。"许卓航把床的高度调整到陈娜感到舒适的位置，又拿过前天在医院大厅买的一本术后恢复指南认真看着。看着许卓航认真阅读的样子，陈娜觉得鼻子酸酸的，为什么他就不能多爱自己一些呢，她拉过许卓航正在翻书页的手，"我们说说话吧。"许卓航放下书，"好啊，想说什么？""我想听听你和她的故事，好吗？"许卓航疑惑不解地看着她，"你怎么提起这个了？""我想听你说。""以后有机会再说好吗？""我怕我万一手术不成功就再也没有机会听了，那样，我会遗憾一辈子的。"陈娜的眼里隐隐闪动泪光。

许卓航看着陈娜，知道拗不过她，便点头答应了。

许卓航说起以前一直没对陈娜说过的往事，其实也只是一个少年青涩的暗恋故事而已。倒不是他刻意要轻描淡写，而是他们的故事本来就不曾有过什么惊天动地的轰轰烈烈，只不过是一对少年最朦胧最懵懂的，不自知的情爱萌动。成年后因着时机的成熟，才会想要弥补遗憾似的拼命爱着。大多数人都这样，摆脱不了命运的安排，偏又不甘心地想要挣扎。

陈娜彼时才清楚为什么刚接触许卓航时他总是郁郁寡欢一副失魂落魄的样子，后来选择自己，大概也只是迫于父母压力选择了一个合适的结婚对象而已。而那得不到的，始终才是他心里最完美的。陈娜心里一阵悲凉，或许，许卓航从来就没有爱过她。如果让他继续生活在自己身边，是不是也要面对他仿佛失去至爱的痛苦？想到这里，陈娜突然冒出一句："你现在还想要我成全你们吗？""唉，现在还说这个干什么啊，先好好养病。""我不会拖累你很久的，等我出院了你就去找她吧，希望你们在一起能幸福。"

许卓航皱着眉头没有说话，看他的表情，好像真的有点生气了。恰好巡房的医生进来，打断了他们。巡房的医生叮嘱了一些注意事项，也许为了缓解病人术前的紧张情绪，他竟然还讲了几个有关病人的趣事。当然，都是些恢复迅速的正面例子，大概这样也可以给病人起到一个积极的心里暗示。医生大都如此，喜欢把小病说成要命，把真正吓死人的病又说得轻如鸿毛。

许卓航顺便又咨询了一些问题，有些问题还问得挺专业，弄得医生都有些吃惊，估摸着他肯定在家里做了功课来着。临走医生笑着跟陈娜说："你老公真的很模范，有这么好的老公，你肯定会好的！"

医生走后，许卓航给陈娜准备好洗漱用品，"医生刚嘱咐你早点休息呢，休息好了精神好，恢复得才快！"

陈娜乖顺地听从着许卓航的安排，许卓航又把小录音机放在陈娜耳边，说听点音乐可以催眠。陈娜开始有好一阵子都没睡着，可后来，悠扬的乐曲引导着她，倦意慢慢变浓，终于安然睡去。许卓航听见陈娜均匀的呼吸声，轻轻把录音机关掉收好。睡着的陈娜微微蹙着眉，许卓航看着不由一阵心疼。

许卓航睡的行军床又窄又短，每天起床都感觉腰酸背痛的。不过，他不可能把她一个人留在病房，只要陈娜能尽快好起来，这不算什么。黑暗中，许卓航难以入睡，不仅仅是因为行军床太不舒适，而是被陈娜触动心事后久久无法平静。尚晴现在在做什么，她都好吗？她是不是也会抽空想到自己？这么久没有和她联系，她会不会怪自己？许卓航起身来到走廊尽头。

窗外的万家灯火，看似寻常，却是真真实实的人间烟火。但那是一个不属于自己的世界，因为他和尚晴的爱，在那里无处容身。他们的爱，是远离尘世的精灵，始终不能降落在凡间。

许卓航的目光搜寻着尚晴所在的方向，他心爱的人，是否一切都好？原本的构想瞬间都变成了泡影，他感觉自己的喉管像被人死死地掐住，窒息痛苦绝望。他在心里默默恳求：我真的很想很想和你在一起。他多么希望尚晴能听见他心里的话，甚至直接告诉她，她对自己来说有多重要，他不能没有她。可是，他现在还能这么说吗？他还有资格这么说吗？陈娜的病已经夺走所有的话语权，他除了沉默，还能怎样？

许卓航的眼泪没有征兆地溢满眼眶，他把臂立在窗前，静静等待着第二天的到来。

第二天大清早护士就来给陈娜换手术服、消毒，房间里忙忙碌碌的。一切准备就绪后，陈娜被放在担架上由许卓航陪着往手术室推。手术室在十一楼，电梯里，两人默默对视着，陈娜的眼神清亮清亮的，看上去很平静的样子。许卓航似乎在对陈娜说你一定要好起来啊，临进手术室前，陈娜仿佛读懂了他的眼神，朝许卓航笑了笑，举起手做了个胜利的手势。许卓航忙举手回应着，这个姿势，直到陈娜意识模糊前一直晃动在她的眼前。

等待总是漫长的，尤其是在手术室外的等待，格外揪心。许卓航不时走到紧闭的门前想透过门缝隙看看里面的动静，可是除了不时走动的护士和医生，他只能看见“手术室一”之类的牌子在亮着灯，此外就再也看不见什么。

许卓航紧紧盯着手术室的门。因为有好几台手术同时进行，不时有担架进出着，每一次有人出来，许卓航都会赶紧冲过去。其实，护士每次出来都会叫一声“某某的家属在吗”？但许卓航还是不放心，生怕自己没有听清。

随着时间的推移，许卓航越发焦急，不会有什么意外状况吧。他根本无心坐在等待室的长椅上，焦躁地在走廊里踱来踱去。他在窗户边看见楼下竟然都有人拿着饭盒在打饭了，才想起自己连早饭都没有吃，因为陈娜不需要吃早饭，他自己也就忘了。可他一点都不觉得饿，他只想陈娜赶快平安无事地出来。

手术室的门又开了，许卓航快步走了过去，同时也好像听见护士喊的是“陈娜的家属在吗”，天啦，要不是护士的喊声，许卓航第一眼还真不敢确认躺在担架上的那个人就是陈娜。她的脸白得和旁边的床单几乎没有区别，人虚弱得就像一张发脆的纸片，随时会四分五裂。把她从担架上移到病床上时，陈娜睁开眼看了一眼许卓航，又无力地闭上了。护士给陈娜打针输液，交代了一些注意事项后离开了，病房里只剩下他们两个人。为防引起麻醉反应，护士叮嘱要六个小时后才能喝水，可是许卓航看见陈娜的嘴唇干干的，猜想她肯定很难受，便拿起棉签沾着水在陈娜嘴唇上来回抹着，好让她感觉不那么干渴。

今天开始输液的时间太晚，按平时的速度，这意味着等四瓶药液都输完后，估计要到凌晨三四点。医生来告诉许卓航，手术情况还算理想，切下来的组织没有发现有癌细胞侵润，大概十天后拆除了引流管就可以出院。许卓航看着昏睡的陈娜，充满怜悯地握着她的手，希望自己的祈祷化为一种能量传递给她。

麻药渐渐醒了，疼痛一阵阵席卷着陈娜，疼得她真想大声喊出来。可刚想张嘴，又虚弱得连说话的力气都没有。陈娜感觉自己就像一条抛上岸太久的鱼，已经奄奄一息。她觉得自己太累了，迷迷糊糊似乎睡着了，可没多久又被疼痛刺醒来。就这样一次又一次的睡过去，又疼醒来，疼醒来，又睡过去。

第二天陈娜醒来，觉得自己头脑完全清醒了，可是，剧烈的疼痛一点都没有减少。许卓航给她喂了一点牛奶，她又昏昏沉沉睡了过去。等她再醒来的时候，已经快天黑了。陈娜动了动脖子想看看许卓航在哪里，可脖子也疼得厉害。她忍着疼痛轻轻偏过头，看见伏在床沿上休息的许卓航。估计他昨晚又是一夜没睡，陈娜心疼地看着，也不知道他吃饭没有。再看看自己，身上插满了管子，周围布满了监护仪，就像机器人一样。陈娜突然有种恐惧，手术后的第一天是最难熬的，这个夜晚她该怎么熬过去啊。正想着，许卓航突然挺直身站了起来，紧张地去看输液瓶是否快输完了，看见还剩小半瓶这才坐下。低头看见陈娜醒来，有点不好意思地笑了，“没吓着你吧？我刚才一不小心睡着了，还真怕自己睡过头。”陈娜心里酸酸的，“你吃饭没有？”“吃了。你不要管我，我都好。”“你睡吧。”“没事，我睡醒了，只有这一瓶了，等输完我再睡。”

夜深了，因为不要输液，许卓航便也躺下了。四周安静下来，陈娜闭着眼睛，心神恍惚。突然，她看见一群蒙面人闯进病房，手里拿着锯子要来锯自己的胳膊。她喊着许卓航，可他睡得很死，怎么叫也叫不醒来。陈娜无力反抗，只能拼尽全身的力气大声叫着。那群人放下锯子，把陈娜拖到一个车上，车子晃来晃去，陈娜被震得浑身发疼。那群人按住陈娜，要继续锯她的胳膊，陈娜去踢那个拿锯子的人，腿一蹬，惊醒过来。陈娜全身大汗淋漓疼痛难忍，心跳剧烈得像是要蹦出来似的。不知熬了多久陈娜才又朦朦胧胧睡着，可刚睡着不久，又做起了噩梦。就这样，一晚上反反复复地做噩梦直到天亮。

三天后，在许卓航的精心照料下，陈娜感觉身体好多了，伤口的疼痛感也减轻了许多，还能喝点粥了。医生告诉许卓航，如果陈娜的身体吃得消，最好下床走动一下，这样有利于恢复。许卓航问陈娜想不想走、能不能走，陈娜点点头。在许卓航的搀扶下，陈娜强忍着疼痛，一步一步挪着，慢慢挪到窗前。

阳光很好，透过玻璃照耀在身上暖暖的。看着远处的群山，看着楼下匆忙往来的车辆和行人，陈娜的眼泪“唰”地一下就流了出来，能活着真好！

手术后第五天，医生决定拔掉毒蛇一样匍匐在陈娜身上的三根管子中的一根，陈娜强忍住泪水，任医生生生抽出那根引流管。第八天，剩余的两根管子也拔掉了，医生在第十天宣布陈娜可以出院。

陈娜回家之前，许卓航还特地给家里新添了几盆绿色盆栽，好让家看起来显得生机勃勃一点，他希望这能给陈娜带来好心情，也有助于她的恢复。

回到家，见到点点，陈娜真有种重获新生的感觉，她在点点脸上亲了又亲。点点还小，不明白妈妈刚经历过一场劫难，嚷着要妈妈抱。陈娜真的好想抱抱她，可是现在连这个简单的举动都完成不了，她只能把点点放在床边。自己躺在床上，目不转睛地看着孩子。

点点在家睡了一晚后又被送去幼儿园了，因为许卓航实在没有精力照顾好两个人。后来许卓航考虑到孩子在家的话，可以分散陈娜的注意力，她的心情也许会好些，就说服陈娜先让自己妈妈过来照顾她，加上还可以请老家的远房表姐来帮忙，应该可以应付得过来。陈娜同意了，孩子是她的镇痛剂，看见孩子，她确实忘记了一切烦恼。

拆线后，陈娜为了稳妥起见，还一直没有洗澡。现在已经又过去三天，她觉得自己实在脏得难受，便要许卓航帮她准备水洗澡。

尽管陈娜觉得自己已经做好了充分的准备，可当她看见那醒目的伤口时，还是几近失控。

许卓航听见卫生间传来一声凄厉地叫喊，慌得以为发生了什么意外。他顾不得那么多去扭卫生间的门，可是陈娜反锁了，怎么叫她也不开。

陈娜自己都无法接受的事实怎么还会展示在别人面前，更何况是自己的爱人？她呜呜地哭着，哭得比刚知道自己得了乳腺癌还要伤心。她这个样子就算活着又有什么意思，不会有人再爱她了，她和许卓航之间好不容易拉近的距离，注定只会越来越远。

许卓航一直在门外劝着陈娜，他知道像这种病人身体恢复是一方面，另一方面更重要的是心理的恢复过程。可是任凭他在外面怎么劝，陈娜还是在里面不停地哭。许卓航心里也很难受，但他不能表现出来，如果连自己看起来都不积极乐观，那怎么去引导病人有一个良好的心态早日康复？

"以后的路还很长，点点还这么小，你难道不想陪着她一起长大吗？为什么不积极一点，把眼光放得更远一些呢？"

"我这个样子，还能等到那一天吗？"

"当然能，怎么不能？只要你有信心，一定会好起来的。和从前一样好！"

"怎么可能，我现在这个样子，还有谁会喜欢啊？谁会和一个又丑又不完整的女人在一起，连你也不要我了，呜呜……"

"你不要这么傻啊。"许卓航说完这上半句，却不知道如何再接下去。他也知道，陈娜在面对残缺身体的同时，还在担心要面对残缺的婚姻。可要他在此刻给她什么承诺，他又左右为难。留在陈娜身边，那就辜负了尚晴，离开陈娜，他又不可能狠下这个心。他只能又重复了一遍，"一定会好起来的，真的！"

"卓航，要是你离开我我就什么也没有了，卓航，你不会丢下我不管吧？"

回答这个问题对许卓航来说真的很艰难，这是他最害怕的问题，他在心里呼喊，老天，你能教会我一个两全其美的回答吗？

沉默中许卓航紧握拳头，纠结得恨不能狠狠打自己一拳。陈娜却已经从沉默中读懂了答案，"我就知道你不会留下来的，你早就想离开，而现在，我更没有资格把你留下来了。"说完又流起泪来。

"你怎么这么傻，为什么要这么想？你现在是个病人，首先是要先把病养好，想那么多干吗，老这么哭对身体恢复也不好，知道吗？"

"病养好了又有什么用，就是养好了也是残废，我还能做什么？"

"你怎么这么没出息，医生不是说了吗，恢复健康后就和正常人没有区别，不是还跟你举了那么多例子吗？"

"可是，如果活着没有你没有这个完整的家，活着又有什么意思？我宁愿去死。卓航，不要离开我。你答应我，不要离开我。"陈娜呜咽着说到。

“不会，你别哭了，我不会离开。”说完这句话，许卓航咬紧牙关，强忍住满溢眼眶的泪水。他只能在心里对尚晴说对不起，他真的没有办法，他只能这么回答。

许卓航这一段时间总感觉自己精疲力竭，似乎已经被透支。一方面要照顾陈娜，一方面不得不把落下的工作赶上去。他只能尽量把一些工作带回家处理，工作以外的时间更是全部留给了这个家。

陈娜在一天天恢复，随着伤口痛楚的减轻，再加上孩子和许卓航妈妈的陪伴，她的情绪一天天也在慢慢好起来。只是，很多时候，当房间里只剩下她一个人时，她还是习惯沉浸在她一个人的沉默里。许卓航只能尽量避免让她一个人呆着。有天他在卧室门外的储物柜找东西，听见陈娜抱着孩子自言自语，宝宝以后要听话啊，妈妈不在的时候，你一定要听爸爸的话啊。乖宝宝，快长大，妈妈好想看见你长大的样子啊。许卓航东西都没找就赶紧逃也似的走开了，他怕再听下去眼泪会夺眶而出。

他本来是这个家的一家之主，却没有尽到一个好丈夫好父亲的职责。他很想有人能分担自己的心情，可纵使有人能理解他的矛盾，谁又能帮他解决矛盾呢？从陪伴陈娜住院后，还一直没有跟尚晴联系。尤其自从上次为了安慰陈娜答应她不离开后，许卓航觉得自己已经背叛了自己的誓言，背叛了誓言就是背叛了尚晴。尽管这背叛情非得已，但背叛就是背叛，不管怎么样都是背叛。他已经伤害了自己最爱的人，还有什么脸再去找她？他也不能肯定，如果尚晴知道他的苦衷，会不会理解他的决定？如果不能理解，他仍然希望她可以原谅他。

他觉得自己很难，真的很难，本以为这段感情能弥补多年以前的遗憾，却没有料到它会制造出更多的节外生枝。不管他怎么做，在给一个人带来欢乐的同时都注定要给另一个人带来伤害。其实他自己的心，又何尝不在受着一种煎熬，像扔进了滚水里无法逃脱。他甚至觉得，如果那个生病的角色由他来扮演，那也许会好受得多。

对尚晴来说，没有许卓航音讯的日子，简直比度日如年还要难熬。她又不好主动打电话给许卓航，只能等。等待好像漫无止境，无休止地耗尽她所有的能量，她抗拒却又别无选择。

苏扬偶尔会带来她自己的好消息，她蒸蒸日上的网店，日渐开朗的心情，也会在瞬间感染尚晴，她们经常约着一起带孩子去公园玩。尚晴觉得自己现在变得特别需要人陪伴，只有和别人在一起的时候，才能缓解一部分担忧与焦躁。

尚晴也曾努力让自己沉浸在功课和书本里，希望它们能暂时安放她焦虑忐忑的心。可只要她一个人安静下来，对许卓航的思念就会变得毫无节制。有些时候，她以为自己真的要忘记了，纵然猛地想到许卓航，恍惚中也会觉得那已经很遥远了。她甚至分不清记忆里哪些是真实的哪些是自己幻想出来的，仿佛闪电过后的夜空，瞬间又陷入更深更暗的迷惘。她迷迷糊糊中以为自己怕是真的要淡忘了。可回忆像大树的根，早已深深扎入她的心底，根本无法连根拔起。

有天半夜突然醒来，尚晴想到音信杳无的许卓航，想到刚刚得到却又即将失去的真爱，控制不住地抽泣起来。她甚至忘记了身边还躺着一个顾军。直到顾军轻轻叫了一声她，她才惊觉自己不是一个人。尚晴赶忙转身背对着顾军，屏息凝神，装成熟睡的样子。顾军见她没了动静，也就躺下继续睡了。尚晴很少在顾军面前掉眼泪，可是，一想到许卓航，她心里就充满着深深的不可名状的伤感，总是让她的泪水那么轻易地就决堤。

有一个答案始终是尚晴不敢面对的，那就是许卓航最终选择了放弃，出于责任、道义，回到原来的家庭。随着时间的推移，这个答案的可能性变得越来越大，几乎大到毋庸置疑。尚晴开始说服自己接受这个事实，也许，早就命中注定，不是她的就永远不是她的。换个角度想，如果许卓航注定是她的，那他总会回到她身边，现在的担心也是多余的庸人自扰。

尚晴的心慢慢平静下来，她的心是痛的，但是已经痛得感觉不到了。

陈娜虽然出院了，却并不意味着停止治疗。手术后四个星期医生建议放疗。放疗室是封闭的，身处那些陌生的仪器中间，陈娜更觉孤寂无助，即使知道许卓航就在门外等她，也依然不能消除她心底的恐惧感。更恐怖的还是接踵而来的术后辅助化疗，全身关节疼痛，整个人会疼得变形，蜷做一团，缩在床上不住地发抖，连喝水的力气都没有，那种感觉陈娜真是无法描述。她觉得极度地疲乏与恶心，根本吃不下任何东西，一闻到食物的气味就想吐，即使勉强自己硬吞下去，也会忍不住又呕了出来。她难受的时候也是许卓航感到自己最无能为力的时候，他没有任何办法，只能眼睁睁地看着陈娜难受，却替代不了。

接受化疗的半个月后，陈娜开始脱发，开始还是几绺，之后就是大片大片的了。尽管她早有思想准备，但她当真正失去头发时，这仍然是一个不小的意外。看着头发大片大片脱落，她不得不整天带着帽子来蒙蔽自己的眼睛。

陈娜觉得身心极度疲惫，她甚至不知道自己还捱不捱得下去。她心里时常会没来由地悲哀，像死了一样。只有听到点点叫她妈妈的时候，内心才会有个声音坚强地说："我也会像他们一样幸福健康，我还会站在阳光下。"只是，要找到心里平衡并不容易。每时每刻，她的自尊都在受到打击。有时候表明上她看起来很坚强，心里却总是在问自己："什么时候才能变回从前的样子呢？"这个过程，对陈娜，对陈娜身边的人来说，都太漫长了。

手术后，陈娜做了切除手术那一侧的手臂和肩膀无法获得自如。医生说，数星期之内，那一侧不能得到充分活动。行动的不便，再加上也许是药物的作用，陈娜的情绪变得非常不稳定。可能刚才还好好的，短短一分钟后，一句话，一个场景，又会使她黯然落泪，莫名悲伤。或者莫名其妙生气，情绪就像过山车一样起伏翻越。可是没有任何办法减轻这些副作用。陈娜的生命中从没经历过这样强烈的情绪波动，各种不同的情感纠缠交织在一起向她袭来，恐惧、希冀、愤怒、悲哀、绝望、爱、嫉妒和感恩，长久不能平息。她变得非常没有安全感，非常害怕和恐惧。而且，她始终无法接受身体留下伤疤的现实。

陈娜有时候会长久地把自己关在房间里，这让许卓航很不放心。他担心她一个人胡思乱想越想越难受，总会找各种借口不露痕迹地接近她。有时候陈娜也意识到了这一点，便会直截了当地说道："请让我一个人呆一会儿。"她的眼神在告诉许卓航，你没有什么不好，只是我现在只想一个人呆着。

对许卓航来说，不能分担她的痛苦，看着她一个人独自难受是件很揪心的事，但有时候这也是他能够为她做的最好的事。许卓航从来没有想过退出与放弃，但是他感到非常的累，筋疲力尽。这困难如此之大，几乎超出他的能力所及，但他没有想过逃跑，只想每天有更多的精力和时间来处理一切。

不管怎么辛苦，许卓航都时刻提醒自己保持乐观的态度，尽管有时候这种态度只是表明上的。有时候他也想对自己说："好吧，就哭出来吧。"他发现，乐观地坚持下去真的需要很大的努力和代价，而感觉自己没有做什么有用的事情时，会给他一种很浓厚的挫败感。

许卓航还意识到，无论他承受多大的痛苦，和陈娜比起来，都是微不足道的。不论他有着什么样的感受，他还是会去想象她的处境，尽量站在她的位置上去考虑一切，这样，他才有坚持下去的动力与勇气。但是不管他多么努力，还是不能完全体会到她身体上的感受。他很希望能和陈娜坦诚相见地聊一聊，可是这很困难。陈娜为了减轻身边亲人的负担而不愿意将自己的痛苦如实说出来，而许卓航为了替陈娜着想，更不愿意说出自己的困难，不愿意表达出自己近来已经感到筋疲力尽。

每个人都在保护其他人的感受，而实际上，所有人都有一种感觉，那就是精神和身体都非常疲惫。这沉默渐渐发展成一堵厚厚的墙，两边的人完全生活在自己的世界里，各自感到迷惘，却找不到任何亲近彼此的捷径。他们想和墙壁另一侧的人亲密无间，却又不知道该怎么办。

有一天，陈娜正在卫生间里大声呕吐的时候，被点点看见了。陈娜一直很注意自己在孩子面前的形象，甚至从来没有让她看见过脱发后的自己。点点被吓倒了，她扑进许卓航的怀里，“爸爸，妈妈怎么了？”许卓航搂着点点，他根本无法对点点解释什么，也无法控制自己的眼泪，“妈妈没事的，妈妈只是感冒了。”看到许卓航眼里噙满的泪水，点点明白肯定是有些不好的事情在发生，本能地抱紧父亲哭了起来。

等安抚好点点交给妈妈，许卓航看见陈娜仍旧撑着盥洗台，他意识到她不是没有呕完，而是大呕一场后，已经没有力气再移动自己的身体。许卓航多么希望得病的人是自己，让自己来承受呕吐和疼痛、脱发等一切反应。他心酸地抱着陈娜，发自内心地感到疼惜。陈娜虚弱地靠在许卓航怀里，都说患难见真情，她觉得自己应该感到幸福，在最需要他的时候，他能这样不离不弃，不是不幸中的万幸吗？她听见许卓航在她耳边喃喃说道：“我们会坚持过去的，我会陪你一起坚持下去。”突然，那堵墙在陈娜心里轰然瓦解，感动的泪水汹涌而出，他们是彼此需要的，就像这一刻的拥抱，谁也不想分开。陈娜的天一下子亮了起来，许卓航这道阳光，是她生命里永远最重要的光亮。

他们紧紧拥抱着，仿佛没有明天，又仿佛在拥抱着明天。

Keep out the times Chapter 15

第十五章

苏扬现在的生活快乐而充实。每天晚上，她会一边守着网店，一边学习一些营销知识。这天在和一位同城客户聊的时候，这位客户嫌在网上交易麻烦，问苏扬能否送货上门，为了不失去这位客户，苏扬自然是想都没想就答应了。约定好第二天见面的时间地点，苏扬整晚都兴奋不已，在床上翻来覆去折腾到凌晨才睡着。第二天，苏扬一大早就爬起床，把客户要的那几罐螺旋藻打开包装仔细检查了一遍，一切都准备妥当这才提着纸箱子上班去了。运气真好，当天上午又有一位客户说想买，但又拿不定主意要礼品装还是家庭装，说要看了再定。没办法，苏扬只好回去把礼品装和家庭装各拿了一件，装了整整一大包。先去第一位客户的约定地点，由于去的太早，苏扬只好在外面等了半个多小时，好在这位客户人很爽快，交易很快结束了。虽然减去车费，苏扬只能挣到二十多元，但苏扬还是很高兴，怎么说这也是她人生的第一桶金，是不？接下来的送货地点离这里大概还有两站路的样子，看看手中刚挣到的二十元钱，苏扬不由得有点心疼，坐车过去又要花一块钱，看看时间还早，最后决定走路过去，沿着公交车路线走了将近半小时到达目的地。

苏扬一边走一边想，以前没有涉足这一行，看见别人做生意挣钱总觉得很羡慕，从来没有想过他们风光背后所付出的艰辛。她想起张峰，他看似风光的现在，应该也有过这样艰辛难捱的日子吧。看来在哪里赚钱都不容易啊。

幸运的是，这个客户也许是看在苏扬大老远背着货走得黑汗水流的份上，竟然把两件商品都买了下来，说一样送人，一样留着自己吃。当客户说出要买两件时，可把苏扬高兴坏了，那一下子，她觉得走再多的路也是值得的。虽然等她回到办公室时，因为迟到了半小时遭遇了朱玉珍冰霜般的冷酷眼神，但她心里还是高兴得要命，竟然还主动对朱玉珍笑了起来。

这以后，她决定增加同城交易免费送货上门的项目。在网上买东西本来就图个方便，现在还能送货上门，咨询的人自然多了起来。于是，苏扬渐渐开始了穿梭在小城大街小巷的送货生涯，尽管很辛苦，内心却充满了成就感。因为怕耽误上班时间，通常约在中午，而且得尽量赶走人家午睡前送到人家手里，这样一来，经常要忙到两点后才能吃点东西填肚子。

有一次中午和人家交易的地点刚好约在肯德基门口，那天苏扬因为没吃早餐，特别饿。肯德基的门又被食客不停地推开，飘过来薯条汉堡的香味，刺激得她的肚子不争气地发出了响声。苏扬连坐空调车、喝水的钱都不舍得花，怎么可能舍得吃这么贵的洋快餐，她只能自欺欺人地打着要减肥的幌子，走远了一些。这些都还好，就是坐公车太麻烦了。一早就拎着一箱东西出去，从城北到城南，从城东到城西，为了节省车费，苏扬一般都不坐空调车，除非时间实在来不及。如果两地之间距离不超过两站路，苏扬就权当锻炼身体走过去，否则她真怕她挣到的钱还不够贴补车费的呢！苏扬觉得背着几罐产品转来转去，累不说，车费也是一笔不小的开支，看来要想持续这样送货，还真的需要配备一辆电动车。还是先把买电动车的钱赚到再说吧，唉。

苏扬有时候自己问自己，这么累到底为了什么？也许不仅仅是为了赚钱，还为了那一点成就感吧。这一路走来，自己动手装修店面，进货、上图、定价等等，虽然累，但是看到信用一个一个积攒下来，总有一种成就感。说成就不免显得有些过，但看到顾客对自己真心的评价，心里总是美美的。

苏扬的辛苦没有白费，四个月后，她的小店终于迎来了第一颗闪亮的钻石。这意味着，她终于成为“钻石卖家”了！这可是自己几个月辛辛苦苦的结果，在苏扬眼里，这也标志着自己的网店终于步入正轨。回头看看，还真是一条汗水之路。屏幕上那颗蓝莹莹的钻石，真的是苏扬一滴滴汗水凝结练就而成。

苏扬觉得凡事就怕“认真”二字，有梦想就有可能。一个以前从未在网上买过东西的人，竟然成了钻石卖家，靠的就是一次次真诚细致的介绍和不厌其烦的耐心解答，以及热忱周到的服务。在赢得客户信赖的同时也建立了良好的客户群体，因为螺旋藻是一种长期消费品，很多顾客服用后感觉效果良好又成了回头客。回顾过去的一笔笔交易，生意虽然不大，赚钱虽然不多，但最让苏扬欣慰的是每次交易都很开心，卖东西倒显得不那么重要了。更有意义的是在这个交易的过程里，通过真诚的交流，和很多客户都成了好朋友。

苏扬觉得自己是幸运的，她用自己的真心换来了客户的支持与信赖，在问题出现时真诚快速地解决，化干戈为玉帛，这些都是人生中很珍贵很快乐的尝试与体验。这种“成全别人，成就自己”的感受，是苏扬在过去九年的工作生涯中从未曾感受到的。

这些东西对于她的意义，远远大于赚钱本身。

从梁可可怀孕后，田伟平的生活重心就全部是围绕着肚子里的宝宝打转。随着宝宝的成长，胎教成了田伟平每天最大的乐事。他不明白，肚子里的小人儿究竟有什么魔力，是那样无时不刻地牵动着他的心，让他推掉一切可以推掉的应酬，下班后就直奔家里。

梁可可从来都没有这样幸福过，尽管她的身材正以前所未有的速度变形，但只要是对宝宝好的东西，她不管多难吃，也毫不犹豫消灭掉。宝宝十六周的时候，有了第一次胎动。梁可可当时正在沙发上听胎教音乐，突然感到肚皮好像被谁轻轻踹了一下，她兴奋地拉起田伟平的手按在自己肚子上，想让他也感受一下这神奇的时刻。宝宝也很给面子，在田伟平摸的地方飞起一脚，把田伟平激动得，好像中了百万大奖似的。

田伟平看见书上说宝宝有听力后爸爸的声音是他最喜欢的，就决心自己亲自上阵胎教。他让梁可可坐好，然后很认真地半蹲下身子。可是，酝酿了老半天，才憋出来一句“喂——”再接下来就没有了，梁可可愣了一下，爆发出一阵大笑。为了打开僵局，田伟平精心挑选了译文出版社的《格林童话》和《安徒生童话》，每天晚饭后，都要拿个小椅子坐在梁可可旁边，对着宝宝念童话。每次还一边带着讲童话的腔调，一边摇头晃脑表情投入，看得梁可可屡屡忍俊不禁。最好笑的是有一次田伟平读着读着突然停下了，几秒钟的空白后，他合上书认真地说：“宝宝，今天就讲到这里吧，剩下的我们明天再读！”梁可可好生奇怪，怎么今天刚刚读了几分钟就收兵了啊。田伟平强调说这本童话都快读完了，怕累着宝宝。凭梁可可对他的了解，她知道这里面一定另有原因！在梁可可的反复逼问下，田伟平终于不好意思地如实招供。原来是他碰到了个生字，这个字的读音他有点拿不准，不敢念出白字来怕带坏宝宝，又不好意思在宝宝面前问梁可可。于是就想先蒙混过关，等回头查清楚了再来继续。梁可可笑得乐不可支，天底下竟然还有这样迂腐可爱的准爸爸！

陈娜的化疗结束了，头上重又长出细细的绒毛，一切好像真的在慢慢走回原来的轨道。临近岁末，节日好像也特别地多。对于大多数人来说，节日都是非常特别的日子，可对于陈娜来说，节日已经不再那么特别。自从患病以来，所有的日子都变得特别起来，只要能和家人多在一起一天，那都是非常特别的感受。陈娜感谢疾病教会她关注现在，教会她珍惜现在的生活。是啊，只有现在才是最最真实的存在。

今天的阳光很好。难得冬天有这么好的阳光，又加上是周末，为了让这个沉闷的病人家庭呼吸点新鲜空气，许卓航一家决定一起去公园散散心。

公园人很多，大家都在享受冬日难得一见的阳光。远处草坪上搭起了充气城堡，点点见了嚷着要去，怕陈娜走得累，两位老人便带着她去玩，留下许卓航陪着陈娜在路边长椅上晒着太阳。陈娜心情很好，想着自己从生死边缘游走了一圈还是回到了人间，除了残缺的身体，其余的都没有改变。久违的幸福感重新包围着她，她觉得能活着真好，再加上一个幸福的家庭，那就是好上加好。

半个多小时过去了，陈娜觉得自己休息够了。见点点他们还没有回来，就建议慢慢走到充气城堡那边去找他们。于是，陈娜挽着许卓航的胳膊慢慢走着。

趁着天气好带孩子出来玩的人很多，尚晴和苏扬也约好一起来公园玩。两个孩子玩了一会便口渴了，尚晴便要苏扬看着两个小家伙，自己到邻近的路边摊点买水。尚晴没有零钱，只好拿着水等小贩去把钱破开。她站在太阳伞下无意看着小路这边，正好看见朝这边走来的许卓航和陈娜。陈娜正像一只幸福的小鸟，在许卓航身边叽叽喳喳。不知道为什么，尚晴下意识往伞的阴影里缩了缩，然后呆呆愣在那里，小贩叫了她几声找钱她才反应过来。

许卓航本来对着陈娜说话，说来也怪，不知道是不是心灵感应，就在经过尚晴那一瞬间，他鬼使神差扭头往左边看了一下，正好看见低头接钱的尚晴。他也愣住了，他也没有想到竟会在这里看见尚晴。尚晴接过钱抬起头，刚好迎上许卓航的目光。

这短短一瞬，在他们心里却漫长得如同一个世纪。

许卓航不能停下，也不敢再回头，他怕自己会控制不住朝尚晴走去。他只能在心里呼喊着尚晴的名字，不是他不爱她，是没有资格再去爱她！

尚晴呆呆地看着他们走了过去。她一直在为他担心，忍住不去打扰他，也想过万一他们和好如初，那自己岂不是自讨没趣。这是它最不愿意看到的事情，现在却发生在自己面前，看见他们那么甜蜜、恩爱，她怎能不心神俱碎！可她又哪有什么理由去埋怨他，她明白，一个健康人永远不可能和一个病人平起平坐站在同一条起跑线上，她注定要输给陈娜。

尚晴拿着两瓶水，好半天才想起自己是过来买水的。她的腿灌了铅似的举步维艰，她打电话给苏扬要她过来拿水，说自己肚子痛，想坐一会。苏扬马上过来了，见尚晴的脸色看起来确实不好，要她先在路边的长椅上休息一会。尚晴点了点头答应了，她实在不想再看见他了。

许卓航看见尚晴后也一直心神不宁，又不能甩下一大家子人不管，再说，他和尚晴之间也不是一时半会能说清的。本来想要轻松的一天，因为不期而遇变得沉重，压在许卓航心头的那块石头，也越来越沉。

陈娜的复检结果表明一切都在朝好的方向发展，当然在这期间，药物是维持平稳过渡的必需品。复查时医生告诉陈娜，以后可以采取整形之类的手术。目前这种整形手术在北京、上海等大医院里效果不错，建议有条件的话可以考虑一下。陈娜经医生这么一说，不由萌发了回老家治疗的想法。毕竟，这里的气候她始终无法适应。而且，离开这个地方，离开这座小城，也就是离开了尚晴，离开了让他们痛苦的根源。那样的话，对每个人应该都会好一些吧。

陈娜知道自己是自私的，可是，如果不自私一点，难过就会多一点。其实她从出院那天起就有这样的想法，那时只是单纯地想回到自己父母身边，可又舍不得这个家，怕离开这里也就离开了许卓航。可现在许卓航答应不再离开，是不是违心的她不在乎，只要许卓航在自己身边就好。她决定试一试，她爱自己这个家，她也只有这个家了。

当天晚上陈娜就跟许卓航谈了这件事。在许卓航回家之前，她先跟公公婆婆商量了一下。公公公婆婆都是通情达理的人，表态说他们二老没意见。陈娜想到这些日子公公婆婆一直在照顾自己和孩子，一时感慨，忍不住也流下了感激的泪水。她告诉公公婆婆，说回北京后要把自己的房子重新装修，然后接他们过去一起住。公公婆婆见她这样，除了安慰她，也不好再说什么。

许卓航回家后，陈娜立刻趁热打铁说出了自己的想法，并强调医生说水土不服是养病大忌，还有自己不适应这边气候的苦恼，末了陈娜动情地说道：“卓航，我的病恢复得好，兴许还可以活个十年八年，恢复得不好，恐怕最多拖个三年五载，我想回到爸妈身边去，也尽尽孝道。”许卓航想到自己回来也是想照顾一下父母，这一走，不又顾不上他们了吗？像是猜到许卓航要说什么似的，陈娜先开口：“我刚和爸妈说好了，把我们的房子重新装修一下，接二老过去一起住。大家都在一起，团团圆圆，谁都不分开。”听得许卓航只有答应的份。事业方面他是考虑得最少的，说发展，大城市发展机会更多。既然她还能考虑到自己父母，他还有什么理由不答应呢。而且，许卓航也担心水土不服可能确实会影响到陈娜的恢复，还有什么可以和人的宝贵生命相提并论的呢？

他沉思片刻，“让我想想好吗？毕竟手头上还有一摊子事，别人也不是一下子能接手。”陈娜知道这就是变相的答应，她开心地像个孩子一把抱住了许卓航，“卓航，你真好，我就知道你会答应我的。”许卓航拍拍陈娜的背，没有再说什么。这是陈娜病后最开心的一次，许卓航悲哀地发现，他只有让一个女人开心的能力。再怎么努力也只能留住其中一个，再怎么做也会带来伤害，不是伤害了这个，就会伤害了那个。他痛恨自己的无能为力，伤害了深爱着的那一个，留住了一个并不情愿的结果。

自从许卓航答应跟陈娜回老家，陈娜整天就快活得像一只小鸟。不知道的人根本看不出她是个大病初愈的人。陈娜对公婆的感激都一一转化为行动，公婆也把她当女儿看，一大家子人，融洽得叫外人看来羡慕。

许卓航每天回来看见的是一大家子和和美美的情景，这情景像一条绳索，慢慢把他拉回到原来的生活轨道。只是每拉回一点，他对尚晴的内疚就会多一分。日积月累地，这份内疚侵蚀得他连请求尚晴原谅的勇气都没有了。他总是想起尚晴最后一眼里的伤心和绝望，割得他隐隐作痛。

他开始陆陆续续打移交，心底却盼着能在小城再多呆些日子。因为这一去，真不知道什么时候才能回来了。可尚晴呢，一想到尚晴，他怎么还能如此潇洒地一去不回头。他们当初的约定，真的就被抛散在风中了吗？许卓航越是一日复一日地逃避着，那问题就越像得了营养的浮藻，急速繁殖壮大，以惊人的速度充斥整个湖面，不由得他不正视。

人有时候在两难时，往往会把自己亲密的人排在后面。那些不那么亲密的，反而会被优先考虑。毋庸置疑，他更爱尚晴，可是，在感情的选择上，也要先疏后亲吗？这是不是意味着要牺牲自己的幸福来换得良心的安宁？可牺牲爱情的同时牺牲了尚晴，不是对尚晴太不公平了吗？离开尚晴，他是会得到某种安宁，但也许会换来更大的不安宁也未可知。可他眼下不是正在做着离开的准备吗？还在这里假惺惺地左思右想干什么，未免太过虚伪。

许卓航鄙视自己的懦弱，也许，他留给尚晴的只能是伤害。

尚晴觉得这个冬天真的很冷。她喜欢在家坐在电烤炉边，膝盖上搭床小棉被，边烤火边看书，只是常常因为太暖和，看着看着就容易犯困。她今天看的是她喜欢的小说，迷迷糊糊中听见有人敲门，忙起身去开门。原来是许卓航！许卓航一进门就说来接她去机场赶六点钟的飞机，要她赶紧收拾行李。尚晴觉得很突然，问许卓航去哪里？许卓航说跟我一起还不放心吗，到时候就知道了。尚晴又惊又喜，动手收拾行李，心里总有一种两个人要一起出远门的感觉。正和许卓航在房间里收拾着，又有人来敲门，尚晴开门一看，竟然是陈娜！尚晴隐约感觉有些不妙，提着一部分行李匆匆先下去了。她以为陈娜会追出来找她理论，但是没有。尚晴提着行李站在路边等着，心中充满不安。她等得实在太久了，好几次都想上去催一下，可想到许卓航已经把以后那么多的时间给了她，现在多留一点给陈娜也是说得过去的，毕竟人家也是那么久的夫妻。

时间一点点流逝，天色渐渐暗下来，尚晴不停地看表，再不出发恐怕就赶不上了。尚晴只得再上楼。房门是敞开的，她在门口就听见一个女人低低的哭泣声。尚晴的心蓦地一沉，脚步也愈发凝重。许卓航木然地垂着手，陈娜正依在他怀里抽泣着，双手死死环住许卓航的腰。尚晴的眼泪突然也涌了出来，那哭声里的不舍与依恋，一个女人被离弃之后的哀绝与心碎，一下子击溃了尚晴。她抹了抹眼角的泪，转身下楼了。她下意识地拦车，可是上了车，她也不知道自己要去哪里。车子莫名地把她送到车站，她站在人潮汹涌的街头，泪水止不住地往下掉。天空突然变暗，层层乌云疾速翻滚，一道闪电一声巨雷，只听哗啦一声，倾盆大雨如泼一般地铺下来，人群尖叫着四处逃散。广场上只有全身湿透的尚晴一个人站在那里，她还在等许卓航，她不相信他不会来。

果然，就在全身湿冷木然伫立时，那个熟悉的身影终于出现了。她大声喊着许卓航的名字，可是，他好像没有看见尚晴，置若罔闻地继续往前走着。尚晴不顾一切急急追赶，穿过马路时，一辆公车横冲过来，她最后只听见自己撕心裂肺的一声惨叫……尚晴陡然惊出一身冷汗，一下子惊醒过来，胸口扑通扑通剧烈的心跳声像一把小锤子在敲，好半天才清楚这是个梦。尚晴安慰自己，梦大都是和现实相反的，她和许卓航之间，应该不会有这么糟糕的结局吧。可是过了好半天，说不出的堵心和惶恐仍旧挥之不去。

今天是多多生日，苏扬带着贝贝和张峰约好一起给他过生日。

他们先去公园玩了一上午，然后一起去吃多多最喜欢的麦当劳。吃完饭多多非要贝贝去他家玩，拗不过小寿星，苏扬只好带着贝贝一起到了张峰家。两个小家伙在一起玩得很是开心，张峰和苏扬坐在客厅里闲聊。

下午三四点的时候，苏扬起身准备告辞，张峰说干脆一起吃了晚饭再走吧，你看他们两玩得多开心，再说多多今天生日，他肯定不会让贝贝走的，我还订了个蛋糕呢。苏扬想着难得让孩子出来玩一次，索性就让她玩个痛快，就问张峰家里有菜没有，张峰挠挠头说家里的菜都是钟点工做饭的时候带过来的，做饭的阿姨不来，家里基本不开火。苏扬提议说去买点菜回来做，于是两个小家伙在家玩，苏扬和张峰一起去附近的菜场采购去了。

张峰好久没有这样的感觉了，好像又回到了几年前。苏扬也一样，每次都是自己一个人提着大包小包地采购回来，现在买了东西就有人提着，才觉得买菜也是这么轻松愉快的事情。两人都很享受这样的感觉，把菜场仔仔细细逛了个遍，才左一袋右一袋乐颠颠地回家。

吃晚饭的时候，多多对苏扬说："你要是我妈妈就好了。那我就可以天天吃这样好吃的饭菜了。"贝贝接话道："这还不容易啊，你叫我妈妈一声妈妈就可以了。"苏扬的脸腾地红了，说："小孩子别乱说话。"张峰有种被说中心事的感觉，也有点尴尴尬尬的。

这后面的饭菜苏扬基本没吃出味道来，好像有些说不清道不明的东西梗在喉头，眼前的饭菜变得味同嚼蜡。幸亏饭桌上两个小家伙叽叽喳喳地边吃边说像两只小麻雀，一点点啄掉了两个大人的那份不自然。

吃完饭收拾妥当，张峰拿出蛋糕，四个人围坐在一起，陪多多许愿，吹蜡烛，吃蛋糕。想着明天还要上班，再加上惦记着今天一天都没去自己网店看看，苏扬带着贝贝准备走，张峰和多多一起送她们回家。

两个小家伙扎扎实实折腾了一天，在车里一摇一晃，不一会儿都睡着了。

张峰在后视镜里看见两个小家伙一左一右靠在苏扬身上，心里充满了温馨的感觉。苏扬一手搂着一个，怜爱的神情让她的面容看上去格外恬淡、柔美。

张峰扭头看了一眼，欲言又止。他真想和苏扬说些什么，又害怕自己的唐突破坏了这难得的完美。他尽量把车开得很慢，只希望这条路长些，再长些。

到苏扬楼下，张峰帮苏扬把贝贝抱上楼，可是他的动作不知怎么搞的，有点不自然的僵硬，苏扬好像也被他的笨手笨脚弄得有些慌张。张峰把孩子轻手轻脚放在床上就匆匆下楼了。苏扬觉得张峰这样子怪怪的，平时他可不是这样。

回程路上的张峰可没那么轻松了，脑海里放电影似的不停地回想着这些日子以来的情景。一个完整的和和美美的家，不正是他心里期待的吗？若是多多的妈妈知道多多能遇见对孩子有爱心有耐心的苏扬，应该也会感到欣慰的吧。

张峰想找个合适的时间和苏扬好好谈谈。刚好两天后苏扬打电话给他说要进点货，他便自己亲自送来了。苏扬看见张峰亲自来送，还真有点意外。因为她的货一般要得不多也不特别急，以前大都是公司的送货员顺路搭过来。

张峰把货提进杂屋，整齐地码好。见苏扬还没吃饭，张峰说我请你吃饭吧，苏扬说应该是我请你才对，你都帮了我这么大的忙了。张峰说在你们家都吃了那么多的饭了，该我请。苏扬没有再推辞，两人一起上了车。

张峰执意要了一个包厢，两人边吃边聊。四个人在一起的时候，时间被那两个小家伙分割得支离破碎，根本没有一整段可以静下心来完全属于他们的私人时间。择日不如撞日，再不说，张峰怕自己的勇气给消磨殆尽会开不了口了。

张峰喝了一大口水，“苏扬，这些日子还好吗？”

苏扬觉得张峰的问题好突兀，不过这段日子她真的觉得很充实很快乐，“还好呢，挺开心的。”

“你上次说要帮多多物色妈妈的事这么样了？”

“一直帮你留心来着，可暂时还没遇见合适的。”苏扬还真留心了，甚至也托人打听过，“你想找个什么样的？”

张峰想说找你这样的就行，又怕有点过分，但不直说又太浪费这个机会，便硬着头皮说，“其实我已经找到了。”

“找到了？那你还问我？”苏扬忍不住嗔怪道，“是谁啊？”

“远在天边，近在眼前。”张峰鼓足勇气看着苏扬。

苏扬不好意思低下了头，真后悔自己刚才多嘴问了一句。她想开个玩笑装糊涂带过去，又觉得未免太假，只好拿起杯子不停地喝水。

“别喝了，饭后喝多了水不好。”张峰说话了，“多多生日第二天早上对我说，爸爸，你知不知道我生日许的什么愿望吗？我说不知道，他在我耳边悄悄告诉我说，他希望能和贝贝一样有个好妈妈，和苏扬阿姨一样的好妈妈。”

“我……，我以后会尽量多照顾他一点的，在他找到新妈妈之前。”

“不，我不是这个意思，我不是光为多多找个妈妈，我也在为自己找一个爱人。”张峰是想尽快给给多多找回一份缺失的母爱，但他也绝不会选择一个不打动自己的人。看着苏扬和她的网店在一天天成长，每每总叫他感触良多。是的，他看得更多的是苏扬坚韧的一面，但其中的辛酸、柔弱也逃不过他的眼睛，即使苏扬从来不诉苦，甚至会以自嘲的口气说起那些困难和不顺，但张峰能感受得到她在困境面前的彷徨与无助。他欣赏她百折不挠的执着和勇气，他总是不明白她娇小的身躯里，何以蕴藏着那么多惊人的能量，带孩子、上班、开网店、走街串巷去送货，似乎无所不能。他是很欣赏她，但他更想呵护她，心疼她，他也相信自己可以不再让她那么辛苦。即便她不选择他，他也会永远对她这样，只要她需要，他会尽全力去帮助她。

“我承认，我和贝贝和你们在一起的时候很开心，但是，我现在只想把贝贝带大，把网店开好，别的，真的没有想过。”

“我知道的，我不求你现在就答复，但是，你能考虑一下吗？我不着急，你慢慢想，我可以等。”

“嗯，我想想。”苏扬是真心感谢张峰，虽然她也相信，如果和张峰生活在一起，自己应该会轻松得多，但要她重新再建立一个家庭，她还没有这个思想准备。

张峰知道不能心急，苏扬没有坚决地拒绝，他已经很知足了。“你不要有任何思想负担，不管你怎么想，我都会和从前一样。”

“谢谢你。”苏扬和张峰相视一笑，真诚、坦然、温暖。

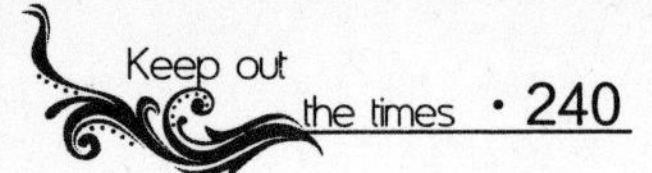

上课时尚晴有些心不在焉。年底快到了，意味着假期的临近，所以大家都有点心猿意马。尚晴想，这一年就要结束了，许卓航总该跟自己说声新年快乐吧，再忙，发个短信的时间还是有吧。正胡思乱想，许卓航的电话来了，约她下午一起坐坐。她立刻爽快地答应了，忘记了原来好歹也要矜持一点的想法。如果她知道这也许就是他们最后一面，她可能没有勇气去面对。

远远看见许卓航的车，尚晴加快了步伐。许卓航看见她过来忙打开车门。尚晴一脸歉意，连声说："不好意思，让你久等了。"许卓航发动车子，"想吃什么？""随便。""好吧，那就跟我走。"尚晴没说话，羞涩不安地微微一笑。

他们去的是以前常来的一家甜品店。他们聊了些废话，一直没有提到有关陈娜的任何问题，好不容易在一起，不想用这个来煞风景。敏感的尚晴觉得许卓航的眼神好像在躲避着什么，以往她总能在他明亮的眼睛里看见自己的影子，可这一次，她什么都没有看见。

尚晴突然有些心慌起来，眼前的许卓航好像不再是那个朝思暮想的爱人，只不过短短月余，怎么会变得这么陌生。

许卓航之前就一直在心底酝酿该怎么跟尚晴说，可始终找不到合适的理由与词句。但他不能再拖，他猛地抬起头看着尚晴说道："我可能要回北京了。"

"嗯？"尚晴被这句突如其来的话吓了一跳，一时也没明白他的意思。

"因为她要回去接受后续治疗，那边的条件和环境稍微好一些。"许卓航在尚晴面前从来都是用"她"代替陈娜的名字，好在两人很默契，从没误会过。

"你不再回来了吗？"

"不知道，也许，也许需要一段时间吧。"许卓航实在不忍心说出不再回来的字句。

尚晴像是一下子明白了他的抉择，这次输的是自己，他到底还是选择了她。

"你还爱着她吧？"尚晴神色黯然，她也知道去和一个病人争风吃醋，是没道理的事，可感情的事，本来就没有道理可言。

许卓航说："不是的，不是我对她还有爱，而是我真的狠不下心来。"

尚晴也不想看到一个绝情的男人，可是，他不对自己绝情，那就要对陈娜绝情。他们都是善良的人，在伤害与被伤害之间，总宁愿自己是受伤的一方。

尚晴木然地说道："你回到她身边去吧，我知道，她比我更需要你。"

“为什么你不要我留下？”

尚晴想，难道我要你留下，你就会留下吗？你自己早就有了决定，我又何必再让你为难？口里的甜品变得苦涩难当，尚晴机械地用小勺子来回搅拌着，她只觉得老天爷给他们开了一个大玩笑，他们被命运结结实实地捉弄了一回。

分手的时候，尚晴说自己想一个人走走，没有要许卓航送她。说完默默转身走了，没有怨言也没有祝福，她什么也不想说，也什么都说不出来。有时候，放手也是一种爱，这世上应该有这样一种爱，它的名字叫做牺牲。

许卓航看着尚晴的背影，自己都看不起自己。可是他又能怎么样呢，他无力地伏在方向盘上，压抑已久的泪水突然一下决堤。这么久了，他的泪一直隐在心里，此时此刻，他索性让他们流个痛快。

他终于放任自己在车里痛痛快快哭了一场。

陈娜没有和许卓航订同一天的机票，她带着点点先走了。许卓航能体谅她这么做的良苦用心，大概是想给他与尚晴一个单独告别的机会吧。其实她大可不必这么做，就算给许卓航时间，他也不见得有勇气去和尚晴告别。

许卓航手里的事情已经全部交接完毕，机票是明天晚上六点的，这意味着他有两天完全属于自己的时间。突然多出来这一段时间，他不知道该做些什么。想做的不能做，能做的不想做。他开着车在街上漫无目的地游荡，留恋地注视着那些和尚晴一起吃过饭的餐厅，一起看过电影的影院，在心里一一做着告别。

许卓航的车不知不觉来到了尚晴读书的学校。看见林荫道上川流不息的人群，正纳闷上课时间怎么这么多人，又想起今天是周末，不禁哑然失笑，这日子未免过得也太糊涂了，本来还希望能在人群中看见尚晴的。他的车像是受了某种外力的影响，不自觉就来到尚晴住的小区。他把车小心翼翼地停在一个不起眼的角落，既能远远看见尚晴家，又不容易被人注意。

也不知道过了多久，许卓航惊喜地看见尚晴提着几个塑料袋正朝楼梯口走去，她应该是出去买菜回来。那些袋子的分量看起来好像并不轻，许卓航真想上去帮她一把。她买这么多的菜，是不是家里来客人了，或者是顾军回来了？虽然知道她不爱顾军，但还是忍不住丝丝妒意，毕竟他能和她生活在同一个屋檐下。是的，他嫉妒她身边的一切，连她身边的空气，他都要羡慕。

一直快到傍晚，许卓航才又看见尚晴出来，她带着乐乐去小区中心花园的草坪上玩耍。看得出，她和乐乐在一起很开心，至少看起来很开心。乐乐和小伙伴一起玩去了，尚晴便一个人坐在了长椅上。他看见尚晴一动未动坐在那里，似乎是陷入了沉思。从许卓航这个角度望过去，只能看见她雕塑般的侧面。他不知道她在想些什么，但能感觉这个时刻的她，被一种若有若无的忧郁笼罩着。可是，咫尺天涯，他既不能走过去陪伴她，也不能在她身边安慰她，哪怕像一个普通朋友一样去安慰她都不行，想到这里，许卓航的心都要碎了。

天色暗下来，小伙伴们大概都回家了，乐乐也折回来找妈妈。许卓航看见如梦初醒般的尚晴和乐乐说了些什么，然后他们就回家了。

尽管许卓航知道，尚晴晚上是不会再出门了，可他没有急着回去。他知道，这也许就是他最后一次离尚晴这么近了，他要尽可能地多留在她身边。他把椅背调低到合适的位置，头靠后枕着双手，静静注视着尚晴家的窗口。虽然除了透过窗帘的橘黄灯光，他什么也看不见。

夜深了，也静了，小区里的灯一盏盏熄灭了。尚晴家的窗户也一片黑暗。许卓航这才恋恋不舍发动车子，在心里默默跟尚晴道别，晚安，我的爱人，愿你今晚睡个好觉，做个好梦。

次日中午在星城酒家吃饭。他要走的事本来只告诉了孙刚，孙刚在陈娜住院期间帮了不少忙，他还一直没机会答谢人家的。结果孙刚非要给他搞什么饯行宴，喊来一班同学，还声明送他只是个名目，主要是想大家聚一聚。他这么一说，许卓航也就不好再推辞。

席间，孙刚替那些不能来的同学一一做着解释。尚晴没有来，这是许卓航意料之中的。一个人只要想拒绝，她总能找到看上去名正言顺的理由。梁可可也没有来，她给许卓航打了电话，说自己现在特殊时期，不便出门。对于许卓航和尚晴的事，她向来坚决站在他们这一边，可是哪想到会节外生枝，弄得她也不知道如何取舍。她曾经和尚晴说起，但尚晴显然并不想过多地谈论这个她不愿意触及的话题，只是淡淡地说不想让许卓航为难。梁可可知道这是尚晴内心最隐秘的伤痛，即使是最好的朋友也不能分担的酸楚，只能自己一个人默默去承受，去消化。有些东西，注定只能埋在记忆最深处。

许卓航告诉梁可可自己是下午六点的飞机。梁可可问他尚晴知道吗，许卓航说没有勇气告诉她，因为他既不奢求她会来送他，更不奢求她的原谅。末了，许卓航问梁可可能不能帮她转告一句话，梁可可问什么话，许卓航说他希望尚晴健康快乐地活着，如果可能的话，他希望她能原谅他。梁可可问他为什么不亲口对她说，许卓航说自己现在哪还有资格去打扰她的生活？是啊，对一个人不愿意提及的人，恐怕连祝福都多余得像一种侵扰。梁可可答应了，感情是天时地利人和的事，缺一不可，否则难成正果。很多时候，是感情选择你，而不是你选择感情。只是真的替他们惋惜，如果他们在一起，说不定比现在幸福。

尚晴接到梁可可电话后坐立不安。对于他的选择，她不可能没有一点怨艾，可埋怨他又有什么用呢，换了自己，说不定也只能这样处理。这样一想，她对许卓航的怨艾消减了大半，要怪，就怪那场突如其来的病。如果不是那场病，尚晴相信许卓航多苦多难都会跟她在一起。说到底，她对他的体谅还是超过了埋怨。尚晴的一次次自我拷问，更像是一次次的自我救赎。不是谁都可以在他心里占据那么重要的一个位置，过往他给予的一切，她应该心怀感激。假若人生按八十年为单位计算，那么，他们有四分之一的时间是在同一个城市度过，而且还是人生最美好的时段。彼此间那么多珍贵的回忆，是老天最慷慨的赐予。

尚晴不时抬头看着钟，时间在一分一秒地过去，她的心头好像有一只爬虫在不停地走动，痒得她无计可施。时针一点点靠近六，再不去机场送他就真的来不及了。尚晴突然“腾”地一声站起来，拿起包就冲出了家门。

坐在出租车上，尚晴也不能确定自己的勇气究竟从何而来。但她明白，如果不来，以后一定会后悔。她知道许卓航一直在恳求她的原谅，而她，执意不肯给他心安的机会，是要他一辈子亏欠她记住她。但现在，她想告诉许卓航，她从来就没有真正责怪过他。她爱他，就是希望他能幸福，怎么能忍心让他离去得如此痛苦和不安呢？她只是想告诉许卓航，这一切都不是他的错，谈不上什么原谅不原谅，如果非要说原谅，那就是她原谅他，她永远原谅他的一切。

许卓航正在排队办理登机手续，他不时回望着，满怀希冀在人群中搜寻。虽然知道奇迹不可能发生，但还是忍不住频频回首。在入闸前他最后回望了一眼，人群涌动，却没有他想看见的人。他失望地转回身，但那一瞬间，他有种强烈的感觉，那就是他和尚晴之间的缘分没有断，总有一天，他会再回来，回到她的身边，再也不会离开。

许卓航没有想到，他转身的背影，永远烙印在尚晴心上。当尚晴气喘吁吁穿过人群，却只看到他转身后渐行渐远的背影。尽管是背影，尚晴还是一眼就认出来那是许卓航的背影。纵使万千人之中，她也能一眼就辨出他的身影。

还是没有赶上，就像他们的缘分，总是阴差阳错差了那么一小步。尚晴的腿因为剧烈的奔跑有点发软，她扶着栏杆茫然地走到窗边。窗外，那停机坪里一架架整装待发的飞机中，将有一架要带走她心爱的人。这一刻，候机厅里播放的竟是那首尚晴最喜欢的《再见，我的爱人》，“goodbye my love，我的爱人，再见，goodbye my love，相聚不知哪一天……”

从此，她和她的爱人就要天各一方，再聚首不知是何年何月。他燃烧过她，可现在，却要她独自面对一堆灰烬。尚晴的视线模糊起来，好像不是泪水。她只觉得眼睛一阵剧痛，她努力睁大眼睛，可还是一片模糊，天啦，她是真的什么都看不清了。尚晴一阵慌乱，她来不及悲伤，赶紧从包里摸出手机，好不容易摸索着拨通了梁可可的电话。

梁可可用最快的速度赶了过来，找到尚晴立马带她去了医院。梁可可因为身体的不便，在征得尚晴同意后通知了顾军，他们几乎同时到达医院。

医生首先检查了尚晴的眼压，还好，眼压正常，排除了青光眼的可能，然后要她去做头颅 CT 检查，以排除颅内疾病。通过仔细询问和一系列的排查，医生初步诊断尚晴患的是急性视神经炎。病因是视神经的炎症导致传导作用受到影响，造成失明。顾军问这到底是什么引起的，医生说病因很复杂，病人体内的一些病灶，如扁桃腺炎、流行性感冒等炎症都可以造成急性神经炎的发生。只要及时到医院治疗，视力一般都能得到恢复。顾军问医生，那她应该能恢复吧？医生笑着说，理论上是应该可以的，但也不排除极个别的例子。

医生给尚晴开了七天的静脉点滴，还好，她的视力在渐渐恢复。顾军请了假一直在医院照顾她。当着妈妈的面，她不想让妈妈操心，只能接受顾军的照顾。说不清是为什么，她很难心安理得地接受顾军的照顾，甚至隐隐有些害怕两个人独处。还好，顾军从来没有问过她什么，只是一心一意照顾着她，看上去仿佛从来没有任何探究她隐私的兴趣与念头。

很多时候，尚晴都是一个人带着耳机听音乐。她沉浸在自己一个人的世界里，用一道看不见的墙把顾军隔离开来。她不愿意和顾军多说什么，除了孩子，似乎也没有什么可以谈论的话题。也只有妈妈带着乐乐到病房来的时候，尚晴才苏醒了似的活泼生动起来。

不能看见的日子，尚晴的思维变得异常活跃，经常整夜整夜无法入睡。白天迷迷糊糊睡着了也总是做梦，一个接着一个，脾气也变得很情绪化。

因为不能看见，对许卓航的思念变得更加集中与强烈。黑漆漆的世界里，只有许卓航的身影清晰可辨。她记得他曾经说过不再让她流泪，可现在，却让她的泪流得更多。她似乎应该恨许卓航，可又怎么也恨不起来。仿佛时间和距离过滤掉了那些怨艾，只剩下宽恕和体谅。她对许卓航的感情，在反复的揣摩与思量中，已打磨掉那些刺手的毛边，温润如玉。不管他做出什么样的决定，不管他怎么待她，她都知道他始终是爱她的。能有十足的把握肯定这一点，已经足够。可是以后的岁月呢，过去温馨的回忆会变成以后的伤口吗？

尚晴不能去想将来，也不愿意去想现在。她和顾军的感情，还有延续下去的可能吗？难道许卓航走了，她就要重回顾军身边？说实话，她从来没有把顾军当成自己的底线。这样一种回归在尚晴看来，总带点羞耻的意味，也亵渎了她和许卓航之间的感情。尚晴打心底不愿意选择这种妥协方式。当然，忘掉一切假装什么都没有发生过，那也不是没有可能。毕竟，他们还有乐乐，这根挣不断的纽带牢牢维系贯穿着三个人的生命。但这个前提要建立在尚晴坦白一切的基础上，如果不把这些都告诉顾军，欺骗只会带来更大的不安与折磨。

但是，坦白一切，也许意味着把自己良心上的负担转嫁他人。是的，顾军是有知情权，可是，并不见得他就一定要坚持享用这个权利。在明知会给对方带来痛苦的情况下，是不是还要生硬地撕开血淋淋的真相？只为自己内心的安宁，而忽略了对方的担当与感受？这样做，算不算是一种残忍？夫妻间坦诚相待很重要，可有时候，太过坦白是不是也是一种伤害？尚晴不知道该怎样做才正确，她也拿不准顾军到底知不知道，是等着她主动说起还是另有想法。她以前好像从来没有想过这个问题，因为她从来就没有打算刻意隐瞒什么，甚至还一度希望顾军来过问她的异常，如果他能觉察出她的异常的话。

其实，顾军作为丈夫，哪怕是再愚钝的丈夫，也早就感觉出尚晴的异常。他们一直没有彻底解冻的感情，有着尚晴太多的忽略与淡漠，这忽略与淡漠不是出于报复与抵触，而是完全没有敌意的，那种本能的、发自内心的情感表达。是谁说过，爱的反面不是恨，而是漠然。倘若尚晴还恨他，刻意用种种行为来疏远他惩罚他，他倒还好受些。可后来不再是那么一回事，她是真的不再需要他了，确确实实放下了过去，放下了他对她的伤害，也彻底放下了他这个人。

她客气地待他，仿佛他是这个家的过客，这种客气让他不安与难受。他知道，她的转变不是因为原谅了自己，而是有一个他不愿意去猜想的原因在他脑海里渐渐成型，那就是她也许在一段新的感情中汲取了遗忘过去的力量。

顾军还记得那晚他睡在尚晴身边，睡梦中忽然听见她的抽泣声。他轻轻唤她，她背过身去假装安睡，拒绝着他的靠近与安慰。他当时难过极了，伸在半空的手像被击中的大鸟从天空摇摇欲坠。尚晴的背影像一道难以逾越的山脉，横亘在彼此中间，他们近在咫尺，却恍隔天涯。

凭一个丈夫的直觉，他知道她的泪水绝对与自己无关，她的世界已经完全封闭，不再对他敞开，他看见她的天空在下雨，却不能为她做些什么，因为她完全不需要。他沮丧地站在一旁，想离开却又无法置身事外。

这些都还好，他可以安慰自己只是种感觉，但前几天他发现了一个有力的证据，让一切猜想得到了证实。当时他正盛好一碗汤端给尚晴喝，尚晴不肯要他喂，自己接了喝，可能喝得有点急，嘴角流了一点点出来，尚晴自己伸手去够旁边的纸巾盒，一不小心碰到了顾军的胳膊，碗里的汤泼洒出来，全洒在胸口，急得顾军忙扯纸去擦。汤把毛衣和衬衣都弄湿了，顾军怕尚晴湿乎乎的不舒服，马上从床头柜里拿出衣服要尚晴换。

尚晴只好坐在床上换衣服。顾军开始给尚晴擦汤渍的时候就感觉衬衣里有个硬硬的东西，好像是她带着什么饰物。所以尚晴解开衬衣的时候，顾军下意识回头看了一眼，果然，在尚晴的胸口，显眼地挂着一块玉佩。

顾军心里不由咯噔一声。他知道尚晴从来不带任何饰物，连结婚戒指都一直收着没带过，说不喜欢被饰物束缚的感觉。这块玉佩，绝对不会是她自己买的，那会是谁送的呢？她肯带在身上日夜不离，肯定对她来说有着特殊的意义。顾军的心沉重得像打湿了的羽毛，不复往日的轻盈。那些痛苦的水珠，还在不断地抛洒，简直比断翅还要难受。

顾军很想知道这块玉佩背后的故事，又害怕知道。他能感觉到尚晴的逃避，只是现在她是病人，自己除了好好照顾她，不应该想得更多。但有一个问题，顾军不敢深思，如果尚晴离开他能得到幸福，自己是不是应该放手成全呢？

尚晴眼睛的恢复基本告一段落，当她终于重见光明，真的好像是重获新生一般。她贪婪地注视着眼前的景物，眼睛一眨不眨，仿佛合上眼帘他们就会消失。医生说，你先生开始还挺担心你的，还偷偷跟我咨询能不能给你移植角膜呢。现在好了，你又和从前一样了。

医生走后，尚晴的脑海里一直在回想这句话，心情也像掺进颜料的水，慢慢变化着。他们之间真的生疏太久了，生疏得连彼此的眼神都好久不曾对视过，她甚至记不起上一次看见顾军的脸是在什么时候。尚晴的回避与闪躲，顾军的茫然与无助，像是电风扇的两片扇叶，不停交替与追逐，却始终无法重合。

尚晴不止一次想告诉顾军这些日子发生的事情，但她不是不知道，真相有时候比谎言更是一种伤害。如果单纯为了自己的解脱一吐为快，是不是也是一种自私？这段时间，她不得不重新正视她和顾军的感情，以及这个家庭是否继续存在下去的可能性。或许真的是因为懂得，所以慈悲，她对顾军不觉多了几分谅解。又或许，她的心里，其实早已经原谅了他。她只是需要时间，整理这段已经畸形的感情，再重新开始。

离开医院回到家的感觉真好。尚晴洗完澡，觉得一身清爽，她坐在梳妆台前梳理头发，猛然发现发丛中一根晶莹透亮的银丝。尚晴一阵心惊，怎么就有白头发了啊，她对着镜子拔下那根头发。难道自己就老了吗？她仔细端详镜中的脸庞，发觉眼角竟然也有了几道细细的皱纹，一种莫名的惆怅袭上心头。视线下滑，她看见了那根系着玉佩的红线，不由把玉佩取了下来。玉佩上的弥勒佛慈祥地笑着，尚晴的手指轻轻摩挲着，玉佩显得越发温润。

正看着，听见顾军推门进来的声音，尚晴下意识把玉佩握在手心。顾军端着煎好的中药走过来，尚晴去接，顺手把手里的玉佩放在梳妆台上。尚晴见顾军看了一眼玉佩，欲言又止，接过药喝着。她喝完后没有把碗递给一旁的顾军，而是问道："你怎么不问我这块玉佩是哪里来的？"顾军有点意外地看着她，没有说话。尚晴又问："你不想知道吗？"出乎尚晴的意料，顾军只是平静地看着她说："不用说了，我都知道。"说完，拿着喝过药的碗走出了房间，留下尚晴一个人坐在那里发愣。

尾 声

眼看新年就要到了，尚晴决定把家里整理一下。她一边整理书架一边想，自己的心里，也应该除旧迎新了。

阳台上的花草因为疏于管理，看上去基本都要枯死了。也难怪，这么久没浇水，温度又这么低，不渴死也得冻死。尚晴拿来垃圾袋，准备把拔出来的枯枝败叶丢进去。

清理到那盆卷柏时，尚晴有些不舍起来。这还是几年前顾军买给她的，好像是送给自己的生日礼物。别人的老公送花，顾军却说花不能长久，还是绿色植物生命力强。尚晴向来喜欢这种容易存活看着又养眼的绿色盆栽，一直都很珍爱它。这盆卷柏也一直长得很好，可眼下，昔日那葱郁的枝叶竟不知何时枯萎了。尚晴有些不舍，想了想还是决定留下，看看来年春天还能不能再发芽。

尚晴提着一袋子干枯的枝叶走进厨房去拿扫帚，正在厨房洗手的顾军拨开袋子看了看，赶紧朝阳台走去。尚晴提着扫帚过来，看见他盯着窗台上那盆卷柏头也没有回，"你还留着它？"尚晴轻轻地叹了口气，没有说话。顾军转身去接了杯水浇在盆里，一边拿小铲子细心地松着土，动作轻柔，一如从前。

一瞬间，尚晴突然感觉时光在倒流，那种冰封很久的感觉仿佛又回来了。往事也如电光火石般闪过：也是这样一个冬天，顾军在给卷柏细心地松土除草，尚晴在削苹果给顾军吃，一不小心，手被刀割了个小口子，鲜血直流。当时是顾军立刻扯下几片卷柏的叶子，嚼烂以后敷在伤口上。卷柏治疗刀伤的效果确实不错，伤口不仅愈合得很快，连一点疤痕都没有……顾军的话打断了尚晴的回忆，“你知道吗？卷柏其实还叫还魂草。它的生命力很强，虽说现在看上去像是枯死了很久，但只要给它浇一点点水，它会很快活过来的。”

“卷柏，还魂草……”尚晴喃喃地念着，“你是说，它还会活过来？”

“只要你愿意，它还会活过来的！”顾军定定地看着尚晴，“相信我！”

刹那间，尚晴仿佛被雷击中了一般，千言万语涌上心头，却又一句也说不出来，心里暖暖的。她在心里呼喊着：“你能不能告诉我，还魂草可以治疗刀伤，能愈合心伤吗？我们的感情还能像还魂草一样起死回生吗？”

因为这个圣诞节有苏扬和贝贝的加入,张峰破例赶了个时髦买了棵圣诞树。苏扬带着两个孩子一起装饰圣诞树，把小玩偶、小饰物认真地挂满整棵树。看着两个孩子开心无比的脸，苏扬也沉浸在节日的欢乐中，好久没有这么开心地过过什么节了，她禁不住为这种久违的氛围深深陶醉，觉得这才是一个正常家庭该有的欢乐气氛。苏扬突然想，为什么不让两个孩子重新得到一份新的父爱和母爱呢？两颗破碎的心合在一起，应该会是完整的吧。

吃完饭苏扬正准备洗碗，张峰走了过来，问苏扬要不要帮忙。苏扬笑着摇摇头。张峰倒了杯水转身准备回客厅照看打闹的孩子，苏扬叫住了他：“以后，如果你放心，就把多多放在我那里吧。”张峰听了，一时也愣住了，他能理解这句话背后的意思。他们对于感情的表达方式都习惯于含蓄，接受孩子，也就意味着接受了孩子的爸爸。张峰反应过来后忍不住抱住了苏扬，苏扬轻轻靠了一下又躲开了他，朝客厅扬扬头，示意孩子们在。张峰两手垂在身边，一个劲地傻笑着。看着张峰高兴得手足无措的样子，苏扬也只想笑。

陪着苏扬洗完碗，张峰跑到客厅宣布：“今晚我们到河滨公园看烟花去！”孩子们也乐坏了，一车人笑笑闹闹地朝河滨公园驶去。两个孩子不肯下车，非要从天窗中探出身子看烟火。张峰和苏扬也由他们去，只要他们开心就好。

小家伙们不时和着看烟火的人群发出一阵阵惊呼声，那些烟花真的很美。在张峰和苏扬眼里，还从来没有看过这样美丽的烟花。他们的心，也像那瞬间盛开的烟花，充满了欢喜和感激。

火光映得苏扬的脸庞格外灿烂，她的笑，有着历经沧桑后水洗般的纯真。张峰觉得烟花再美也美不过这张笑脸，他情不自禁靠近苏扬，紧紧牵住她的手。

真正的惊喜还在后面，因为他们都没有想到对方会给自己准备圣诞礼物。事后想想又觉得其实也在意料之中，他们都不是粗心的人，自己想到了的，对方应该也能想到。

因为冬天刚进车空调还没有起来的时候，方向盘握着会很冷，所以她给张峰选了一双柔软舒适的手套。“圣诞快乐！希望你能用得着。”张峰又惊又喜，当即带上了，不大不小正合适。“谢谢，我也有礼物给你。”这回轮到苏扬惊喜了，张峰递过来的是一个小小的盒子，苏扬小心翼翼拆掉包装纸，看见一枚小小的钥匙。苏扬疑惑地看着张峰。“礼物放在你家杂屋门口了。”“什么东西啊？”“回家就知道了。”张峰呵呵笑着。“别卖关子了好不好？”苏扬用可怜的眼神看着张峰。张峰还是第一次见她有这样可怜的眼神，忍不住笑得更厉害了。“那你亲我一个我就告诉你。”“哼。”苏扬一扭头，转到旁边不再看他。张峰扳过她的肩膀，“是一辆电动车，以后你出去会方便一点，等你考了驾照，再换车。”张峰听苏扬说起过有时候因为送货地方分散，转车、走路会很麻烦，便记在了心上。他觉得送礼物就要送别人需要的才有价值。

苏扬的眼泪抑制不住地流了下来，自己都记不清有多久没被人关心过了。眼前这个男人，在她灰心丧气的时候鼓励她，在她需要帮助时不遗余力地支持她，带给她和孩子许多欢乐和惊喜，还能默默记住她的需要为她付出，她能遇见这样的人，夫复何求？这个圣诞节，他们彼此都是上帝赐予的最好最珍贵的礼物，也在最值得珍惜、收藏一辈子的礼物。

新年来了，大家翘首以盼的2009年来了。时间真的像湍急的河流，想起申奥成功那时候他们多年轻啊，都刚刚结婚不久，可现在一晃眼，全国人民已经在家门口圆了一回奥运梦。过去的一年，对国家，对每个人来说，都是有悲有喜，既是灾难的一年，也是重生之年。对于尚晴、苏扬、梁可可她们来说，在经历了感情上的冰灾和地震，也许会更懂得珍惜原来不曾珍视的平静日子。

田伟平因为出差不能赶回来，临行前还特地打电话给尚晴，嘱咐尚晴帮他照顾一下梁可可，尚晴便打电话约梁可可来家里一起迎接新年。梁可可现在是个幸福的准妈妈，肚子上已经隆起世界上最美丽最幸福的一道弧线。顾军因为要赶第二天早上的火车先睡了，留下两个女人一聊聊到深夜。

送梁可可回家后尚晴也困了，一觉醒来，顾军已经走了。窗外有顽皮的孩子在捡昨夜没燃尽的鞭炮玩，动一声西一声突兀地响着。尚晴正准备起床，转头看见床头柜上放着一个信封，她好奇地打开一看，原来是一封信。

“时间过得真快啊，我们从相识相恋到现在已经十年了。和你在一起的十年里，有欢乐，也有甜蜜，有幸福，也有不开心。

我不知道你能否原谅我曾带给你的那些不愉快，但在我心里，你和乐乐始终是占据分量最重的两个人。

我们曾经给彼此带来生命中最深刻最真实的幸福，但这一切，却只会让后来的痛苦更加凸显。我们的感情，曾经像装满蜜浆的陶罐，盛着所有幸福的回忆和对彼此的关爱。是我，没有珍惜这份属于我们的感情，不小心让它出现了裂痕，那些心底珍贵的感情慢慢流失，罐子也蒙上了灰尘，甚至装进了一些悲伤、痛苦的回忆。这个罐子慢慢成为我们的累赘，成为幸福道路上一个沉重的负担。现在，是放掉这个包袱的时候了。

我也想过要怎样小心弥补这道裂痕，但是，我始终没有找到一种合适的黏合剂，把它修补如初。我不想放弃，我以为努力和坚持就可以让它恢复。可是，我的想法太天真了，有些事情是努力就可以做得到的，有些事情却不可以，尤其是感情的事。我努力想做一个箍子，试图依赖紧密地结合来掩饰那道裂痕，却忽略了罐子的感受，或许它正想碎过重来也不一定。

我不能给你带来幸福，但我至少可以给你自由，给你可以寻找新的幸福的自由。感谢过往你对我的包容，还有为这个家所承担的一切。不管怎样，我都会努力去做一个好父亲。也希望仍然会是你的朋友。

还有一个月我就要回来了，我想我们分开这段时间，足够你考虑你我的将来，不管结果如何，我都会尊重你的决定。因为我希望你幸福，比我想像的还要幸福。”

尚晴看完信，视线变得模糊，这一次是因为泪水。她用手背抹去那些不争气的泪水，她的心已经好久不曾这样柔软。那些结痂的外皮在层层脱落，新生的部分怎么能不柔软得令人不敢触摸。

零星的鞭炮声里突然爆出一声脆响，她被震得微微抖了一下。她怔怔地看着墙上的日历，还有一个月，还有一个月就要过农历新年了，那是中国人自己的年，想必那时候的鞭炮声，一定要比现在热烈得多，也密集得多。